우리의 미스터 렌
: 어느 신사의 낭만적 모험

Sinclair Lewis

Our Mr. Wrenn

The Romantic Adventures of a Gentle Man

우리의 미스터 렌

: 어느 신사의 낭만적 모험

싱클레어 루이스 지음 · 김경숙 옮김

RAINBOW PUBLIC BOOKS

차례

※ 일러두기

본 소설의 배경은 1900년대 초 미국 뉴욕입니다.

작품 속에서 언급되는 화폐 금액은 현재의 환율과 많은 차이가 있으나 특별한 수정 없이 원서의 내용을 그대로 번역하였으므로 참고하여 주시기 바랍니다.

1장. 외로운 미스터 렌

뉴욕 14번가에 위치한 5센트 극장 니켈로리온 무빙픽처쇼의 검표원은 그 지역의 유명 인사다. 그는 한결같이 황동 단추가 줄줄이 달린 연파랑 유니폼을 입고서 관람객들이 입장할 때마다 그 어떤 극장의 검표원보다 다정하게 고개 숙여 인사한다. 미스터 렌은 종종 극장이 늘어선 14번가 거리로 나가 다른 극장들을 지나쳐 니켈로리온으로 가곤 했다. 순전히 그 검표원의 인사를 받기 위함이었다. 저녁에 일찌감치 집에 들어가 봐야 가구들만 늘어선 외롭고 텅 빈 방이 그를 반겨줄 뿐이기에, 낮 동안 온종일 고개를 수그린 채 일해야 하는 일상의 지루함을 달래줄 뭔가가 필요했기 때문이다.

'기념품과 장식 소품 컴퍼니'에서도 미스터 렌은 '우리의 미스터 렌'으로서 단연 돋보이는 사원이었다. 미스터 렌은 회사 사람들이 어떤 질문을 하든 즉시 메모를 곁들여 만족스러운 설명을 해주었다. 서른네 살인 그는 기념품을 만드는 그 회사의 영업사원이었고, 항상 물품 보관소 뒤 책상에 앉아 고지서를 비롯한 수많은 서류에 둘러싸여 고개를 수그린 채 일을 했다. 그는 평범한 파란색 기성복 정장을 입고 다니는, 애써 기른 콧수염이 그다지 어울리지 않는 온순하고 보잘것없는 독신남이었다.

4월의 어느 날. 역사에 기록된 이 날은 위스콘신의 한 소매업자가 주문을 뒤죽박죽으로 하는 바람에 직원들을 혼란에 빠뜨린 날이었다. 미스터 렌은 회사의 관리자 모티머 R. 길포글에게 '소환'되었다. 그는 니켈로리온 극장의 검표원처럼 우호적으로 고개를 끄덕여야 했다. 미스터 렌은 업무를 마치고 회사를 나섰다. 옅은 갈색빛 목선을 드러내는 브이넥 블라우스 차림의 통통한 유대인 소녀 무리가 치마로 먼지바람을 일으키며 14번가를 한바탕 휩쓸고 지나갔다. 미스터 렌은 고가철도역 밑에 서서 프랑스 파리에 서 있는 상상을 남몰래 했다. 이탈리아에서 온 귀여운 소년들이 제비꽃 양동이를 흔들고 있고, 어느 떠돌이 잡상인의 난전엔 은빛 줄이 달린, 삑삑 소리를 내는 유아용 진홍색 토끼 장난감이 죽 진열되어 있었다. 주황, 초록, 금색 등 알록달록한 색깔의 잡지들이 가판대에 꽂혀 있었다.

"맙소사, 알록달록한 색깔들이라니. 영화 속에서 그런 외국의 다양한 풍경들을 볼 수 있었으면…"

미스터 렌은 알아들을 수 없게 중얼거렸다.

미스터 렌은 주머니 속 동전을 만지 작거리며 니켈로리온 극장을 향해 점잔을 빼며 걸어갔다. 그리고 친절한 검표원이 서 있는 부스 근처를 응시했다. 사실 머릿속으로는 헐렁한 면바지 생각을 하고 있었다. 그는 바지를 '14번가 스토어'에서 사야 할지, '시겔 쿠퍼 백화점'에서 사야 할지, 아니면 집 근처에 있는 '아론슨'에서 사야 할지 고민하고 있었다. 심사숙고를 끝내고 그는 기계적으로 방향을 틀었다. 그리고 아주 자연스럽게 검표원에게 티켓을 내밀었다. 그의 티켓은 여느 사람들의 티켓과 다름없이 티켓 회수통의 유리 바닥을 스쳐 파쇄기로 빨려들어 갔다. 검표원은 미소 지으며 인사하는 미스터 렌의 얼굴은 안중에도 없었다. 미스터 렌은 동요하는 마음을 부여잡고 극장 안으로 들어섰다. 다시 돌아가 검표원에게 따지고 싶었지만, 용기가 나지 않아 마음을 접었다. 미스터 렌은 검표원이 '좋은 저녁입니다.'라고 의례적으로 건네는 인사에는 딱히 불만이 없었다. 하지만 무시당하는 건 용납되지 않았다. 검표원의 주급은 겨우 10~12달러지만, 자신은 19달러나 되지 않는가? 미스터 렌은 궁지에 몰린 쥐가 보이는 반항적인 태도로 이리저리 고개를 흔들었다. 그리고 콧수염을 실룩거리며 침울하게 영화를 감상했다.

영화가 도움이 되었다. 전에 보았던 드라마 연속극에 서부극을 섞은 어 놓은 듯한 영화 '란초의 염소The Goat of the Rancho'보다 더 유머러스하고 떠들썩하게 중국인 목장 요리사를 묘사한 작품이었다. 사실 미스터 렌이 보고 있었던 건 영화 속 카우보이와 산쑥sagebrush이 아니라 못된 상사의 성질에 반기를 들고, 무례한 검표원에게 항의하는 자신의 모습이었다. 하지만 이제 그는 압도적인 즐거움을 선사할 모험에 사로잡힐 준비가 되었다. 그는 고몽필름사Gaumont film社가 자바섬에 대한 영화를 선보였을 때처럼 다소 들떠 있었다. 미스터 렌은 여행 영화의 평론가나 다름없었다. 인생 대부분의 시간을 멋진 여행 계획에 바쳐왔으니까. 스태튼 아일랜드와 바운드 브룩에 다녀온 적도 있었다. 한 번도 만족하진 못했지만 말이다. 아직 희망은 있었다. 미스터 렌은 바위 틈에 붙어있는 따개비마냥 뉴욕에만 머무르는 듯 보였지만 투지 넘치는 자유여행에 대한 가능성은 늘 열어두고 있었다. 그 자신도 이 사실은 알고 있었다. 그때는 자신도 고몽필름사Gaumont film社 영화 속 그 남자처럼, 거무스름한 피부의 자바 원주민들 사이를 거닐며 이렇게 말할 터이다.

"타일 팝니다! 지붕 위에도 올리고, 절에도 쓰일 타일 팝니다! 그리고…, 그리고…, 음, 아무튼 멋진 타일 팝니다!"

미스터 렌은 코끝에 맴도는 동양의 향신료 향에 취해 니켈로리온 극장의 검표원에게는 찰나의 눈길도 주지 않은 채 쌩하고 극장을 떠났다. 그리고 웨스트 16번가 3층에 있는 '집'으로 향했다.

그는 지금까지 수집해온 자바섬행 증기선 책자들을 펼쳐놓고 유람선 여행을 하는 상상을 했다. 하지만 좌골 신경통으로 고통받는 집주인이 좀 어떠한지 들여다봐야겠다 싶어 건물 지하층의 부엌으로 발길을 옮겼다. 뚱뚱한 체형의 잽 부인은 그 건물을 세놓은 집주인이었다. 그녀가 앉은 모습을 보면 턱과 두 무릎이 일자를 그리고 있었다. 잽 부인은 대부분의 시간을 앉아서 보냈다. 잽 부인은 침대에서 일어나 아침 식사를 하러 갈 때까지 계속 앓는 소리와 뿌드득 소리를 냈다. 아침 식사로 팬케이크 다섯 조각, 스크래플(저민 고기, 야채, 옥수수 가루를 기름에 튀긴 요리 – 역자 주) 두 그릇, 달걀 하나, 우둔살 스테이크 약간, 커피 석 잔을 불만스러운 표정으로 느릿느릿 먹었다. 식사가 끝나면 또다시 앓는 소리와 뿌드득 소리를 내며 흔들의자로 자리를 옮겼다. 흔들의자에 앉아서는 약한 소화기관을 타고난 이유가 다 팔자소관이려니 하며 빈둥빈둥 시간을 보냈다. 미스터 렌 역시 안쓰러운 마음이 들어 그 이유가 궁금하긴 했지만, 잽 부인의 딱한 처지는 흑인을 옹호하는 북부 출신의 백인 미스터 렌이 기운을 북돋아 줄 수 있는 수준이 아니었다. 미스터 렌은 잽 부인이 처한 미묘한 슬픔을 제대로 알지 못하는, 버지니아

주州의 모든 대통령 일가를 지지하는 사람이니 어찌 그렇지 않겠는가.

주제넘게 행동하고 싶지 않았던 미스터 렌은 가구들이 빽빽이 놓인 지하 방에 그저 가만히 앉아 있었다. 케케묵은 음식 냄새와 그보다 더 오래 묵은, 사실상 존재한 적이 없었던 한 인종의 자존심 냄새가 풍겨왔다. 그는 의자 위에 가만히 앉아 있었다. 부러진 지 4년이나 된 의자였다. 잽 부인은 최근 몇 년간 수백 번이나 남부 흑인 사투리를 써가며 말했다. 오직 이 지하 방에만 존재하는 사투리였다.

"그 의자 고칠라고 생각혔는디 깜박했구먼, 미스타 렌."

미스터 렌은 흐뭇한 미소를 지으며 잽 부인을 바라보다가 리 테레사의 초상화 액자를 응시했다. 공장에서 관리인으로 일하는 리 테레사는 잽 부인의 큰딸이었다. 고디바의 액자도 있었다. 고디바 잽의 별명은 '고티'였다. 잽 부인은 하루에도 몇 번씩 고디바를 그렇게 불렀다. 잘 길들여진 순한 양처럼 고분고분 말을 잘 듣는 고티는 아데노이드 질환(인두의 보호기관인 인두 편도가 비대하게 증식하여 여러 장애를 일으키는 질환, 선상증식증이라고도 함 - 역자 주)을 앓고 있었다. 잽 부인은 고티의 아데노이드 제거 수술을 고려해보았지만, 아데노이드에 대한 박애 정신으로 결정을 머뭇거리다가 그만 시기를 놓쳐 버렸다. 결국, 고티는 학교에 입학하지 못했고, 잽 부인은 이를 또다시 팔자 탓으로 여겼다.

"그랴, 미스타 렌. 저번에 고티헌테 의자 고치는 사람을 찾아보라고 분명히 말혔는디. 고티 고것이 내 말은 귓등으로 듣지 뭐여."

주방에서 고티가 내는 소음이 들려왔다. 통제하기 힘든 여덟 살의 고티는 콧물을 훌쩍이며 접시가 어마어마하게 쌓여있는 싱크대 앞에서 설거지한답시고 물장난을 하고 있었다. 미스터 렌은 바람 부는 저녁과 좌골 신경통의 슬픔에 대해 주저주저 몇 마디를 하다가 당당하게 앉아 있는 잽 부인을 뒤로하고 슬그머니 밖으로 나와 지상낙원인 자신의 3층 방으로 올라갔다.

꾸민 흔적이라고는 티끌만큼도 없는 방이었다. 천을 덧댄 침대 시트, 하나도 짝이 맞지 않는 가구들, 잡지에서 잘라 벽에 붙여 놓은 사진들. 낡은 대리석 벽난로 위에는 완더랜드(이상한 나라의 앨리스에 나오는 원더랜드wonderland에서 따온 말로 여행wander을 좋아하는 렌의 마음이 담긴 언어유희 – 역자 주)에서 온 책들이 모셔져 있었다. 현실 속 친구들이 이 방에 온 적은 거의 없었다. 미스터 렌이 사람들과 서슴없이 어울리는 성격이 못되기도 했고, 잽 부인이 방문객을 별로 반기지 않는 이유도 있었다. 그렇다 보니 일찌감치 친구 초대에 대한 마음을 접었고, 기념품 회사의 회계 보조원인 찰리 카펜터조차 초대한 적이 없었다. 결국, 책만 남게 되었다. 미스터 렌은 떨리는 손끝으로 조심조심 책들을 어루만지다가 피앤오P&O 크루즈 회사의 관광안내 책자를 집어 들었다. 그리고 이내 환상의 나라로 떠났다.

하늘빛이 인자하게 밝아지던 4월의 어느 토요일 아침이었다. 황금빛 꼭대기를 자랑하는 밝은 상아빛의 메트로폴리탄 타워가 열렬히 아침을 반기며 우뚝 솟아올라 노래하고 있었다. 매디슨 광장을 둘러싼 건물들은 의기양양하게 서 있었다. 빨간 벽돌의 정숙해 보이는 건물 정면이 눈부시게 빛났고, 새로 깐 대리석은 익살맞았다. 5번가 참새들은 앞다퉈 소문을 전달하느라 한꺼번에 요란하게 지저귀고 있었다. 리무진의 금속 장식들은 치아를 드러내고 싱긋 웃고 있었다. 적어도 파란색 더블코트 자락을 흩날리며 5번가를 휘젓고 가는 미스터 렌의 상상 속에서는 그랬다. 미스터 렌은 몇 블록 떨어진 회사까지 일부러 걸어갔다. 그는 저항할 준비가 되어있었다. 시간에 맞서, 진실에 맞서, 그리고…, 음, 그렇지! 상사에게도. 미스터 렌은 침대를 같이 쓰는 친구와 함께 잠에서 깨듯 반항심과 더불어 눈을 떴다. 싸구려 간이식당에서 아침 식사를 했다. 식사시간 내내 지저분한 모자이크식 바닥 위로 햇빛이 어른거렸다.

미스터 렌은 6번가 근처 28번가에 있는 기념품 회사의 벽돌 건물까지 당당하게 걸어갔다. 사무실에 도착한 그는 잘 정돈된 책상 위의 잉크통과 새 장부 더미를 보고 빙그레 웃었다. 오래된 수은등의 작위적인 불빛 아래이긴 했지만, 자리에 앉자마자 저돌적으로 일을 했다. 이렇게 아무 생각 없이 일하는 걸 좋아해서 '좋은 아침!'이라고 외치는 여성 고객의 거만한 호들갑에 당황하지도 않았다. 10시 반이 될 때까지도 미스터 렌은 여전히 책상에 틀어박혀서 서류들과 씨름하고 있었다. 다만 누구든 다가와 그 흐름을 끊어주면, 손가락으로 딱 소리를 내어 멈추게 해주면 즉시 응할 준비가 되어 있었다. 누군가가 그냥 그걸 시도해 주기만 한다면. 그가 바라는 건 오직 그것뿐이었다!

그때 미스터 렌이 의자에서 벌떡 일어나 2미터쯤 떨어진 복도로 총알처럼 튀어 나갔다. '부르르'하고 울리는 무례한 버저 소리 때문이었다. 회사의 책임자 모티머 길포글이 미스터 렌을 소환하는 소리였다. 미스터 렌은 잰걸음으로 복도를 지나 양탄자와 기념품들로 장식된, 햇살이 환하게 비치는 길포글의 방으로 예의 바르게 미끄러져 들어갔다.

길포글의 책상 위에는 진기한 판촉물이 빛나고 있었다. 정향(열대성 정향나무의 꽃을 말린 것. 향신료로 씀 – 역자 주)이 담긴 로코코 시대의 셰익스피어 풍 유리 잉크통과 자그마한 피츠버그 스타일의 철제 잉크통도 놓여 있었다. 미스터 렌은 정오에 잠이 깨어 눈부셔하는 새끼 부엉이처럼 눈을 깜박였다. 길포글이 책상에 주먹을 올려놓고 미스터 렌을 잠시 노려보았다. 그리고 꽃무늬 조끼의 매무새를 바로 잡더니 으르렁거리듯 입을 열었다. 벌겋게 상기된 처진 목살에 가벼운 전율이 일었다.

"이걸 봐, 렌, 대체 어떻게 된 거야? 브롱스 엠포리엄 상점에서 주문한 메이데이 기념품 주문 내역이 이중으로 기록되어 있잖아. 항의 문서를 보내 왔어."

미스터 렌은 화를 꾹꾹 누르고 최대한 예의 바르게 대답했다.

"브롱스 엠포리엄 측에서 두 번 주문했습니다. 그것도 '전화'로요."

"뭐? 그쪽에서 똑같은 주문을 두 번 했다고?"

"네. 제 생각엔 담당자가…"

"그쪽에서도 분명히 확인해 봤다고 그랬어. 어쨌거나 두 배로 지급할 사람들은 아니야. 내가 잘 알지. 굽신거리며 비위를 맞춰 주는 수밖에 없겠군. 이게 다 자네 때문이야. 왜 그렇게 조심성이 없어!"

길포글의 닦달에 미스터 렌은 고개를 두 번 내젓고 한 번 홱 젖혔지만, 그걸로는 분노를 절반도 표현할 수 없었다. 드디어! 여기, 반란의 기회가 왔다. 그가 저항할 절호의 기회였다. 여태까지 꼼꼼하게 일해 왔음에도 불구하고, 늙은 도깨비 같은 길포글은 미스터 렌의 얼굴에 대고 짖어대기만 했다. 왜 이런 대접을 받아야 하는가? 미스터 렌은 떨리는 목소리와 쿵쾅거리는 심장 소리에 속이 메스꺼워졌지만 분명하게 힘주어 말했다.

"주문 두 번 받은 거 확실합니다. 저도 재차 확인했습니다. 그쪽 담당자가 술에 취해 있었다고요!"

주사위는 던져졌다. 이제 미스터 렌은 해고되는 걸까?

"그럴지도 모르지. 재차 확인했다고? 어험! 그럼 주문 기록들 나한테 보내도록 해. 음, 하지만, 어쨌든, 앞으로는 좀 더 조심하도록 해. 가끔 보면 대충대충 하는 모습이 보여. 이제 나가 봐. 어쨌든 자네 부주의 때문에 거래처들이 두 번씩 결제하는 일은 없도록 하게."

미스터 렌은 캄캄한 복도에 멈춰 섰다. 길포글은 미스터 렌의 반란에 크게 신경 쓰지 않는 듯했다. 실제로 신경 쓰지 않았다. 길포글은 속기사에게 전화해서 다음과 같이 전했다.

브롱스 엠포리엄 귀하

안녕하십니까?
우리 직원 미스터 렌이 귀사의 메이데이 기념품
주문 내역을 한 번 더 확인해 봤습니다.

"'한 번 더'에 밑줄쳐 줘, 미스 블라우스타인!"

이미 말씀드린 대로 주문은 전화로
확실히 두 번 들어왔다고 합니다.
미스터 렌은 철저하며 믿음직한 직원이고,
주문 기록도 두 건 모두 가지고 있습니다.
따라서 두 주문 모두에 대한 대금을

지급해 주시기 바랍니다.

미스터 렌은 교활한 직속 상관이 단지 패를 숨기고 있을 뿐일지도 모른다고 생각했다. 어쩌면 길포글이 미스터 렌의 반항을 눈치챘을 수도 있다는 생각에 미스터 렌은 점심시간 이후까지 기분이 좋았다. 하지만 3시가 되자 업무를 처리하느라 미스터 렌의 머릿속은 다시 흐릿해졌고 지금이 4월이라는 사실도 잊고 일에 몰두했다. 문득 길포글이 자신에게 어떤 조치를 취할지 두려워지기 시작했다. 일자리를 잃게 될지도 모르리라. 일자리! 미스터 렌은 길포글이 알아채기 바라며 일부러 불필요한 연장근무를 했다. 미스터 렌이 지친 몸을 이끌고 비틀비틀 집으로 향했을 땐 실직에 대한 두려움과 사직서를 던지고 싶은 욕구가 거의 맞먹는 수준이었다.

너무 늦게까지 일한 탓에 일요일 아침 잠자리에서 눈을 떴을 때도 미스터 렌은 숫자 때문에 머리가 어지러웠다. 싸구려 간이식당에서 아침 식사로 커피와 팬케이크를 먹으며 바라본 창밖 풍경도, 시멘트 보도블록 사이의 선들이나 하얗게 내리쬐는 햇살이 마치 주문표 서류의 가로세로 줄 같아서 짜증이 났다. 길쭉한 보도의 연석은 주문표의 빈 제목 칸처럼 보였다. 심지어 식당 건물과 평행선으로 이루어진 양철 지붕 형상의 꼭대기마저 그가 자로 잰 듯 단조로운 길을 걷는 따분한 사람이라고 조롱하는 듯 느껴졌다.

미스터 렌은 식사를 끝낸 후 일요일에는 배달이 오지 않는 우편물을 찾으러 곧바로 우체국 영업점으로 향했다. 하지만 편지는 실망만 안

겨주었다. 미스터 렌은 백야의 나라(노르웨이, 스웨덴, 핀란드 – 역자 주)에 대한 근사한 그림이 가득한 여행 정보가 담긴 책자를 고대하고 있었다. 충분히 실현 가능하면서도 쉽사리 접근할 수 없는 색다른 여행을 제안하는 그런 책자를 기대했는데 웬걸, 달랑 사촌 존이 보내온 편지 한 통뿐이었다. 존은 미스터 렌이 뉴욕 파르테논에 살 때 한창 뒷마당에서 놀던 시절에 '자주 놀러 오던 소년'이었다. 미스터 렌은 편지를 열어 보지도 않은 채 코트 안주머니에 쑤셔 넣고 물고 있던 이쑤시개를 던지며 일요 도보 여행을 위해 발길을 옮겼다.

23번가를 따라 노스리버 여객선 선착장까지 걸어갔다. 전차 트롤리를 타고 가려면 요금을 내야 했고, 그는 미래의 멋들어진 여행을 위해 돈을 모으는 중이었기 때문이다. 머리 위로 자유로운 방랑자처럼 흘러가는 4월의 구름이 그 흥겨움으로 미스터 렌의 어깨를 들썩이게 했다. 미스터 렌은 센트럴 파크의 고삐 풀린 양들처럼 보도 연석 위를 펄쩍펄쩍 뛰어다녔다. 적어도 구름에서는 판매 장부가 연상되지 않았다. 구름 덕분에 들뜬 마음으로 잡념을 날려버리고 한가로이 걸음을 옮기는 미스터 렌의 3달러 80센트짜리 구두의 덧댄 앞코가 창고 건물들을 지나갔다. 23번가를 실제로 거들먹거리며 걸은 건 딱 한 번이었다. 9번가 모퉁이의 지저분한 고가철도 아래서 미스터 렌은 두 블록 떨어져 있는 고딕 양식으로 지어진 총회신학대학교 벽돌 건물을 발견했다. 건물의 뾰족한 입구는 이국적인 미를 뽐내고 있었다.

그의 진짜 목표는 기차에 사치스럽게 몸을 맡긴 채 나른한 여행을 하거나, 배를 타고 물보라를 일으키며 모험 가득한 사우스리버로 항해를 떠나는 것이었다. 미스터 렌은 노스리버 여객선에 올라 흡연실을 스쳐 지나갔다. 그는 담배를 피우지 않았다. 흡연 습관은 여행에 필요한 돈을 바닥내 버리니까. 일단 상갑판에 자리를 잡자 비로소 그가 여객선을 타고 항해에 올랐다는 사실이 실감 났다. 그랬다. 뭔가 대단한 행동을 취한 것도 아닌데 미스터 렌은 어느새 여정의 길에 올라 있었다. 이 거대한 배가 닿는 곳마다 혁신을 일으키고 전진을 준비하는 세상이 되어있음을 목도 하게 해주었다. 모험의 즐거움은 마치 아르고호號(그리스 영웅들이 타고 원정을 떠났던 배 - 역자 주)를 사로잡던 역사 속의 어느 부산한 아침으로 세상을 다시 돌아가게 만든 듯했다.

미스터 렌은 스쳐 가는 여객선들에는 흥미를 느끼지 않았다. 그는 여정에 나서는 일은 아껴두었지만, 잘 정리된 여행 관련 정보들 덕분에 온갖 종류의 여행에 꽤 익숙했다. 그는 세 번째 선착장에 정박한 캄파냐호號에 대해서도 잘 알고 있었다. 할렘 지역의 어느 식료품 잡화상에게 캄파냐호號의 장점을 거론하며 배의 굴뚝들과 조종 스틱, 톤수와 속도에 관해서도 설명해 줄 정도였다. 흥미를 덜 느낀다고는 했지만, 만약 캄파냐호號가 아카디아(르네상스 문학에서 낙원으로 묘사된 곳 - 역자 주)로만 데려가 준다면 뭔들 못 하겠는가! 탑처럼 높이 솟은 대도시의 건물 단지와 고층 빌딩, 아이스크림 막대같이 생긴 타임스퀘어의 건물들을 수 세기 동안 베일에 싸여 있던 대성당이 있는 오래된 성지의 평온함과 비교할 수 있을까! 미스터 렌은 이런 생각을 하며 혼자 콧노래를 흥얼거렸다. 소리는 내지 않았지만. 그는 오랫동안 누군가가 아카디아에 관해 얘기하는 걸 들어 본 적이 없었다. 미스터 렌은 스스로 되뇌었다. 그래, 지금 난 여객선을 타고 있어. 진흙투성이 머지강을 거슬러 올라가고 있고(무슨 소린지 궁금하다면 W. S. 여행 일기를 참고하도록), 오르간 연주를 보기 위해 세인트 조지 광장으로 향하고 있어. (영국 베데커baedeker 여행 안내서를 보면 나옴) 그런 다음 런던행 급행열차를 타고…, 어이쿠! 여객선이 선착장으로 미끄러져 들어갔다. 미스터 렌은 스릴을 즐기기 위해 뱃머리 쪽으로 재빨리 걸음을 옮겨 높이 쌓인 채 흔들리는 물건 더미들을 등지고 들창코처럼 툭 튀어나온 곳에 섰다. 배가 육지로 다가가자 갈색 물살이 하얗게 부서지면서 뱃머리를 간질였다. 배에서 내린 미스터 렌은 사람들 무리에 밀려 연안여객터미널에 도착했다.

미스터 렌은 터미널에서 울려 퍼지는 찬가를 듣고 환희에 차서는 역을 가득 메우고 있는 사람들을 보지도 못했다. 터미널의 거대한 천장은 강건한 군마들의 육중한 발굽 소리 같은 웅성거림으로 가득 찼다. 마치 집에만 틀어 박혀있는 사람들을 경멸이라도 하는 듯. 시인이라면 미스터 렌의 열정을 빛바랜 비유를 써서 그렇게 표현했을지도 모른다. 하지만 미스터 렌 식의 표현은 이랬다.

"맙소사!"

그는 터미널 안을 거닐며 게이트마다 걸린 표지판의 목적지들을 읽었다. 시카고(대평원! 로키산맥! 광산 너머 수 놓인 일몰!), 워싱턴, 그리고 마법 같은 사우스랜드. 그곳으로 튼실한 말들이 흑회색 갈기를 세차게 휘날리며 질주하고, 시속 100킬로미터의 속력으로 내달리는 말의 강인한 발굽이 우렁찬 울림을 일으켰다. 아주 좋다. 거기에 맞춰 미스터 렌도 육중한 말 위로 훌쩍 올라타고 시카고와 사우스랜드로 돌진할 것이다. 준비되자마자 즉시.

미스터 렌은 발길을 옮겼다. 코틀랜드 스트리트로, 롱아일랜드 시티로, 그리고 마침내 해군공창(해군에서 함정과 병기 따위의 제조 및 수리에 관한 업무를 맡아보는 기관 - 역자 주)에 이르렀다. 가는 길에는 부정기 화물선들이 닻을 내리고 있는 부두가 있었다. 미스터 렌은 언젠가 정년이 보장된 선원이 되어 그 배에 오를지도 모른다는 생각이 들었다. 지금껏 살아오면서 출항의 기회를 달라고 선장에게 애걸하는 따위의 무모한 행동은 해본 적이 없다. 하지만 웨스트 스트리트에 위치한 복음선교회의 무임승선 사무실을 찾아간 적은 한 번 있었다. 나이가 지긋해 보이는 선교회 직원이 탐탁지 않은 표정으로 퉁명스럽게 미스터 렌에게 물었다.

"직업이 선원입니까? 아니라고요? 그렇다면 해 줄 수 있는 일이 없군요. 구원은 받으셨소?"

미스터 렌은 다시는 그렇게 두려운 상황에 대한 위험을 감수하고 싶지 않았다. 하지만 언젠가 황금빛 아침이 어스름한 새벽을 밝히는 날, 야자수로 둘러싸인 석호(사취, 사주 따위가 만의 입구를 막아 바다와 분리되어 생긴 호수 – 역자 주)로 반드시 유람선 여행을 떠나리라.

롱아일랜드 시티를 걷다가 스쳐 지나가던 몇몇 선원들과 이야기 나눌 기회를 용케 얻었다. 노르웨이인 갑판 장교가 사실은 총기 밀반입자라는 사실을 알려주면 그의 동료들이 깜짝 놀랄 테지만 그냥 꾹 참았다. 사실 미스터 렌은 원하지 않는 대화의 늪에 빠진 남자를 붙들고 카리브해에서 일어난 장황한 이야기를 늘어놓았다. 미스터 렌은 연습선에 탄 수병들이 부러워서 해군 제독의 바지선에 승선한 대통령의 내빈이라도 되는 듯 경솔하게 바다로 가려다 매장을 어슬렁거리던 여자 판매원의 빤히 쳐다보는 눈빛에 겁을 먹고 집으로 발길을 돌렸다. 황혼이 지기 전에, 잽 부인의 궁핍하나마 출입 허가가 난 내 집으로.

황혼이 미스터 렌의 3층 현관에 마치 마법의 주문을 건 듯 걸려 있었다. 미스터 렌은 온종일 열심히 돌아다닌 탓에 가냘픈 다리가 욱신거렸지만 즐거운 마음으로 창가의 흔들의자에 앉아 수북이 자라난 황갈색 콧수염을 만지며 오늘의 짧은 방랑을 돌이켜 보았다. 가스등이 켜지자, 지리학 잡지 속 사진들을 동경의 눈으로 바라보며 한 시간 남짓 행복한 시간을 보내다가 누군가에게 하품하며 얘기하듯 입을 열었다.

"됐어, 윌리엄 렌. 이제 보송보송한 이불 속으로 기어들 시간이야."

미스터 렌은 기성복 정장을 벗어 흔들의자의 등받이에 가지런하게 걸쳤다. 그리고 구식 면 잠옷을 입고 침대 끝에 걸터앉아 졸린 듯 머리를 긁적였다. 마치 윤기 없는 깃털의 작달막한 희귀 새 같았다. 아함! 얼마나 피곤한 하루였던가! 그는 일어나 창문을 열었다. 그러자 잘 길들여진 심장이 갑자기 왈츠를 추듯 빠르게 뛰기 시작했고, 곧, 3층 현관의 마법과 잠에 대해서는 까맣게 잊어버렸다. 창문으로 노스리버 여객선의 무적(안개가 끼었을 때 선박끼리의 충돌을 막기 위해 등대나 배에서 울리는 고동 – 역자 주) 소리가 합창곡처럼 들려왔다.

"뿌우우우!"

안개를 뚫고 고군분투하며 항해하는 거대한 여객선임이 분명했다. (사실은 작은 여객선이었다) 정기여객선! 여객선이 선착장을 출발한다면 꼭 저런 굉음을 낼 터이다! 미스터 렌이 선착장을 떠날 때도 저런 굉음을 내리라!

"뿌우! 뿌우우!"

또 다른 정기여객선이었다. 요란하게 울리는 그 합창 소리가 오늘 겪은 모든 모험을 거듭 상기시켜 주었다.

미스터 렌은 다시 침대 위에 털썩 걸터앉아 걸어놓은 옷가지들을 멍하니 응시했다. 코트 안주머니 밖으로 사촌 존의 뜯지 않은 편지가 툭 불거져 나와 있었다. 편지를 꺼내 한 단락을 읽었다. 그리고는 침대에서 튕겨 나오듯 일어서서 잠옷 차림으로 타란텔라 춤(빠른 음악에 맞춰 팔다리를 움직이며 경쾌하게 추는 이탈리아 나폴리의 민속 무용 – 역자 주)을 추고, 술 취한 인디언 야키족처럼 껑충거리며 뛰었다. 편지는 미스터 렌의 아버지가 유산으로 남긴 파르테논의 농장이 팔렸음을 알리고 있었다. 절벽 근처였던 농장의 위치가 파르테논의 하계 문화교육학교 협회에 안성맞춤인 위치여서 큰 가치를 발휘한 것이다. 덕분에 지금 그의 파르테논 국립은행 잔고는 940달러나 되었다! 이제 미스터 렌은 부자가 되었다. 그 돈이면 수개월 동안 (알뜰하게 산다면) 지구를 종횡무진하며 탐험할 수 있었다. 방랑의 세계를 배우고, 직업이나 수입 없이 사는 사람들의 수수께끼를 알게 될 때까지. 미스터 렌은 베개가 뭉개지도록 얼굴을 푹 파묻고 격분해서 흐느끼기 시작했다. 가슴이 철렁 내려앉고 온몸이 와들와들 떨렸다. 그러다가 웃기 시작했다. 옆방으로 달려가 일면식도 없는 이웃에게 세상을 뒤바꿔 버린 이 소식을 알리고 싶었다. 물론 실행하진 않았다. 혹시 잽 부인이 깨어 있는지 궁금해 복도 쪽으로 귀를 기울여 보았지만 아무 소리도 들리지 않았다. 그는 다시 세계지도를 흐뭇하게 바라보며 말처럼 펄쩍펄쩍 뛰었다.

"맙소사! 이런 일이 일어나다니. 이제 여행만 다니면서 살아도 돼.

난파선이나…, 뭐 그런 거에…, 겁먹지 않을 거야. 절대로. 맙소사! 근데 지금 잠들지 않으면 내일 회사에 늦겠지!"

미스터 렌은 새벽 3시가 되어서야 겨우 잠들었다.

월요일 아침에 눈을 뜨자 지난밤의 기이한 행동들이 떠올라 부끄러운 마음이 들었다. 하지만 회사에는 제시간에 도착했다. 그의 머릿속은 재산에 대한 염려와 언제 세계를 향한 방랑을 시작할지에 대한 고민으로 뒤숭숭했다. 회사에 지각할 경우 마뜩잖아할 상사의 태도도 너무 잘 알고 있었으니까. 미스터 렌은 아침 내내 아무 일도 하지 못하고 느닷없이 찾아든 거액의 돈을 두고 이리저리 계산만 해댔다. 그 돈에 그동안 모아온 저축액을 더하고 증기선 요금을 빼고 하면서 반쪽짜리 이면지를 숫자로 채웠다. 점심시간은 업무에서 벗어나 자신을 위해 쓸 수 있는 시간이었다. 28번가와 6번가에 바짝 붙어 있는 위험하지만, 낭만적인 지역을 탐험하기 딱 좋은 시간이었다. 하지만 미스터 렌은 회계 보조사원인 찰리 카펜터와 점심을 먹으러 나가야 했다. 어쩌면 찰리 카펜터에게 이 좋은 소식을 알리게 될지도 모른다. 찰리에겐 회사의 책임자 길포글의 횡포를 털어놓고 함께 공감해줄 친구가 종종 필요했다.

미스터 렌과 찰리는 점심 식사 장소로 드루벨 식당을 선택했다. (찰리가 선택했음을 밝힌다) 미스터 렌이 소심하게 말을 꺼냈다.

"나 자네한테 전해 줄 깜짝 놀랄 소식이 있어."

하지만 찰리는 미스터 렌의 말을 끊어 버렸다.

"이봐, 도깨비 같은 길길이 포글이가 오늘 아침에 날뛰는 거 들었어?

더는 참을 수가 없어. 이봐, 들었어? 그 늙은 영감탱이가…"

"문제가 뭐였는데, 찰리?"

"문제? 아무 문제도 없었어. 도깨비 같은 길길이 포글이가 문제였지. 회계 장부에 작은 실수가 있었어. 아니, 그 늙다리 영감탱이도 자기한테 일흔 개가 넘는 장부를 하나하나 다 확인하고, 계산기도 제대로 다룰 줄 모르는 멍청한 여자애의 행동을 일일이 다 관찰하라고 시키면, 저도 얼굴이 파랗게 질려 길길이 날뛸 거면서. 보나 마나 아무것도 못하고 실수만 주야장천 할 거야! 있잖아, 내 생각엔 그 늙다리 영감탱이가 아침에 거지 같은 식사를 한 게 틀림없어. 소화 시키기 위해 운동을 하고 싶었던 게지. 나, 이 찰리가 그 운동의 희생양이었던 거고. 날 호출하고, 호통치고, 그리고 날…. 그래, 이실직고할게. 내가 할 테면 해보라고 호언장담하며 덤볐어!"

찰리 카펜터는 장황하게 한바탕 쏟아내더니 중풍 걸린 환자처럼 머리를 빠르게 흔들고는 고약한 냄새의 담배를 입으로 가져갔다. 그 느릿한 동작이 채 끝나기 전에 그날의 잘못된 대응에 대한 기억이 다시금 그를 사로잡았다. 찰리는 오른손을 도로 테이블에 털썩 내려놓았다. 담뱃재가 부서져 내렸다. 그는 신경과민에 시달리는 환자처럼 머리를 짜증스럽게 홱 젓히더니 양손을 발작적으로 흔들며 신음을 냈다. 잘생긴 매끈한 얼굴이 한풀 기가 꺾여 시무룩해졌고 평소 보다 상기되어 있었다.

"사실이라고! 자네 가진 걸 몽땅 배팅해도 좋아. 난 내 방식으로 길포글에게 알려줬어. 더는 이런 말도 안 되는 대우를 참고 있지만은 않을 것이오! 하고. 내 강렬한 눈빛만으로. 정말이야! 그 영감탱이 버르장머리를 고쳐 놓을 거야. 두고 보라고. (어이, 드루벨! 레몬 머랭은 없나? 한 덩어리만 가져다주겠나?) 그나저나, 렌. 내가 진짜 언젠가는 그 늙은 뚱보 게으름뱅이 사팔뜨기를 마구 패서 코를 납작하게 해 줄 거야. 두고 봐. 골치 아픈 아내만 아니었으면…, 내 언젠가는 아내도 내다 버릴 거야. 그리고…"

"그래."

미스터 렌이 무뚝뚝하게 대꾸하곤 말을 이었다.

"지금 자네 마음이 어떤지 잘 알아, 찰리. 하지만 곧 괜찮아질 거야. 걱정하지 마. 아…, 그리고, 뉴스가 있어. 아버지한테 물려받은 땅이 이번에 팔렸는데 자그마치 1,000달러나 돼. 그래서 오늘 점심은 내가 살까 해. 내가 계산하는 거야, 찰리."

찰리는 기다렸다는 듯이 알았다고 대답했다. 그리고 이렇게 덧붙였다.

"잘됐어, 렌! 멋져! 축하해, 정말. 그런 일의 주인공이 자네라서 더 기쁘군. 자네가 온순한 양처럼 보이지만 속은 그렇지 않잖아. 그건 그렇고, 말 나온 김에 나 50센트만 빌려주면 안 될까? 토요일에 갚을게. 고마워. 꼭 갚을게. 와! 자넨 우리 회사에서 늙은 도깨비 길길이 포글이 얘기를 터놓을 수 있는 유일한 사람이야. 그 영감탱이…"

"아, 찰리. 길포글을 너무 그렇게 욕하지 않았으면 좋겠어. 내겐 늘 공정하게 대해 주거든."

"길길탱이가 공정? 차라리 지구를 네모나다고 하지. 렌, 자네도 알면서 그래. 이제 돈도 두둑하겠다, 더는 직업에 목매지 않게 될 테니, 곧 나처럼 그 영감탱이를 후려치고 싶어질 거라고. 그럼!"

찰리는 순간 좋은 생각이 떠오른 듯 흥분하며 허공에 대고 주먹을 휘저었다.

"아니! 진짜로 한 대 후려치는 건 어때? 렌, 다들 자넬 엄청 지지하잖아. 자네가 아는 것보다 훨씬 더, 무진장 많이. 그건 내가 보장해. 아니, 누가 시킨 것도 아닌데 재고관리 업무를 자네가 반 이상이나 해 주잖아. 이렇게 해, 렌. 길길탱이한테 가서 주급을 25달러로 올려 달라고 해. 지금 당장 올려 달라고. 아니, 30달러로 하자! 그럴 자격 있어. 적어도 그 언저리는 되지. 물론 포글이가 길길이 날뛰겠지. 한 번만 더 임금 인상 얘기를 거론하면 해고해 버린다고 협박할 거야. 그때 자네가 어디 해보라고 말하는 거지. 그러면 어떻게 할까? 자신의 패를 보여주겠지!"

"그래. 하지만, 찰리. 길포글이 자기 마음대로 할 수 있는 게 아니고 임원들에게 보고해야 할 의무가 있는 거 알지? 만약 내 말을 듣고 주급을 그만큼 올려줄 수 없다고 생각되면, 자기 의지랑 상관없이 나를 무조건 해고해야 할 거야. 그리고 우리에게 남겨지는 건, 아니 그들에게 남겨지는 건, 곧 닥칠 성수기를 판매부서원 한 명이 부족한 채로 일하게 되는 상황이라고."

"그래, 렌. 그게 바로 우리가 원하는 그림이야. 그렇게 되면, 회사에는 두 명이 빠지는 셈인 거야. 2점짜리 카드를 취할지 버릴지 고민하게 해서 그들을 괴롭히는 거지. 그리고 제일 괴로워할 사람은 바로 모티머 길길탱이 씨겠지. 할렐루야! 성수기를 코앞에 두고 길들이려는 시도를 그 영감탱이는 알 수 없다고. 지금이 기회야. 자, 자! 기회를 날리지 마."

"맙소사, 찰리. 난 그렇게 못 해. 내가..., 어디 보자..., 7년 동안이나 몸담은 기념품 회사를 망가트리길 원하는 건 아니지?"

"글쎄, 자넨 뼈 빠지게 일이나 하고 싶은 거야? 평생 주급 19달러나 받으면서 살고 싶나 보군."

"이런, 찰리. 감정적으로 받아들이지 마, 제발! 내가 떠나고 싶은 건 맞아. 여행도 다니고 그러면서 살고 싶어. 맞아! 나도 여기저기 떠돌아 다니고 싶어. 하지만 갑자기 지금 당장 버스에 올라탈 수는 없다고."

"이 사람 순해 빠져가 지고, 아직도 모르겠어? 자네가 떠나는 게 아니라, 회사 측에서 자네한테 합당한 임금을 주거나, 자네를 놓치거나 둘 중 하나를 선택해야 하는 문제라고."

"아, 난 그런 거 모르겠어."

찰리는 확실치 않은 상황을 꾸며내며 자신만의 논리를 세워 미스터 렌을 설득했다. 미스터 렌은 그가 거는 최면에 걸릴까 봐 두려웠다.

"안 돼, 안 해!" 미스터 렌이 떨리는 목소리로 소리쳤다.

"그래. 알았어!" 찰리가 으르렁거리듯 내뱉었다.

"자네가 그렇게 길탱이의 희생양이 되고 싶다는데 뭐…. 그래, 그렇게 해. 자네가 꼭 회사에 남아있을 의무가 있다면 회사에 남아있어야지…. 좋아, 그럼 난 이만 꺼질게. 회사 들어가기 전에 양말이나 사야겠어."

찰리가 나간 후, 미스터 렌은 알 수 없는 우울감에 빠져 천천히 드루벨 식당에서 나왔다. 찰리조차도 미스터 렌이 '남아있을 의무가 있다'고 인정했다. 그렇다면 무시무시한 모티머 길포글이 누군가가 사임하는 상황을 손 놓고 구경만 하고 있으리란 가능성이 어디에 있단 말인가? 가능한 퇴사 방법은…, 그런 다음 세계 여행을 떠나기를 기대해 볼 수 있는 방법은 우선 미스터 렌이 성수기 몇 달 동안 회사의 노예로 남아있다가 오늘이다 싶은 날, 길포글과 대면해 끔찍한 15분의 대화를 주고받고 나면, 그는 자유의 몸이 될 터이다. 그는 이 과정이 마치 한겨울 대서양을 헤엄쳐 건너 마침내 유럽 땅을 밟는 일인 것만 같아서 싱긋 웃음이 났다.

미스터 렌은 2달러짜리 손목시계를 들여다보았다. 점심시간이 9분 정도 남아있었다. 9분간의 방랑의 시간. 그는 길 건너편에 있는 그리스 음식점을 쳐다보았다. 간판의 그리스어는 '아테네의 유적'인 듯했다. 이웃한 중국 음식점은 촙 수이(다진 고기와 야채를 볶아 밥과 함께 내는 중국 요리 - 역자 주)를 파는 곳이었다. 빨강 노랑의 용 그림이 새겨진 가게의 2층 창문으로 필시 크리스 단도(칼날이 물결 모양인 작은 칼 - 역자 주)나 '이름 모를 중국 칼'을 가지고 다닐 법한 땅딸막한 중국인 주방장이 보였다. 미스터 렌이 지금껏 이곳을 지나면서 백 번은 봐 온 풍경이었다. 꼬챙이에 꽂힌 통 오리가 주황색으로 달아오른 석탄 난로 망 앞에서 윤기 나는 갈색빛을 발하며 잘 구워지고 있었다. 그 옆 모피 가게의 창가에는 시베리아(시베리아! 시퍼런 청회색의 북극해와 제복을 입은 경비대원들이 지키는 '용감무쌍한 정치범' 수용소. 미스터 렌이 아카데미 오브 뮤직 공연에서 본 바로는 그렇다) 여우 가죽과 북극곰(그에게는 오로라, 오랜 도보 여행, 이글루의 밤을 의미했다) 가죽이 걸려 있었다. 그리고 그 옆의 꽃가게! 꽃가게의 난초(그는 난초에 대해 얕은 지식밖에 없었고, 그마저도 온통 불분명했다)가 미스터 렌에게 정글에 대해 정열적으로 속삭였다. 그는 찰나였지만 정글에서 잠자고 있는 비단뱀을 보았다. 그리고 어느 시 구절에서 봤던…, 만달레이(미얀마 중부에 있는 도시 - 역자 주)…, 뭐더라? 정글에 관한 거였던가? 아무튼, 시는 이러했다.

마늘 향의 독한 냄새가 풍기는 곳,
그리고 햇살과 야자수와 종소리들.

미스터 렌은 얼른 사무실로 돌아가야 했다. 그래도 잠시 멈춰 서서 길 어귀에서 아쉬운 듯 쳐다보고 있는 꽃을 배달하는 말의 머리를 쓰다듬었다.

"가엾은 말아. 뭔 생각을 그리하니? 서커스 말이 돼서 전 세계를 돌아다니고 싶지? 함께 떠나볼까? 참, 너는 못 하겠구나? 이런 가여운 친구!"

3시 30분. 직장인에게는 하루의 일과가 결코, 하늘이 무너져도 끝날 것 같지 않은 시간이다. 미스터 렌은 업무 스트레스로 휘청거렸다. 길포글과 찌릿찌릿한 면담을 하고 나자 그 정도가 더 했다. 길포글이 잠시 짬이 나서 가진 몇 분간의 면담이었을 뿐인데도.

"대체 이유가 뭐야."

길포글은 미스터렌을 닦달했다. 사실 그는 '이유' 따위에는 관심이 없었다. 그냥 직원들을 체계적으로, 효율적으로 관리하는 방법이랍시고 그 말을 했다. 업무 효율성이 낮은 직원을 효율적으로 관리하는 방법이라고 경제 잡지에서 읽은 문구였다.

5시 20분. 길포글이 미스터 렌을 소환했다. 특별한 성과도 없는데 뜬금없이 미스터 렌을 칭찬하더니 일과 후에 찰리 카펜터, 창고 직원 한 명과 함께 마감 세일 중인 탁상시계의 물품 목록을 작성하라는 뜻을 넌지시 비쳤다. 미스터 렌은 자리로 다시 돌아가는 길에 복도 창문을 지나치다가 우뚝 멈춰 섰다. 늦은 오후 햇살이 너무도 탐이 났다. 고층 빌딩들의 처마 장식들이 반짝거렸고, 유리로 마감된 겹겹의 건물들 틈으로 저녁노을이 강렬히 비치고 있었다. 미스터 렌은 창밖의 저 거리에, 쇼핑객들 틈에 끼어 있고 싶었다. 도깨비 영감 길길이 포글은 미스터 렌을 배려해 주지 않는데, 어째서 미스터 렌은 회사에 충성해야 하는가?

2장. 리 테레사 잽과 산책을 나가다

미스터 렌은 늦은 시간까지 물품 목록 정리 업무를 마치고 회사를 나와 14번가를 배회했다. 절망스러우리만치 삶의 방향을 잃은 기분이었다. 최악의 문제는 더 이상 니켈로리온 극장에 영화를 보러 갈 수 없게 되었다는 사실이었다. 검표원에게 무시당한 날 이후로는 한 번도 가지 않았다. 그때 미스터 렌의 눈앞에 니켈로리온 극장의 간판이 번쩍이며 미스터 렌을 유혹했다. '대 열차 강도. 오늘 밤 상영'이라고 적혀 있는 벽보가 미스터 렌의 심장을 계단이라도 뛰어오른 듯 벌렁거리게 했다. 그는 매표소로 달려가 호기롭게 5센트를 내밀었다. 문득 표를 내미는 매표소 여점원의 정수리를 보며 기묘하다고 생각했다. 왜 그녀가 고개를 쑥 내밀고 그를 쳐다보는 기분이 들까? 미스터 렌은 표를 수거함에 넣으며 황동 단추 유니폼을 입은 검표원을 애써 외면했다. 한 19분의 1초(0.05초)쯤. 하지만 고개가 저절로 제자리로 돌아갔다. 미스터 렌은 온전히 그 검표원을 쳐다보고 있었다. 고개를 절반쯤 숙여 인사를 건네는 모습으로. 그리고 영혼 없는 인사와 함께 '좋은 저녁 되십시오.'라는 대답이 돌아왔다. 미스터 렌은 즐거움에 겨워 단조로운 콧노래를 흥얼거렸다. 그는 자리로 가는 길에 덩치 큰 독일 사람의 발에 걸려 중심을 잃을 뻔했다. 미스터 렌은 곧바로 사과했다. 마치 많은 친구와 서슴없이 웃고 지내는 일에 익숙한 사람이라도 되는 듯이.

영화 '대 열차 강도'는…, 뭐랄까…, 미스터 렌은 영화를 보는 동안 숨찬 목소리로 몇 번이나 '맙소사!'라고 외쳤다. 어떻게 복면을 쓴 저 남자는 저렇게 쉽게 몰래 숨어들고, 또 숨고, 또 숨을 수 있을까. 그것도 덤불 뒤에! 미스터 렌은 마치 영화 속 남자가 자신을 향해 음흉한 웃음을 띠고 쳐다보는 듯해 몸을 움츠렸다. 기차는 위풍당당하게 강도들을 향해 달렸다. 스네어 드럼(뒷면에 쇠 울림 줄을 댄 작은 북 – 역자 주) 소리가 긴장감을 고조시켰다. 이어서 덤불에서 벗어나 질주하는 장면이 나왔고, 고속 화물 열차에 숨은 탐정과 강도들의 격투 장면이 이어졌다. 미스터 렌은 매처럼 사납게 생긴 얼굴의 탐정과 함께 우뚝 서서 멋지게 총을 쐈다. 날렵한 몸매의 그 탐정은 발목을 가죽띠로 친친 동여맨 핑커톤(앨런 핑커톤. 사설 경비 및 사립 탐정 업체 설립자. 미국 남북전쟁 당시 링컨이 개인 경호를 위해 핑커톤사社의 요원들을 고용하면서 명성을 얻었음 – 편집자 주) 느낌의 남자였다. 미스터 렌은 그와 함께 말에 올라타고 강도 무리를 쫓아 숲속을 달렸다. 그는 자리를 지키고 앉아 '대 열차 강도'를 꼬박 두 번이나 보았다.

미스터 렌은 극장 밖으로 나가다가 검표원이 기다란 하늘색 유니폼을 벗고 흔해 빠진 양복 재킷으로 갈아입고 있는 모습을 발견했다. 고관대작이 어떻게 평범한 남자가 되는지 목격한 미스터 렌은 놀란 마음에 발걸음을 멈추고 검표원에게 말을 걸었다.

"음…, 영화가 꽤…, 그러니까…, 꽤 괜찮던데요. 대 열차 강도요. 안 그런가요?"

"예, 뭐…, 혹시 내 모자 들고 튄 꼬마 악당들 못 봤수? 맨날 모자를 훔쳐 가는 놈들. 아, 영화요? 형씨, 난 영화 안 봤수다. 더 이상 영화…,

야! 거기, 눈병 걸린 놈! 게걸음 치는 좌석 안내원! 그래, 너! 네가 내 모자 훔쳐 갔냐? 형씨, 저놈 걸음걸이 웃기지 않수? 근데 여기 좌석 안내원들이 모두 완전 양치기 소년이라우! 귀엽긴 한데 내 모자를 자꾸 매표소 귀퉁이에다 숨겨놓지 뭐요. 아, 영화요? 여태까지 영화 한 번 본 적 없수. 웃기지 않수? 영화 만든 사람의 할머니라도 되는 것처럼 영화를 부르짖지만, 열차 강도고 나발이고 하나도 모른다우. 이제는 신발 차례군. 누가 내 출퇴근용 신발을 훔쳐 간 거야? 아, 열차가 무슨 강도질을 했는지 어떤지 난 모르우!"

미스터 렌은 뒤통수를 한 대 얻어맞은 기분이었다. 영업사원인 그의 심장이 전우애로 불타올랐다. 그는 놀란 마음을 말로 옮겼다.

"어…, 그러니까…, 저번에 내가 그쪽한테 인사했었는데…, 그러니까, 솔직히…, 당신이 날 투명인간 취급하더군요."

"아, 그렇다면…, 그게 바로 다섯 명의 아이들과 다 큰딸 하나, 그리고 수고양이 한 마리를 돌보는 아비에게 일어나는 일이유. 분명 댁을 못 봐서 그랬을 거유. 아마 가족들을 부양할 생각에 빠져 있었겠지, 분명. '누가 내 몫의 레몬 파이를 먹었을까, 피트일까, 조니일까, 아니면 그냥 둘 다 혼쭐을 내버릴까. 아니면 그냥 아내를 쥐 잡듯이 잡을까' 이런 생각을 했을 거유."

미스터 렌은 검표원이 정말로 아내를 쥐 잡듯이 잡을 생각은 전혀, 단연코 없다는 사실을 알고 있었다. 그의 인사와 웃음, 그리고 미소 만큼은 도회적으로 세련되지 않은가. 미스터 렌이 다급히 말했다.

"아, 그래요. 당연히 저를 냉대할 의도가 없었을 거라 확신해요. 아! 갈증나네. 모제스 바로 함께 가시죠. 내 술 한 잔 대접하리다."

미스터 렌은 갑자기 자신이 소비의 나락에 빠졌다는 생각에 경악했고, 황동 단추 유니폼의 남자는 미스터 렌이 술을 사는 의도에 대해 수상하게 생각했다. 하지만 그들은 길 건너 인접한 술집으로 갔다. 뉴욕 모퉁이 술집이었다. 모든 뉴욕의 술집이 그러하듯 '삐까번쩍한' 커다란 거울이 있고, 술잔들이 수북이 쌓여 있었다. 미스터 렌은 허세를 부리며 반짝이는 긴 발걸이 위에 구두를 올려놓았다. 바텐더가 물었다.

"오늘은?"

검표원이 대답했다. "호밀맥주로 줘, 지미."

"음음…" 미스터 렌은 겁에 질린 사람처럼 말끝을 흐리며 말했다.

이제 부유한 시민이 되었음에도 마실 술도 제대로 정하지 못하는 나약한 사람으로 비칠 위기에 처했다.

"요즘 배가 좀 아파서…, 그냥 레모네이드로 한 잔."

미스터 렌의 말을 듣고 검표원이 말했다.

"현자가 사위 삼겠구먼. 난 술이라면 교통경찰처럼 똑 부러지게 절제가 안 된다우. 어느 날 늙은 마누라가 날 부르더군. '모리, 당신이 천국에 갔는데 한쪽에는 맥주 한 양동이가, 반대쪽에는 황금으로 된 하프가 있어요.' 그리고 덧붙이길, '만약 둘 중 하나만 골라야 한다면, 어떤 걸 선택할 거예요?'라고 하더군. 그래서 내가 뭐라고 대답했을까?"

"맥주! 부인이 자네를 꿰뚫어 봤군, 그래." 바텐더가 대답했다.

"자네한텐 판돈 걸면 안 되겠어."

검표원이 단호하게 말하고는 설명했다.

"내가 이렇게 말했지. '나? 하프를 선택해서 전당포에 맡기고 더치 맥주 열 통이랑 사람 크기만 한 럼주로 바꿀 거야!'"

"하하하하!" 미스터 렌이 활짝 웃었다.

"허허허!" 바텐더도 나직이 웃었다.

검표원이 하품하며 투덜댔다.

"아함, 얼른 집에 들어가야겠어. 안 그럼 날 쫓아오는 늙다리 마누라를 피해 온 동네 아파트를 꽁지 빠지게 도망 다녀야 할 테니. 그런 일은 피해야지. 오늘 술은 정말 감사했수, '미스터 음음' 양반. 잘 있게, 지미."

미스터 렌은 기분이 들뜬 상태로 집으로 향했다. 비행기를 조종하면 분명 이런 기분이리라.

그는 잽 부인의 고풍스럽지만 따분한 집으로 씩씩하게 걸어갔다. 외부 사람들이 보는 웨스트 16번가의 이미지가 따로 있겠지만, 미스터 렌에게 그곳은 천국이나 다름없었다. 그는 북극 탐험가이면서 직장에서 신임받는 직원이었고, 지혜롭고 자유분방한 보헤미안에 준하는 사람이었기 때문이다. 또 매의 눈을 한 탐정 친구와 함께 기차 강도를 물리친 육군 중위였다. 미스터 렌은 신이 나서 현관문을 세게 여닫았다. 그는 잘 미안해하는 소심한 미스터 렌이기도 했다. 잽 부인이 길게 늘어진 가운을 입고 아래층에서 계단을 올려다보며 앓는 소리 섞인 잔소리를 늘어놓기 시작했다.

"미스타 렌, 이렇게 늦게 들어올 거면 적어도 시끄런 소린 내지 말아야잖여. 이러다 내가 날밤 새겠구먼? 만약 내가 밖에 나가서 머지 부인을 만나고 커피를 마셔서 불면증을 얻는다면 그건 신의 뜻이겠지. 하지만 자네 같은 신사 양반이 문을 쿵쿵 닫으면서 내 심기를 건드리는 꼴은 도저히 못 봐주겠구먼."

미스터 렌은 위층에서 살금살금 걸어 내려와 침울하게 걸어 들어가는 잽 부인을 따라가며 말했다.

"그게 사정이 있어요, 잽 부인. 저한테 일이 좀 생겼어요. 그래서 자축하느라 이렇게 늦은 시간에 집에 들어왔어요."

미스터 렌이 지하방에 소심하게 앉았다.

"그랴, 자네가 늦게 집에 들어 온 건 나두 알고 있구먼." 잽 부인이 무미건조하게 말했다.

"있잖아요, 잽 부인, 그게…, 어…, 저희 아버지가 돌아가실 때 제 앞으로 땅을 조금 남겼는데 그게 거의 1,000달러에 팔렸지 뭐예요."

"워매, 아주 기쁜 소식이구먼, 미스타 렌." 잽 부인이 구슬프게 말했다.

"이제 자네 방 옆에 있는 복도 방까정 자네가 쓰면 되겠구먼, 미스타 렌. 방 두 개를 쓰면 멋진 아파트에 사는 거 같을 겨." (실제로는 '뭇찐 아파터'라고 말했다)

"아니, 거기까지는 아직 생각 안 해봤어요."

미스터 렌은 죄책감이 들었다. 그때 공장 관리인으로 일하는 리 테레사 잽이 쿵쿵거리며 지하 방 계단을 내려왔고, 미스터 렌은 한없이 친절한 태도로 그녀를 맞이했다. 큰 체격의 테레사는 풍성한 까만 머리에 풍만하고 단정한 외모로 늘 오만불손한 표정을 하고 있었다. 그녀는 미스터 렌의 인사가 끝나길 기다렸다가 코를 한 번 훌쩍거리고는 어머니 잽 부인에게 땍땍거렸다.

"엄마, 걔들이 또 가버려서 우릴 이 시간까지 일하게 했어. 유대인, 백인들이 날 노예 취급하는 거 이제 신물이 나. 악! 걔들 진짜 싫어!"

"테레사야, 미스타 렌이 이제 막 2,000달러를 물려받았댜. 그라고 앞으로 위층 복도 방도 미스타 렌이 쓸거여."

잽 부인은 모성애가 담긴 눈빛으로 마음 약한 세입자를 바라보았다. 하지만 미스터 렌 속에 숨겨진 용감한 탐정 친구가 잽 부인에 맞섰다. 난생처음으로.

"그의 여행비를 낭비하라고요?"

그가 소리 지른 곳은 미스터 렌의 마음속이었다. 실제 입 밖으로 나온 말은 이랬다.

"그 방에 다른 사람이 들어 온 거로 아는데요. 소리가…"

"그 친구! 아, 그치가 거기 평생 살진 않을 거여. 그렇게 말혔어. 그니께 자네가 그 방을…"

"대단히 죄송해요, 잽 부인. 아무래도 그렇게는 안 될 거 같아요. 사실, 잠시 여행을 떠나려고 해요."

"여행을 가도 세는 들어놓을 거잖여, 미스타 렌?"

"아니, 방을 빼게 될 거 같아요. 하지만, 여행을 떠나려면 아직 멀었어요. 한참 멀었죠. 그리고 당연히 기쁜 맘으로 돌아올 거예요. 뉴욕으로 돌아오면 그때 다시 이 집에서 살고 싶어요. 오래 비우진 않을 거예요. 아, 아무리 길어도 1년을 넘기진 않을 거 같아요. 그리고…"

"난 자네가 여서 평생 살 끼라고 말한 줄 알았는디!" 잽 부인이 나직한 목소리로 말했다.

히스테리의 시작을 알리는 신호였다.

"여태꺼정 내가 자네만을 위해 방도 고쳐주고, 벽지도 새로 발라 줬는디. 그리고 자네가 가구 정리를 하고 싶다고 늘상 말해갖고, 내가 자네 방에 가설랑은 계획도 다 세워갖고…"

미스터 렌은 4년 동안이나 잽 부인에게 군말 없이 돈을 지불해 왔다. 그 악명 높은 벽지 도배 비용은 2년 전에 이미 지불했다. 미스터 렌은 당황스러운 마음에 더듬거리며 말했다.

"아, 저기…, 대단히 죄송한데요. 바라건데…, 어…, 저는 안 할…"

"미스타 렌, 어렵지 않으면 떠나기 전에 나헌티 꼭 미리 알려주면 고맙겠구먼. 이 쓸쓸한 집주인에게 텅 빈 방을 남겨 놓고 훽 나가기 전에 말이여. 나는 다른 사람들이 저 방에 돈을 더 내고 오겠다고 한 것도 거절했었구먼. 자네를 위해서 말이여. 그리고 자네를 찾아오는 사람들이 늘 초인종을 누르면 내가 일일이 대답혀 주고…"

그 월셋집의 벌레조차 조그만 소리를 내며 분위기를 바꾸려 했다. 다행히 테레사가 적절한 타이밍에 끼어들었다.

"아, 엄마, 그만 좀 해! 제발!"

그녀는 벌레만 가만히 응시했다. 이제 미스터 렌은 더 이상 평범한 남자가 아니라 갑자기 흥미롭고, 사랑스러워진, 상속까지 받은 남자였다.

"엄마, 미스터 렌이 나가기 전에 어련히 안 알려주겠어. 당분간은 안 떠날 거라고 하잖아."

잽 부인이 앓는 소리를 냈다. "이런! 이제 내 피붙이꺼정 나를 배신하는구먼!"

잽 부인이 자리에서 일어섰다. 그녀의 위풍당당한 풍채는 믿었던 대상에 대한 실망감으로 다소 위축되어 보였다. 그녀의 불길한 예감은 한 번도 틀린 적이 없었다. 그녀는 자리에서 떠나면서 아무 말도 하지 않았다. 그저 한숨만 푹푹 쉬며 터벅터벅 계단을 올라갈 뿐이었다. 미스터 렌은 갑자기 병마에 사로잡힌 사람처럼 보였다. 하지만 테레사는 웃었다.

"우리 엄마가 거만 떠는 모습, 별로죠? 저건 허세예요."

테레사는 하늘하늘한 옷을 입은 채 치마를 팔랑이며 잡지로 가득한 책장 위에 놓인 희부연 거울 쪽으로 걸어갔다. 그녀는 거울을 보면서 번쩍거리는 브라질리언 다이아몬드 액세서리가 주렁주렁 달린 손으로 가발을 매만졌다. 미스터 렌은 아프리카 '퍼프 가발'(흑인들 특유의 곱슬하면서도 펑퍼짐하게 올린 형태의 가발 – 편집자 주)에 대해 들어봤지만, 테레사처럼 머리의 절반가량이 가발이라는 사실은 몰랐다. 그는 가발을 가만히 쳐다봤다. 수치스럽지만 미스터 렌은 리 테레사처럼 풍만하고 활발한 여성을 아는 사실만으로도 영광이라고 생각했다.

"그래도, 잽 부인한테 떠날 거라는 사실을 조금 더 일찍 알릴 걸 그랬나 봐요. 몰랐는데 지금 생각해보니 좀 무례하게 보였을 거 같네요. 뭐라도 좀 선물로 드려야겠어요."

"에이, 순진하긴. 그럴 필요 없어요. 우리 엄마 뒤끝 있는 사람 아니에요. 당신은 항상 우리에게 친절했잖아요. 내가 알기로는 그래요."

그녀가 활짝 웃으며 말을 이었다.

"아까 저녁에 잠시 산책하러 나갔었는데…, 남자들은 여자를 좀 빤히 쳐다보지 말았으면 좋겠다는 생각을 했어요. 왜 그 사람들이 날 그렇게 빤히 쳐다봤는지 아직도 이해가 안 돼요."

미스터 렌은 고개를 끄덕거렸지만, 자신의 대답이 틀린 듯하여 이내 고개를 저었다. 당황한 기색이 역력했다.

"오늘은 저번에 당신이 말해줬던 아르메니아 식당을 지나갔어요, 미스터 렌. 언젠가는 꼭 거기서 식사를 할 거예요."

그녀가 다시 말을 멈췄다. 미스터 렌은 고작 이렇게 말하고 말았다.

"네, 그 식당 괜찮죠."

테레사는 질문이 아니어서 그렇다고 자신에게 말했지만, 결론은 미스터 렌이 눈치코치가 없는 바보라는 사실이었다. 테레사가 집요하게 물었다.

"거기서 식사 자주 해요?"

"그럼요. 거기 꽤 괜찮아요."

"여자 혼자 갈 만해요?"

"어…, 네, 난…"

"그렇군요!"

"네…, 그렇게 생각해요." 그가 어정쩡하게 대화를 끝냈다.

"하아…, 엄마랑 고티가 만들어주는 기름투성이 식사는 정말 지긋지긋해요. 두 사람은 구정물 맛이 나는 스튜 한 솥을 저녁 식사로 여긴다니까요. 그리고 내가 어떤 음식을 조금이라도 좋아하는 티를 내면 그 음식만 줄곧 해 주죠. 싱크대에다 접시째 던져 버릴 때까지요. 가끔 기분 전환도 할 겸 그 식당에 가면 참 좋겠네요. 그렇지만 진짜 여자 혼자 그 식당에 들어가서 식사하는 게 이상하게 보이진 않을지 걱정돼요. 어떻게 생각해요? 아, 이런!"

그녀가 음울하고 슬픈 표정을 지었다. 미스터 렌에게 좋은 생각이 떠올랐다. 그는 테레사를 설득하면 다음에 함께 저녁 식사를 하러 갈 수 있을지 모른다고 생각했다. 그는 부탁하듯이 말했다.

"저기, 언젠가 내가 그 식당에 데려가게 해 줘요, 미스 잽."

"아니, 내가 저번에 테레사라고 불러도 된다고 하지 않았던가요? 나와 친구가 되기 싫은가 보군요. 다른 사람들도 다 그렇듯이…"

그녀는 또다시 침울해졌다.

"아, 기분 나쁘게 하려는 건 아니었어요. 진심이에요. 테레사라고 부르면 너무 건방져 보일 거라고 생각했어요. 그래서…"

"어머, 그럼 그 아르메니아 식당은 당신이랑 같이 가면 되겠군요. 언제 가고 싶어요? 알다시피 난 데이트가 많아 비는 날이 없지만 그래도…, 음…, 어디 보자. 내일 저녁엔 갈 수 있겠네요."

"그럽시다! 그럼 내일 저녁 데리러 와도 될까요, 음…, 테레사?"

"네, 좋은 남자가 되어 준다고 약속하면요. 잘 자요."

그녀는 친밀한 분위기를 풍기며 자리에서 일어났다.

이튿날, 미스터 렌은 니켈로리온 극장으로 허둥지둥 걸어갔다. 그리고 황동 단추가 달린 유니폼을 입은 남자에게 '꽤 기분 좋은 밤'을 보낼 거라고 알려 주었다. 테레사처럼 아름다운 여인이 자신 같은 '열등생'과 데이트해 줄 거라는 생각은 꿈에도 하지 못했다. 그는 테레사가 상속 재산 때문에 데이트를 승낙했을지 모른다는 오싹한 질문을 두고 1분 정도 고민했지만, 악마 같은 생각을 하는 자신을 나무랐다. 이전에 테레사가 늙은 백인의 돈을 노리고 결혼한 사촌을 경멸하는 모습을 본 적이 있지 않은가? 그는 의문이 해결된 것처럼 자신을 안심시켰다. 지나가던 배달원이 자신과 비슷한 의문을 가진 듯 쳐다보자 미스터 렌은 그를 노려봤다. 하지만 그 젊은이가 불쾌감을 표출하자 얼른 점잖은 표정을 지었다.

아르메니아 식당은 특이했다. 외국 음식을 저렴한 가격으로 팔았고, 13번가 아래쪽에 있었지만 아주 자유분방한 보헤미안 스타일은 아니었다. 결론적으로 음악도 그럭저럭 괜찮았고, 미주리주州에서 온, 담배를 뻑뻑 피우며 여자들을 괴롭히는 손님 무리도 없었다. 산적처럼 생겼지만, 본성은 온순해 보이는 부유한 동양 상인들이 되직한 터키 커피를 마시며 양탄자와 혁명에 관한 이야기를 나누고 있었다. 실제로 그 식당은 너무 단순해서 미스터 렌을 마주하고 있는 테레사는 지루함을 느꼈다. 그리고 식당의 메뉴는 사교계의 진수성찬 따위는 없는 이국적인 음식이었다. 그녀는 메뉴판에서 쥐꼬리와 새 둥지를 봤다고 확신했다. 푸아그라나 아보카도 같은 음식이라면 기꺼이 시도해볼 수 있겠지만, '바클라바(종이같이 얇은 파이 반죽 사이에 견과류를 넣고 달콤한 시럽을 부어서 만든 터키의 전통 파이 – 역자 주)' 따위가 아무리 입맛에 맞아도 그것이 일터에서 타인과의 사교적 명성을 얻는 데에 무슨 도움이 되겠는가? 미스터 렌은 테레사의 불만족스러운 눈빛을 보지 못했다. 그는 옆 테이블의 멀끔한 청년이 동석한 검은 옷의 여성에게 메뉴를 추천해 주는 대화를 엿듣고 있었다.

"포도잎 요리 한 번 먹어봐, 울 아기천사. 밀로 만든 필라프랑 부르마(아르메니아 스타일로 만든 바클라바 – 역자 주)도 먹어. 밀 필라프는 사람들의 마음을 편안하게 해 주고 뱃속 기운을 북돋아 주거든. 정말 대단한 음식이지. 부르마는 발랄한 악마라고 할 수 있어. 갈색 장미 같은 페이스트리와 꽃잎 사이사이에 숨어있는 꿀이라니…. 저기요! 웨이터! 포도잎 요리와 밀 필라프, 브루마 주세요! 2인분요. 빨리 주세요."

테레사가 그 남자 말에 코웃음 치며 말했다.

"저 비누같이 느끼하게 얘기하는 남자 말 엿듣는 일이 끝나면 메뉴판에 있는 음식 중 어떤 게 제일 안전한 음식인지 말해 줄래요?"

"난 그냥, 저 남자가 말하는 게 재밌다고 생각해서…"

미스터 렌이 얼른 메뉴판을 보았다.

"시시케밥이 맘에 들 거예요. 그리고…"

"시시키법이라니! 세상에 그런 음식이 어딨어요! 이 식당에는 그…, '터키쉬 딜라이트'인가…, 그런 건 없어요?"

"'터키쉬 딜라이트'는 담배 이름 아닌가요?"

"그게, 아니랍니다. 잡지 기사에서 봤어요. 사람들이 테라스에서 맛있게 먹고 있던…, 그나저나 시시키법이 뭐예요?"

"케밥이요…. 양 꼬치구이예요. 테레사도 좋아할 거예요."

"글쎄요…. 이교도들이 구워 주는 고기는 별로 믿음직스럽지 않네요. 난 그냥 달걀 요리나 그…, 뭐였죠…. 저기 저 멍청이가 얘기했던 게? 버르마? 그거 먹을게요."

"부르마요…. 부르마도 엄청 맛있죠. 꿀도 들어있고. 밥과 피망으로 속을 채워서 만든 다른 요리도 한 번 먹어봐요."

"그러죠." 테레사가 침울하게 말했다.

잽 부인의 표현으로 미스터 렌은 2,000달러나 가진 사람이었지만 웬일인지 이전과 크게 달라지지 않았다. 그는 여전히 '웃기고 약간은 무섭기도 한' 사람이었다. 그녀가 기억하고 있는 남부 지역의 마초 같은 남자들과는 달랐다. 게다가, 테레사는 지금 배가 고팠다. 그녀는 미스터 렌이 주의를 기울이고 있는 '웃기게 말하던 남자와 함께 온 여자의 거대한 모자'에 대한 이야기를 듣는 둥 마는 둥 하며 앉아 있었다.

미스터 렌이 조용히 느긋한 시간을 보내고 있는데 레스토랑의 주인인 '파파' 그로프가 위층에서 내려왔다. 파파 그로프는 폴란드에서 스파이 활동을 하던 러시아 출신의 유대인이었다. 그는 모가도르(모로코 서부의 항구 도시 – 역자 주)에 있는 한 호텔의 지배인 시절 자신을 터키인이라고 소개하며 아르메니아 출신 여자와 결혼했다. 그의 코는 낫처럼 휘었으며 목은 흑인처럼 생겼다. 그는 식당이 좀 더 자유로운 분위기의 타락한 보헤미안 식당처럼 보이고, 자유주의 기독교 성직자들에게는 빈민가를 탐방하는 듯한 기분을 느끼게 해 주고 싶었다. 그래서 수다쟁이들에게 사교계에 진입한다는 기분을 주는 장소가 되길 바랐다. 그는 항상 페즈 모자(일부 이슬람 국가에서 남자들이 쓰는 챙이 없고 위가 약간 좁은 원통형 모자 – 역자 주)를 쓰고 서툰 아랍어로 말했다. 그는 지역적인 색채와 분위기, 보헤미안의 운치까지 지니고 있었다. 미스터 렌이 테레사에게 웅얼거리듯 말했다.

"있죠, 저 남자 보여요? 시그너 그로프라는 사람인데 이 식당의 주인이에요. 저 사람과 몇 번이나 이야기를 나눠 봤어요. 정말 멋지지 않아요? 세상에! 저 높은 코 좀 봐요. 키오스크(벽이 없는 오두막 형태의 터키식 정자 – 역자 주)나 하렘(이슬람 세계에서 가까운 친척 이외의 일반 남자들의 출입이 금지된 장소 – 역자 주)이 생각나지 않아요? 저 남자를 보니 어떤 생각이 드…"

"옷깃이 참 지저분하네요…. 식당 웨이터는 말도 안 되게 굼뜨고…. 혹시 물 한 잔만 더 따라 줄 수 있겠어요?"

쌀쌀맞던 테레사는 부르마를 맛보자마자 미스터 렌의 행동에 대해 관대해졌다. 코코아 두 잔을 마신 후에는 눈매가 부드러워졌고 행동도 살가워졌다. 일전에 그녀는 시내에 볼만한 공연이 있다고 말한 적이 있었다. 지금 그 얘기를 다시 꺼냈다.

"골드 브릭 극장에 가 본 적 있어요?"

"아뇨. 음…, 난 극장을 잘 안 가서요."

"그웬돌린 머지가 보고 와서는 태어나서 본 공연 중에 제일 재밌었다고 하더군요. 두 명의 신용 사기꾼이 작은 시골 마을 전체를 속이는 이야기래요. 진짜 시골 마을에 있을 법한 웃긴 사람들이 엄청 많이 나온대요. 나도 보러 갈 수만 있다면…. 하지만 난 당연히 집에 가서 가족들을 도와야 하죠. 그래서…, 음…, 에휴.”

“아! 괜찮다면 나와 함께 가요. 갑시다. 오늘 저녁에!” 미스터 렌은 새로운 경험을 할 기대에 들떠 가볍게 떨리는 목소리로 말했다.

“오, 글쎄요…. 엄마한테 외출한다고 말하질 않아서요. 하지만…, 뭐, 그래도 당신이랑 같이 있으면 괜찮을 것 같아요.”

“지금 당장 매표소로 갑시다.”

“좋아요.”

테레사가 몹시 열렬하게 찬성했다. 하지만 이내 태도를 고쳐 하품하는 척하며 말했다.

“굳이 가야 하는 건 아니지만, 당신이 원한다면…”

두 사람은 아주 생기 넘치는 발걸음으로 걸어갔다. 테레사는 공장에서 일하는 부하 여직원들이 얼마나 이기적이고, 상사들은 얼마나 쩨쩨한지에 대해 이야기했고, 미스터 렌은 공감해주었다. 그리고 테레사가 ‘그 상사들은 모두 산 채로 팔팔 끓는 물에 집어넣어야 해요. 랍스터를 그렇게 하는 것처럼요.’라고 말할 때는 여러 차례 웃음을 터트렸다. 그러자 테레사는 흥이 올라서 풍자시를 읊듯 그 말을 반복했고 두 사람은 깔깔거리며 어느덧 극장에 도착했다. 미스터 렌은 지루해하는 매표원을 마주하자, 75센트 좌석이 내 형편에 딱 맞다며 계산하던…, 그런 시절이 한 번도 없는 사람처럼 1달러짜리 좌석표 두 장을 샀다. 연극은 백인들의 영리함을 찬양하는 내용이었다. 미스터 렌은 연극 속 사기꾼 영웅들이 거의 모든 사람을 속였다는 사실이 불편했지만, 순식간에 돈을 벌 수 있다는 달콤한 꿈에 마음이 혼란스러웠다. 사기꾼들은 슈퍼맨들이었다. 방망이 대신 신용카드 단말기와 옵션거래를 들고 온 금발의 야수들이었다. 미스터 렌은 한 번도 슈퍼맨을 유심히 관찰한 적이 없었다. 하지만 사기꾼이 특별한 상술로 호텔 야간근무 직원에게 사기를 칠 때, 테레사에게 이렇게 속삭였다.

"맙소사! 저 친구 사람들을 기분 좋게 해 주는 방법을 아네요, 그렇죠?"

"쉬이이이잇!"

테레사가 미스터 렌을 저지했다. 연극이 끝날 때쯤, 활동적인 미국 사업가의 사회적 가치를 보여주기라도 하는 듯 결국엔 피해자를 포함한 모든 사람이 백만장자가 되었다. 미스터 렌은 사람들 틈에 섞여 극장을 떠나면서 기분 좋게 웃으며 말했다.

"마치 내가 백만장자가 된 기분이네요."

그리고 능수능란하게 제안했다.

"자, 어디 식당이라도 가서 뭐 좀 먹죠."

"좋아요."

"음…, 연극을 보고 나니 렉터스 같은 고급 레스토랑에서도 식사할 수 있을 것 같은 기분이 드네요. 그렇지만, 얼레이어즈 식당으로 가죠."

그는 곧 그렇게 말한 것을 부끄러워했지만, 웨이터에게는 꽤 거만을 떨며 웨일스 풍의 토끼 요리와 맥주를 주문했다. 마치 늘 아침을 그렇게 먹는 사람처럼. 미스터 렌은 택시를 잡을 때도 마치 상상 속의 지팡이를 든 사람처럼 거들먹거리며 걸었다. 테레사와 헤어질 때도 친한 사이처럼 행동했다. 그는 테레사의 손을 잡고 따뜻한 악수를 건넸다.

방으로 돌아온 미스터 렌은 겉옷을 벗으며 웨이터에게 했던 행동이 너무 쌀쌀맞게 보이진 않았길 바랐다. 바보같이. 그러나 그는 곧 침대에 누워서 테레사의 머리카락과 맞잡았던 손을 떠올렸고, 세련된 책상에 화려한 복장으로 앉아 퉁명스럽게 은행장을 호출하고 또 누군가에게…, 그는 그다음에 올 단어를 두고 고심하며 잠옷을 허공으로 휙 던져 올렸다. 그래! 누군가에게 펀치를 날리는 모습! 미스터 렌은 빅 비즈니스의 땅에서 자신의 위대한 여행을 할 것이다. 뉴욕에 사는 오천여 명의 왕자들은 나머지 사백만 명의 배은망덕한 노예들로부터 스스로를 지키기 위해 돈벌이의 가치를 외형적으로 알아볼 수 있는 신호로써 멋진 의복, 거대한 집, 자동차와 같이 신성시되는 상징물들을 고안했다. 그리하여 반기를 드는 자들을 유혹해 존경하게 만들고, 비인간적이고 사회에 해가 되는 악령 취급을 하며 다른 '소시민'들로부터 돈을 빼앗는 일을 사회적 가치라고 가르쳤다. 우리의 미스터 렌이 이익을 좇는 꿈만 꾸는 것은 비극이나 마찬가지일 것이다. 미스터 렌은 유행을 따르지 않고 진정으로 자신이 원하는 것을 할 것이다. 하지만 만약 모든 사람이 그렇게 산다면, 경찰과 성직자들은 실직하고 뉴욕의 금융 중심가인 월스트리트와 5번가(미국 뉴욕시에 있는 화려한 번화가로 유명 - 편집자 주)는 산산이 붕괴할 것이다. 이런 이유로 Y.M.C.A.에서는 진지하고 엄숙한 청년들이 진지하고 어리숙한 후배들을 위해 야간 회계 강좌를 연다. 껍데기가 아닌 알맹이의 중요성에 관한 설교들, '생생한 광고를 통해 죽어가는 가게를 살리자'라는 신문 기사들, 정정당당함에 관한 키플링의 책만큼이나 상상력이 넘치는 이야기들, '빈틈없는 지식을 향한 사다리 - 권력과 고임금으로 향하는 길'이라고 외쳐대고 있는 통신교육학교 광고들도 모두 같은 이유로 만들어졌다. 미스터 렌은 이 모든 일에 무관심했다. 상상의 나래가 펼쳐지지 않았다. 하지만 유머러스한 멜로드라마 속에 그려진 빅 비즈니스의 모습이 그에게는 마치 악한을 소재로 한 피카레스크 소설의 모험으로 보였고, 그는 상상 속에서 심각한 위험에 빠져 있었다.

아침 8시의 해가 미스터 렌을 비추었다. 평소라면 미친 듯이 면도를 하고 있을 시간이었지만, 오늘은 기념품 회사의 상급관리자가 된 꿈을 꾸고 있었다. 하지만 명백히 틀린 사실이었다. 기념품 회사의 관리자는 모티머 길포글이었다! 그는 빅 비즈니스를 시작한 거물이 회사에 한 시간이나 늦은 사실에 대해 주의를 주고자 미스터 렌을 호출했다. 설상가상으로, 길포글은 미스터 렌이 다른 직원들보다 시간을 엄수 하는 사람임을 잘 알고 있었다. 무엇보다도 오늘 아침 집에서 먹은 달걀 스크램블이 제대로 익혀지지 않은 점이 그의 화를 더 돋우었다. 달걀이 빈혈 환자처럼 축 처져 있었다. 길포글은 호출 버저를 주먹으로 쳐서 누르고는 문 쪽을 한껏 노려보고 있었다. 미스터 렌은 평소만큼 예의 바르지 않았고, 평소보다 조금 지쳐 보였다.

"이보게, 미스터 렌. 자네 오늘 아침에 거의 한 시간이나 지각했어. 도대체 회사를 뭐로 생각하는 건가? 회사가 나이트클럽이나 떠돌이들을 위한 독서실로 보여? 회사가 이따금 자네를 호출해서 부탁을 들어달라고 요청이라도 한 적 있어? 그랬다면 자네가 요즘 뭐 하고 사는지 골프나 취미생활은 잘 되어 가는지 알 수 있었겠지."

미스터 렌은 부장의 책상 위에 놓인 아기 신발 모양의 바늘꽂이 샘플을 멍하니 바라보며 아무 말도 하지 않았다. 길포글이 말했다.

"내가 하는 말 들려? 내가 지금 자네를 불러 놓고 발성 연습하는 것 같나?"

미스터 렌이 고집스러운 말투로 대답했다.

"어쩔 수 없었습니다."

"어쩔 수 없다니! 지금 그걸 변명이라고 하나! 지금 자네가 무슨 생각을 하고 있는지 알고 있어. 이렇게 생각하겠지. 요즘 자네한테 비즈니스 쪽 업무를 맡을 기회를 많이 주는 이유가…, 자네가 회사에 꼭 필요한 사람이고, 단지 비용의 문제가 아니라…"

"아닙니다. 진심으로 그렇게 생각한 적 없…"

"그냥, 관둬. 우리가 자네한테 왜 월급을 주는 것 같나? 내가 지금 여기서 똑똑히 말해 주지. 자네는 때때로 자네의 소중한 시간을 회사에 바칠 수 없을지 몰라도…, 이 회사는 자네 없이 충분히 얼마든지 굴러간다고."

예전부터 들어온 이야기이고, 여태까지 한 번도 믿은 적이 없던 말인데 갑자기 솔깃해졌다.

"저 없이도 회사가 잘 굴러간다니 정말 다행입니다. 제가 며칠 전에 큰돈을 상속받았거든요! 일 그만두겠습니다! 지금 당장!"

미스터 렌의 고함에 길포글도 미스터 렌도 깜짝 놀랐다. 길포글은 새로운 직원을 구할 걱정으로 콧등에 땀이 맺히면서 안경이 미끄러져 내렸다. 그는 갑자기 오랜 친구처럼 태도를 돌변하며 부탁했다.

"아니, 이런 식으로 회사를 나가는 게 어디 있나! 에헴…, 우리가 자네를 얼마나 중요한 사람으로 생각하는데. 해고한다는 건 농담이었어. 자네도 알지 않는가, 우리 옛날에 모퀸 바에서 진솔한 대화를 나눴지 않나. 어떻게 회사를 떠날 생각을 할 수가 있어! 절대로 안 되지."

"죄송합니다." 미스터 렌은 꿈을 좇는 완강한 병사가 되어 말했다.

"아니…"

배은망덕함의 벌을 제대로 받은 길포글이 울먹였다.

"6월 중순에 떠나겠습니다. 그 정도면 충분히 일찍 말씀드린 거죠."

미스터 렌이 짧게 쩝 소리를 냈다.

오후 5시, 미스터 렌은 니켈로리온 극장 앞 검표 부스의 검표원을 찾아가 외쳤다.

"저기! 당신 아일랜드 출신이랬죠?"

"그렇게 보이우? 내가? 아니라우. 오시코시(미국 위스콘신주州 동부의 도시 – 역자 주) 출신의 중국인이우!"

"아니, 장난치지 말고요. 여행 갈 기회가 생겨서 그래요. 어떻게 생각해요? 끝내주죠! 당장 떠날 거예요. 물어보고 싶었던 건, 아일랜드에서 제일 멋진 곳이 어디예요?"

"당연히 도니골(아일랜드 북단. 영국 북아일랜드와 접경 – 역자 주)이쥬. 내가 거기 출신이거든유."

미스터 렌은 주머니에서 연필과 낡은 종이봉투를 꺼내 신나는 표정으로 여행지 목록에 새로운 목적지를 추가했다. 목록에는 델라고아만(아프리카의 모잠비아 남부, 인도양에 면한 만 – 역자 주)에서부터 덴버(미국 콜로라도주州의 도시 – 역자 주)까지 수많은 여행지가 적혀 있었다. 미스터 렌은 하늘에 떠 있는 별을 보며 주택가를 펄쩍펄쩍 뛰어다녔다. 14번가 끝에 서서 점점 다가오는 대형 선박 큐나드호號의 굴뚝을 보고 탄성을 질렀다. 그리고 구두매장 진열장 유리 앞에 멈춰 서서 파르테논 신전을 그린 석판 그림을 보고 싱긋 웃었다. 별, 증기선, 신전, 이 모든 것들이 다 그의 것이었다. 이제 미스터 렌의 소유였다. 그는 자유의 몸이었다. 테레사는 10시 반까지 지하 방 거실에 앉아 미스터 렌을 기다렸다. 그 시간에 미스터 렌은 그랜드 센트럴 역의 기차 승강장에서 시시덕거리고 있었다. 테레사는 잠자리에 들었다. 부유한 구혼자들의 왕자 미스터 렌은 자신도 모르는 새에 버지니아주州 토박이 테레사 잽의 손과 마음을 완전히 놓쳐 버리고 말았다.

6월 14일, 미스터 렌은 신과 동등한 권력을 상징하는 길포글의 책상 앞에 섰다. 그리고 슬픈 목소리로 말했다.

"안녕히 계십시오. 저는 오늘 떠납니다. 제가…, 맙소사! 그래도 이 말은 꼭 하고 싶었어요. 얼마나 감사하게 생각하는지…, 아시죠?"

길포글은 책상 왼쪽에 놓여 있던 먹지로 복사한 서류들이 담긴 철제 바구니를 오른쪽으로 옮기고서 그 서류들을 뚫어져라 쳐다보았다. 그리고 잉크통 앞에 놓여 있는 연필 더미를 정리했고 놀라운 집중력으로 연필의 끝부분만 힐끔거렸다. 그리고 주먹으로 책상 위 흡수지를 살짝 두드리고는 고개를 들었다. 길포글은 술자리를 제의할 때 짓던 표정으로 웃으며 미스터 렌을 위아래로 훑어보았다. 길포글은 일할 때는 거칠게 행동했지만, 근본적으로 정직한 상사였다. 지혜는 머릿속에서 깨끗이 지워버렸지만, 만족스러워하며 일하는 희생양이기도 했다. 그래서 다른 서류들을 집어 들고 세상에서 유일하게 진지한 일인 듯 사무직원의 민첩함을 보여주었다. 길포글은 강하고, 생기 있는 사람이었으며 결코 나쁜 동료는 아니었다. 그저 효율성을 중시했을 뿐.

"그래, 렌. 붙잡아도 소용없다는 것 알고 있네. 내가 이 상황에 대해 어떻게 생각하는지 잘 알고 있을 테니까. 이렇게 좋은 직장을 떠나는 자네가 참 바보 같지만, 결국 그건 자네 일일 뿐 우리가 상관할 바 아니지. 우린 자네를 좋아해. 그리고 놈팡이로 지내기가 지겨워지거든, 그래, 돌아오게. 언제라도 자넬 위해 일자리를 열어두도록 하지. 엄청나게 즐거운 여행 보내길 바라네, 친구. 어디로 떠난다 그랬지? 언제 출발하나?"

"음, 우선은 그냥 자유롭게 돌아다녀 보려고 합니다. 하고 싶은 일들이 정말 많아요. 아마 당장이라도 떠나게 될 거 같습니다…. 일자리를 열어놔 주신다니 정말이지 감사합니다. 아마 다시 돌아올 일은 없지 싶은데, 그래도 진짜! 정말 감사합니다."

"이런, 이렇게 좋은 직장을 떠난다니 자네 단단히 미친 게 틀림없군. 카드 패는 다 돌려졌어. 이제 직진이야, 그렇지?"

"네. 오랫동안 정든 회사를 떠나려니 조금 섭섭하네요. 그래도 바다로 여행을 떠나는 게 그만큼 좋을 거라 장담합니다."

"그래, 알고 있네, 렌. 나 역시 여행을 떠나고 싶다네. 자네들은 내가 자네처럼 훌쩍 여행을 떠나 회사의 손익 같은 건 신경 안 쓰고 지내는 일에 관심 없다고 생각하겠지만 말일세. 어찌 됐든, 흠, 잘 가게, 친구. 우리를 잊지 말게나. 조만간 편지 남겨 주게. 자네 출발하는 건 알아야지. 아, 그리고 여행 중에 괜찮은 기념품들을 발견하게 된다면 꼭 알려 주게나. 편지로. 언제든 소식 전해 들으면 기쁠 걸세. 잘 가게. 행운을 비네. 꼭 소식 전하게."

8년 동안 그의 집이나 다름없었던 사무실 구석에서, 미스터 렌은 더 이상 새로운 업무를 진행할 수 없었다. 하지만 철 바구니나 클립, 메모지 등 사무용품을 정리할 기회는 아직 남아 있었다. 미스터 렌은 펜을 닦고, 잉크통 거치대 아래 어질러진 지우개 가루를 치웠다. 그리고 책상이 깔끔하게 정리되자 지난날을 되돌아보았다. 미스터 렌은 꽤 오랜 날들을 그 책상에서 일해 왔다. 이제 다시는 돌아갈 수 없다. 그가 아무리 원한다고 해도…. 길포글이 여태까지 얼마나 자신에게 잘 해줬는

가. 이럴 수가! 그의 배려에 대해 한 번도 감사하게 생각하지 않았다니! 그는 동료들에게 한 바퀴 쭉 돌며 작별인사를 하기 위해 복도로 나갔다.

'다른 직원들이랑 더 친하게 지내지 못한 게 정말 안타까워. 하지만 후회하기엔 너무 늦었지. 어쨌든 그 친구들은 무척 쾌활하고 좋은 친구들이니까, 나처럼 멍청한 인간은 결코 그리워하지 않을 거야.'

바로 그때 미스터 렌은 복도에서 길포글을 제외한 모든 직원과 마주쳤다. 맨 앞에 파견 영업사원인 라빈이 서 있었고, 찰리 카펜터도 커다란 초록색과 진홍색 라벨이 붙어 있는 손수건 상자를 들고 서 있었다.

"렌 선생님." 찰리가 익살스럽게 말했다.

"이상하게 보이겠지만, 우리 직원들은 당신이 모티머 길보글보글씨의 부당 신탁금을 조사하기 위해 끊임없는 노력을 해 주신 것에 대한 감사의 마음을 표현하기 위해 이렇게 다 같이 찾아뵙게 되었습니다. 영광입니다. 그리고…, 이봐, 친구. 농담은 집어치우세. 자네가 회사를 떠난다니 정말 유감이야. 그리고 음…, 우리의 깊은 유감을 보여주기 위해 뭔가를 음…, 주고 싶었네. 처음에는 시가 한 상자가 어떨까 하고 생각했지만, 자네가 애연가는 아니니깐…. 어쨌든 여기 손수건이네. 우리의 마음을 잘 보여 줄 거라 생각했어…. 여러분! 미스터 렌을 위해 만세 삼창!"

한바탕 소란이 끝나고 미스터 렌은 알록달록한 멋진 라벨이 붙은 손수건 상자를 든 채로 혼자 책상 옆에 서서 울음을 터트렸다.

*

6월 말의 어느 날, 미스터 렌은 아침 8시에 침대에 누워있었다. 기념품 회사를 떠난 지 2주째 되는 날이었다. 멋진 여행지에 가져갈 베개를 찾아서 여기저기 찬찬히 돌아다니느라 다리가 얼얼했고, 영혼은 점점 피폐해졌다. 침대에서 일어나야 할 이유가 있었으면 진작 일어났을 것이다. 하지만 아무 이유도 없었고, 그의 마음속에는 걱정스러운 죄책감만이 가득했다. 미스터 렌은 2주 동안 자신이 자진해서 그만둔 직장이 아무런 조치도 취하지 않아서 손실이 생길까 봐 두려움에 떨었다. 이렇게 죽을 듯한 공포에 떨다가 사람들은 자살을 감행하는 모양이다. 거의 매일 아침 미스터 렌은 침대에서 일어나 면도를 했고, 정시에 회사에 도착하지 않아도 된다는 사실에 꽤 만족했다. 낮에 목적지 없이 돌아다니다가 종종 이렇게 말했다.

"겁이 나는군. 모범생이 처음 땡땡이치는 기분처럼. 파르테논에서 친구들과 그랬었는데."

제대로 된 사람들은 대부분 평일 낮을 직장에서 보낸다. 그렇다면 미스터 렌은 길거리를 걸으면서 무엇을 하고 있는가? 사회의 모든 도덕적 잣대가 미스터 렌을 기념품 회사 책상에 앉아 모티머 길포글의 애정을 받기 위해 좀 더 꼼꼼하게 일하도록 요구받는 이 시간에? 미스터 렌은 이미 장대한 여행의 일부분을 경험하는 중이라고 확신했다. '자신에 대한 버저를 눌러 긴장감을 깨우는' 일을 할 수 있을 여행이었다. 하지만 어디로 가야 할지 몰랐다. 몇 년 동안 수많은 여행을 계획해 왔지만 한 시간이 넘도록 고민을 해도 어떤 여행을 떠나야 할지 결국 선택하지 못했다. 그가 한 번에 소화하기엔 다소 버거운 일이었다. 방랑자들의 오랜 꿈인 베니스 여행, 아주 위험한 맹수들을 사냥하며 준엄하게 시민의 의무를 행하는 과테말라의 관목숲. 여행 경비 역시 미스터 렌을 괴롭혔다. 그는 대여정을 위해 몇 년 동안이나 악착같이 돈을 모아왔지만, 막상 여행을 위해 돈을 쓰자니 아까운 마음이 들었다. 실제로 미스터 렌은 1,235달러 80센트나 모았지만, 방랑의 세계에 대해 배우길 원하는 첫 번째 여행에 300달러 이상 쓰지 않기로 계획했다. 그는 어딘가에서 읽은 글귀에 늘 영향을 받았다.

여행자여,
캘커타(인도 최대의 항구도시 - 역자 주)에서는
역경을 마주하고,
그리스 아테네 신전에서는
의복을 갖추고 외눈 안경을 껴라.

그는 키플링식 거래법을 배울 것이고, 그것은 매우 유용한 기술적 수단을 제공할 것이다. 더불어 대담하게도 밀수업자들이 출몰하는 장소, 코프라 섬, 고래잡이 기지 등 기묘한 이름을 가진 곳에 대해서도 배울 것이다. 미스터 렌은 마니히키 섬(남태평양 뉴질랜드령의 쿡제도에 있는 환초 섬 - 역자 주)으로 항해하는 삼등 항해사가 된 자신의 모습이나 알제리에서 비행기에 관련된 영화를 찍는 일을 하게 된 모습을 상상했다. 그는 잽 부인처럼 집에만 처박힌 삶에서 벗어나야 했다. 전투함이나 정기여객선들이 군악대 행진처럼 항해하는 망망대해 같은 바다로 나가야 했다. 하지만 시작하기가 어려웠다. 일단 샌디훅(미국 뉴저지주州 동부 뉴욕만 입구에 있는 반도 - 역자 주) 저편에 가면, 엔진이나 전투에 대해서는 즉시 배울 수 있을 터. 상하이(선원으로 만들기 위해 마약 또는 술로 의식을 잃게 한 다음 배로 끌어들인다는 의미의 단어 - 역자 주) 당하는 것도 도움이 되리라 확신했다. 하지만 간절한 마음으로 늦은 밤을 쭈뼛거리며 웨스트 스트리트에 있는 영국 선박의 지저분한 화부stoker 근처를 아무리 돌아다녀도, 그를 배에 태우기 위해 공격하거나 납치하는 사람은 없었다. 그저 노숙자들이 '잘 곳이 없으니 10센트만 주슈'하고 뭐 맡겨놓은 사람처럼 구걸하는 말을 늘어놓을 뿐이었다.

꾸물꾸물 끼니를 때우던 어느 날 아침, 미스터 렌은 빈둥거리며 지내고 있었다. 한때 그는 여행 책자를 읽는 일만큼 완벽한 직업이 세상에 또 있을까 하고 생각한 적이 있었다. 하지만 월요일도 일요일처럼 빈둥거리며 시간을 보내게 된다면 더 이상 일상의 작은 일들에 대한 흥미와 놀라움은 느낄 수 없다는 함정이 있었다. 게다가, 고티가 정오까지도 미스터 렌의 침대를 정리하지 않았기 때문에 회색 천과 갈색 천을 이어 만든 침대 시트가 아무렇게나 흐트러져 침실을 어수선하게 만들었다. 미스터 렌은 '캘리포니아를 관광하는 백 가지 방법'이라는 책을 읽던 중 자리에서 일어나 푹 꺼진 침대 위로 책을 던졌다. 그리고 우리의 미스터 렌으로 부터 도망쳤다. 우리의 미스터 렌의 추격을 뒤로하고 그는 부둣길을 따라 걸었다. 햇빛이 기름기 있는 바닷물에 비쳐 눈부시게 반짝거렸다. 미스터 렌은 2주 동안 무려 열두 번이나 부두를 찾았다. 사실, 미스터 렌은 '이 망할 부두를 진절머리 나도록' 본 사실에 맹렬히 울부짖기도 했다.

이른 오후 미스터 렌은 영화 상영관에 갔다. 하지만 일견 회색빛을 배경으로 점점 커지는 거대한 흰색 형상들이 지긋지긋하리만치 비현실적이라고 생각했다. 그리고 검은 머리를 땋은 눈이 큰 인디언 처녀가 고전적인 카우보이를 만나는 그럴듯한 장면이 나왔을 때, 미스터 렌은 안달이 났다. 그는 영사기의 똑딱거리는 거슬리는 소리와 극장의 후텁지근하고 답답한 공기에 짜증이 나서, 막사로 뛰어든 인디언 추장이 용사들을 모아 적진으로 달려가는 가장 흥미로운 순간에 자리를 박차고 나갔다. 아마 집에서는 잡념으로부터 도망칠 수 있을지 모른다. 미스터 렌은 방으로 들어서다가 우뚝 서서 화목한 가정에서 길러진 아기 고양이가 분홍색 바구니에 담긴 초라한 잡종견을 보는 듯 무언가를 응시했다. 그의 침대 위에 잽 부인이 누워있었다. 그녀의 통통한 몸이 커다랗고 납작한 발 뒤로 보였고, 발바닥이 미스터 렌을 향하고 있었다. 잽 부인은 시끄러운 소리를 내며 졸고 있었고, 살짝 움직일 때나 그르렁거릴 때 빼고는 숨 쉴 때마다 코르셋이 규칙적으로 뿌드득거렸다. 미스터 렌은 죄지은 사람처럼 살금살금 계단을 내려가서 지저분하고 단조로운 벽돌 골목을 따라 걸으며 이 넓은 뉴욕에서 어디로 가야 할지 생각했다. 캐츠킬 산맥으로 떠나는 여행을 홍보하는 현수막을 눈여겨보는데 날이 어둑어둑해지기 시작했다. 신나게 기분 전환할 순간을 기대하며 미스터 렌은 그곳에 가기로 마음먹는다. 하지만….

"아, 그 위쪽엔 상류층 사람들이 아주 많지."

미스터 렌은 '모닝 아메리칸' 신문을 사 들고 유니언 스퀘어 광장에 앉아 신문의 우스꽝스러운 그림들을 찬찬히 들여다보았다. 그러다 우연히 '구인 구직' 광고란에 눈이 갔다. 광고란은 별 흥미 없는 아이디어만 가득했다. 그러다 문득 미스터 렌은 어쩌면 웨이터나 농장의 일꾼으로 모험을 떠나는 게 더 경제적일지도 모른다는 생각이 들었다. 천국의 문이 그에게로 다가왔다.

- 남자 일꾼 구함 -

가축 운반선에서 소먹이만 잘 주면
영국 리버풀까지 공짜 항해.
임금 낮음.
업무강도 쉬움.
고속 선박.
그린위치 스트리트에 있는
국제 대서양 인력센터에 신청.

"맙소사!" 미스터 렌이 외쳤다.

"내 첫 번째 여행지를 신이 골라 주셨어."

3장. 이국땅을 향해 출발하는 미스터 렌

국제 대서양 인력센터 사무실은 회반죽 벽이 지도의 국경선처럼 금이 간, 지저분하고 기다란 방이었다. 벽에는 증기선 포스터들과 뉴욕 주州의 고용 관련 법률 안내문이 게시 되어 있었지만, 사무실의 책임자인 M. 바레이프는 벽에 걸린 것들을 우습게 여겼다. 바레이프는 키가 작고 호리호리 하지만 정력적인 사람으로 보였고, 까만 턱수염이 간결하게 다듬어져 있어 붙임성이 아주 좋아 보였으며, 문법이 온통 틀렸지만 아홉 개국 언어를 알고 있었다. 미스터 렌은 놀라움과 호기심을 동시에 느끼며 국적이 뒤죽박죽인 바레이프에게 조심스럽게 인사를 건넸다. 바레이프는 매끈하고 강인한 두 손을 비비며 몇 번이나 고개 숙여 인사했다. 미스터 렌은 은밀한 얘기를 건네듯 탁자 쪽으로 몸을 기울이며 작은 소리로 말했다.

"어…, 소 돌보는 사람을 구한다는 광고를 읽었어요. 유럽으로 여행을 떠나고 싶은데, 어떻게 하면…"

"네, 네, 네, 네, 신사 냥반. 당장 알썬해 드리지요. 10달러 되겠습니다. 후후훗."

"흠, 10달러에 저는 무슨 권리를 얻습니까?"

"알썬해 드린다고 했잖습니까. 하하! 다 압니다. 당신은 신사이고, 유럽으로 멋찐 여행을 잠시 떠나고 싶어 하시죠. 그럼요. 제가 당장 주썬해 드리지요. 별로 많이 일하지 않아도 되는 근사하고 수월한 가축 운반선을 소개해 드릴게요. 곧장 출발하는 걸로요. 10달러입니다. 후후훗."

"근데 배가 언제 출항하죠? 어디서 출항하나요?"

미스터 렌은 약간 혼란스러웠다. 그는 여태껏 바레이프만큼 저렇게 찡그린 얼굴로 빠르고 예의 바르게 말하는 사람을 본 적이 없었다.

"다음 주 화요일에 바로 출발합니다."

미스터 렌은 10달러가 아깝긴 했지만, 보스턴 애틀랜틱 거리에 있는 트루빅스라는 회사에 등록되었다는 카드를 받고 돈을 지불했다. 카드에는 이렇게 적혀 있었다.

미스터 '렌'
최우선 승선,
가축 운반선 즉시 출항,
수수료는 바레이프에게 냈음,
바레이프 경니부에 청구 바람.

바레이프가 밝은 목소리로 말했다.

"멋찐 선박으로 구해 드릴게요."

그리고 카드의 여백에 알파벳 한 글자 한 글자를 또박또박 썼다.

최고의 선박. 쉬운 일.

그는 명랑하게 말했다.

"다음 주 화요일 아침 일찍 오십시오."

그리고 파리 토박이 상점 주인처럼 미스터 렌에게 고개 숙여 인사했다. 일렬로 서 있던 여자 종업원들도 바람에 흔들리는 울타리처럼 한 쪽 다리를 뒤로 빼고 무릎을 약간 구부리며 인사했다. 미스터 렌은 얼른 그들을 지나치기 위해 의식적으로 빠르게 걸었다. 미스터 렌은 너무 신이 나서 그가 곧 떠난다는 소식을 듣고 충격을 받은 잽 부인에 대해 신경 쓸 겨를이 없었다. 테레사는 그가 소 돌보는 일을 하게 되었다는 소식을 듣고 크게 웃었고, 주방에서는 고티가 '돼지우리를 타고 여행 다니는 사람은 백인들밖에 없지'라고 말하는 소리가 들렸다. 미스터 렌은 이에 아랑곳하지 않고 창고로 짐을 옮겼다. 즐거움이 커져만 갈 뿐이었다.

화요일 아침, 미스터 렌은 스웨터 재킷, 테니스화, 낡은 펠트 모자, 카키색 셔츠와 코듀로이 바지 차림으로 옷과 여행안내서로 가득 찬 여행 가방을 들고, 150달러를 교묘하게 숨긴 운송회사 계약서 봉투도 챙겨 들고 바레이프의 사무실로 서둘러 갔다. 8시 반밖에 되지 않았는데도 늦을지 모른다는 두려움이 엄습했다. 오후 2시가 다 되도록 의자에 앉아서 기다리게 하더니, 마침내 보스턴행 티켓과 트루빅스 운송회사로 보내는 편지와 함께 '조이 정기운항 증기선' 부두로 안내해 주었다. 편지에는 이렇게 적혀 있었다.

이 편지를 가지고 오는 렌에게
동봉댄 서류에 적힌 것처럼
영국행 가축 운반선의 일짜리를 주시오.
요금은 내 경니한테 청구하시오.

실베스터 바레이프, 뉴욕

미스터 렌은 '조이 정기운항 증기선'의 맨 위 갑판에 서서 여행 가방을 옆에다 조심스럽게 내려둔 채 혼자 가락이 맞지 않는 구호를 반복해서 흥얼거렸다.

"자유, 자유, 바다로 나가세. 자유, 자유, 나는 자유다!"

그는 현실적으로 배가 가라앉거나 불이 날 위험은 전혀 없다고 자신을 설득했다. 사실이 어떻든 그렇게 하면 무서운 생각이 들지 않을 테니까. 증기선이 이스트리버 강물을 따라 느릿느릿 흘러가는 동안, 그는 늦은 오후 햇살이 맨해튼의 공장들을 밝게 비추고 넓게 펼쳐진 웨스트체스터 들판을 아늑하게 만드는 광경을 보았다. (당연히 그는 짜릿함으로 가슴이 설레었다) 미스터 렌의 방은 개인 객실이 아닌 짐을 두는 선창 내의 12인실이었다. 미스터 렌은 방을 찾아갔다가 방 안에서 맨발의 덩치 큰 일꾼들이 심술궂은 목소리로 동시에 떠들고 있는 모습을 보고 갑판으로 다시 돌아왔다. 그리고 그날 밤 다른 승객들이 코를 골며 잠에 빠져있을 동안 캔버스 천으로 만들어진 등받이가 없는 의자에 소심하게 앉아 차가운 파란색 천으로 짜인 바다를 흡족한 듯 바라보며 밤을 지새웠다. 바다는 등대가 비추거나 배들이 지나갈 때마다 황금색 실타래로 가득 찼다. 새벽녘이 되자 미스터 렌은 지치고 눈이 쓰라렸지만 범람해오는 여명을 기분 좋게 바라보았다.

드디어 보스턴에 도착했다. 애틀랜틱 거리에 있는 운송회사 사무실은 앞부분이 유리로 되어 있었고, 의자, 전단지 더미, 오래된 선박들 사진, 오래된 달력들, 골동품이라 해도 믿을 만한 안내 책자들로 어수선했다. 어지러운 방 한가운데에 사십 대 정도로 보이는 빨간 머리의 백인 한 명이 피츠버그산産 싸구려 담배를 피우며 식탁 의자에 기대어 앉아 보스턴 아메리칸 신문을 읽고 있었다. 당장이라도 가축 운반선을 타고 해외로 떠날 준비가 된 미스터 렌은 바레이프의 편지를 건네준 후 여행 가방을 손에 들고 서서 기다렸다. 운송회사 중개인은 바레이프의 편지를 한번 슬쩍 읽어 보고는 딱딱거리며 말했다.

"바레이프, 이 미친인간이 또! 맨날 사람들을 너무 일찍 보낸단 말이야. 렌, 나한테 먼저 왔었어야죠. 뭐 하려고 그 유대인 놈한테 먼저 갔어요? 그 친구가 당신을 하루 늦게, 혹은 이틀이나 일찍 보냈어요. 어젯밤에 도착했더라면 오늘 아침 출발한 도미니언호號를 타고 갈 수 있었는데. 지금 남아 있는 건 토요일에 포틀랜드에서 출발하는 레이랜드호號 뿐이에요. 어디 보자…, 오늘이 수요일이니까, 목요일, 금요일…, 사흘이나 기다려야겠네요. 그 배로 예약하면 되겠죠? 일주일 내에 다른 배편이 안 될 수도 있어요. 마침 좋은 배가 이번 주 토요일에 출발하는 거니, 탈 거죠?"

"네, 그러죠. 저…"

"네, 잡아보도록 할게요. 알다시피 선박들이 바레이프 입맛에 맞춰서 매번 출발하는 것도 아니고, 지금은 바쁜 시기거든요. 수많은 날라리 친구들이 다른 곳으로 떠나고 싶어 하고, 캐나다인들은 영국으로 돌아가고 싶어 하고, 유대인들은 폴란드로 가고 싶어 하죠. 내 생각에는 독재자한테 폭탄을 던지려고 그러는 것 같아요. 그리고 이건 알아둬요. 유대인 놈들 꽤 괜찮답니다. 그 친구들은 사람들의 시간을 돈으로 사려고 하죠. 그나저나 알선해주는 데 조금 문제가…"

미스터 윌리엄 렌이 품위 있게 말했다.

"당연히 저는…, 어…, 당신의 수고에 기꺼이 보답하겠습니다."

"당신이 신사인 줄은 진작부터 알고 있었죠. 이봐, 알! 알!"

영양 결핍으로 보이는 소년이 치아가 거의 없는 모습에 작아 터진 먼지투성이 바지를 입고 나타났다.

"이 신사분 앉으시게 의자 하나 닦아라. 저기 있는 여행 가방은 내 책상 위에 올려놓고…. 여기 앉으시죠, 미스터 렌. 보세요, 이런 겁니다. 자신 있게 말씀드릴게요. 무슨 뜻인지 아실 겁니다. 바레이프가 보낸 편지에 적힌 말들은 아무런 효력이 없어요. 그 친구는 사람들을 가축 운반선에 태울 수 있는 권리가 없거든요. 이, 내가 그 사업을 운영하죠. 난 보스턴과 포틀랜드의 운송회사들과 직접 거래를 합니다. 만약 못 믿으시겠다면 사무실 밖으로 나가서 안쪽 방에 있는 소 치기 일꾼 아무나 붙잡고 물어봐도 좋아요."

"무슨 말인지 알겠습니다."

미스터 렌은 아픈 사람처럼 대답하고는 바닥에 뒹구는 낡은 달력을 발끝으로 두드렸다.

"어…, 트…, 트루빅스 씨, 맞죠?"

"넵, 넵. 정답입니다. 트루빅스. 트루가 이름이기도 하고 단어 뜻 그대로의 진실true이기도 하죠. 허허."

마지막 말은 그다지 확신에 차 있지 않았다. 오래전부터 해오던 농담임이 틀림없었다. 미스터 렌은 그의 농담을 무시하고 최대한 짧고 분명하게 말했다.

"트루빅스 씨. 말씀드렸다시피 저는 돈을 지불할 의사가 있습니…"

"어떤 식으로 거래가 이루어지는지 알려드리죠, 미스터 렌. 난 다른 인력센터 사무실의 유대인 놈들과는 다릅니다. 난 미국인이에요. 그리고 미국인들을 위해 일하는 걸 좋아하죠. 비록 당신이 내 사무실을 우선으로 방문하진 않았지만, 최대한 당신에게 이득이 되도록 일을 진행할 거예요. 마치 내 일인 것처럼 말이에요. 자, 며칠 정도만 더 기다리고, 이번 주 토요일에 포틀랜드에서 출발하는 멋지고 빠른 배를 잡아드릴까요?"

"네, 물론이죠. 트루빅스 씨."

"어디 보자. 음…, 내 의뢰인 목록이 거의 다 꽉 찼네요. 대기 명단도 있답니다. 하지만 만약 5달러를 지불할 의향이 있으시다면…"

"여기 5달러요."

트루빅스는 짜증이 치밀었다. 미스터 렌의 싸구려 스웨터 재킷과 테니스화를 보고 3~4달러나 겨우 받을 수 있을 거라고 예상했었는데, 잘하면 10달러도 뜯어낼 수 있었다는 걸 깨달았기 때문이다. 그는 화보다는 슬픔에 가까운 목소리로 말했다.

"물론 다음 배에 당신을 실어 보내느라 내가 얼마나 고생할지 아시리라 생각합니다. 이렇게 늦게 찾아와서 말이죠. 그리고 5달러는 평소에 받는 것보다 훨씬 적은 액수라서요."

그는 거만하게 책상 위에 놓인 지폐를 미스터 렌 쪽으로 밀었다.

"만약 내가 중개상에게 조금 더 쥐여주길 바란다면…"

미스터 렌은 머리가 너무 아파 평소처럼 머뭇거릴 수 없었다.

"어디 봅시다. 제가 겨우 5달러밖에 안 드렸나요?"

그는 지폐를 들고 정성스럽게 접어서 셔츠 주머니에 넣었다. 그리고 말했다.

"자, 당신이 5달러만 주면 배를 알선해준다고 말했죠. 게다가 바레이프는 당신의 이름이 적힌 양식을 채운 편지를 보냈어요. 그것만 봐도 당신이 바레이프와 사업을 한다는 사실을 바로 알 수 있어요. 5달러가 충분하지 않다면…, 그래, 그냥 지옥 불에나 떨어져라, 미스터 트루빅스! 맞아, 지옥 불! 사람 가지고 장난치는 거 이제 지긋지긋해. 만약 5달러가 충분하다면, 금요일에 주지. 포틀랜드로 떠나기 직전에. 영수증을 끊어준다면 말이야. 됐지!" 미스터 렌은 거의 소리 지르다시피 말했다.

그는 몹시 지쳐있었고, 의욕이 꺾인 상태였다. 이제, 트루빅스는 마음이 따뜻한 악당이 되었다. 그리고 그는 '백인'이라 부르는 사람들의 사회를 좋아했다. 그는 웃으며 피츠버그산産 싸구려 담배를 미스터 렌에게 쿡 찔러주고는 협조적으로 말했다.

"좋아요. 알선해드리죠. 한 대 피우세요. 그리고 5달러는 금요일에 주세요. 아니면 가축 운반선으로 당신을 안내할 현장 소장한테 줘도 됩니다. 누구한테 주든 상관없어요. 당신이 옳아요. 당신을 이길 수는 없겠네요, 그렇죠?"

그리고 미스터 렌에게 허세를 부리기 위해 트루빅스는 보스턴에서 이틀 동안 머무를 임시 숙소를 안내했다.

"직원한테 빨간 머리 트루빅스가 보내서 왔다고 하세요. 아마 제일 좋은 방을 줄 겁니다. 내 친구라고 말하면 돼요."

미스터 렌이 사무실을 나가자 트루빅스는 누군가에게 전화를 걸었다.

"브라우겔, 호구 한 명 보냈다. 내 허락 없이 사기 치지 마. 그랬다간 다른 호텔이랑 거래할 거야, 알겠어? 뭐라고? 응, 걔한텐 그냥 35센트짜리 침대방 하나 줘. 끊어."

목요일 밤. 트루빅스의 소개로 토요일에 가축 운반선을 타고 떠날 사람들이 넓은 어깨를 가진 트루빅스 중개소 소장의 인솔로 포틀랜드행 야간 증기선에 올랐다. 소장은 겉옷 없이 단추도 잠그지 않은 코듀로이 조끼만을 걸치고 있었다. 배에 오른 사람들은 다양한 사람들로 구성되어 있었다. 작은 여행 가방, 거대한 이민용 가죽가방, 그리고 보따리 여러 개를 가지고 온 유대인들과 너덜너덜한 모자와 작업복을 입고 예언자처럼 무심하게 턱수염을 기른 피곤해 보이는 남자들 한 무리가 보였다. 소나무로 만든 서랍장을 밧줄로 묶어서 지고 온 영국인 남자들도 있었다. 저속한 농담을 일삼는 팀이라는 미국인은 모자를 파는 일을 했지만 실직했다고 자신을 소개했다. 그는 떠돌이 일꾼들 틈에 섞여 어울리고 있는 피터를 큰 목소리로 거칠게 불러댔다. 트루빅스 중개소 소장은 총 몇 명이 모였는지 세어 보더니 포틀랜드로 가는 동안 친구로 삼을 사람을 골랐다. 미스터 렌과 모튼이라는 젊은 남자였다. 모튼은 두툼한 손과 떡 벌어진 체격의 듬직한 남자였다. 눈빛은 무심하고 화강암으로 만든 기념비처럼 단단한 사람으로 보였지만, 명랑한 눈빛과 친근해 보이는 헝클어진 머리를 하고 있었다. 그는 항상 파이프 담배를 들고 콧구멍으로 연기를 예술적으로 내뿜는 묘기를 선보였다.

포틀랜드행 야간 증기선이 항구를 벗어나자 미스터 렌과 모튼은 어딘지 모를 낯선 땅에서 불어오는 바람을 느낀 채 서로를 살펴보면서 웃음을 지었다. 저녁 식사가 끝나자, 모튼은 증기선의 난간에 기대어 골프채의 머리 부분 같기도 하고, 얼핏 보면 두꺼비처럼 생기기도 한 담배 파이프를 입에 물고 미스터 렌 쪽으로 몸을 돌리며 말했다.

“교양 있는 목동들 무리랑 함께 가야 하네요. 참! 제 이름은 모튼입니다.”

"만나서 정말 반가워요, 미스터 모튼. 난 렌이에요."

"마침내 이 땅을 떠나게 된다니 정말 기쁩니다. 안 그런가요?"

"그럼요! 당연히 기쁘죠!"

"저도 그렇습니다. 몇 년 동안이나 기다려 온 여행이에요. 저는 뉴욕에 있는 '펜실베니아 철도회사'의 직원입니다."

"나도 뉴욕에서 왔어요."

"그래요? 뉴욕에 오래 살았어요?"

"그렇죠, 나는…"

미스터 렌이 말을 꺼내려는데 모튼이 얘기를 이어갔다.

"그러니까, 저는 펜 철도회사에서 일한 지 이제 7년 짼니다. 그리고 지금은 3개월 동안 휴가 중이에요. 비용을 제가 감당해야 하긴 하지만, 제 자신에게 여행을 떠날 기회를 주고 싶었어요. 10달러와 글래스고(스코틀랜드 남서부의 항구 도시 - 역자 주)에서 미국으로 돌아오는 이등석 티켓 한 장이 있죠. 돌아오기 전까지 영국과 프랑스도 관광할 거예요. 아마 독일도 갈 것 같습니다."

"이등석? 삼등석을 타면 돈을 절약할 수 있을 텐데요?"

"아, 그래도 멀끔한 모습으로 돌아가야죠. 아시잖아요. 뉴욕에서 오셨다면서요?"

"그래요. 나는 28번가에 있는 예술 장식품 회사에 다녔죠. 나도 떠나오기까지 꽤 오랜 시간이 걸렸어요…. 근데 고작 10달러로 어떻게 여행을 하려고 그래요?"

"아, 저만의 방법이 있습니다. 식은 죽 먹기죠. 전 항상 맨땅에서 시작했어요. 돈이 없어서 그런 게 아니에요. 겨우 스물여덟 살밖에 안 됐지만, 혼자 잘 해냈어요. 영국인 동료들이 말하는 것처럼요. 제가 열두 살 때부터…. 음, 그쪽은요? 그냥 여기저기 여행 다니는 거예요? 아니면 정해둔 목적지라도 있습니까?"

"그냥 여행이죠. 함께 하게 돼서 반가워요, 모튼. 소 치는 일꾼들은 대부분 별로 친절하지 않더라고요. 나이 지긋한 유대인들 빼고는요. 그분들은 좀 멍청하긴 해도 마음 좋아 보이더라고요. 그 사람들을 보고 있으면 그…, 있잖아요…, 아! 예언자나 그런 사람들이 생각나요. 저기 저, 차를 마시고 있는 사람들 좀 봐요. 이 배에서 나오는 음식들이 유대교의 율법에 맞을 것 같진 않은데. 예전에 조이 정기여객선에서 저렇게 생긴 사람이 법복 같은 천을 걸치고 기도하는 사람들한테 얘기해 주는 걸 본 적이 있죠."

"저런, 저런! 그런 얘긴 그만하시는 게…"

확실히 미스터 렌은 자신과 낯선 땅에 대한 견해를 나누고 있는 이 남자가 키플링처럼 아주 신사답다는 사실을 느꼈다. 그는 정치적 중립성을 지킬 수 있는 이야기를 꺼냈다.

"맙소사! 저기 노을 좀 봐요, 모튼. 장관이네요!"

"세상에! 정말 그러네요. 이렇게 멋진 노을을 보고도 사람들이 신을 계속 믿을 수 있을까요?"

미스터 렌은 모튼의 말을 듣고 충격을 받았다. 그리고 혼란스러웠지만 모튼이 그 주제에 대해 할 말이 있다는 사실을 알게 되어 즐거웠다. 미스터 렌이 소리를 높였다.

"솔직히, 전혀 없을 거예요, 모튼. 사람들이 이렇게 멋진 노을을 보면 만물을 믿기 시작하지 않을까요? 나는 모든 게 다 신처럼 보이네요. 그리고 신들이 나를 움직이게 하죠. 내가 지구상의 모든 곳에 존재하는 상상을 해요. 나일강을 비롯한 모든 곳에요."

"맞아요, 미스터 렌! 제 말이 그 말이에요. 모든 게 정말 평화롭고 꾸밈이 없어요. 딱 그래요. 종교 같은 게 없어도 그 자체로 상상하고 생각할 수 있도록 만들어주죠."

"흠…"

미스터 렌이 생각을 가다듬고 말문을 열었다.

"난 교회를 거의 가지 않아요. 교회에서 듣는 설교가 별로 중요한 내용을 담고 있지 않다고 늘 생각했어요. 실제 생활과는 전혀 관련이 없는 말들이죠. 그렇지만 세인트 패트릭 대성당에 가는 건 정말 좋아해요. 아, 모튼. 내가 교양 있는 척하는 게 아니란 걸 알아줬으면 좋겠네요."

"당연히 아닌 거 알죠, 미스터 렌."

"제단에서 대성당의 통로를 내려다보고 아치형 구조물들을 바라보거나 성당을 구경하면 마치 구원받는 느낌이 들어요. 그리고 예복을 입은 성직자들을 보면…, 음, 뭐랄까…, 아, 뭐라고 표현해야 할지 모르겠네요. 희망에 찬 느낌이랄까요."

"네, 무슨 말인지 알아요, 미스터 렌. 미학의 끝을 보는 것 같은 느낌이죠. 미학, 알다시피 모든 것의 아름다움에 관한 얘기예요."

"아, 당연하죠. 딱 맞는 단어네요. 미학! 그게 내가 하려던 말이에요. 아울러 그와 동시에 내가 모든 사물을 믿는 것처럼 느끼게 하죠."

"그래도 미래에 일어날 일에 대한 제 생각은 이래요."

모튼이 화제를 돌려 의기양양하게 말을 이었다.

"미스터 렌, 이 사회주의란 건요, 심지어 여기 있는 '전 세계에서 모인 노동자들' 사이에서도 언제든 새로운 종교가 싹터서 발전할 수 있어요. 저도 사회주의에 대해서는 잘 모르지만, 받아들일 수밖에 없죠.

그런데 진짜 제가 말한 대로 될 거 같아요. 오래된 정당들이 그냥 깡패에 불과하다는 건 누구나 알고 있는 사실이잖아요. 어떤 정당인지는 딱 꼬집어 말하지 않겠지만요. 근데 동료들을 모집하는 이 사회주의란 것은…, 좋은 현상이죠. 사람들이 형제애를 가지게 만들죠. 진짜 인류애가 있는 형제애요. 제가 생각하는 종교는 예전부터 존재해왔기 때문에 앞으로도 존재하는 게 아니라, 사람들이 필요로 하기 때문에 생기는 거예요. 정말이에요. 그리고 언젠가 때가 되면 사람들이 다 같이 일하는 걸 조금 더 쉽게 만들기 위한 종교의 교주로 저를 추천해 주시죠."

"그러고 말고요!"

미스터 렌이 맞장구를 쳐주었다. 그리고 두 사람은 어깨동무하며 희망에 대한 열정을 공유하면서 함께 웃었다.

'나도 사회주의인가 뭔가 하는 그거에 대해서 좀 더 알았더라면 좋았을 텐데, 아쉽군.'

미스터 렌이 암갈색으로 타오르는 노을의 가장자리를 바라보며 고개를 기울인 채 중얼거렸다.

"훌륭한 이념이에요. 사장 자리를 타고나서 당신에게 이래라저래라 명령하는 게으른 놈들을 위한 이념이 아니죠. 그리고 작은 지역에만 국한되는 것도 아니에요. 세계 각지의 동포들을 위한, 새로운 이념이죠."

"맙소사! 진짜 그런 게 있었으면 좋겠네요. 너무도." 미스터 렌이 탄식하듯 말했다.

그는 전 세계의 형제들이 흐릿해지는 노을 사이로 척척 행진하는 모습을 보았다. 리넨 천처럼 하얀 얼굴의 고대 스칸디나비아 사람과 느릿

느릿 걷는 남양 군도 사람들을 따라 사프란 꽃무늬 옷을 입은 중국 관료들이 행진하고 있었다. 미스터 렌이 늘 동경했던 다양한 민족의 사람들이 그를 향해 다가오고 있었다.

“그렇지만, 저도 길모퉁이에서 소리 지르는 사회주의자들한테는 별로 관심 없어요.”

모튼이 혼잣말하듯 작게 말했다.

“길거리에서 ‘이리 와서 우리에게 구원받으세요. 안 그러면 지옥 갑니다! 부를 위해 악행을 저지르지 마세요.’ 이렇게 소리치는 사람들 있잖아요, 미스터 렌.”

“맞아요, 그렇죠. 하하하!”

“허허!”

모튼은 또 다른 생각이 떠올랐다.

“그래도 우리처럼 직장에서 일하는 사람들은 스스로를 위해서 노력할 필요가 있긴 해요. 안경 쓰고 날라리처럼 세상을 즐기는 사람들한테 의존하면서 잘 보이려고 겸손한 척할 수는 없잖아요. 그 사람들은 우리가 충분히 비열하지 않아서 같이 어울릴 수 없다고 생각하니까요. 작가들이나 다른 사람들도 마찬가지예요. 그럴 때는 길모퉁이에서 소리 지르는 사람들에게 맡겨야죠.”

“맞아요. 그 부분은 나도 공감해요. 괜찮은 생각이네요.”

미스터 렌과 모튼은 또다시 서로를 바라보면서 웃었다. 두 사람은 서로의 생각을 나누며 진정한 친구가 되었다. 그들은 샌드위치를 나눠 먹으며 서로의 속마음을 털어놓았다. 모든 승객이 진작 잠자리에 들었고 당직 중인 선원들만이 외롭게 깨어 있었다. 하지만 두 남자는 여전히 ‘궁금한 세상일들’에 대해 조용하지만 기쁜 목소리로 토론을 하고 있었다.

이른 아침의 기분 나쁜 축축함 속에서 소 치는 일꾼들이 포틀랜드에 닻을 내린 증기선 밖으로 신발을 질질 끌며 나왔다. 트루빅스 중개소 소장이 그들을 식당으로 인솔했다. 그는 파이프 담배를 피우며 미스터 렌과 모튼에게 흥미로운 말을 내뱉었다.

“트루빅스는 얼간이야. 당신들도 사장이 메리언호號에 승선하라고 엄포를 놓으면 싫어할걸. 사장들은 힘이 센 수소가 뿔로 들이받을지도 모를 곳으로 가라고 재촉한다고. 그리고 음식은…”

“음식은 어떤 걸 먹는데요?”

“스카우스 스튜와 빵. 그리고 물.”

“스카우스 스튜가 뭔데요?”

“소고기 없는 소고기 스튜라고 보면 돼. 아, 음식은 정말 형편없을 거야. 트루빅스는 얼간이거든. 내가 바라는 건 하나도 안 들어줘.”

미스터 렌은 영국 사람들이 소고기구이를 즐겨 먹어 소를 수입하는 점에 감사했다. 하지만 모닝커피를 마시기도 전에 쇠뿔에 들이받히긴 싫다고 소심하게 생각했다. 마치 당장이라도 소에게 공격당할 듯한 기분이 들면서 말이다. 거리는 싸늘할 만큼 한산했다. 미스터 렌은 졸음이 몰려왔고, 모튼은 말이 없었다. 식당에서 미스터 렌은 나무로 된 판매대 앞의 높은 의자에 앉았다. 그는 아무렇게나 숭덩숭덩 자른 두툼한 빵으로 만든 달걀 샌드위치를 먹었지만 목이 메었다. 특별함이라곤 찾아볼 수 없는 샌드위치였다. 그는 침울한 분위기의 용맹한 모튼과 함께 포틀랜드 여기저기를 쓸쓸히 돌아다녔다. 미스터 렌은 두 가지 두려움과 맞섰다. 가축 운반선에 필요한 사람 수가 오늘 모인 사람보다 적어서 자신은 다음 배를 기다리게 될지도 모른다는 두려움이 첫 번째였고, 두 번째는 그가 놀랍게도 영국으로 항해하게 될 경우, 배에서 쇠뿔의 무서움을 맛보게 될지도 모른다는 두려움이었다. 진지한 고민 끝에 미스터 렌이 내뱉었다.

"맙소사! 권태롭거나, 위태롭거나 둘 중 하나군."

모튼에게 말하지 않으면 안 될 정도로 잘 만든 각운이었다. 둘은 한참 동안 낄낄거리며 웃었다. 10시가 되자 트루빅스 중개소 소장의 지시에 따라 서류에 서명했고, 소 치는 일꾼들 모두가 함성을 지르며 메리언호號에 올랐다. 소들은 아직 부두에서 배로 이동하는 운송 장치 속에서 버둥거리고 있었다. 메리언호號의 지저분한 갑판 위에는 밧줄과 소 치는 일꾼들의 짐이 마구잡이로 놓여 있었다. 유대인 노인들이 휑하게 열려 있는 갑판의 개구부hatch와 조잡한 복도를 마치 죽음의 예언이라도 목격한 사람처럼 음산하게 응시했다. 여행 가방을 지키느라 자리를 뜨지 않고 서 있던 미스터 렌은 낭만과 사랑을 안고 항해하는 순례자들의 범선 위 녹슨 철판 뱃전을 얼쩡거렸다. 메리언호號는 작은 여객선이 출항할 때 으레 그렇듯 손수건과 작별 인사의 광경 없이 조용히 항구를 떠났다. 미스터 렌은 중얼거렸다.

"자유, 자유, 바다로 나가세. 자유, 자유, 나는 자유다!"

그리고 이렇게 덧붙였다.

"어이, 기다리시게, 영국 신사 양반들!"

4장. 꼬마 레니, 빌 렌이 되다

메리언호號가 포틀랜드를 떠난 지 사흘째 되는 날이었다. 모든 사람이 '레니'라 부르는 소 치는 일꾼 미스터 렌은 죽고만 싶었다. 그는 이제 선원 선실에서 어떤 냄새가 나는지 확실히 알게 되었다. 그는 밀짚 위에 축축한 마대를 덮어서 만든 얇은 매트리스 위에서 자야 했다. 매트리스의 냄새는 날이 갈수록 심해졌고, 독해졌으며, 갖가지 잡냄새와 생명을 위협할 만큼 끔찍한 냄새가 났다. 저녁 종이 여덟 번이나 친 늦은 밤임에도 불구하고, 억센 공장 노동자 출신 피트와 모자를 팔던 빈털터리 팀은 더러운 선실 테이블 앞에 앉아 세븐업 카드게임을 하고 있었다. 그리고 모리스 패거리의 부두목 맥가버는 침상에 누워 카드게임을 눈으로 배우고 있었다. 그는 싸구려 담배를 피우며 지옥 불 연기를 레니에게 내뱉었다. 선실의 폭력배 피트는 아주 악랄했다. 그는 다른 사람들을 조롱하고, 괴롭히고, 물건을 훔쳤다. 또, 저속한 말을 일삼는 술고래였다. 모자 장수 팀은 피트 세력 밑에 있는 목소리만 큰 약골이었다. 팀은 더러운 셔츠를 넥타이도 없이 입고 있었다. 그의 영혼도 허전한 목만큼이나 텅 비어 있었다. 부두목 맥가버는 권력과 폭력을 남용하다가 얼마 전 두목 자리를 박탈당했지만, 그 무리에서는 비교적 착한 사람이었다. 맥가버는 짧고 굵은 목과 깊게 주름진 좁은 이마 위의 곱슬곱슬한 짧은 머리 때문에 메리언호號에 타고 있는 황소처럼 보였다. 그는 지금까지 한 번도 옷을 벗은 적이 없었다. 항상 청회색 모직 양말 속에 멜빵바지 단을 집어넣고 무거운 신발을 신고 다녔다. 거칠지만 다정했고, 강압적이지만 솔직한 사람이었다.

무적 소리가 날카롭게 '빠아아앙'하고 울리자 미스터 렌은 몸을 떨며 급격히 숨을 골랐다. 그 소리는 배가 아직도 거대한 층의 안개 속을 지나고 있다는 사실을 상기시켰다. 금방이라도 다른 증기선의 뱃머리가 선원 선실의 벽을 뚫어 배가 침몰하는 무시무시한 사고가 날 것만 같았다. 시커멓고 거대한 뱃머리가 거칠게 달려와 뱃머리 금속판을 찌그러뜨려 산산조각내고, 물이 쏟아져 들어오고 사람들이 울부짖는 상상들. 하지만 무적 소리는 적어도 함교 위 '그들'이 졸지 않고 깨어서 안개를 뚫고 항해하고 있다는 사실은 알려 주었다. 그리고 '그들'은 숙련된 선원이지 않은가? 그들은 이런 여행을 수십 번이나 하고도 살아남지 않았는가? 사고가 발생한다면 그들도 미스터 렌처럼 고통받을 상황 아닌가? 그런데 배만 무사히 바다를 건넌다면 미스터 렌도 살아서 영국에 도착할 수 있을까? 9일 동안이나 이 냄새 나는 방에서 숨을 쉬지 않고서? 배 앞부분에 있는 선원 선실이 이렇게 위로, 위로, 위로 올라갔다가 그다음엔 아래로, 아래로, 아래로 내려오기를 계속하는 건 가라앉으려는 징조가 아닐까? 선실의 폭력배 피트가 미스터 렌에게 슬쩍 질문했다.

"무적 소리에 대해 어떻게 생각해, 레니? 다른 배에 부딪히지 않으면 좋을 텐데 말이야."

그는 약골 모자 장수 팀에게 윙크했다. 팀이 피트의 의도를 읽고 비통해했다.

"난 다른 배에 부딪힐 것 같아서 무서워. 너도 그렇지, 피트? 항해사도 겁먹고 있더라고."

"두말하면 잔소리지. 어이, 레니. 폭풍우가 치면 지하실로 내려가서 소들이 미끄러지지 않게 묶어 둬야 하는데, 그때까지만 기다려. 어이쿠, 저런! 너희가 제일 먼저 죽겠구먼, 친구들!"

"좀 그만하시죠!" 모튼이 끼어들었다.

하지만 모튼은 뱃멀미 중이었다. 그리고 피트는 이에 아랑곳하지 않고 다른 사람들이 위협을 느낄 만한 다른 위험한 일들에 대해 계속 이야기했다. 미스터 렌은 '음식이 점점 나빠질 것'이라는 이야기를 듣고 몸을 떨었다. 그리고 피트가 회색과 진홍색이 섞인 렌의 스웨터 재킷을 소 우리에서 잃어버린 이야기를 하자 괴로움에 몸부림쳤다. 배에서 할 일을 위해 뉴욕에서 자랑하려고 호사롭게 샀던 옷이었다. 그리고 카드 게임을 하던 사람들은 미스터 렌이 크로아크 선croac ship의 선장에게 안전하게 맡겨놓은 여행 가방을 '두목 사탄'이 훔쳐 갔을 것이라고 장담했다. 사탄이라니! 미스터 렌은 훨씬 더 심하게 몸서리쳤다. 두목 사탄은 수척한 턱과 매부리코, 성난 표정으로 이마에 주름이 진, 패거리의 두목을 가리키는 말이었다. 그는 화가 났을 때는 악마같이 웃고 평소에는 냉소적으로 비웃으며 침울해하는 사람들을 일갈했다. 피트는 키득거렸다. 그는 늘 그래왔던 것처럼 미스터 렌이 10달러를 '갚지 않는다'고 말하며 미스터 렌에 대한 두목 사탄의 분노를 자극했다. (당연히 거짓말이었다. 그리고 피트의 말들은 그대로 옮겨진 것이 아니다. 그는 훨씬 더 부적절한 언어를 사용했다)

부두목 맥가버는 항상 짧은 음담패설을 듣기 위해 잠들지 않고 침대에 누워있었다. 그는 늘 자신을 존경해주는 미스터 렌을 좋아했다.

맥가버는 황소 같은 머리를 금세라도 튀어나올 것처럼 침대 밖으로 내밀고 한심하다는 듯이 말했다.

"어이! 거기, 피트. 잠잘 시간이다. 그만 좀 해라."

미스터 렌도 따끔하게 말했다.

"피트, 내가 신학대학 학생도 아니고, 신성 모독에 대해서는 별 신경도 안 쓰지만, 그렇게 쓰레기처럼 말하진 않았으면 좋겠어."

"야, 모자 장수, 너 사전 있냐?" 피트가 두 발짝 정도 떨어져 있던 팀에게 고함쳤다. 그리고 미스터 렌에게 대꾸했다.

"어이, 아가씨. 신학대학 학생 같은 어려운 말을 쓰면 그 말이 너를 한 바퀴 돌아서 오른쪽 옆구리를 걷어찰지도 모르는 데 무섭지도 않냐?"

"그만 좀 해!" 화가 난 캐나다인이 끼어들었다.

"어휴, 그만 좀 하지. 저…" 또 다른 사람이 나지막이 말했다.

"닥쳐라."

부두목 맥가버가 말을 자르며 화를 냈다.

"너희 둘, 그리고 피트. 얼른 잠이나 자라. 네 침대 완전히 박살 내서 치워버리기 전에. 진심이다. 알았어? 내 말 들려?"

당연히 피트의 귀에 그의 말이 들렸다. 함교 위에 있는 일등 항해사에게도 들렸다. 아마 뉴펀들랜드섬(캐나다 동쪽 끝 래브라도반도 남쪽에 있는 섬 - 역자 주)에 사는 사람들에게도 그의 말이 들렸을 것이다. 피트는 목덜미를 긁다가 기지개를 켜며 침대로 향했다. 그는 미스터 렌이 들으라는 듯, 두목 사탄이 미스터 렌과 비슷하게 생긴 유대인을 바다로 던져버렸던 일에 대해 30분에 걸쳐 팀에게 속삭였다. 그리고 똑같은 일이 미스터 렌에게도 일어날 거라고 말했다. 배가 이렇게 계속 출렁이다가는 언젠가 증기선이 뒤집힐 거라 믿고 있는 팀은 그 이후의 상황을 상상했다. 미스터 렌과 두목 사탄은 한 구명보트에 몸을 의지해야 할 텐데….

미스터 렌은 두 손을 꼭 움켜쥔 채 누워있었다. 피트가 잠이 들자 비로소 미스터 렌은 걱정 없이 얕은 잠에나마 빠져들 수 있었다. 그때, 두목 사탄이 경련이 난 관절들을 움직이며 침대에서 홱 일어났다. 또다시 힘들고 단조로운 새벽이 시작된 것이다. 미스터 렌은 2시간 동안 일을 한 후 아침 식사가 들이닥칠 8시까지 2시간 동안 기다려야 한다. 두목 사탄은 미스터 렌의 자리로 다가왔다. 그 자리는 두목 사탄이 손톱만큼의 호감도 없는 사람에게 할당하는, 화물 운반 엘리베이터처럼 울렁거리는 어둡고 불결한 자리였다. 두목 사탄은 만족스러워하며 미스터 렌의 신발을 잡아당겼다. 안개 낀 바다의 축축한 회색 공기를 뚫고 미스터 렌은 배고픔으로 휘청거리며 배 중앙 화물 출입구로 가는 통로를 따라 걸었다. 그리고 맥가버 무리가 쓰고 있는 중갑판으로 향하는 철사다리를 타고 내려갔다.

첫 번째로 할 일은 소에게 물주기다. 미스터 렌은 물동이를 들고 뒷걸음질 치는 일에 지쳐 물동이 외에는 아무 생각도 들지 않는 지경이 되었다. 물이 있는 수조로 가서 물동이로 물을 퍼 담아 나르고, 또 퍼 담아 나르고, 수 세기가 지나도 끝나지 않을 듯했다. 소가 물도 어찌나 먹는지! 맥가버가 가장 좋아하는 '그래나디어'라는 이름의 소는 물 열 통을 마시고도 더 마시려고 물이 뚝뚝 떨어지는 회색 주둥이를 우리 너머로 내밀었다. 미스터 렌이 건너편에 있는 송아지들에게 물을 주자 그래나디어는 뿔로 미스터 렌의 멜빵바지를 걸어 찢어 버렸다. 메리언호號가 심하게 흔들렸다. 물통이 손에서 미끄러져 데굴데굴 굴렀다. 그는 쇠 지지대를 잡고 그래나디어가 뒤로 물러설 때까지 발로 턱을 찼다. 장족의 발전이었다. 발로 차는 것이 게임의 규칙이라며 맥가버가 위로해 주었다.

“잘~한다.” 목소리 큰 약골 팀이 비꼬아 말했다.

“지옥에나 떨어져.” 미스터 렌이 대답했다.

팀은 이전보다 더 존경하는 눈빛으로 미스터 렌을 쳐다봤다. 하지만 미스터 렌은 건초 먹이는 일이 끝나기 직전에 팀의 존경심을 잃었다. 너무 어지러워서 팀의 말에 제대로 화를 내지 못했기 때문이다. 미스터 렌은 흔들리는 배 안에서 쇠스랑으로 건초를 찍어 올려 우리 안에 던져 넣느라 안간힘을 쓰다가 미끄러져 복도를 따라 석탄 저장고까지 굴러갔다. 그곳은 화로의 열기가 상처를 압박하는 붕대처럼 후끈 몰아쳤고, 먼지 때가 낀 둥근 창으로 들어온 한 줄기 빛만이 칠흑 같은 어둠을 가르고 있었다. 미스터 렌은 잇따른 재채기와 기침으로 녹초가 되었다. 공중에 떠다니는 수천 개의 건초 먼지가 독이 묻은 손톱이라도 되는 듯이 그의 입천장을 긁었다. 시간이 지날수록 온몸 여기저기 안 아픈 곳이 없었다. 미스터 렌은 마치는 시간까지 몸을 부들부들 떨며 일했다. 팀이 미스터 렌을 놀리는 걸 그만둔 지 15분이 지난 후였다.

미스터 렌은 주갑판으로 기어 올라가 건초 꾸러미 창고로 들어갔다. 피트가 팀을 포함한 다른 사람들에게 두목 사탄에 대해 ‘더 이상 그에게 얻을 것이 없다’라고 일장 연설을 하고 있었다. 모튼이 피트의 연설을 끊으며 질문했다.

"저기, 피트. 사람들이 말하길 당신이 레이랜드 선박회사의 소유주라서 불쌍한 우리보다 아는 게 많다고 그러던데 사실이에요?"

박수와 함성이 울려 퍼졌다. 미스터 렌은 이 사건에 대해 모튼에게 정말 고마웠다. 그러나 방수포 더미에 누워 혼자만의 시간을 즐기기 위해 주갑판의 뒤쪽으로 올라갔다. 그리고 홀로 바다를 관찰했다. 키플링과 잭 런던이 그들의 저서에서 자세하게 묘사했던 것처럼 미스터 렌을 둘러싼 세상이 자유롭게 반짝거렸다. 그는 그저 흘깃 바라보고 말 뿐이었다. 북쪽에 그의 고향으로 향하는 여객선이 보였다. 고향! 맙소사! 고향의 모습이 자꾸 떠올랐다! 일할 때는 몸은 아파도 생각 없이 시간을 보낼 수 있었다. 하지만 눈부시게 떠 있는 편안한 모습의 여객선을 보니 가축 운반선이 잽 부인의 주방 싱크대처럼 전혀 낭만적이지 않다고 느껴졌다. 미스터 렌은 궁금했다.

'왜 나는 이렇게 얼간이 같을까? 이게 방랑자의 모습인가? 아니야, 바다 위에 떠 있는 축산농장의 일꾼이잖아. 그래, 이 망할 일을 시작하고서 이 모든 일을 겪었지. 그렇지만 이제 곧…, 끝내주는! 신의 나라로 갈 거야!'

메리언호號가 출항한 지 11일째가 되던 날이었다. 배는 기분 좋게 흔들리며 아일랜드해를 통과하고 있었다. 달빛이 앵글시섬(영국 웨일스 서북부의 섬 - 역자 주) 해변을 비추었다. 미스터 렌은 천국으로 가고 있다는 생각에 들떠 후갑판에 누워있었다. 아래층은 너무 더워서 잠을 이룰 수가 없었기 때문에 다섯 명이 넘는 소 치는 일꾼들이 매트리스를 가지고 갑판 위로 올라왔다. 미스터 렌 옆에는 그에게 '빌 렌'이라는 별명을 지어 준 모자 장수 팀이 누워있었다. 어느 순간부터인지 팀이 무기력하고 불안해 보였다. 그는 미스터 렌에게 방학한 지 얼마 안 된 소년처럼 설레는 감정을 일깨우는 방법과 건초 더미를 15피트 정도 멀리 던지며 기쁨의 함성을 지르는 방법을 가르쳐 주는 훌륭한 일을 했다. 옆에 누워있던 모튼도 미스터 렌을 '빌 렌'이라는 별명으로 불렀다. 모튼은 대부분의 시간을 '세상의 모든 궁금한 것들'이 아닌 피트와 팀에 대한 토론을 하며 보냈다. 미스터 렌은 처음에는 두 사람 사이를 시기했지만, 피트조차 '환경의 희생양'이라는 사실을 알게 되면서 피트에 대해 좀 더 근본적으로 파악해 봐야겠다는 생각이 들었다.

항해가 계속되던 어느 날, 건초더미가 두목 사탄의 얼굴로 미끄러지는 것을 미스터 렌이 막아 준 이후로 맥가버는 미스터 렌을 '빌 렌'이라고 부르기 시작했다. 두목 사탄과 피트는 여전히 미스터 렌을 '레니'라고 불렀다. 하지만 지금 미스터 렌의 '사회주의'에 대한 의견을 팀이 감탄하며 들어주고 있기 때문에, 미스터 렌은 저 두 사람 생각은 멀리 던져두었다. 팀이 잠들었다. 미스터 렌은 조용히 누워서 그의 눈 앞에 펼쳐진 하늘에 상상의 색을 입혔다. 거품으로 된 꽃이 활짝 핀 물의 정원을 떠올렸다. 기묘한 배들과 방랑하는 갈매기들이 있었고 매끄러운 피부의 검정 돌고래 떼들이 보라색 파도를 뚫고 헤엄쳤다. 어제 본 아일랜드 해안 언덕의 이국적이고 아름다웠던 광경을 회상했다. 태어나서 처음으로 본 외국의 풍경이었다. 마치 프레스코 벽화처럼 보이는 옅은 색의 하늘에 아일랜드의 요정 전설이 곁들여진 듯 신비해 보였다. 미스터 렌의 상상 속 아일랜드는 돈이나 정치 문제가 아닌 요정으로 가득 찬 나라였다. 그는 요정과 마주치길 원했다. 웨스트 16번가에서는 요정을 마주치는 일이 절대 없었다. 하지만 눈 앞에 펼쳐진 '완더랜드'에서는 요정들이 유혹의 손길을 내밀고 있었다. 미스터 렌은 춤추는 하늘을 지붕 삼아 잠이 들었다.

행복한 미스터 렌은 다음날 격분한 소 치는 일꾼 빌 렌이 되어 눈을 떴다. 피트가 미스터 렌을 졸졸 따라다니며 거슬리게 재잘거렸다.

"스코틀랜드에는~ 고이티라는~ 이름을 가진 여자가~ 있었다네."

"닥쳐!" 미스터 렌이 명령조로 말했다.

"조심하라고 말해!" 잠에서 깬 팀이 렌을 응원했다.

피트가 코웃음 쳤다.

"지금 '닥쳐'라고 말했냐? 어? 두목 사탄! 누가 그랬는지 들었죠?"

두목 사탄은 캡스턴(매잡이 줄을 감아올리거나 닻을 오르내릴 때 사용하는 수직 기둥 – 역자 주) 쪽에서 담배를 피우며 중얼거렸다.

"그래서 어쩌라고? 저 꼬맹이 다시는 그런 말 안 할 거야."

피트는 미스터 렌의 매트리스 옆에 서서 기분 나쁘게 말했다.

"누가 닥치라고 말했더라?"

순간 미스터 렌이 침대에서 튀어나와 공격 자세를 취했다. 너무 졸린 나머지 두려움도 느껴지지 않았다.

"내가 그랬다! 어쩔 건데?"

그리고 곧 용기 낸 것을 후회하며 조금 부드럽게 말했다.

"난 자고 싶다고."

"참나! 자고 싶다니. 이 콩알만 한 녀석이 자고 싶다고? 너 이리 와 봐!"

폭력배 피트가 매트리스 너머로 미스터 렌이 입고 있는 셔츠의 깃을 잡았다. 미스터 렌은 몸을 휙 수그리고 거칠게 손을 뻗었다. 그의 주먹이 절반쯤 우연히 피트를 쳤다. 피트는 소리를 지르며 미스터 렌을 밀쳤다. 미스터 렌이 넘어졌고, 피트가 미스터 렌의 배 위에 올라타 주먹으로 미스터 렌을 마구 때렸다. 모튼과 정직한 부두목 맥가버는 피트를 떼어내기 위해 두 사람을 향해 달려갔다. 두목 사탄은 배에 승선한 이후 처음으로 흥미로운 눈빛을 번뜩이며 두 사람을 바라보았다. 그는 으르렁거리듯 말했다.

"두 사람이 공평하게 싸울 수 있도록 둬라. 라운드를 돌아가면서. 넌 할 수 있어, 빌."

두목 사탄의 칭찬이 갑옷이 되어 미스터 렌을 무장시켜 주었지만, 고무 운동화를 신은 미스터 렌은 잔뜩 겁을 먹은 채 뻣뻣하게 굳어 버렸다. 그제야 정신이 든 미스터 렌은 지금 자신이 처한 상황에 놀라움과 충격을 금치 못했다. 그는 소란의 중심인물이 되어있었다. 옅은 달빛이 앵글시섬의 해안과 배가 일으키고 간 물보라를 슬프게 비추었다. 하지만 미스터 렌은 꿈같이 아름다운 달빛과 섬에 대해서는 전혀 인식하지 못하고 앞에 서 있는 폭력배와 맞섰다. 두 사람은 서로를 마주 보고 원을 그리며 빙글빙글 돌았다. 피트가 약하게 발을 뻗었다. 모튼이 분노에 찬 목소리로 끼어들었다.

"두 사람 모두 매너 없이 주먹 날리고 반칙하는 비겁한 짓은 하지 말자고!"

"옳소!" 맥가버가 덧붙였다.

피트가 미스터 렌을 쏘아보았다. 피트는 매우 지쳐 숨을 헐떡거리고 있었다. 그의 주변을 돌며 정교하게 움직이던 미스터 렌은 점점 어지러워졌다. 뒷골목에서처럼 반칙을 쓰지 않고서는 할 수 있는 게 없었다. 그는 미스터 렌의 코피를 터트렸고, 입술에 펀치를 퍼부었다. 하지만 담배와 위스키를 너무 많이 피우고 마신 탓인지, 6라운드가 끝날 때쯤에는 이미 바보같이 웃으며 평화를 약속할 준비가 된 사람처럼 변해 있었다. 그때였다. 우연히 미스터 렌의 작고 조그마한 주먹이 그의 턱으로 날아들었다. 순간 피트가 백핸드로 날린 헛 주먹질이 잠자던 미스터 렌의 잔인함을 깨웠다. 미스터 렌은 피트에게 돌진해 젖 먹던 힘까지 쥐어짜 맹렬하게 주먹을 날렸다. 퍽! 퍽! 퍽! 마치 살기 가득한 맹수처럼 보였다. 피트의 유감스러운 운명에 대해서는 그만 이야기하기로 하자. 그는 지금껏 놀림감이었던 사람이 사실은 싸움 좀 하는 사람이라는 사실을 알게 되었다. 그 사실에 경악하며 충격을 받은 피트는 분노로 씩씩대며 비틀비틀 도망갈 곳을 찾았다. 코가 납작해진 모습이었다. 역으로 말려야 할 사람은 위대한 꼬마 빌 렌이었다. 맥가버는 시끄럽게 소리치며 발길질하는 미스터 렌을 붙들어 말렸다. 그의 부드러운 콧수염이 전투태세를 갖춘 고양이의 수염처럼 곤두서 있었다. 결국, 다음 라운드에서 피트는 미스터 렌의 어설픈 회오리 주먹을 맞고 완전히 녹다운되었다. 피트는 갑판 위에 뻗어버렸고, 미스터 렌은 그를 노려본 채 씩씩거리며 말했다.

"내 이름이 뭐라고? 어?"

"이제 보니 빌이군. 그래, 레니. 늙은 말…, 빌. 늙은 말…" 피트가 신음을 내며 말했다. 그리고 서서히 기절했다.

미스터 렌은 갑판 아래로 내려갔다. 보일러실 환기구 옆 어두운 복도에서 그는 벌벌 떨며 눈물을 흘렸다. 염분이 섞인 눈물이 그의 코피를 멈추게 했고, 그는 곧 진정되었다. 미스터 렌은 상갑판으로 올라왔다. 드디어 그의 형제이자 동행의 방랑자인 달을 볼 수 있게 되었다.

소 치는 일꾼들과 폭력배 패거리들은 격앙된 목소리로 싸움에 관해 이야기하고 있었다. 팀이 미스터 렌에게 뛰어와 까르륵 웃으며 말했다.

"멋져 빌 렌! 그 녀석이 나를 그렇게 괴롭혔으면 나도 똑같이 했을 거야. 피트는 허세만 부릴 줄 아는 녀석이라고 내가 말했잖아."

"저리 꺼져." 두목 사탄이 말했다.

팀이 잽싸게 도망갔다. 모튼이 미스터 렌을 쳐다보았다. 그는 미스터 렌의 어깨를 몇 번 두드린 후 침대로 향했다. 다른 일꾼들도 구부정하게 걸으며 자리로 돌아갔다. 하지만 맥가버와 두목 사탄은 아직도 싸움에 관해 이야기하고 있었다. 딱딱한 검은 방수포에 몸을 기댄 채 미스터 렌은 그들에게 호의적으로 말을 걸었다. 그 순간 그는 빌 렌에서 다시 미스터 렌이 되었다. 미스터 렌은 유럽의 모든 빛나는 길을 따라 돌아다니기로 한 결심에 대해 이야기했다.

"멋지군."

"그럼요."

"넌 꼭 멋있는 세계일주 여행자가 될 거야."

"당연하죠. 세상에서 제일 호화로운 음식도 하루에 네 번쯤 먹을 거예요."

"멋지군."

두목 사탄은 이따금 살짝 비꼬면서 그의 말에 대꾸했다.

"네 여행 계획 듣는 거 참 재밌군. 그래. 마음대로 해."

맥가버가 대화에 끼어들며 두목 사탄에게 말했다.

"거기까지 해요, 마빈. 당신이 '두목 사탄'인 건 알겠어요. 그 꼬맹이는 이제 그만 놀려요. 나름 괜찮은 친구예요. 지난 사나흘 동안은 일도 잘했다고요."

침대로 돌아온 미스터 렌은 멋진 하늘과 대조되는 돛대 지지용 밧줄을 가만히 쳐다보았다. X자로 엇갈린 선들은 기념품 회사의 주문 용지에 그어진 줄을 상기시켰다.

"맙소사!"

미스터 렌이 생각에 잠겼다.

"제이크가 내 일을 잘 인계받아서 우리…, 아니 그들 입맛에 맞게 잘하고 있는지 궁금하군. 그리고 내 오래된 사무실과 찰리 카펜터를 몇 분 동안이라도 보고 싶어. 맞다! 회사 사람들이 내가 오늘 피트를 밟아버린 걸 봤어야 하는데! 만약 영국에서 나를 싫어하는 사람을 만난다면 그때도 똑같이 해 주겠어."

메리언호號는 리버풀의 저지 시티에 있는 버켄헤드의 부두 다리 옆으로 부드럽게 나아갔다. 배는 드디어 긴 여정을 끝냈고, 소들을 하선시키는 동안 미스터 렌은 햇살을 받으며 쉬었다. 그들은 머지강 입구에서 안개 봉우리를 마주했다. 미스터 렌은 안개 사이로 보이는 영국의 해안가를 바라보며 무아지경에 이르렀다. 그리고 모래 언덕 사이에 줄줄이 늘어선 영국풍 빌라에 도취 되었다. 영국이다! 꿈만 같았다. 놀랍게도 해안가는 강렬한 빨간색과 초록색, 노란색 등 꿈속에서보다 훨씬 더 선명한 색으로 이루어져 있었다. 선명한 색들이 옅은 안개 사이로 비쳐서, 기이하게 빛나는 안개에 젖은 갑판과 대조되었다. 미스터 렌은 태어나서 처음으로 외국 땅을 밟았다. 그의 옆에서 무심하듯 호기심 어린 표정을 한 모튼도 마찬가지였다. 미스터 렌은 교회 탑과 돔형 건물들 뒤로 보이는 또 다른 거무스름한 돔, 그리고 머지강 건너편의 리버풀을 보며 '맙소사!' 말고는 아무 말도 생각나지 않았다. 리버풀 거리는 강 바로 옆까지 연결되어 있었다. 중세 시대로 향하는 작은 구멍이라도 통과한 듯 그의 눈이 휘둥그레졌다. 미스터 렌은 자연미가 가득한 길거리를 구석구석 살피며 중얼거렸다.

"자유, 자유, 유~럽에서, 나는 자유!"

소 치는 일꾼들은 배에 남아 있는 건초 더미를 옮기기 위해 소환되었다. 그들은 게임을 만들었다. 심지어 두목 사탄도 즐거워했고, 유대인 노인들도 사근사근하게 행동했다. 그들은 쌓여 있는 건초 더미를 향해 험악한 척하는 손짓을 취했다. 모자 장수 팀은 갑판 위에서 유연한 몸으로 우스꽝스러운 지그 춤(빠른 6박자로 연주되는 스코틀랜드와 아일랜드의 민속 무용 – 역자 주)을 췄고, 맥가버는 우렁찬 소리로 고함쳤다.

"어서, 빌 렌! 네 차례야. 피트! 얼른 그 건초 더미 넘겨줘. 빌 렌한테 처맞기 싫으면."

위풍당당하게 서 있던 미스터 렌도 굵은 목소리로 말했다.

"나는 아머 대령이다. 내가 이 모든 소의 주인이지. 모리스 소들 빼고, 알겠나? 자네들은 내가 시키는 대로 해야 해. 알았지? 팀! 귀로 걸어 봐."

모자 장수 팀이 아머 대령으로 빙의한 미스터 렌의 명령에 따라 머리를 갑판에 대고 허약한 다리를 흔들었다.

건초더미가 육지로 다 옮겨졌다. 메리언호號는 경적을 울리며 머지 강을 건너서 리버풀의 허스킨슨 부두로 향했다. 소 치는 일꾼들은 부둣가를 뛰어다니며 술래잡기를 하고 있었다. 그들은 웃으면서 와! 하고 함성을 지르며 빗물받이통에다 마지막 소변을 본 후 짐을 챙겨서 선착장으로 내려갔다. 그들이 미스터 렌과 모튼을 지나치며 영어와 공손한 이디시어(중앙 및 동부 유럽에서 쓰이던 유대인 언어 – 역자 주)로 애정이 담긴 작별 인사를 건넸다. 미스터 렌은 모튼에게 우리가 타고 온 이 거대한 헛간의 딱딱한 돌바닥이 '건장한 사내도 골병들게 할 만큼' 최악이라고 악담을 퍼부었다. 빌 렌으로서의 마지막 발언에 가까웠다. 길을 걸으며 그는 다시 미스터 렌이 되었다. 그는 진짜 영국 경찰관과 진짜 영국 마차, '코코아 하우스. 차tea도 있음'이라는 간판을 보며 완전한 미스터 렌이 되었다. 영국이다!

"이제 음식다운 음식을 먹으러 가죠!"

모튼이 외쳤다.

"스카우스 스튜랑 버들잎 차는 더 이상 안 먹고 싶네요."

두 사람은 구운 샐리런(구워서 바로 먹는 달고 얄팍한 과자 빵 – 역자 주)과 멜튼 모우브레이(고기 파이의 일종 – 역자 주)를 맛보는 호사를 누리며 테이블 밑으로 발을 쭈욱 뻗었다. 식당의 웨이트리스는 말끝을 올리며 '감사합니다'라고 말했다. 그들은 기다란 소파 좌석 위에 영국풍으로 식당 사방으로 쭉 이어진 일련의 거울들을 응시했다. 그리고 그들의 대성공을 축하하며 미소 지었다. 꿈을 향한 갈망과 고기 파이를 향한 갈망 모두를 만족시킨 여정이었다.

5장. 진기한 영국의 멋을 찾다

여기도 큰 부두, 저기도 큰 부두. 역시 영국은 바다의 여왕이다. 리버풀은 바쁘게 움직이는 도시지만, 상점에 가 보면 어디든 영국의 진기한 멋을 찾아볼 수 있었다. 간판들만 해도 그랬다. '레드 라이언 여관', '고가 전차'…. 그들은 엘리베이터를 고가 전차라 불렀다. 진정한 영국의 멋이었다. 진짜배기 영국 스타일…. 물론 작은 상점들을 돌아다니는 일도 재밌었다. 거리의 군중들. 거리의 사람들이야말로 딱 '영국 스타일'이었다. 그들이 세인트 조지 광장에 들어섰을 때, 모튼은 광장에 립톤의 차tea 기념물이 있다는 사실을 '영국을 극찬하고 있는' 미스터 렌에게 알려주었다. 토마스 립톤 경! 영국 국왕의 친구가 아니었던가? 혹시 아니더라도 어쨌든 그는 귀족이었고, 사교를 위한 거대한 경주용 요트를 여러 대 보유하고 있었다. 웅장하고 장엄한 광장에서 미스터 렌은 경외심에 빠져 탄성을 질렀다.

"맙소사! 그리스 신전이네. 멋지군."

모튼도 공감했다. 미스터 렌이 설명했다.

"세인트 조지 홀이야. 거대한 오르간 연주회가 열리는 곳이지. 그리고 광장을 건너면 미술관이 있어. 우리가 있는 이곳은 라임 스트리트 역이야."

그는 백과사전을 정독하는 여성 사교가들처럼 베데커baedeker 여행 안내 책자를 정독했었다.

"기차 구경하러 저쪽으로 가자고."

"기차가 신기하게 생겼네요. 그쵸? 영국인들은 이걸 뭐라고 부르더라…, 객차였나? 일등석, 이등석, 삼등석…"

"책에서 본 거랑 똑같아."

"'예약 사무실'. 표 파는 곳이네요…. 웃기지 않아요?"

미스터 렌은 저렴한 식당에서 모튼과 함께 고급 차를 마신 후 본인이 계산을 하겠다고 우겼다. 소극적이었지만 진심이었다. 모튼은 당황해했다. 공원 벤치에 앉아서 가장 영국스러운 담배 '데인티 비츠'를 피면서 미스터 렌이 조심스럽게 말했다.

"무슨 문제 있어?"

"아, 아무것도 아니에요. 그냥 생각 좀 하고 있었어요."

모튼이 부자연스럽게 웃었다. 그리고 이내 덧붙였다.

"그게…, 사실…, 우리 이제 각자 갈 길을 가야 할 거 같아요. 계속 이렇게 당신에게 빌붙을 수는 없어요."

"무슨 소리야! 빌붙다니. 난 모튼이 나한테 좀 빌붙었으면 좋겠어. 그러면 둘이 같이 훨씬 더 좋은 시간을 보낼 수 있잖아."

"그건 맞지만…, 아니에요. 그럴 순 없어요. 내 힘으로 일어서야죠. 영국 친구들이 말한 것처럼요."

"아니, 그러지 말고. 그니까, 내 돈이잖아, 맞지? 내 돈이니까 내가 원하는 곳에 쓸 권리가 있지, 맞지? 그러지 말고. 함께 쭉 다니다가 돈을 다 쓰면 그때 같이 일자리를 알아보자고. 진심으로 그래 줬으면 좋겠어."

"참네. 내가 하게 될 막일을 당신이 거들떠나 볼지 모르겠네요."

"당연하지. 그러지 말아, 모튼. 난…"

"당신은 멍청한 떠돌이 일꾼처럼 흥청망청 다니기엔 눈이 너무 높아요. 금방 지겨워지고 말 거예요."

"그러면 좀 어때? 모튼, 들어봐. 난 이 여행을 통해 많은 걸 배웠어. 평생 내 소원은 딱 하나였다고…. 외국으로 여행 다니는 것. 그래, 지금도 역시 그 소원에는 변함이 없어. 하지만 더 중요한 소원이 생겼어. 이유는 모르겠지만 난 살아오면서 친구를 별로 많이 사귀지 못했어. 어쩌다 보니 넌 내가 살면서 만났던 친구 중에 가장 친한 친구가 되었지. 넌 너무 똑똑한 척하지도 않고 그렇다고 너무 저속하지도 않아. 그리고 이 우정이라는 게…, 나에게는 엄청나게 큰 의미야. 알버트 허바드나…, 또…, 에잇, 이름이 기억 안 나네. 어쨌든 흥미로운 여행을 다룬 잡지의 뒷면에 인쇄된 시를 하나 읽는 거와 같아. 친구가 된다는 건 그런 거잖아. 내가 이런 말을 아무에게나 하지 않는다는 거 알지? 내 말이 무슨 뜻인지 알게 될 거야. 그러니까 이 우정이라는 건 오래전 있었던 십자군 전쟁 같아…. 무슨 말인지 알지? 그냥 어느 쾌청한 날 아침에 우연히 시작하는 거라고…. 뭔지 알지? 갑옷이 빛나고, 뭐 그런 거 있잖아. 아무것도 변하지 않았을 거야. 그들이 무언가에 맞서 함께 싸우는거 말이야. 동료들과 함께 빗줄기를 뚫고 적들에게 돌진하던 어느 비 오는 밤과 같은, 뭐 그런 거 있잖아. 함께 있으면 두려울 게 없는 거지. 내 생각에는 이 우정이라는 것도 마찬가지야. 잡지에 적혀있는 거랑 똑같아. 그래, 당연하지. 그렇고말고! 이제 사람들한테 친구와 함께 구경 다니는 게 얼마나 재미있는지 이야기해 줄 기회야. 난 여태까지 그런 적이 별로 없었어. 물론 내가 꽃만 무성한 어느 외딴 모래섬에서 살아왔다는 뜻은 아니야. 하지만, 친구가 많이 없었기 때문에 항상 외로웠어. 너도 뉴욕의 하숙집이 어떤지 잘 알잖아. 그러니까 이제 내 눈치 보지 마, 모튼. 진심이야…, 우리가 함께 있기만 하면 어떤 일을 하든 상관없어. 바닥 청소보다 더 안 좋은 일을 해도 전혀 상관없어!"

모튼은 팔을 쓰다듬으며 한동안 말이 없었다. 그리고는 이렇게 말했다.

"네, 무슨 말인지 알아요. 나랑 함께 여행 다니는 게 좋다니 정말 듣기 좋은 말이네요. 하지만 날 너무 과대평가하는 것 같아요. 그리고 당신은 내 앞에 놓인 진흙탕 같은 삶을 정말 견디지 못할 거예요."

모튼이 덧붙인 끔찍한 상황들을 묘사하는 말에는 미스터 렌을 멀리하려는 확실한 의도가 있었다.

"왜냐하면, 말이죠. 난 유럽의 모든 걸 다 경험해 볼 거예요. 터키 감옥에서 시작해서…, 상트페테르부르크에 갈 때까지요…. 당신도 메리언 호號에서는 잘 견뎠죠. 나도 알아요. 하지만 당신은 깔끔한 걸 좋아하잖아요."

"아, 내가…"

"만약 우리가 지금 헤어진다면 앞으로도 친구로 지낼 수 있을 거예요. 그리고 뉴욕에서 다시 만나겠죠. 하지만 나와 시궁창 같은 곳에 간다면…, 그렇지 않을 거예요"

"아니, 모튼, 내 말 좀 들어봐."

"그래도 생각은 해 볼게요. 하지만 내일 아침까지는 이 얘기 그만 해요."

"모튼, 제발 다시 한 번 생각해 봐. 그리고 오늘은 나와 함께 뮤직홀에 가 줘. 그럴 거지?"

"음…, 그래요." 모튼이 망설이다 대답했다.

뮤직홀…. 이젠 더 이상 평범한 뮤직홀이 아니었다! 미스터 렌은 발이 보이지 않을 만큼 빠르게 뮤직홀로 걸어가서 9페니짜리 좌석 표를 구매했다. 공연표를 사는 데 18페니나 쓰는 건 낭비라고 생각해 왔는데, 18페니나 쓰고 말았다…. 그들은 9시 반에 뮤직홀을 나왔다. 피곤하지만 행복했다. 미스터 렌은 자신이 계산할 테니 술을 팔지 않는 호텔로 가자고 말했다. 베데커baedeker 여행안내 책자에 술을 팔지 않는 호텔이 꽤 괜찮고, 가격도 합리적이라고 나와 있었기 때문이다.

"아니요, 안 가요!"

모튼이 인상을 찌푸렸다.

"내 말 똑똑히 들어요, 미스터 렌. 당신은 호텔로 가요. 그리고 난 두크…, 아니 주크가街에 있는 여인숙으로 갈 거예요! 내가 길거리에서 우연히 피트를 마주쳤던 거 기억하죠? 피트가 거기 가면 4페니에 작은 침대를 얻을 수 있다더군요."

"모튼, 호텔로 가자고. 제발 부탁이야! 네가 그렇게 초라한 곳에서 잔다고 생각하면 내 마음이 아플 거라고! 밤새 단 한숨도 못 잘 거야. 만약…"

"아니, 미스터 렌, 부디 현명하게 생각해요! 현명하게 생각하라고요, 제발! 난 당신한테 절대 빌붙지 않을 거예요. 그게 다예요."

미스터 렌은 1분 정도 말없이 성큼성큼 걸어가다가 이렇게 말했다.

"그래, 기분 나쁘다면 어쩔 수 없지. 내가 친구들에게 제발 밥 한번 사게 해달라고 구걸하는 그런 사람은 아니야. 그리고, 잘 들어. 만약 그렇게 할 때는…, 으악! 쥐다! 흐흠…, 화는 내지 않으려고 했는데, 이까짓게 날 놀라게 하다니. 바보같이. 암튼, 모튼. 나 지금 짜증 났어. 좋아, 여인숙으로 가서 각자 계산하자고. 그리고 거리를 걸을 때도 반씩 칸을 나눠서 걷자."

"알았어요, 미스터 렌. 그렇게 하죠. 아마 지하실 같은 데서 자게 될 거예요."

그들은 매력적인 골목들을 지나 리버풀 교외로 향했다. 좁은 골목을 걸으며 무거운 정적과 거대한 단독 주택에 압도되었다. 시커멓게 드리운 나무들이 높은 담벼락에 기대 있었고, 작은 문을 여닫는 불가사의한 소리만이 정적을 깨웠다. 그들은 주변을 살피며 조심스레 걸었다. 하지만 여인숙 문전에서 계속 거절당했다. 결국, 길 근처에 있던 교회로 향했다. 하늘 높이 우뚝 솟은 커다란 석조 현관이 교회와 잘 어울렸다. 모튼이 단호한 태도로 말했다.

"우리 같은 떠돌이 일꾼들을 위한 장소네요. 경찰이 오더라도 그냥 의자 밑으로 숨어버리면 되잖아요. 경찰들은…, 엿이나 먹으라죠, 뭐."

사회의 관습을 어기고 잠잘 곳을 훔치는 일은 처음이었다. 미스터 렌은 길거리 강도를 만나 벌거벗겨진 사람이라도 된 듯 불안감에 사로잡혔지만, 입고 있던 코트를 벗어 베개처럼 둘둘 말았고, 신발을 벗어 눈에 보이는 장소에다 놓았다. 시멘트 바닥에 누워 있으려니 발이 시렸다. 잠들기 위해 노력했지만 시간이 갈수록 점점 등도 시려왔다. 미스터 렌은 돌 틈의 벌어진 부분을 짜증스럽게 문질렀다. 그리고 교회 현관 천장을 노려보았다. 문틈으로 보이는 교회 안쪽 목사실로 자꾸만 눈길이 갔다. 격자무늬 창문에 비친 작은 등불은 부드러운 침대와 웃음소리, 마음이 편안해지는 책들을 연상시켰다. 미스터 렌은 벌떡 일어나서 신발을 신고 교회 경내를 거닐었다. 이렇게 멋진 외국 교회의 탑을 관찰하지 않는 건 대단한 시간 낭비라는 생각이 들었다. 하지만 지금은 교회의 탑보다 쿡쿡 쑤시는 어깨뼈를 먼저 챙겨야 했다. 모튼이 딱딱하지만 미소를 띤 채 말했다.

"별로 마음에 들진 않죠, 미스터 렌? 아쉽지만 그래 보이네요. 사실 나도 그다지 편하진 않았어요. 그러면…, 괜찮은 곳이 없는지 한 번 더 돌아다녀 보죠."

얼마 안 가 그들은 빈터에서 건초더미를 발견했다. 미스터 렌은 등을 다정하게 토닥여 주고 있는 모튼의 손길은 신경도 쓰지 않고 말했다.

"건초더미라니, 월도프 아스토리아 호텔(뉴욕시의 고급 호텔 – 역자 주)이나 다름없는걸!"

그들은 살금살금 빈터로 들어갔다. 그리고 건초더미를 사랑스럽게 쓰다듬었다.

"정말 그러네요!"

그때, 뒤쪽에서 중저음의 목소리가 들려왔다.

"거기, 뭐 하는 거유?"

두 번째 밀짚을 꼬고 있던 짐 마차꾼이 경계태세를 갖추고 마구간의 그림자 밖으로 느릿느릿 걸어 나왔다.

"저기, 오늘 밤만 이 건초 더미에서 신세를 좀 져도 되겠습니까?" 모튼이 당당하게 말했다.

미스터 렌도 애원했다,

"저희는 가축 운반선을 타고 건너온 미국인들입니다. 당장 밥 사 먹을 돈밖에 남지 않았어요. 제발 부탁드려요."

"아! 미국인들이우? 나쁜 사람들 같진 않구먼. 내 동생 하나도 지금 미국에 가 있다우. 원래는 나랑 같이 이 마구간을 운영했었지. 지금 미네소타의 세인트 클라우드에 있수. 잘 알겠지만, 미네소타는 주州 이름이지. 댁들은 미네소타에 가 본 적 있수?"

"그럼요."

모튼이 거짓말을 했다.

"거기서 곰 사냥을 했었어요."

"오, 방금 곰이라고 했수? 내 동생은 편지에 한 번도 곰 얘기를…"

"아, 북쪽 지역의 빅우드라는 곳에 가면 있어요. 가까스로 살아나왔죠."

이어서, 피츠버그의 서쪽으로는 가 본 적도 없는 모튼이 한 번도 해보지 않은 사냥에 대한 서사시를 읊었다.

"나 홀로. 소나무 숲 사이에 서 있었네. 미친 듯이 추운 겨울. 소총에 남은 총알은 단 한 발. 매서운 겨울 추위와 눈. 쌓여만 가는 눈. 설피snowshoe를 신고, 음식 가방을 메고, 벌목장까지 나 홀로 산을 오르네, 썰매를 끌고서. 캐나다 국경 근처로. 추위, 매서운 추위. 별들은 작은 쇳조각처럼 보이고."

어디선가 들어본 이야기였다. 미스터 렌이 잡지에서 읽은 이야기 같았다. 모튼이 계속 이어나갔다.

"뻗어 내린 소나무 가지에 쌓인 눈. 나란 남자, 두꺼운 모직 반코트를 걸치고 방수 부츠를 신은 남자, 모튼은 성큼성큼 걸어가는 곰을 보았지. 44구경의 마를린 총을 가지고 있었지만, 총알은 하나뿐. 총구로 곰의 주둥이를 휘갈기고. 잠시 두려움에 빠졌지. 설피snowshoe가 벗겨질 뻔했지. 그리고 가장 어려운 일. 방아쇠를 당기는 일. 발사! 곰이 달려들었지만 이내 나가떨어져 버둥거렸지. 멋진 곳. 미네소타 빅우…"

"방수 부츠가 뭐유?" 짐 마차꾼이 무심하게 끼어들었다.

"그냥 뭐…, 모카신(moccasin. 북아메리카 원주민들이 신던 신발 – 편집자 주)

이랑 비슷한 거예요. 빅우드…, 멋진 곳이죠. 동생분도 언젠가 갈 기회가 있길 바랍니다."

"어, 혹시 내 동생을 만난 적 있수? 이름은 스크래블이우. 조크 스크래블."

"조크 스크래블이라…, 아니요. 하지만…, 아 맞다! 세상에, 빅우드에 함께 갔던 동료가 있었는데, 그 친구가 세인트 클…, 세인트 클라우드? 맞나, 거기 출신이었어요. 작은 마을에 대해서 항상 말해주곤 했어요. 동생분이 잘 지낸다고도 했던 것 같네요."

짐마차꾼은 미스터 렌이 골똘히 생각하며 건넨 싸구려 시가를 받아들었다. 그리고 갑자기 말했다.

"괜찮으면 마구간에서 주무시우. 그리고 웬만하면 담배는 안 피우는 게 좋겠수."

그렇게 어둡고 냄새나는 건초 더미에 누운 미스터 렌은 모튼에게 다정하게 '잘 자'라고 말하며 다리를 뻗었다.

미스터 렌은 9시간 만에 일어났다. 그가 마구간 아래쪽에서 나는 쇠사슬의 철커덩거리는 소리에 잠이 깼을 때, 모튼은 이미 떠나고 없었다. 대신 쪽지 하나가 미스터 렌의 소매에 꽂혀 있었다.

내 친구에게.

아무리 생각해 봐도 당신이 힘든 도보여행을
좋아할 것 같진 않아요.
보통 사람들은 부랑자처럼 쏘다니는 걸 좋아하지 않더군요.

당신이 아무리 아니라고 말해도 난 그렇게 생각해요.
당신에게 신세 지고 싶지 않아요.
나는 사람들한테 빌붙는 걸 항상 싫어했었어요.
그래서 난 혼자 길을 떠납니다.
그래도 언젠가 뉴욕에서 만나서 웃으며
여행 이야기를 하면 좋겠네요.
펜실베니아 철도 회사에 전화를 하면
내 행방을 알 수 있을 거예요.
난 당신의 주소를 모르니 꼭 연락 줘요.
그리고 즐거운 여행이 되길 바랍니다.

진심을 담아서,
해리 P. 모튼.

미스터 렌은 쇠사슬로 된 마구馬具가 시끄럽게 덜그럭거리는 소리를 들으며 한참 동안 누워있었다. 그리고 무기력하게 건초더미에서 몸을 일으켜 빌 렌이었을 때보다 더 매서운 눈빛으로 소의 발굽을 향해 몸을 수그리고 있는 중년의 영국 남자를 노려보았다.

"예서 뭐 하는 거유?" 영국인이 마치 샐러드 통에 바퀴벌레를 넣은 부인에게 얘기하듯 손을 들어 올리며 사납게 물었다.

미스터 렌은 따분했다. 그리고 그 영국인은 몹시 가난한 사람처럼 보였다. 투박한 런던 노동자 사투리를 썼고, 깃 부분이 더럽고 소매 끝단이 새카맣게 때가 찌든 셔츠를 입고 있었다. 그리고 조끼는 쓸데없이 고급스러웠다.

"주인이 여기서 자도 된다고 했는데요." 미스터 렌이 또박또박 말했다.

"아, 그랬수? 그 양반이 빌어먹을 말도 몇 마리 주지 않았수? 에?"

미스터 렌은 억센 빌 렌이 되어 소리쳤다.

"아, 좀 닥쳐요!"

그 순간은 빌 렌이 가만히 있을 수 없었다. 지금 당장이라도 피트를 때려눕혔던 그때처럼 저 영국 촌놈을 주먹으로 칠 수 있었다.

"뭐? 닥치라고 했수? 에? 경찰을 불러야 하나 생각하고 있었는데 그럴 필요 없겠구먼. 그 망할 코를 납작하게 만들어 줘야겠네."

미스터 렌은 그를 똑바로 쳐다보고 섰다. 이 영국 촌놈이 피트보다 덩치가 작아서 유감일 뿐이었다. 영국 촌놈이 미스터 렌을 향해 덤볐다. 그는 왼손으로 잽싸게 원을 그리며 미스터 렌의 시선을 분산시켰다. 그리고 선언한 대로 미스터 렌의 코에 주먹을 날렸다. 코피가 흘렀다. 미스터 렌은 어지러움을 느끼고 놀라서 곡식 자루 위에 주저앉았다. 영국 촌놈의 거들먹거리는 소리가 들렸다.

"내가 법대로 처리할 시간이 없어서 유감스럽게도 한 대 치고 말았구먼. 그래도 두 대 세 대 더 때릴 시간은 있지."

미스터 렌은 고개를 흔들어 피를 털어내고 영국 촌놈에게로 휘청거리며 다가갔다. 그리고 멱살이 잡혀서 쿵 소리를 내며 뒤로 나동그라졌다. 영국 촌놈은 콧노래를 부르며 유유히 떠나갔다.

"이리 와요~♪ 어서 와요~♪ 우리 주일 학~교에~♩, 매~주 일요일 아~침마다~♬"

"맙소사!" 미스터 렌이 한탄했다.

"내가 떠돌이 일꾼들의 세계에 대해서는 알 만큼 안다고 생각했는데…. 젠장! 피트는 해치우기 어려운 상대가 아니었단 말인가?”

6장. 혼자가 된 미스터 렌

모튼과 함께 떠나려던 도보 여행에 미련을 가지며 미스터 렌은 슬픈 마음으로 소형 페리를 타고 버컨헤드(영국 잉글랜드 머지강 하구의 체셔카운티에 있는 작은 마을 – 역자 주)로 향했다. 그는 몹시 불행했다. 제복 입은 공무원의 진기한 멋에 대해 모튼과 이야기를 나누고 싶었는데 그럴 수 없었기 때문이다. 그는 여정의 절반을 메리언호號의 흔적들을 찾는 데에 썼다. 체스터(영국 잉글랜드 체셔주州의 도시 – 역자 주)로 향하며 버컨헤드를 가로질러 걷는 동안 빨간 벽돌의 주택 단지를 보며 가슴 한편이 저렸다. 주택 현관 입구에 계단이 없다는 사실은 충격적이었다. 시골길을 따라 걷는 내내 그는 곰곰이 생각했다.

'모튼이 이 길을 봤다면 얼마나 좋아했을까! 아스팔트를 씌운 농장 앞마당. 작은 지붕이 달린 건초더미. 벽난로 자리에 붙어 있는 주방 가스레인지. 얼마나 이국적인지…'

하지만 모튼은 어디론가 떠났다. 즐길 것이라곤 아무것도 없는 어둠 속으로. 미스터 렌은 이제 그를 볼 수 없다. 심지어 모자 장수 팀이나, '좋은 옛 친구' 맥가버라도 곁에 있다면 얼마나 좋을까 하는 생각도 들었다. 미스터 렌은 혼자서도 즐길 수 있을 법한 정원 파티를 발견했는데 거기서 아주 영국스러운 장면을 보았다. 안내 책자에서 본 스트랜드 지역에 관한 이야기가 현실로 튀어나온 듯했다. 하지만 그는 파티장의 열정적인 분위기를 뒤로하고 냉정하게 터벅터벅 걸어 나왔다. 체스터로 걸음을 옮겨, 차라리 브릿지포트(미국 코네티컷주州 남서부 해안에 있는 뉴욕의 위성도시 – 역자 주)나 호보컨(미국 뉴저지즈州 북동부의 항만도시이며 뉴욕시의 맨해튼과 마주보고 있음 – 역자 주)에 가는 게 나았을 법한 따분한 호텔에 짐을 풀었다.

다음 날 아침 미스터 렌은 왠지 좀 소심하게 체스터를 즐겼다. 그는 온순하게 가이드를 따라 성벽들을 구경하러 다녔고, 멍하니 입을 벌린 채 방앗간을 바라봤다. 그리고 가이드에게 고대 로마의 유적에 대한 유식한 질문 두 가지를 했다. 그는 회랑이 있는 거리를 기웃거리며 구경했고, 역사적인 포위 작전을 말해주는 석조물 속 어두운 계단을 자세히 들여다보고 그 역사적 현장에 있는 자신의 모습을 상상했다. 공상 덕분에 미스터 렌은 잠시나마 만족감을 느꼈다. 그는 리 테레사와 고티, 사촌 존, 길포글에게 빨간색과 초록색의 화려한 엽서를 부치며 미소 지었다. 각각의 엽서에 '끝내주는 여행을 하고 있어요. 이곳은 아주 흥미로운 오래된 도시입니다. 함께 왔으면 좋았을 텐데 아쉽네요.'라는 말을 조금씩 바꿔 가며 적었다. 그리고 그가 묵는 호텔을 찍은 파노라마 사진을 발견하고 흥분해서 진한 펜으로 표시를 한 후 '여기가 내가 묵는 호텔이야.'라고 적은 뒤 찰리 카펜터에게 보냈다. 미스터 렌은 체스터 대성당의 웅장함을 느끼려 최대한 가까이 다가갔다. 그는 수도자들의 세월이 담긴 유적들을 지나다니며 큰 소리로 웃었다. 기사들이 앞발을 신비롭게 내딛는 군마軍馬를 묶어두던 곳 근처였다. '책에서 읽은 옛날이야기와 정확히 똑같은' 모습이었다. 미스터 렌이 정말 그 장소에 있었다. 그는 주위를 흘긋 보고 자신이 정말 그곳에 있음을 실감했다. 사무실이 아니었다. 그는 영국 대성당의 내부에 있었다! 하지만 잠시 후 영국의 술을 팔지 않는 호텔에 들어오자 그는 가만히 앉아서 모튼을 그리워하며 거의 울다시피 했다. 바깥으로 나갔지만, 생기 있는 밤을 즐기는 사람들 틈에서 불청객이 된 것 같은 기분만 들었다. 호텔의 술집에서 영국식 포터 맥주 한 잔을 마시면 바에 있는 다른 사람들과 어울릴 수 있을 거라고 자신을 설득했다. 하지만 술집 안의 사람들은 그에게 조금의 눈길도 주지 않았다. 그사이 외로움이 서서히 덮쳐왔다. 외로운 미스터 렌에 대해 이야기하자면 책 한 권으로도 모자랄 터이다. 어떻게 외로움이 미스터 렌 옆에 눌러앉았는지, 어떻게 미스터 렌이 외로움의 마법에 걸려 의자에 쭈그려 앉아 있는지, 그리고는 거칠게 벌떡 일어나 날아갔는지 등을 말이다. 외로움은 미스터 렌의 도피 여행 내내 그와 동행했다.

"아, 어쩜 이리 외로울 수가…"

미스터 렌은 한숨을 쉬었다. 외로움이란 단어가 그를 사로잡았다. 미스터 렌은 우정을 갈망하며 먼 땅에 혼자 고립된 모든 사람이 그렇듯, 확실히 제정신이 아니었다.

다음 날 아침 미스터 렌은 허둥지둥 옥스퍼드로 향하는 기차를 탔다. 기차 객실 옆자리에 불쾌한 모습으로 나른하게 누워있는 '외로움'으로부터 도망치고자 했다. 맞은편 의자에 앉은 촌스러운 잉글랜드 북부 지방 사람에게로 주의를 돌리려고 했다.

"뭘 봐?"

그 남자는 무례하게 말한 뒤 읽고 있던 맨체스터 신문에 다시 집중했다. 미스터 렌은 그 남자가 매우 공격적인 사람이라 여기며 '그를 존중하는 의미에서' 시선을 돌렸다. 그리고 옥스퍼드에 도착할 때까지 공손하게 창밖을 응시했다.

뉴 칼리지(옥스퍼드 대학교를 구성하는 단과대학 중 하나 – 역자 주)의 정원이 평온한 아름다움을 선사했다. 미스터 렌이 혼자 중얼거렸다.

“그냥 오래된 사각형 안뜰을 겉만 번지르르하게 장식해 놓았군…”

여름방학을 보내는 학생들이 짧고 헐렁한 겉옷을 입고 뜰을 지나다녔다. 하지만 그는 늘 그렇듯 자신만의 방랑의 방으로 돌아왔다. 이름도 형체도 없는 두려움의 새로운 목소리가 그곳에서 들려오기 시작했다. 미스터 렌이 마음에 들어 하건 말건 안중에도 없는 그런 낯선 세계에 대한 두려움이었다. 미스터 렌은 자리에 앉아서 한때 사랑했지만 두 번 다시 갈 수 없는 고향, 가축 운반선을 떠올렸다. 리버풀로 얼른 돌아가 똑같은 배를 타고 고향으로 돌아가고 싶은 마음이 굴뚝 같았지만, 꾹꾹 눌러 참아야 했다. 아니다! ‘어떻게든 끝까지 버텨서 이 교양 있는 세계에서 버티는 법을 터득할 것’이라고 생각했다. 하지만 미스터 렌이 입 밖으로 내뱉은 말은 이랬다.

“이런 젠장. 쓰레기가 된 기분이야. 차라리 죽고 싶군!”

“저건 옛날에 월터 페이터(19세기 말에 활동한 영국의 비평가로 옥스퍼드 대학교에서 수학함 – 역자 주)가 머물렀던 방의 창문이랍니다.”

느릿느릿 걸어가던 미스터 렌에게 교양 있어 보이는 어느 미국인이 말했다. 미스터 렌은 창문들을 유심히 쳐다봤다. 월터 페이터가 누군지 모른다는 사실이 부끄러웠다. 하지만 금세 기억이 났다. 월터는 그의 모든 가족을 죽인 사람이었다. 미스터 렌이 너스레를 떨었다.

“흠, 월터가 이곳에 살았다니, 옥스퍼드에게 유감이네요.”

“친애하는 미스터 렌, 월터는 19세기의 가장 빼어난 천재 중 한 명이었답니다." 점잖은 미국인 미티포드 박사가 엄격하게 강연하듯 말했다.

실은 미스터 렌이 밑티포드 박사를 처음 만났던 곳은 바지선 근처였다. 미티포드는 미스터 렌에게 성냥을 빌려달라고 예의 바르게 말했고, 미스터 렌은 더 예의 바르게 성냥을 빌려주었다. 그리고 속마음을 털어놓을 수 있는 사이가 될 기회를 덥석 잡았다. 미티포드는 대머리였고, 단정한 안경을 쓰고 있었다. 그의 가족은 수입이 꽤 많았다. 미티포드는 교수 모임에서는 말 많은 좋은 동료였지만, 수사학 강의를 할 때는 냉정하고 오만했다. 릴런드 스탠퍼드 주니어 대학교에서 근무했고, 시를 썼다. 그는 별로 즐거워하지 않는 미스터 렌을 가르쳐주기 위해 억지로 끌고 다녔다. 그가 '천사의 깃털'이라고 명명된 퍼시 셸리(바이런, 키츠와 함께 영국 낭만주의 시대를 대표하는 시인. 요트 항해 중 폭풍으로 익사 – 편집자 주)의 방을 가리켰다. 하지만 미스터 렌은 고민 끝에 셸리라는 이름을 한 번도 들어본 적이 없다는 사실을 인정했다. 미스터 렌은 멕스오렐과 셸리를 헷갈렸고, 미티포드는 이를 대단한 실수라고 여겼다. 그리고 월터 페이터의 창문 앞에서, 미티포드는 어깨를 으쓱했다. 그래, 프롤레타리아 계급의 사람에게서 무엇을 기대 하겠는가! 그는 지팡이를 냉담하게 좌우로 흔들며 보들리 도서관 쪽으로 성큼성큼 걸었다. 그리고 이렇게 귀띔했다.

"미스터 렌, 저게 바로 셸리가 바다에 빠져 생을 마감할 때 주머니에 가지고 있던 아이스킬로스(고대 그리스의 극작가로 비극 분야의 개척자. 소포클레스, 에우리피데스와 함께 3대 극작가로 불림 – 역자 주)의 책입니다."

미스터 렌은 그의 새로운 우상이 물에 빠져 사망했다는 소식을 듣고 진심으로 유감이었지만, 아이스킬로스의 책에는 별 관심이 없었다. 외국어로 인쇄된 듯한 그 책은 누군가에게는 그냥 아주 오래된 책에 불과할 뿐이었다. 또 다른 곳에 기묘한 꼬불거리는 언어로 쓰인 매우 아름다운 책이 진열장에 놓여 있었다. 미티포드는 그 앞에 서서 공손한 표정으로 손짓을 했다. 진열장 안에는 피츠제럴드가 번역한 전설적인 루바이야트(페르시아의 시인이자 천문학자, 수학자인 오마르 하이얌의 4행 시집 – 역자 주)의 원본이 있었다.

"예쁜 책이네요." 미스터 렌이 말했다.

"그리고 누가 이 책을 보며 작품을 만들었는지 압니까?"

"음…, 네."

미스터 렌은 재빨리 꼬리표를 힐끗 읽었다.

"피츠제럴드 경이죠. 아니, 제가 예전에 루바이야트를 조금 읽어본 것 같아요. 페르시안 고양이에 관한 이야기였나…, 잘 기억이 안 나네요."

미티포드가 씁쓸한 표정으로 서가의 반대편으로 걸어갔다.

*

저녁 8시쯤 호텔 주인이 미스터 렌의 방문을 노크했다.

"아래층에 당신을 보러 온 신사분이 계세요."

"저를요?"

뜻밖의 얘기를 들은 미스터 렌은 모튼이 마침내 찾아왔을 거라 생각하고 숨을 헐떡이며 전속력으로 계단을 뛰어 내려갔다. 바깥을 내다보고는 호텔 밖에 세워진 자동차를 보고 당황했다. 근사한 털 코트 차림의 미티포드 박사가 고글을 쓰고 기다란 장갑을 낀 채 기다리고 있었다. 오싹한 밤안개를 등지고 미티포드는 희미한 자동차 불빛 속에서 있었다.

"맙소사! 무슨 소설 속 주인공처럼 납셨네!" 미스터 렌이 빈정거렸다.

"짐 챙기시죠." 잔소리꾼 미티포드가 말했다.

"잊지 못할 순간을 만들어 주겠소."

미스터 렌은 순순히 방으로 올라가 모자를 눌러썼다. 그는 예상치 못한 즐거움에 살짝 흥분했지만, 동시에 2시간 전까지만 해도 '이 교양 있는 세계에 끌려가기'를 단호하게 거절했던 사실에 섬뜩함이 느껴지기도 했고, 한 편으론 억울한 감정도 들었다. 자동차에 오른 미티포드는 평소보다 인간미가 있었다. 그는 이렇게 말했다.

"오늘 저녁은 심심하군요. 백야白夜를 구경시켜주려고 생각했소. 브렘튼에 있는 레드 유니콘으로 가는 건 어떻겠소? 거기만큼 오래되었으면서도 훼손되지 않은 여관은 없을 거요."

"좋은 생각이네요." 미스터 렌이 무성의하게 대답했다.

미스터 렌의 냉담함이 미티포드를 자극했고, 그는 즉시 그가 알고 있는 가장 기발하지만, 학문적인 이야기를 늘어놓았다.

"하! 하!"

미스터 렌이 입을 열었다. 그리고 스스로 되뇌었다.

'아이고! 이제부터는 이 사람 앞에서 사교계 인사처럼 행동하지 말아야겠군. 그냥 나 자신으로서 행동할 거야. 저 사람이 싫어하는 내색을 해도 모르쇠로 일관해야지.'

그리하여 미스터 렌은 수사학자의 고상한 언어유희에 맞서, 다정하고 호의적으로 웨스트 16번가의 길거리 속어를 사용하며 이야기했다.

벽난로와 촛불들이 붉은 유니콘 여관의 댄스홀을 밝히고 있었다. 미스터 렌의 눈에 들어온 것은 몇 마디 말로 단순히 전달될 수 있는 것들이 아니었다. 그는 모래투성이의 바닥에 비친 그림자들의 흔들림을 보고 어깨를 들썩거리며 흥분해서 중얼거렸다.

"맙소사! 진짜 영국인들이군…"

그림자들은 먼지 가득한 회색 바닥 위 아라비아풍의 장식들 사이로 들어왔다가 서까래 사이로 늠름하게 사라졌다. 헐렁한 셔츠를 입은 시골 사람들이 커다란 맥주잔에다 에일 맥주를 따라 마시고 있었다. 바의 구석에는 귀걸이를 한 행상인이 식탁보 위에 딱정벌레만큼이나 새카만 머리를 기댄 채 코를 골며 자고 있었다. 드라이브 중에 한기를 느끼며 발을 동동 굴렀던 미스터 렌은 안락함이 느껴지는 벽난로를 보자 활짝 웃음이 났다. 그 앞의 오래되어 보이는 의자에 앉아 가냘픈 다리를 앞으로 쭉 뻗었다. 그는 앞일 따위는 걱정하지 않는 사람처럼 보였다. 장난기가 발동하여 모래가 깔린 바닥에다 발끝으로 산을 만들었다. 그리고 커다란 금속 잔으로 무릎을 두드리며 작지만 강하게 '흡!'이라고 외쳤다. 커다란 잔으로 맥주를 두 잔 하고도 4분의 1쯤 마신 후 그는 말했다.

"저기 있는 저 행상인은 꼭 집시처럼 보이지 않나요…. 왜, 있잖아요…. 부잣집의 딸을 훔치기 위해 대저택의 울타리를 넘어 다니는 사람요. 안 그래요?"

"음…. 그런 말을 하는 걸 보니 당신 참 낭만적인 사람 같군요, 미스터 렌. 그렇죠?"

"네, 그런 것 같아요. 어느 정도는요. 낭만적인 책 같은 걸 좋아하거든요."

미스터 렌은 미티포드를 간절하게 쳐다봤다.

"근데, 저기…, 궁금한 게 있는데, 왠지 모르겠지만 옥스퍼드를 비롯해서 제가 좋아할 줄 알았던 도시들은 다 별로였어요. 보세요, 지금까지 저는 그 건물들 안에 사각으로 둘러싸인 안뜰을 단순하게 그냥 멋있다고만 생각했어요. 근데 지금 보니 그것들이 다 저한테는 너무 수준이 높은 것 같아서 두렵기까지 하네요, 인정하기는 싫지만. 가끔 의문이 들어요. 이런 무의미한 여행에서 벗어날 수 있을지."

고상한 미티포드는 혼합 에일 맥주와 위스키 펀치를 마셨다. 그는 조곤조곤 설명했다.

"그거 아시오? 난 이 모든 것을 통해 당신이 어떤 교훈을 얻을지 궁금해요. 당신은 매우 정교한 상상력을 가졌어요. 음…, 물론 사실에 근거한 배경 지식은 약간 부족하지만 말이오. 내가 봤을 때, 당신은 상냥한 부인과 함께 여행을 다니는 일이 전문이에요. 두 사람이 손을 맞잡고 말이오. 말하자면, 조금 더 쉬운 건물들을 보며 즐기고, 더 쉬운 거리 들을 다니며 즐기고 많이 구경하는 거지요. '보는 것과 감동하는 것'을 동시에 할 수 있을 만한 수준을 가진 여행자들의 수는 정해져 있는 것 같소."

미티포드는 두 번째 핫 토디(위스키나 럼 따위에 따뜻한 물을 타고 설탕, 레몬 등을 넣은 칵테일 - 역자 주)를 다 마신 후 미스터 렌에게 이 세상과 모든 즐거움에 대해, 그리고 미티포드 식으로 감동하는 게 아닌, 그저 '보기' 위한 즐거움에 관해 이야기했다.

"근데…, 이제 옥스퍼드에서 무얼 할 계획이오? 그러니까, 내 생각에 당신은 옥스퍼드의 교양 있는 장소나 건물들에 사로잡히기에는 조금 늦은 것 같아서 말이오. 옥스퍼드에서 무언가를 하기보다는 그냥 당신이 이해하는 세계로 돌아가서 그 세계를 음미해 보는 건 어떻겠소? 그나저나, 색슨족의 파생어에 관한 내 책은 본 적 있소? 내 책이라서 하는 얘기가 아니라, 그 책이 '문화'의 까다로운 부분이 정확히 어떤 것인지에 대한 실마리 정도는 제공할 거요."

미스터 렌의 몸속에 에일 맥주의 기운이 돌았다. 그는 행복감에 한껏 빠져서 몸을 뒤로 기댔다. 그리고 가방끈 긴 다정한 친구가 해준 감사한 충고 중에서 겨우 건진 한 단어가 그를 헷갈리게 했다. 그 단어는 미스터 렌이 원했던 건 친구들이 아닌, '상냥한 부인'이었다는 생각을 굳히게 했다.

"맞아요, 미티포드 박사님. 맙소사! 대단히 근사한 충고였습니다."

미스터 렌은 뉴욕에 사는 윤기 나는 갈색 피부의 상냥한 여성을 머릿속에 떠올렸다. 그는 자신만을 위한 미소를 지으며 매일 저녁 자신을 기다릴 여성을 만나기를 강렬히 원했다. 편안함. 그게 바로 미스터 렌이 원하던 것이었다! 그는 생각에 잠긴 채 행복하게 술잔의 테두리를 손가락으로 만지작거렸다.

"아쉽지만 가야 할 시간이군요." 미티포드가 말했다.

바를 가득 채운 강렬한 취기 사이로 미스터 렌은 흐릿하게 그를 바라보았다. 셔츠 앞섶의 삼각형과 반짝반짝 빛나는 타원형의 눈…. 그의 소중한 친구. 미티포드 박사! 바를 걸어 나가는 동안 의자들이 익살맞게도 그의 앞길을 막았다. 하지만 심성이 착한 그의 친구가 길을 터주었다. 미스터 렌은 자동차 안에서 잠이 들었다. 호텔로 다시 돌아가는 동안 그는 찍찍거리는 쥐처럼 작은 소리를 내며 코를 골았다.

다음 날 아침 미스터 렌은 두통과 함께 잠에서 깼다. 그리고 변함없이 우중충한 방안을 둘러보았다. 그는 눈이 따가울 만큼 눈부심을 느끼고 베개에 머리를 묻었다. 미티포드가 자신에게 시간을 헛되이 쓰며 방랑한다고 말한 사실이 기억났다. 살짝 반발심이 들었지만, 그리 오래가지는 못했다. 학구적인 대학 캠퍼스를 돌아다니며 구불구불한 글씨로 쓰인 글들을 이해하기 위해 노력하는 것 따윈 질색이라고 생각했다. 미스터 렌은 옥스퍼드에서의 기회를 뒤로한 채 떠나는 자신을 매우 멋있다고 생각하며 느릿느릿 짐을 쌌다. 그리고 토트넘 코트 로드로 향하는 버스에 올라 런던의 흥취를 만끽했다. 인생은 차오르는 용기로 원하는 것을 추구하는 장밋빛의 무언가였다. 그래서 모험적인 친구들로 가득 찬 지중해의 증기선에 오를 결심도 하지 않았는가. 버스는 외눈 안경을 낀 남자가 타고 있는 2인승 마차를 지나쳤다. 신문 배달원이 미스터 렌을 향해 웃었다. 스트랜드가街는 생기가 넘쳐 시끌벅적했다. 미스터 렌은 선원으로 배에 오르는 일을 알아보러 '앵글로서든 증기선 회사' 사무실에 갔다. 회색 돌이 세공된 석조 창문은 커튼을 닫은 채 미스터 렌을 맞아주지 않았다. 그를 짐꾼으로도 써주지 않았다. 건물 입구에는 옷깃이 커다란 옷을 입고 머리카락이 드문드문 남아 반짝이는 머리의 뚱뚱한 남자 짐꾼이 찌개 속 고등어 눈을 한 채 서 있었다. 미스터 렌이 간절히 부탁했다.

"제발요…, 제발 불쌍한 제 사정을 봐서라도 지중해로 향하는 배에 선원으로 타려면 어디로 가야 하는지 말…"

"사람 안 구해."

"그럼 스페인은요? 일단 그냥 아무 일이나 주셔도 돼요. 감자껍질 깎는 거나…, 정말 아무거나 상관…"

"이봐! 사람 안 구한다고 말했잖아." 짐꾼은 복도에 붙어 있는 시계를 멀리서 흘깃 보며 말했다.

미스터 렌 속에서 갑자기 빌 렌이 튀어나와 강하게 말했다.

"어이, 관리자 불러와. 내가 어떤 배의 선원이 될 수 있는지 알아야 하겠어."

짐꾼이 뒤돌아서 걷기 시작했다.

"아무것도 없다고 말했잖아. 사람 안 구한다고."

인류에 대한 그의 신념이 자신 앞에 있는 이 인간에게 받은 충격으로 파괴되었다.

"어이, 관리자 만날 수 있냐고, 아님 없냐고?"

짐꾼은 뒤뚱뒤뚱 걸어가며 자신이 존경해 마지않는 장모님의 말투를 따라 했다.

"아, 없다니께!"

미스터 렌은 풀이 죽어서 복도 바깥으로 나갔다. 들어오기 전 그는 테이트 갤러리 미술관의 미술작품들을 구경하려고 마음먹었지만, 즐거운 마음으로 그림을 감상할 자신이 없었다. 그는 비틀비틀 갈지자로 걸으며 집으로 향했다. 가는 길에 슬픈 목소리로 이렇게 중얼거렸다.

"헛수고야. 다른 사무실을 가 봐도 체력 낭비만 할 거야. 여기서 얻을 수 있는 건 냉대뿐이야. 다음에 부둣가로 찾아가서 거기서 선원 생활을 해야겠어. 언젠간. 맙소사! 쓰레기가 된 기분이군!"

비우호적인 현실에서 어찌할 바를 모르던 중 '세인트 브래스턴 코코아 하우스'의 여종업원이 눈에 들어왔다. 우선 그녀는 미스터 렌이 대화를 할 수 있는 '사람'이었고, 게다가 여자였다. 하지만 그녀는 무식하고 천박했다. 그리고 문법을 하나도 지키지 않았다. 그녀는 면으로 된 기름투성이 옷을 입고 거대한 발로 보기 흉하게 땅을 짚고 있었다. 그리고 미스터 렌의 소심한 농담을 들으며, 웃어야 할 부분이 아닌 부분에서 웃었다. 어쨌든 그녀는 웃었다. 그녀는 미스터 렌이 고기 파이, 세인트 폴과 비행, 셸리 작가와 영국의 안개, 그리고 짙은 색 구두에 대해 더듬거리며 이야기하는 걸 들어주었다. 사실 그녀는 미스터 렌이 일개 미국 시민이 아닌 신사이자 학자라고 생각했다. 미스터 렌은 매일같이 코코아 하우스를 찾았다. 하지만 보기와 달리 그녀는 어리고, 상냥하고, 티 없는 피부와 기쁨을 주는 눈망울을 가진 여자라는 사실을 곧 알게 되었다. 그녀가 주문한 음식을 가져다주며 미스터 렌의 의자에 기대 따뜻한 팔꿈치와 통통한 엉덩이로 그를 건드렸다. 미스터 렌은 매일 식사를 할 때마다 그 순간을 기대했고, 은밀한 관계로 발전하길 바라는 부끄럽지만 호기심 어린 마음을 주체할 수 없었다. 그리고 그런 마음은 어느 점심시간에 그를 안달복달하게 했다. 다가와 주길 바라는 그녀의 마음을 미스터 렌이 눈치챘기 때문이다. 그는 조금의 망설임도 없이 그녀를 유혹하기 위해 조그맣게 속삭였다.

"오늘 저녁에 같이 산책할래요?"

그녀가 승낙했다. 그녀에게 미소 지으며 남은 식사를 마무리하는 동안 미스터 렌은 몸이 떨리고 숨이 가빴다. 그리고 미스터 렌은 오후 내내 런던 타워에 머물렀다. 비록 런던 타워에 얽힌 '왕과 단두대' 등의 역사적 사실 때문에 오싹해질 거라는 사실을 알고 있었지만 말이다.

그들은 저녁 8시에 길모퉁이에서 만나기로 했다. 7시 30분. 미스터 렌은 그녀를 기다리고 있었다. 8시 30분. 그는 매우 화가 난 상태로 자리를 떠났지만, 허겁지겁 다시 돌아왔다. 그리고 30분을 더 기다렸다. 그녀는 오지 않았다. 마침내 집에 도착했을 때, 미스터 렌은 삶의 커다란 수수께끼에서 탈출했다는 사실에 기쁨을 느꼈다. 그러나 곧 사막처럼 황량하고 고요한 자신의 방과 그 여종업원에게 비참하게도 화가 났다. 미스터 렌은 런던 타비스톡 플레이스(Tavistock PL. 잉글랜드 데번주州의 도시안에 있는 거리명 - 편집자주)의 춥고 불편하지만, 그나마 청결한 방에 앉아 2달러짜리 시계가 내는 '째깍째깍' 소리에 집중하려고 노력했다. 하지만 이 불친절한 도시에서 슬금슬금 기어 나오는 거대하고 기분 나쁜 기운 앞에 몸을 한껏 웅크린 상태였다. 미스터 렌은 무엇이 자신을 두렵게 하는지조차 몰랐다. 길거리에서 지나쳐가는 영국인들은 그의 삶에 해를 끼칠 것처럼 보이지는 않았다. 하지만 방에 앉아 있는 동안 이 위협적인 세상에 유일하게 남겨진 건 자신의 다정한 시계와 친숙한 여행 가방밖에 없다는 생각이 들었다. 공포감과 외로움이 아주 생생하게 몰려오자 그는 쥐가 난 다리를 움직일 엄두조차 내지 못했다.

긴장된 순간은 얼마 못 갔다. 잠깐 그는 자신을 비웃었다. 그리고 기분 좋은 상상을 했다. 찰리 카펜터가 드루벨 식당에서 했던 이야기, 갑판 꼭대기에서 유쾌하게 담배 피우던 모튼의 모습, 저녁 산책을 하는 동안 그에게 잘 보이려고 노력하던 리 테레사의 모습을 떠올렸다. 무엇보다도 그는 언젠가 어디선가 만나게 될 갈색 눈을 가진 미래의 반쪽에 대해 상상했다. 그는 여종업원과 헛된 사랑에 빠진 미숙한 자신이 부끄러웠다. 곧 여종업원을 잊은 채 다른 갈색 눈을 지닌 여성의 따뜻하고 편안한 손을 잡고 있는듯한 기분이 들었다.

"친구! 그게 내가 원하는 거야. 확실해!"

그는 친구를 사귀기로 마음먹었다. 함께 백화점을 쇼핑하고 영화관을 바쁘게 돌아다니며 그를 이해해 줄 만한 여자가 필요했다. 아마 그때였을 것이다. 미스터 렌은 빛바랜 천으로 덮인 볼품없는 의자에 몸을 구부리고 앉아 이제는 그의 행복 공식이 될 두 문장을 생각해 냈다. '저녁에 집에 함께 갈 사람', 그리고 또 다른 하나. '동고동락하며 함께 일할 동료'. 마치 인생에 대한 모든 설계가 끝난 기분이었다. 그는 만족한 기분으로 텅 빈 방에 기대앉아 울려 퍼지는 시계의 째깍거림을 들었다.

"아…, 모든…" 미스터 렌이 울부짖었다.

그는 자리에서 벌떡 일어나 창문을 열었다. 비가 내리고 있었다. 음산한 런던 밤거리의 덜컥거리는 소음이 찰박거리는 빗소리를 뚫고 들려왔다. 무심코 아래를 보았다. 젖은 보도 위 가로등이 만든 둥그렇고 황량한 불빛을 가만히 응시했다. 구정물과 색깔이 똑같은, 듬성듬성 털이 빠진 무섭게 생긴 깡마른 회색 고양이가 살금살금 동그란 빛을 가로질러 불길하게 걸어갔다. 마치 건너편 러셀스퀘어 호텔의 방 안에 홀로 있는 미국인들을 런던이라는 도시가 비웃는 듯했다. 미스터 렌은 침을 꿀꺽 삼켰다. 불빛 사이로 한 여자와 남자가 지나갔다. 그들은 미스터 렌이 지켜보고 있는 사실을 눈치채지 못한 채 우산을 가지고 장난을 치더니 사라졌다. 거리는 다시 잊혀진 무덤처럼 고요해졌다. 잠시 스쳐 지나간 이륜마차는 날카롭고 칙칙한 발굽 소리만 냈다. 빗방울이 떨어졌다. 그리고 아무것도 없었다. 미스터 렌은 창문을 쾅 닫아 버렸다. 그는 여행 가방의 옆면을 반듯하게 매만진 후 이 여행 가방과 몇 킬로미터나 여행을 함께 했는지 어림잡아 계산해 보았다. 또, 손목시계를 탁자 위에 놓고 빙빙 돌렸다. 시계가 똑딱거리며 '친구, 친구, 친구,

친구'라고 말하는 듯 들렸다. 미스터 렌은 흐느껴 울며 옷을 벗기 시작했다. 그는 곧 교수형을 당하는 죄수라도 된 듯 입고 있던 옷을 하나하나 내려놓았다. 방이 어두워졌다. 거대하고 어둑어둑한 두려움의 그림자가 그의 좁고 거무칙칙한 침대 위로 말릴 새도 없이 모여들었다. 미스터 렌은 한밤중 잠에서 깼고, 자신을 협박하는 소리를 들었다. 런던의 소리였다. 런던은 그를 지배하고 고문하기 위해 다가왔다. 방에 있는 전등은 칙칙하고 얼룩덜룩하며 생기 없이 잿빛을 띠었다. 그는 반쯤 열려있는 방문을 바라보았다. 그리고 한동안 가만히 누워있었다. 생기 잃은 몸 없는 머리들이 열린 문틈으로 머리를 마구 밀어 넣다가 미스터 렌이 침대에서 벌떡 일어나 문을 활짝 열자 불길한 기운을 내뿜으며 물러갔다. 그는 유령들이 모여 있는 복도 쪽을 흘깃거리며 경계를 늦추지 않았다. 마음속 어딘가 숨어있던 남자다움이 약한 모습을 경멸하며 큰 소리로 조롱했다.

"네가 아무리 외롭더라도 어린애처럼 굴진 말라고."

미스터 렌의 목소리는 평소보다 저음이었다. 그는 거친 경멸감으로 긴장감을 제대로 물리친 후에야 잠자리에 들었다.

동이 트고서야 잠에서 깼다. 그리고 잠시나마 잘 잤다는 사실에 만족하며 몸을 꿈틀꿈틀 둥글게 말았다. 하지만 곧 이곳이 영국이며 친구 하나 없는 냉혹한 감옥이라는 사실을 깨닫고 맥없이 누운 채 안락한 자신의 고향, 미국으로의 도피를 갈망했다. 당장 침대 밖으로 뛰쳐나가 기차를 타고 리버풀로 가서 미국으로 향하는 첫 번째 배표를 끊고 싶었다. 하지만 이민자와 삼등 선실(당연히 그는 돈을 아끼기 위해 삼등 선실을 이용할 것이다)을 관리하는 이민국 공무원들은 그의 종교와 머리카락 색깔을 두고 의아해할 터이다. 선원이 되는 일보다 심한 최악의 상황이다. 그들은 미스터 렌을 며칠 동안 붙잡아 놓을지도 모른다. 듣기로, 터미널에는 검역 정선 기간, 세관, 뭐 그런 것들이 있다. 아마 이틀이나 사흘 정도는 이 진절머리 나는 감옥 같은 땅에서 더 지내야 하리라. 8월 3일 아침, 미스터 렌이 런던에 도착한 지 2주, 의기양양하게 낭만의 땅 영국에 도착한 지 22일째 되는 날이었다.

7장. 타협하는 미스터 렌

미스터 렌은 '캐터몰 부인의 티 하우스'에 부루퉁하게 앉아 아침 식사를 하고 있었다. 그 티 하우스는 미스터 렌의 숙소에서 세 건물 떨어진 곳의 지하층에 있는 고풍스러운 분위기의 식당이었다. 근심과 비참의 늪에 빠져 허우적대며 밤을 보낸 미스터 렌은 티 하우스에 있는 꽃무늬 종이 냅킨에다 대고 분노를 표출했다.

"흥!"

미스터 렌은 찻잔 밑에 깔린 분홍과 흰색이 섞인 우스꽝스러운 장식이 달린 작은 냅킨에 시비를 걸며 투덜거렸다. 냅킨 밑에는 초록과 흰색으로 칠을 한 쟁반이 있었다. 주름 장식이 많은 앞치마를 두른 뚱뚱한 여종업원이 미스터 렌에게 가져다준 쟁반이었다. 앞치마는 크리스마스 무언극pantomime에서 요정 역할을 맡은 날씬한 여자용 앞치마가 분명했다.

"흐흠!"

분홍과 흰색으로 페인트칠이 되어있는 가게의 벽에 양, 래디쉬(주로 서양 요리에서 샐러드로 많이 쓰이는 붉고 동그란 모양의 무 – 편집자 주), 대성당, 작은 오리들을 그린 그림이 걸려 있었다. 미스터 렌은 그 그림을 보고 코웃음을 쳤다. '세인트 브래스턴 코코아 하우스'로 돌아가서 다리를 꼬고 앉아, 평평한 발의 솔직하고 투박한 여종업원과 이야기를 나누고 싶다고 생각했다. 물론 지금 당장 그럴 수는 없었기에 그냥 이 곳에서 우아하게, '그래, 우아하게' 찻집의 단골손님들을 관찰했다. 미국인 관광객의 일행인 두 명의 활기차고 수다스러운 딸과 아시리아학(고고학의 일종으로 쐐기 문자를 사용했던 고대 메소포타미아의 문명, 언어, 역사, 문화 등을 종합적으로 연구하는 학문 – 역자 주)을 전공하는 옅은 금발의 호리호리한 영국인 여학생이 그들이었다. 영국인 여학생은 투쟁심이 가득한 눈빛에 반 테 안경을 쓰고 있었다. 그리고 타비스톡 플레이스에 사는 사람들도 드문드문 있었다. 그들은 내셔널 갤러리와 금욕에 대해 다른 사람들이 어떤 생각을 하고 있는지 궁금해하는 듯했다. 티 하우스 주인 캐터몰 부인은 매우 소극적인 성격이라 미스터 렌은 다른 손님들에게 관심을 돌렸다. 그때였다. 한 여자가 가게 안으로 들어왔다. 미스터 렌을 포함한 가게 안의 모든 사람이 고개를 들고 그녀를 적대적으로 쳐다봤다. 가게 안에서 들리던 대화 소리가 멈췄고, 정적이 흘렀다. 미스터 렌은 숨이 턱 막혔다. 그녀가 그의 테이블 근처를 지나 반대쪽 테이블로 가는 동안 그의 고개와 눈은 진지하게 그녀를 따라갔다.

'이상한 사람이다! 맙소사, 빨간 머리라니!' 미스터 렌이 은밀하게 중얼거렸다.

나이가 스물여덟 아홉 정도 되어 보이는 그 늘씬한 여성은 칙칙한 황록색 원피스를 입고 있었다. 벨트와 천연색 브로치를 했지만, 원피스의 선은 끊이지 않고 이어져 있었다. 원피스는 그녀의 몸과 한 몸인 듯 잘 맞았다. 길고 아름다운 연약한 허벅지와 길게 굴곡진 가슴선이 드러나는 원피스였다. 원피스와 같은 소재로 만들어진 깃은 아주 높이 세워져 있어서 그녀의 우아한 턱에 가 닿았다. 그리고 최고 품질의 버마산産 비취옥이 박힌 세련된 은목걸이가 그녀의 섬세한 턱선을 도드라져 보이게 했다. 포인세티아(크리스마스 트리를 장식하는 붉은색의 관엽식

물 – 편집자 주)만큼 빨간 머리카락은 가르마를 따라 뒤로 수수하게 넘겨서, 창백하리만치 하얀 얼굴과 따분해하는 신경질적인 표정을 더 돋보이게 만들었다. 지루함으로 가득 찬 회청색 눈 밑에는 애처로운 초승달 모양의 희미한 보라색 주름이 져 있었다. 눈가에는 자세히 봐야 겨우 보일 만한 작은 주름들이 있었다. 살이 없는 길쭉한 뺨과 섬세한 코, 매혹적일 만큼 얇고 불그스레한 입술. 티 하우스의 새로운 고객이었다. 그녀는 신참을 점검하는 상사처럼 식당을 구석구석 훑어보았다. 깡마른 여학생을 보며 코를 살짝 훌쩍이더니 낮은 목소리로 아침 식사를 주문했다. 그리고는 무기력하게 토스트에 마멀레이드 잼을 곁들여 먹었다. 그녀는 가게를 한번 흘깃 살펴보았다. 그녀의 무거운 눈꺼풀이 잠시 감기며 콧등에 따분함이 담긴 깊은 주름이 졌다. 눈썹 위로 두 개의 작은 주름이 종이 상자 모서리에 생긴 자국처럼 옅게 이마에 그려졌다. 미스터 렌의 시선은 다시 그녀의 가슴을 따라 내려갔다. 그리고 그녀의 손을 보고 깜짝 놀랐다. 그녀는 마치 가느다란 펜을 잡듯 무거운 버터 칼을 쥐고 있었다. 상아색의 기다란 손가락이었다. 손가락 마디마디에 주름이 아로새겨져 있었다. 검지에는 주황색 담배 얼룩이 묻어 있었다. 그리고 손톱은…. 미스터 렌은 손톱을 응시했다. 그리고 마음속으로 외쳤다.

'맙소사! 저렇게 희한하게 생긴 손톱은 태어나서 처음 보는군!'

둥글고 부드럽게 정리된 테레사 잽의 손톱과는 달리 그녀의 손톱은 폭이 좁고 끝이 뾰족했다. 세모 모양의 손톱 끝부분은 마치 빳빳한 흰색 편지지 같았다.

그녀는 아침 식사를 하면서 잠시 미스터 렌을 훑어보았다. 미스터 렌이 자신을 너무 빤히 쳐다보고 있었기 때문에 어쩔 수 없이 눈길이 갔다. 그녀는 미스터 렌을 샅샅이 관찰했다. 지나가는 시내 전차를 경찰관이 불시 검문할 때처럼 흥미로운 눈빛이었다. 하지만 그녀는 고상한 하품 한 번으로 그를 잊어버렸다. 그린란드를 침략하라는 명령을 받았거나, 백만장자 식료품 잡화상의 딸에게 무정부주의에 대해 말해 줘야 할 상황을 맞이한다 해도 이토록 강렬한 한기를 느끼지는 않으리라. 미스터 렌은 새로이 식당을 방문한 어떤 여자가 흘깃 그를 쳐다보고 계산을 한 후 자리에서 스르르 일어나 떠나는 동안 엄청난 전율에 휘감겼다. 그녀는 미스터 렌의 테이블 주변을 돌았다. 하지만 테레사만큼 젠체하며 걷지는 않았다. 그런데 그녀는 허리를 숙였다. 미스터 렌은 보고 말았다. 그녀의…. 미스터 렌은 말로 표현할 수 없을 만큼 큰 충격을 받았다. 그는 그녀의 허리 부분에 흥미로운 뭔가가 있다는 사실을 알아챘다. 놀랄 만큼 부드러운 허리의 곡선과 매끈한 등에 대해서는 여태껏 상상만 했었다. 그런데 방금 보게 되었다. 난생처음으로. 리 테레사 잽이나 지하철에서 본 다른 여자들과는 전혀 달랐다. 그 이상한 여자는 코르셋을 입고 있지 않았기 때문이다! 그녀가 미스터 렌의 옆을 지나갔을 때 그는 또다시 그녀의 등을 몰래 빠르게 관찰했다. 아, 안 된다. 질문은 받지 않겠다. 그녀가 이상한 사람이라는 건 틀림없는 사실이었다. 우리의 미스터 렌은 너그러운 사람이기 때문에 그녀의 등줄기가 아니라 둥근 모양의 울퉁불퉁한 코르셋을 보았다고 생각하기로 했다. 그리고 그녀의 칙칙한 황록색의 요란한 원피스를 더 자세히 관찰했다.

'이럴 수가! 다른 옷들이 널렸는데도! 차라리 평범한 옷이나 입지. 게다가 저 여자는 마르기까지 했어. 밝은 빨간색 머리카락에. 정말 보

통 이상한 사람이 아니군. 예쁘장하게는 생겼지만, 지탄의 대상이야!'

미스터 렌은 호감 있게 생긴 그 여자를 그대로 보내기는 싫었다. 하지만 신경을 옥죄던 그녀의 흘깃거림이 떠올라 냉정을 유지했다. 우리의 단단한 결심이란 게 얼마나 꺾이기 쉬운 것이던가! 미스터 렌이 캐터몰 부인의 식당에서 나와 보잘것없는 한 남자가 터벅터벅 걷고 있는 조용한 블룸즈버리가街를 침울하게 살피고 있자니 외로움이 그를 덮쳤다. 이제 뭘 할 수 있을까 하는 생각이 들었다. 미스터 렌은 사색에 잠겼다.

"흠…, 그 빨간 머리 여성과 친해졌다면 틀림없이 재밌었을 텐데!"

*

런던을 접수하러 방에서 뛰쳐나온 그의 은밀한 날들은 우울하게 위축되었다. 그는 런던 동물원으로 가서 호랑이와 친구를 맺었다. 그 호랑이는 영국의 식민 국가 중 어딘가에서 온 듯 보였지만 그가 1주일 동안 만난 모든 것 중 가장 다정했다. 호랑이는 비록 하품을 늘어놓았지만, 꽤 오랜 시간 동안 미스터 렌의 말을 들어주었다. 미스터 렌은 우리 앞에 서서 안을 응시한 채 주변에 아무도 없을 때마다 속삭였다.

"불쌍한 친구, 저 사람들이 가둬놨구나. 그치? 도깨비 길포글보다 더 나쁜 상사를 뒀네. 그치? 불쌍한 친구야."

미스터 렌은 호랑이 우리의 지저분함과 코를 찌르는 냄새 따위는 안중에도 없었다. 호랑이의 치명적인 강한 발톱도 무섭지 않았다. 하지만 자신의 떨리는 목소리는 다소 두려웠다. 최근 들어서는 크게 소리 내어 말한 적이 거의 없었다. 한 남자가 다가왔다. 비위에 거슬릴 만큼 딱 맞는 조끼를 입은 영국인이었다. 그가 우리 앞에 섰다. 미스터 렌은 슬그머니 자리를 떴다. 새로운 친구 호랑이를 뺏겼다. 런던에서 가장 외로운 사람이 된 미스터 렌은 길거리에 나뒹구는 돌을 발로 찼다. 땅거미가 지고 있었고 가뜩이나 조용한 거리가 더 휑하게 느껴졌다. 미스터 렌은 타비스톡 플레이스의 숙소 계단에 앉아 뭔가에 대한 강렬한 열망을 애써 억눌렀다. 그 뭔가는 미스터 렌을 행복하게 만들 일, 바로 유스턴역으로 달려가서 리버풀로 향하는 가장 빠른 기차와 미국으로 향하는 배를 언제, 어디서 탈 수 있는지 알아내는 일이었다.

한 여자가 집 쪽으로 다가왔다. 미스터 렌은 무심코 그녀를 쳐다보았다. 순간 그녀에게서 눈을 뗄 수가 없었다. '캐터몰 부인의 티 하우스'에서 본 이상한 그 여자였다. 코르셋도 입지 않은 채 타이트하고 요란한 원피스를 입은 불꽃 같은 빨간 머리의 여자였다. 그녀가 그의 집 계단으로 올라왔다. 미스터 렌은 그녀가 지나갈 수 있도록 과도하게 공손한 태도로 몸을 움직여 비켜주었다. 그녀는 같은 건물에 살고 있었다. 그녀가 지루하게 복도를 걸어 방으로 가는 동안 미스터 렌은 인사도 하지 않은 채 머릿속으로 그녀에 대한 소설을 쓰고 있었다. 맙소사! 그녀는 프랑스의 어느 백작 부인이었다. 그녀는 다른 백작들처럼 성에 살았지만, 관광하기 위해 신분을 숨긴 채 블룸즈버리에서 머무르고 있었다. 그녀는 귀족이었다. 그녀는…. 미스터 렌이 앉은 자리 위층의 창문이 열렸다. 그가 창문을 올려다보았다. 신분을 숨긴 백작 부인이 몸을 기댄 채 무심하게 거리를 구경하고 있었다. 이럴 수가, 그녀의 방은 미스터 렌의 옆방이었다! 그는 평범하지 않은 사람의 옆방에서 지내고 있었다. 미티포드 박사만큼이나 평범하지 않은 사람이었다. 미스터 렌은 그녀를 만날 거라는 열렬하지만 모호한 계획을 세우고 서둘러 계단을 올라갔다. 어쩌면 그녀는 정말 프랑스의 백작 부인일지도 모른다. 아니면 다른 거라도. 그는 저녁 내내 창문 옆에 앉아서 그녀가 방 안에서 움직이는 소리를 위안거리로 삼았다. 이제 그에게도 친구가 있었다. 그는 친구를 만드는 멋진 일을 시작했다. 글쎄, 정말 시작한 건 아니지만 시작하기 시작했다. 곧 그는 혼란스러워졌지만, 친구를 만든다는 생각 자체가 차가운 안개가 내려앉은 런던 거리를 따뜻하게 만들어 주는 불꽃이 되었다.

미스터 렌은 캐터몰 부인의 식당에서 아침 식사를 하며 오랜 시간 그녀를 기다렸다. 그녀는 오지 않았다. 다른 날, 아니 그저 매일 똑같고 지루한 날들이 반복될 뿐인데 굳이 다른 날이라고 표현할 필요가 있을까? 하지만 다른 날 또 다른 아침 식사를 하고 있을 때, 그 수수께끼의 여인이 식당으로 들어왔다. 미스터 렌은 무의식적으로 고개를 어정쩡하게 숙이며 그녀에게 인사했다. 그녀도 그를 바라봤지만 이내 고개를 돌려 그를 등진 자리로 가서 앉았다. 미스터 렌은 정상적인 인간이라면 누구나 가질 법한 당혹감에 휩싸였지만, 자신의 상상 속에서 그녀에게 하사한 멋진 성에서 그녀를 난폭하게 다루는 상상을 하며 당혹스러움을 만회했다. 그리고 그녀가 의심의 여지 없이 '짜증 나는 학생일지도 모르는 멍청하고 이상한 영국 여자'라는 사실을 곱씹었다. 그는 그녀를 경멸했고 그녀에 대한 마음을 정리했다! 그리고 커다란 흰색 단추가 달린 그녀의 연두색 원피스가 지금껏 본 옷 중 가장 이상한 옷이라고 텔레파시로 전달했다. 그날 저녁 방에 들어오는 길에 미스터 렌은 복도에서 그녀와 마주쳤다. 그녀는 미국에서는 목욕용 가운이라 부르고, 영국에서는 아라비안 망토라 부르는 옷을 입고 있었다. 흐릿한 금색 실로 별과 초승달을 수놓은 검은색 옷이었다. 브이 자로 파인 목 부분이 그녀의 아름다운 목을 드러내고 있었다. 가운 옆의 트인 부분에는 가느다란 레이스 조각들이 헐렁하게 붙어 있었다. 이마 위로 아무렇게나 흘러내린 윤기 나는 머리카락은 그녀가 미스터 렌이 지나갈 공간을 만들기 위해 벽 쪽으로 기대는 움직임에 따라 천장의 가스등이 뿜어내는 수많은 빛줄기에 비쳐 빛나고 있었다. 그녀는 매우 미심쩍은 미소를 쌀쌀맞게 짓고 있었다. 미스터 렌의 눈에는 런던 동부 지역의 고급 주택지 '메이 페어'에 사는 사모님의 미소처럼 보였다. 그는 고개를 까딱거리며 부끄러운 마음에 눈을 아래로 내리깔았다. 허리 옆에 올린 그녀의 팔뚝에 눈이 갔다. 그녀는 은으로 된 목욕용품들을 들고 있었다. 그렇게 커다랗고 두툼한 술이 달린 터키 목욕 수건은 여태껏 본 적이 없었다. 미스터 렌은 침대에 누워서 그녀의 아름다운 목덜미와 반짝이는 머리카락을 떠올렸다. '다른 사람의 인사에 대답도 하지 않는 이상한 사람'에 대해 생각하는 건 품위 없는 짓이라며 스스로를 꾸짖었지만, 그녀의 빛나는 머리카락은 꿈에 나올 법한 별 같았다.

오후. 방에서 낮잠을 자던 미스터 렌은 옆방에서 그녀가 움직이며 내는 소리를 들었다. 그는 현관 입구의 계단으로 급히 내려갔다. 그녀가 현관으로 내려와 입구에 서 있는 미스터 렌 뒤에서 걸음을 멈췄다. 그녀는 거리 여기저기를 노려보았다. 동물원에서 본 호랑이처럼 지루함에서 탈출할 준비가 다 된 듯한 눈빛이었다. 미스터 렌이 그녀에게 말을 걸었다.

"저, 죄송한데, 미스, 혹시…, 아, 난 미국인이고, 런던에 대해 잘 몰라요. 좋은 연극이나 뭐 그런 걸 보러 가고 싶은데…, 어떤 게 좋을지…"

"나도 몰라요…, 진짜로."

매우 거만한 목소리로 덧붙였다.

"이 계절에는 모든 게 다 별로죠. 내 생각엔 그래요."

그녀의 억양은 노래하듯 오르락내리락했다. 그리고 '아' 발음은 매우 악센트가 강했다.

"오…, 음…, 그러니깐 영국 사람이신 거죠?"

"네!"

"왜냐하면…, 음…, 아, 그냥 당신이 프랑스인일지도 모른다는 바보 같은 생각을 잠시 했어요."

"뭐, 그럴 수도 있죠. 나 사실 영국인 아니에요." 그녀가 싱겁게 대답했다.

"아니…, 음…"

"왜 내가 프랑스인이라고 생각했어요? 말해줘요. 궁금하네요."

"아, 그냥…, 음, 그냥 지어낸 얘기였는데…, 당신이 프랑스에 성을 가지고 있는…, 뭐 그런 장난 같고 바보 같은 상상이었어요."

"아, 상상을 부끄러워하지 말아요." 그녀가 발을 구르며 강하게 말했다.

그녀의 목소리는 낮고 아름다웠지만, 자제력을 잃지 않은 채로 대여섯 음계 정도를 오르내렸다.

"나머지 이야기도 해 줘요. 나에 대해 어떤 상상을 했는지."

그녀는 난간에 걸터앉았다. 미스터 렌이 이야기하는 동안 그녀는 섬섬옥수 같은 손으로 자신의 뺨을 감싼 채 호기심 많은 표정으로 그를 빤히 쳐다봤다.

“아, 뭐 특별한 건 없어요. 그냥 당신은 백작 부인이었고…”

“아뇨! 그렇게 과거형으로 말하지 말아 줘요. 부탁이에요, 미스터. 지금도 백작 부인이면 안 될까요?”

“아, 알았어요. 당연히 되죠!” 미스터 렌이 기쁜 목소리로 수줍게 외쳤다.

“그리고 당신의 아버지는 이유 모를 병에 걸려서 아프죠. 모든 의사가 고개를 저으며 말했어요. ‘원인을 알 수가 없군요…’ 그리고 당신은 보물을 보관하는 방으로 숨어 들어가서 당신의 아빠를 보죠…. 아, 아버지라고 말해야겠네요…. 그는 짜증을 잘 내는 나이 많은 프랑스인이에요…. 이야기 속에서는 그래요. 무슨 말인지 알죠? 그는 불가사의한 병에 걸린 자신을 위해 당신은 해줄 수 있는 게 아무것도 없다고 생각해요. 그래서 어느 날 밤 당신은…”

“오, 어두운 밤이었나요? 아주 아주 어두운 밤? 그리고 고요했나요? 그리고 대리석 바닥을 디디는 내 발소리가 텅 빈 공간을 울렸나요? 나는 황금을 훔쳐서 어둠 속으로 유유히 사라졌나요?”

“네, 맞아요! 그거예요!”

“근데 왜 황금을 훔쳤죠?”

“지금 막 이야기하려던 참이에요.” 미스터 렌이 근엄하게 말했다.

“아, 계속하세요, 미스터. 방해해서 미안해요.”

“이런 내용이었어요. 당신은 이곳 런던으로 와서 약학을 공부하고 싶었어요. 아버지의 병을 치료하기 위해서였죠.”

“근데…, 미스터.” 그녀가 아주 진지하게 물었다.

“그냥 아버지의 병명을 끝내 찾지 못한 채 죽게 내버려 두면 안 되나요? 그러면 프랑스 사람과 결혼할 수 있잖아요."

"안 돼요." 미스터 렌이 단호하게 말했다.

"당신은…, 아니, 맙소사! 이 모든 가짜 이야기들을 당신한테 다 털어놓게 될 줄은 몰랐는데…, 당신이 날 무례하다고 생각할까 봐 두렵네요."

"아니에요. 당신 이야기 정말 마음에 들어요. '진짜'예요. 당신이 불쌍한 이스트라를 위해 그 이야기들을 다 만들어 줬잖아요. 내 이름은 이스트라 내시에요. 내가 '진짜' 백작이 아니라서 유감이네요. (두 번째 '진짜'는 첫 번째와 살짝 억양이 달랐다) 있잖아요, 우리 같은 집에서 사는 거 같은데. 맞죠? 제발 당신이 별난 사람이 아니라고 말해줘요. 제발요!"

"저…, 맙소사! 무슨 말씀이신지 잘 모르겠어요."

"바보! 별난 사람이란 작가나 예술가, 기자, 참정권을 얻기 위해 교회나 교도소를 들락거리는 여성을 의미해요."

"아니요. 유감이지만 아니에요. 저는 그냥 사무직 회사원이에요."

"좋아요! 잘됐네요! 친애하는 미스터…. 처음 봤지만, 아니 우리 만난 적 있던가요? 어쨌든, 아, 내가 평소에도 길을 잃은 남자들을 꼬드겨서 내 순수하고 깨끗한 마음에 관해 이야기하는 사람은 아니랍니다. 하지만 당신은, 음, 나에 대한 이야기를 만들어 주었잖아요…. 그러니까 난, 내가 별난 사람들을 얼마나 싫어하고, 혐오하고, 경멸하는지 말하고 싶었어요! 그런 종류의 사람들을 아주 많이 만나 봤거든요. 그들은 끊임없이 얘기하고, 얘기하고 또 얘기하고…, 그들은 그냥 키플링의 책 '정글북'에 나오는 반다로그 원숭이들 같아요. 뭐였더라? '버려진 꽃다발 속에서 피어나는 우리를 보라. 시기심 어린 달까지 가는 것도 시간문제. 우리처럼 예술과 경제에 대해 해박한 지식을 갖고 싶지 않은가?' 그 사람들은 이렇게 말한다니까요. 우웩!"

그녀는 말을 마치고 흰나비처럼 손을 공중에서 꿈틀거린 후 부자연스럽게 어깨를 으쓱하고는 계단 난간에서 일어섰다. 그리고 아주 무미건조하게 그의 옆에 앉았다. 미스터 렌은 흥분으로 관자놀이가 쿵쾅쿵쾅 뛰는 게 느껴졌다. 이스트라는 그녀의 창백하지만 섬세하고 생기 있는 얼굴을 천천히 미스터 렌 쪽으로 돌렸다.

"근데 나를 언제 보고…, 그 이야기들을 다 지어냈죠?"

"아침 먹을 때요. 캐터몰 부인의 식당에서요."

"아, 그렇구나…. 근데 왜 관광은 안 하고 여기 있어요? 아니면 당신이 다행히도 관람객…, 그러니깐 관광객이 아닐 가능성이라도?"

"아니, 나도 모르겠어요."

미스터 렌은 안절부절못하며 바람직한 대답이 무엇일지 고민했다.

"전형적인 관광객은 아니에요. 멍청이처럼 가축 운반선을 타고 이 나라로 넘어왔거든요."

"좋네요. 훨씬 나아요."

그녀는 한참 동안 아무 말 없이 앉아 있었다. 미스터 렌은 들키지 않도록 어마어마하게 노력을 하며 그녀의 단호하고 가느다란, 믿기지 않을 정도로 붉은 입술을 관찰했다. 마침내 그가 입을 열었다.

"런던에 대해서 얘기해 줘요. 아니면 당신 같은 영국 사람에 대해서라도요…. 아, 모르겠어요. 사람들과 쉽게 친해질 수가 없어요."

"미스터, 난 영국 출신이 아니랍니다! 난 당신처럼 미국인이에요. 캘리포니아에서 태어났거든요. 2년 전에 영국에 처음 왔고 파리로 향하는 길이었죠. 난 예술학도예요. 내 억양이 심하게 영국인 같은 이유예요. 평범한 영국인들 억양은 정말 어려워요. 무슨 말인지 알죠?"

그녀의 웃음은 10월의 씁쓸한 향기를 품고 있었다.

"그러니까, 내 말은, 아니, 당신이 영국인들에 대해 알고 있는 거라도 얘기해 달라는 말이에요." 미스터 렌이 힘없이 말했다.

그녀가 화제를 돌렸다.

"당신 얘길 해줘요. 우리가 이제는 아는 사이가 되었으니까요…. 아니면 뮤직홀이라도 갈래요?"

"아니요, 아니에요, 괜찮아요! 맙소사, 이야기를 나눌 수 있는…, 그러니까 친절한…, 사람이 생겨서 내가 잠시 미쳤나 봐요. 이상한 소리를 했네요. 요즘 엄청 외롭거든요."

미스터 렌이 갑자기 빠르게 말을 쏟아냈다. 그리고 머뭇거리며 말을 이었다.

"내 생각에 영국인들은 친해지기 어려운 편인 것 같아요."

"외롭다고요?" 그녀가 갑자기 낮은 목소리로 말했다.

퉁명스럽고 무뚝뚝하면서도 다정한 남자 목소리 같았다. 그리고 다시 여자 목소리로 바꾸어 물었다.

"이 집에서 지내는 사람들 아무도 몰라요?"

"몰라요. 아, 우리는 아마 옆방에 살 걸요."

"낭만적이네요!" 그녀가 가식적으로 말했다.

"내 이름은 렌이에요. 윌리엄 렌. 뉴욕에 있는 기념품과 예술 공예품을 만드는 회사에서 일해요…. 아니 일했었죠."

"아하, 그렇군요. 공예품요? '에리 역에서 사랑을 담아'라고 적힌 작고 근사한 재떨이나 삐뚤빼뚤한 바늘꽂이 같은 거요?"

"네! 그리고 새까만 눈동자의 퍼그 강아지 인형 같은 거요."

"오, 안 돼애애! 새까만 눈동자 말고요! 호감 가는 옅은 파란색 눈으로 해줘요…. 순수하고 멋진 파란 눈이요!"

"아뇨. 까만색이에요. 칠흑같이 까만색요…. 아, 혹시 내가 너무 돌머리처럼 말하고 있나요?"

"'돌머리'요? '바보'같이 말한다는 뜻이죠? 그 말이 도대체 언제적…, 아, 맞아요, 물론이죠. 당신 아주 친절하고 '바보'같이 말하네요."

"아, 그러려던 건 아니었어요. 당신이 내게 엄청 다정하고…"

"사과하지 말아요! 그런 거 배운 적 없어요?" 이스트라가 매정하게 말했다.

그가 미안해하며 중얼거렸다.

"네, 음…"

그녀가 다시 침묵을 유지했다. 길 건너편에 있는 건물에 불만이 가득한 듯한 모습이었다. 미스터 렌이 소심하게 말을 꺼냈다.

"솔직히 말하자면, 아까 당신이 영국 사람인 줄 알았어요. 그런데 캘리포니아 출신이라고요? 와, 아니, 혹시 미티포드 박사 알아요? 대학에서 강의하는 교수예요. 아마 릴런드 스탠퍼드 대학인가 거기서 가르칠걸요."

"릴런드 스탠퍼드? 그 사람 잘 알아요?" 그녀가 친근하고 흥미로운 목소리로 물었다.

"옥스퍼드에서 만났어요."

"진짜요? 동생이 스탠퍼드에 있었어요. 그 사람 얘기를 했었던 것 같아요…. 네, 맞아요. 동생은 미티포드가 문학계의 출세주의자라고 했어요. 무슨 말인지 알죠? 아니면, 아, 어떻게 말해야 하죠? 음, 그러니까, 사람들이 그냥 무심코 하는 말에도 지나치게 신경 쓰는 그런 사람요."

"맞아요!"

미스터 렌은 신이 나서 두 뺨이 상기되었다. 남다른 여자 이스트라와 알고 지내는 호사를 누림에 신이 난 미스터 렌은 미티포드 박사와 그의 학문, 그가 끼고 있던 안경과 셸리 작가에 관한 이야기 등 모든 사실을 털어놓았다.

"그래요, 그 사람 엄청 웃긴 사람이었죠. 난 그 사람을 그다지 신경 쓰지도 않았어요!"

"미스터. 그래도 그 사람 대단한 사람인 건 알고 있죠?" 이스트라는 여태까지의 이야기가 재미없었다는 듯이 단조롭게 말했다.

미스터 렌은 도무지 그녀의 마음을 종잡을 수 없었다. 그녀는 그만 일어나겠다는 언질도 주지 않고 '잘 자요'라는 말만 툭 던진 채 길거리로 향했다. 흥분과 행복에 가득 찬 미스터 렌은 혼자 앉아서 중얼거렸다.

"정말 놀라운 여자야! 세상에, 굉장히 아름다워! 맙소사, 영국적이야!"

몇 시간 후 미스터 렌은 침대 위에서 뒤척이며 말했다.

"내가 너무 건방지게 말한 건 아니겠지. 아니었으면 좋겠는데. 좀 조심해야겠어."

걱정스러운 마음에 침대에서 일어나 담배를 피웠다. 그리고 담배를 피움으로써 스스로와의 약속을 또 깨고 있다는 사실을 깨달았다. 화가 나서 여행 가방을 신경질적으로 쾅 하고 닫았다.

"그래, 내가 담배를 피우든 말든 무슨 상관이야? 그리고 내 마음대로 건방지게 행동할 거야."

그는 냉소적으로 바라보는 듯한 여행 가방을 향해 신문을 던졌다. 그리고 한결 진정된 상태로 잠이 들었다. 꿈속에서 미스터 렌은 끝내주게 웃기는 농담을 하는 토끼가 되었다. 그는 이스트라 방에서 나는 흐느끼는 소리 때문에 잠이 깨면서 그게 꿈이었다는 사실을 깨닫기 전까지는 반쯤 잠든 몽롱한 상태로 킬킬거리며 웃었다.

오후였다. 미스터 렌은 방 안에 있었다. 이스트라는 차 한 잔의 여유를 즐기고 방으로 돌아왔다. 미스터 렌은 의자에 앉아 몸을 숙이고, 나무 의자를 움켜잡고, 입을 벌린 채 집중해서 엿들었지만, 그녀의 방에서는 아무 소리도 들리지 않았다. 미스터 렌은 초조하게 의자 손잡이를 손끝으로 문질렀다. 그는 밤새 흐느껴 울던 아름다운 숙녀를 돕고 싶었다. 그에게는 계획이 있었다. 진지하게 그녀에게 '제가 도와줄 수 있게 해주세요, 공주님. 마치 기사가 공주를 돕는 것처럼요'라고 말할 계획이었다. 마침내 그녀가 움직이는 소리가 들렸다. 그리고 계단을 뛰어 내려가 현관 입구 계단에서 기다렸다. 그녀가 밖으로 나와 미소를 지으며 그를 내려다보았다. 미스터 렌은 두근거리는 마음으로 그녀가 그곳에서 기다리는 그를 기대할 거라고 확신했다. 하지만 도움의 손길을 내밀기로 했던 그의 계획은 그녀의 짜증 난 눈빛과 화려한 원피스를 보자 마음이 싹 사라졌다. 그녀는 어두운 회색의 타이트한 원피스를 입고 있었다. 원피스는 빛을 받자 희미하게 반짝거렸다. 그녀는 망설임 없이 미스터 렌 옆의 계단 난간에 걸터앉았다. 그리고 미스터 렌이 '좋은 저녁이에요'라고 인사하자 쾌활하게 대답했다. 미스터 렌은 무척이나 그녀 옆에 앉고 싶었다. 그녀의 친구가 되고 싶었다. 하지만 그녀의 옆에 앉으려면 용기가 필요했다. 그녀가 오만한 눈빛으로 그를 쳐다봤다. 미스터 렌이 일어나 그녀 옆 난간에 걸터앉아 수줍게 발을 굴렀다. 그녀는 더 이상 오만하게 쳐다보지 않았다. 대신 약간 떨어져 앉았다. 그리고 마치 비밀이라도 공유하는 듯 그를 흘깃 쳐다보더니 조용히 말했다.

"어젯밤에 당신에 대해 꽤 많이 생각해봤어요. 내 생각엔 당신 정말 상상력이 풍부한 거 같아요. 평범한 회사원인데도 불구하고 말이에요. 내 말은, 대부분의 사람들은 그렇지 않잖아요. 무슨 말인지 알 거라 믿어요."

"네, 당연하죠."

보다시피, 미스터 렌은 평범한 사람이 아니었다.

"어젯밤에 올림피아 존스네 집에 갔었어요. 올림피아가 날 극장으로 끌고 갔죠. 거기에 나온 상상력이 풍부한 집사를 보며 당신 생각을 했어요. 집사랑 비교해서 기분 나쁜 건 아니죠? 실제로 극 중에서 가장 멋있는 사람이었어요. 대부분의 사람들은 화려하지만 쓰레기 같았죠. 원작이 프랑스 광대극이래요. 근데 주일 학교로 전해지면서 새로이 각색된 거죠. 귀족 출신의 노총각이 조카와 피후견인을 중매하려고 노력하는 것 같았어요. 피후견인은 기교를 부렸어요. 개인적으로, 이발사만큼이나 대단한 기교였다고 생각해요. 하지만, 어쨌든 노총각은 사람들을 하나로 묶을 때에는 공공의 적을 두는 게 가장 효과적이라는 사실을 알고 있었죠. 있잖아요, 왜, 사촌을 미워하는 것처럼 말이에요. 어릴 때 항상 손톱이 깨끗한 사촌을 미워하지 않았나요?"

"네! 맞아요!"

"그래서 그는 꾀를 부리죠. 그리고 당연히 조카와 피후견인의 죽음으로 극은 마무리돼요. 하지만 그들의 죽음은 무대 위 상황치고는 별로 흥미롭지 않았어요. 만약 연극 속 주인공이 모두 죽어서 마지막 장면에 그들의 장례식이 꾸려졌다면, 그게 진정한 해피엔딩이었을 거예요."

미스터 렌은 유쾌하지만 자신 없게 웃었다. 그녀가 농담하고 있는 건 분명했지만, 무슨 의미인지 정확히 파악할 수 없었다.

"상상력이 풍부한 집사가 제일 괜찮았어요. 나머지는…, 어휴!"

"재밌는 연극이었겠네요." 미스터 렌이 예의 바르게 말했다.

그녀가 그를 슬쩍 곁눈질하며 속마음을 털어놓았다.

"부탁 하나만 들어줄래요?"

"아, 네, 내가…"

"결혼했어요?"

그는 소스라치게 놀랐다. '아뇨'라고 건넨 대답은 마치 과거가 기억나지 않는 사람의 말투 같았다. 그녀는 대답을 듣고 꽤 만족한 듯 보였다. 신이 나는지 손가락으로 자신의 아름다운 무릎을 무심하게 톡톡 두드렸다. 그런 그녀의 모습을 보면, 지난밤에 흐느끼던 사람과 같은 사람이라고는 믿지 못할 터이다.

"아, 사생활에 대해 물어보려던 건 아니었어요, 미스터. 그냥 당신이 어떤 걸 좋아하는지 알고 싶었어요. 사람들을 모으거나 그러기도 해요? 난 그러거든요. 사람들에게 무자비하게 클로로포름 마취제를 주입하고 그들의 불쌍한 시신을 근사하고 깨끗한 코르크판에다 고정하죠…. 뉴욕에서는 혼자 살았어요?"

"네…"

"그럼 주로 누구랑 놀았어요?"

"음…. 딱히 사람들이랑 어울려 놀진 않았어요. 찰리 카펜터 빼고요. 기념품 회사에서 회계 보조원으로 일하는 친구죠."

그는 고향에서 자신이 상류사회에 속했다고 이야기를 꾸며내고 싶었지만, 이내 그러지 않기로 결심했다.

"어…, 그럼…. 파티에 가지 않거나 독서를 하지 않는 뉴욕 사람들은 한가한 시간에 주로 어떤 걸 해요? 난 유형에 관심이 많거든요."

"글쎄요…"

그녀의 말에 대해 몇 가지 질문이 드는 동안 그가 할 수 있는 말은 그게 다였다. '유형'이라니, 무슨 뜻이지? 이야기를 만들어 내는 일과 관련이 있는 건가? 어찌 됐건 그는 사람들에 대해 할 수 있는 말이 없지 않은가?

"아, 모르겠어요. 그냥 뭐 카드나 직업, 친구들, 그런 이야기를 나누죠. 영화를 보러 가거나 보드빌 극장을 가거나 코니아일랜드에 놀러 가기도 하죠…. 아, 잠도 자고요."

"그럼 당신은요, 미스터?"

"글쎄요, 난 좋은 글들을 읽어요. 조금이지만 말이에요. 셰익스피어의 희곡이나 지리 서적을 포함한 여러 책요. 책 읽는 걸 좋아해요."

"그럼 니체에 대해 어떻게 생각해요?"

그녀는 진심으로 궁금해했다.

"네?"

"니체요. 있잖아요…. 그 독일인 유머작가."

"아, 네…, 음…, 보자. 그 사람은…, 음…"

"아니, 기억 안 나요? 헤켈이랑 니체가 역사에 남을 만큼 굉장한 뮤지컬 희극을 썼잖아요. 그리고 마티스가 음악을 맡았죠. 마티스와 로댕이."

그가 소심하게 답했다.

"아직 안 읽어봤어요. 독일어는 잘 모르지만 몇몇 단어는 알죠. 아, 기념품 회사에서 일하는 라빈이 독일계 유대인이었어요. 아마 그럴 거예요…. 어쨌든, 그나저나 키플링 정말 대단하지 않나요! 맙소사! 키플링 소설을 읽으면 인도로 도보 여행을 떠나 온 기분이에요. 마치 그곳에 있는 기분이라니까요. 왜 있잖아요, 인도에 사는 마법사들이랑 그런 것들…. 독서의 세계는 정말 멋져요, 안 그래요?"

"음, 네."

"당신도 엄청 많은 책을 읽은 모양인데요." 미스터 렌이 물었다.

"아뇨. 거의 안 읽었어요. 음…, 단눈치오(이탈리아의 시인 겸 극작가이자 소설가로서 데카당스 문학의 대표자 - 편집자 주)나 투르게네프(톨스토이, 도스토옙스키와 함께 러시아 사실주의 문학의 3대 거장으로 꼽히는 작가 - 편집자 주), 그리고 투르게니에프의 책을 조금 읽었어요. 마지막 투르게니에프는 농담이에요, 알죠?"

"아, 물론이죠…" 미스터 렌은 살짝 당황했다.

"어떤 종류의 공연을 주로 보러 가요, 미스터 렌?"

"주로 영화요." 그가 선뜻 대답했다.

그리고는 곧 자신이 하류층의 취미생활을 즐긴다고 말한 걸 후회했다.

"어떤 영화인지 말해줘요, '자기'. 오! 방금 한 말은…, 그러니깐…, 음…. 예술가들이 흔히 쓰는 말이에요. 그냥 '여보게'랑 똑같은 말이죠. 지극히 사적인 질문을 하는 게 기분 나쁜 건 아니죠? 난 사람들에게 관심이 많아요…. 지금은 방에 올라가서 편지를 써야겠어요. 원래 올림피아 집에 가려고 했는데. 있잖아요, 올림피아도 저번에 말했던 별난 사람 중 하나예요. 근데 당신이랑 이야기 나누는 게 훨씬 더 즐거웠어요. 잘 자요. 런던에 혼자 있으니 외롭죠? 다음에 한 번 관광이라도 하러 같이 나가요."

"네, 외로워요!" 그가 힘주어 말했다.

그리고는 얌전하게 덧붙였다.

"아, 고마워요! 기회가 생긴다면 정말 좋겠네요. 런던 타워 본 적 있어요, 미스 내시?"

"아뇨. 한 번도 없어요. 당신은요?"

"없어요. 그게, 혼자 보러 가면 너무 우울할 거라고 생각했거든요. 당신도 같은 이유로 아직 보러 가지 않은 건가요?"

"친애하는 미스터, 내가 한 수 가르쳐 드려야겠네요. 그래도 될까요? 난 꽤 많은 사람한테 많은 것들을 배웠거든요. 속성으로라도 가르쳐 주면 좋을 듯한데, 그래도 될까요?"

"물론이죠."

"런던 사람들은 런던 타워를 보러 가지 않아요. 거기 가는 사람들은 관광객들뿐이죠. 무슨 말인지 알죠, 미스터? 학교 교장 선생님이나 방문하고 돌아가서 학교 회관이나 남북전쟁 종군 전우회 강당 등에서 얘기를 꺼낼법한 곳이죠, 런던 타워는. 내가 테이트 갤러리 미술관에 데려가 줄게요."

그러고는 매우 퉁명스럽게 '잘 자요.'라고 말하고 그녀는 사라졌다. 미스터 렌은 그녀가 떠나간 자리를 바라보며 생각했다.

'맙소사! 내가 한 말에 기분이 나빴던 건 아닐까! 이번에는 건방지게 굴진 않았겠지. 근데 엄청 빠르게 쏘아붙였어. 그녀의 입술…, 저렇게 붉은 입술이 세상에 존재하다니. 게다가 그림을 그리는 예술가라니! 아까 독일 코미디 뮤지컬 작가…, 니치랬나…, 그 사람 책도 많이 읽고…. '유쾌한 미망인'을 쓴 그 작가인가? 그리고 안개를 떠올리게 만들던 회색 드레스…'

이스트라는 방에서 거울을 보며 화장을 고쳤다. 그리고 자리에 앉아 두꺼운 크림색 종이 위에 이렇게 썼다.

스킬리 내 사랑,

난 넌더리 나는 블룸즈버리의 하숙집에서 지내고 있어.
따분해. 한 가지만 빼고 말이야.
아기같이 순수한 상상력과 때 묻지 않은 영혼을 가진
서른다섯에서 마흔 살 정도 되어 보이는 남자가 있어.
난 유혹 당해 버렸어.
아, 스킬리, 난 몹시 외로워.
네가 여기 있으면 좋겠다고 말하면 너무 진부할까?
난 어둠 속에서 손을 뻗었고,
네 손은 어디에도 없어, 스킬리.
스킬리, 얼마나 황량한지…,
아, 넌 멋진 안경을 쓴 채
건방진 미소를 짓고, 기쁨이 넘치는 옥스퍼드 출신답게
불쌍하고 각박한 미국에 대해서는 전혀 모르는 무지함으로
이 기분을 이해하려 하겠지.
내 생각에 난 그냥 캘리포니아 출신의 상스러운 애송이일

뿐이야.

페르 두레온이 작업실에서 했던 말처럼.

'당신은 높은 수준의 부도덕한 행위에 대해서는

잘 이해하고 있군요.

당신이 요리라도 잘하면 좋겠네요.

그림에는 소질이 없으니까요.'

페르 두레온이 옳았어. 여기 온 이후로 아트 디렉터들한테

그림 한 장 팔지 못했어. 주문을 받은 적도 없고.

잡지 속에서만 사람을 만날법한 못생긴 안경을 쓴

젊은 남자가 이런 말을 해 주었어.

'그들은 외부인을 고용하지 않아요.'

외부인이라니!

그의 머리카락은 내 형편없는 대걸레만큼이나 빨간색이야.

그래서 난 집으로 돌아왔고, 엉엉 울고,

네 사진 앞에 밀란 향초를 켰어. 그래, 그랬지.

아, 젠장. 나 지금 너무 감상적인가?

넌 이 편지를 쁘띠몽사드에서 울고, 웃으며,

너의 불쌍한 니체와는 거리가 먼 이방인을

생각하며 읽겠구나.

이스트라 내시

8장. 그녀와 작은 파티를 하는 미스터 렌

다음 날 저녁, 미스터 렌은 방에서 곰곰이 무언가를 계속 되새기며 생각했다. 1시간 후 그는 다음 두 가지 사실을 확신했다.

A. 그의 유일한 소망은 미국으로 당장 돌아가는 것. 영국이라는 나라는 영국인, 미국인 할 것 없이 모든 사람이 너무 똑똑하고 불친절해서 그들의 말을 도무지 알아들을 수 없기 때문.

B. 그가 꼭 하고 싶은 일 한 가지는, 이곳에 머무르는 것. 태어나서 보고 들은 것 중 가장 기적적인 일은 이스트라를 만난 것이므로.

첫 번째 생각이 들었다가, 두 번째 생각이 들었다가, 두 생각이 밀물과 썰물처럼 오갔다. 그는 애써 두 생각에서 벗어났지만 그리 오래가지 않았다. 방법은 모르지만 어쩐지 그녀의 절친이 되리란 생각이 들어 아주 기뻤다. 왜냐하면, 두 사람 다 낯선 땅에 머무는 미국인이었고, 이야기를 지어내는 데 능숙했기 때문이다. 미스터 렌이 이스트라가 수많은 여자 중 과연 완벽한 짝인지 아닌지를 분석하고 있을 때, 누군가 노크를 했다. 미스터 렌은 화들짝 놀라서 쭈그리고 앉아 있던 몸을 벌떡 일으켜 문으로 달려갔다. 이스트라였다. 그녀는 발로 문을 툭툭 차는 무례한 행동을 할 만큼 다급해 보였다. 그녀가 불쑥 물었다.

"귀찮게 해서 정말 미안해요. 혹시 성냥 좀 빌릴 수 있을까요? 다 떨어졌네요."

"당연하죠! 여기 한 통 다 드리죠. 가져가서 써요. 엄청 많이 갖고 있답니다."

그건 사실이 아니었다.

"고마워요. 정말 친절하네요."

그러더니 그녀가 재빨리 덧붙였다.

"잘 자요."

그리고 방으로 돌아갔다. 미스터 렌이 그녀를 쫓아 복도로 나가며 수줍게 말했다.

"다른 공연은 안 갔어요? 다음에는 그 남자와 조카가 나오는 공연보다 더 좋은 작품을 보길 바랄게요."

"고마워요."

그녀는 미스터 렌의 방과 몇 걸음 정도 떨어진 자신의 방문 앞에서 어두운 복도를 힐끗 쳐다보며 말했다. 미스터 렌은 대화를 걸어주길 바라며 손가락으로 소심하게 벽지를 긁고 있었다.

"들어올래요?" 그녀가 머뭇거리며 물었다.

"아, 감사해요. 그렇지만 들어가지 않는 게 좋겠어요."

갑자기 지금껏 본 표정 중 가장 정이 넘치는 온화한 미소를 그녀가 지었다. 그녀의 파란 눈이 쾌활한 우정을 뽐내며 주름지게 웃었다.

"들어와요, 괜찮아요. 친구잖아요."

미스터 렌이 소심하게 방으로 들어갔다. 이스트라가 재잘거렸다.

"어찌 됐건 우리 두 사람이 항상 외로우란 법은 없잖아요. 안 그래요? 가련한 이스트라가 당신 맘에 들지 않는다 해도요. 그렇죠?"

그녀의 질문은 대답을 듣기 위한 질문이 아닌 듯했다. 그녀는 러시아산産 담배에 불을 붙이느라 바빴다. 미스터 렌은 태어나서 처음으로 담배 피우는 여자를 보았다. 이스트라가 깊게 숨을 들이마시며 고개를 젖히자 당황한 미스터 렌은 예의를 지키려고 고개를 돌렸다. 그는 얼굴이 벌겋게 달아오른 채 방안을 두리번거렸다. 멀리 한쪽 구석에 여행가방 두 개가 열린 채 놓여 있었다. 하나는 칸막이 상자가 없었고, 아랫부분에 레이스가 달린 무언가가 걸려 있었다. 미스터 렌은 불편해져서 시선을 거두었다. 이어 침대 위에 까만색과 금색으로 된 가운이 나뒹굴고 있음을 알아차렸다. 주름이 잡힌 부드럽고 고운 면 레이스가 달린 목욕 가운과 '청교도 신도를 위한 세 가지 연극'이라는 종이 라벨이 붙어 있는 책, 붉은 실내화, 그리고 뚜껑이 열려있는 초콜릿 상자도 있었다. 주방용품을 놓는 평범한 탁자 위에는 연두색 천이 덮여 있었다. 빛바랜 나뭇잎 같은 색이었다. 탁자 위에 금박으로 장식된 만년필이 놓여 있었다. 굵고 뭉툭했다. 그리고 종이 한 뭉치와 찢어진 봉투들, 크렘 이벳(제비꽃 방향유의 향이 나는 미국제 리큐어 술 – 역자 주) 한 병, 은색 틀의 액자 속에는 외눈 안경을 낀 채 미소 짓고 있는 한 남자의 초상화가 있었다. 방의 모든 부분을 자세히 보지는 못했다. 하지만 럭셔리함과 높은 예술성이 느껴지는 방이었다. 크렘 이벳 병은 거대한 향수병처럼 보였다. 미스터 렌이 탁자 위에 놓인 '어떤 남자'를 그린 그림을 잠시 관찰하고 있는데 이스트라가 느닷없이 물었다.

"그래서, 내가 노크할 때 외로웠죠?"

"아니, 어떻게…"

"아, 그런 거 같았어요. 사람들은 누구나 외롭잖아요. 안 그래요? 물론 나도 그래요. 이제 점점 별난 사람들한테 지쳐가요. 그냥 파리로 다시 돌아가야 할까 봐요. 거기는 심지어 별난 사람도…, 아니…, 그 사람들도 별나긴 해요. 티 나죠…. 내가 미국인인 거 말이에요…. 티 나죠?"

"저기…, 그러니까…, 음…, 당신 말이 무슨 뜻인지 잘 모르겠어요. '별난 사람'이 무슨 뜻이에요?"

"오, 미스터 렌. 당연히 무슨 말인지 모르겠죠."

그녀는 거울 앞에서 머리카락을 쓰다듬고는 몸을 웅크리며 침대에 앉았다.

"안 앉을 거예요?"

그녀는 그렇게 말하고 고뇌의 담배를 피웠다. 파란색 연기가 천장을 향해 덩굴처럼 올라갔다.

"당연히 무슨 말인지 모르겠죠. 당신은 남들이 자신을 평범하다고 생각하는 게 싫어서, 그 생각을 떨쳐내려고 열심히 노력하는 근사하고 합리적인 회사원이잖아요. 빠듯한 생활비를 벌려고 아등바등하는 자신을 감싸느라 예술적 기질을 운운할 필요가 없죠. 이 별난 사람들이란 게 런던이나 뉴욕, 샌프란시스코 어딜 가나 다 있잖아요. 그들은 자신이 세상에서 제일 똑똑한 사람이라고 생각하죠. 그래봤자 예술가, 놈팡이 같은 소설가, 그리고 몇몇 사회 사업가들뿐이죠. 올림피아 존스 집에 모여서 수다를 떠는 별난 사람들요, 이제 그 사람들이 미워져서 기쁘던 참이에요. 보아하니 난 그 사람들 없이는 아무것도 할 수 없지 뭐예요. 올림피아 존스는 그레이트 제임스가街에 있는 집에서 사교 모임을 열어요…. 뉴욕과 별다를 것 없죠. 하지만 뉴욕 사람들보다 훨씬 따분해요. 뉴요커들보다 훨씬 오랫동안 자신의 지적 수준을 자랑하는 놀이를 하거든요. 질리도록 말이에요. 당신을 거기 데리고 가야겠어요. 상상력이 풍부하지만 별난 사람들에게 물들지 않은 사람을 알게 되는 건, 음…, 유쾌한 느낌이에요. 그런 사람을 데리고 가 별난 사람들의 속을 쓰리게 하는 것도 마찬가지죠. 그들은 모여 앉아서 서로 으르렁거리고, 또 으르렁거리기 위해 전력 질주하죠. 전력 질주한다는 게 무슨 뜻인지 알길 바라요. 그리고 그들은 깊이 심취해서는 자유로운 영혼이 되었다는 생각에 크게 기뻐하죠. 자유로워지기. 당연히 사람들을 가지고 놀면 안 되죠. 자유로운 사람이라면 말이에요. 있잖아요, 그 사람들은 자유로워지는 거 외에는 할 줄 아는 게 없어요. 헷갈리겠지만, 올림피아 집에 모이는 사람들은 무슨 뜻인지 다 안답니다. 물론 다양한 유형의 지식인들이 있어요. 그리고 모든 유형의 지식인들이 다른 유형의 사람들을 경멸하죠. 대체로 한 유형에 한 명의 지식인밖에 없어요. 가끔 두 명일 때도 있어요, 화자와 청자. 혹은 세 명인 경우도 있어요. 예를 들어, 당신이 투쟁가이면서 채식주의자라고 외쳐요. 하지만 만약 다른 투쟁가가 당신보다 더 몸매가 좋다면, 그땐…, 어휴! 내가 말한 '별난 사람들'이 그런 사람들이에요. 그 사람들 정말 끔찍해요! 그래서, 당연히 난 그들의 일부가 되었다가 이쪽 무리에서 저쪽 무리로 옮겨 다니죠. 그리고 사실대로 말하건데, 매번 옮겨 다닐 때마다 새로운 무리가 더 재미있다고 느껴요!"

그녀는 우울한 적막 속에서 담배를 피웠다. 미스터 렌은 얼마간의 정신노동 끝에 이렇게 말했다.

"그 사람들 소 치는 일꾼들 같네요. 짐승 같은 사람일수록 더 낭만적으로 보이죠. 그리고 그 사람들과 가까워질수록 당신은 깨달아요. 그들의 가장 큰 문제는 그들이 소 치는 일꾼이라는 사실을요."

"네, 바로 그거예요! 그 인간들, 아니, 그 불쌍한 사람들, 거기서 그렇게 많은 지적인 대화를 나눌 필요가 없잖아요. 정말로! 당신은 정말 좋은 사람 같아요. 앞으로 우리가 뭘 할지 말해줄게요. 잠시 불 좀 쬘까요? 벽난로 앞에서요."

"좋아요!"

그녀는 구식 종의 손잡이를 당겼다. 그러자 잉글랜드 북부의 시골 출신인 늙은 집주인이 왔다. 그녀는 키가 크고 늘씬했지만, 누렇게 뜬 얼굴을 한 채 무기력해 보이는 사람이었다. 마치 1800년대 빅토리아풍의 옷을 입고 지금까지 진공상태의 공간에 남겨져 있는 듯했다. 그녀는 미스터 렌이 이스트라의 방에 있는 사실이 금지된 일이기라도 한 듯 아무 말 없이 노려보았다. 하지만 불을 피우기 위해 하녀를 불러 주었다.

"6페니 추가라우."

하녀가 들어오자 미스터 렌은 죄책감이 들었다. 하녀는 크리스마스 동화책에 나올 법한 모습이었다. 조그만 숯덩이같이 생긴 하녀가 말했다.

"오늘 춥네유. 그렇쥬?"

하녀가 불을 붙이자 벽난로 속 불이 하녀처럼 '오늘 춥네유' 하고 노래하는 듯했다. 이스트라는 벽난로 앞바닥에 터키 사람처럼 앉았다. 그녀의 섬세한 손가락이 신이 나서 빠르게 무릎을 두드렸다.

"이리 와서 옆에 앉아요. 벽난로 앞에 앉아 불을 바라보고 있으면 낭만적일 거예요. 그렇죠?"

미스터 렌은 그녀 옆에 털썩 앉았다. 그리고 무릎을 감싸고 앉아 시골 별장에 품위 있게 앉아 있는 미국인 사업가처럼 보이려고 애썼다.

이스트라는 그를 바라보며 다정하게 미소 지었다.

"벽난로 앞에 여자랑 마지막으로 같이 앉아 본 게 언제예요? 가련한 이스트라에게 어두운 비밀을 털어놔 봐요. 홍조를 띤 얼굴이 아름다웠나요?"

"저, 한 번도, 벽난로 앞에, 누구와도 앉아 본 적 없어요! 아홉 살 때인가 파르테논의 집에서 할로윈 때 앉아본 거 빼고는요. 파르테논은 뉴욕주州에 있는 작은 시골 마을이에요."

"정말요? 가련한 사람!"

그녀는 손을 뻗어서 미스터 렌의 손을 잡았다. 그는 이스트라가 말하는 동안에도 자신의 손등 위를 부드럽게 두드리는 그녀의 따뜻하고 부드러운 손에 정신이 완전히 쏠려 있었다.

"그래도 사랑에 빠져 본 적은 있죠? 지독한 사랑이요."

"한 번도 없어요."

"아, 미스터. 인생에서 가장 재밌는 부분을 놓치고 살았네요. 그렇죠? 그래도 삶이란 흥미로운 거예요. 그거 알아요? 난 내가 만났던 지긋지긋한 별난 사람들 생각을 할 때…, 아니 그나저나 내가 왜 꽃무늬 모자를 쓴 이름 모를 여자가 당신을 망치도록 내버려 둬야 하죠? 그런 여자들은 당신을 그냥 영화관 같은 형편없는 곳에 데리고 갈 거예요…. 아! 영화관에 자주 간다고 말한 적 없죠? 했던가요?"

"아니요!"

미스터 렌은 강력하게 부인하며 거짓말을 했다. 곧 죄책감이 들어 이렇게 말했다.

"예전에는 자주 갔었어요. 더 이상은 안 가요."

"만약 당신이 멋진 영화를 보고 싶다면 가야죠! 나도 데리고 가요.

영화를 보는 동안은 노동조합을 신봉하는 사람들이나 바보 같은 화가들에 대한 생각은 나지 않겠죠. 그죠? 울새가 나뭇잎으로 우리를 덮든 말든 내버려 두죠."

"어리숙한 멍청이들 얘기인가요? 그렇지만, 아니, 당신은 어리숙한 멍청이가 아니잖아요! 당신은 내가 본 사람 중 유일하게 똑똑한 사람이에요. 그러니까, 미티포드 박사 빼고요. 그리고 미티포드 박사는 절대 놀이 같은 건 하지 않죠. 내 생각엔 그래요. 당신이 유일한 사람이에요. 진짜예요."

"고마워요!"

그녀의 따뜻한 손이 미스터 렌의 손을 꼭 잡았다. 미스터 렌은 심장이 미친 듯이 뛰기 시작했다. 그리고 이번 생에서 가장 대담하게 엄지손가락 끝으로 그녀의 손을 살며시 훑기 시작했다. 꿈이 아니었다. 그는 실제로 여기 공주님 옆에 앉아서 그녀의 부드러운 손을 느끼고 있었다. 그는 두근거리는 마음으로 꿈이 아님을 확인했다. 갑자기 그녀가 그의 손을 꽉 잡더니 벌떡 일어섰다.

"일어나요. 간단히 식사하죠. 그리고 방으로 보내줄게요. 내일은 같이 테이트 갤러리 미술관에 가요."

이스트라가 하녀에게 케이크와 도수가 약한 와인 심부름을 시키는 동안 미스터 렌은 의자에 앉아 있었다. 말 그대로 앉아 있기만 했다. 그는 구부정하게 앉아서 자신이 이스트라의 친절함에 이용당하지 않는 위엄 있는 사람이라는 사실을 보여주고 싶었다. 키플링의 책들을 읽을 때만 해도 그는 간단한 식사란 오후에 하는 점심 식사의 일종이라고 생각했다. 하지만 이스트라는 그 말을 저녁 식사를 가리키는 말로 사용했다. 그가 틀린 셈이다. 이스트라는 연두색 천이 덮인 책상을 벽난로 쪽으로 옮겨왔다. 책상 위에 놓여 있던 종이들은 침대 위에 내려놓았다. 그리고 파란색 꽃병을 오른쪽으로 반 뼘, 앞으로 반 뼘 정도 더 옮겨서 장미꽃 다발이 책상의 한쪽 귀퉁이에 오도록 했다. 그녀는 와인을 디켄터(포도주 등을 잔에 따르기 전 따로 담아두기 위해 만든, 주둥이는 좁고 바닥이 넓은 형태의 유리병 – 역자 주)에 따랐다. 확실히 와인이 문제였다. 그는 누군가가 식사의 일부분으로 와인을 내어올 때마다 상류 계급의 사람이 된 듯하여 흥분을 감출 수 없었다. 잽 부인은 와인을 식사의 일부분으로 여기지 않았다. 그는 자신이 잽 부인처럼 편협한 사고를 가지지 않았다는 사실에 매우 기뻤다. 미스터 렌은 잽 부인처럼 꽉 막힌 생각을 하는 사람이 되지 않기 위해 부단히 노력했다. 덕분에 그는 공상 속으로 빠져들고 말았지만 이내 조롱하는 듯한 누군가의 목소리에 현실로 돌아왔다.

"근데 미스터, 이 케이크 좀 봐요. 더 볼일도 없겠지만, 어쨌든, 참 '근사한' 케이크네요."

"흐음…"

"알아요. 그냥 '평범한' 케이크죠. 지독하네요."

"저기, 미스 내시. 이제부터 내 얘기 좀 들어볼래요?"

"오, 여신처럼 이끌던 나의 지위가 이제 끝났다고 말하진 말아요."

"흠, 물론이죠! 하지만 이제부턴 내가 냉혹한 대장이 될 차례예요."

"기꺼이! 그러시죠. 야인처럼 굴 거예요?"

"미안해요. 무슨 말인지 잘 모르겠어요."

"아쉽네요. 내 생각엔 그냥 야인을 만나는 게 낫겠어요."

"아, 아니에요. 야인이 뭔진 알죠. 잭 런던의 소설 속에 나오는 사람들 같은 거잖아요. 유감스럽게도 난 그런 사람이 아니에요. 그래도 가축 운반선에서는…, 아니 당신이 그 사람들이 배가 출발하기 전에 황소를 묶는 장면을 봤어야 해요. 갑판 사이의 어둡고 빽빽한 공간에서 꽁꽁 묶여서 울어대는 소들 사이에 있었어요. 결국, 뱃멀미가 너무 심해서 휘청거리며 다녔죠. 우리는 밧줄을 붙들고 홱 잡아당겼다 놓았다 했죠. 감독관들이 소리쳤어요. '당겨! 안 그러면 머리를 내리쳐 버릴 거야!' 그런 다음 선실로 들어갔어요. 선실에는 사람들이 청어 떼처럼 가득 차 있었지요."

이스트라는 책상에 기댄 채 케이크에 들어있던 건포도로 미로를 만들며 그의 말을 골똘히 들었다. 미스터 렌은 점잖게 말을 멈추었다. 혼자서 말을 너무 많이 했다고 생각했다.

"계속해요, 부탁이에요. 미스터 렌."

미스터 렌은 짤막하게 말하기 시작했다. 하지만 갈수록 몰입하게 되었다. 그는 두목 사탄, 황소 그래나디어, 아일랜드의 해안 언덕에서 손짓하던 요정들, 모튼과의 우정에 대해 이야기했다.

"당신 설명 능력이 좋긴 하네요."

그녀는 중얼거리며 딱 한 번 끼어들었다. 건초 더미에 관한 이야기는 더 이상 듣기 싫은 듯 보였다. 그녀는 등불을 들고 미스터 렌을 배웅했다.

"즐거운 파티였어요. 그렇죠, 야인 씨? (만약 당신이 야인이라면) 내일 3시에 와요. 테이트 갤러리 미술관에 가요."

그녀의 손이 아주 짧은 순간 그의 손을 스쳤다.

"네, 잘 자요. 미스 내시." 미스터 렌의 목소리가 떨렸다.

아침이 되자 미스터 렌은 이스트라와 테이트 갤러리 미술관에 가서 어떻게 행동해야 할지 계획을 짜느라 바빴다. 그는 충실한 그림자이자 멋진 해설가였던 미티포드 박사처럼 보이고 싶었다. 테이트 갤러리에서 왓츠가 그린 커다란 캔버스 앞에 서서 아주 진중하고 올바른 자세로 그림에 집중한 나머지, 밀레의 작품 속에 담긴 이야기를 즐길 준비가 되어있지 않았다. 갑자기 이스트라가 말했다.

“오, 미스터 렌. 내가 해결해야 할 커다란 과제가 하나 있군요. 당신은 놀이하는 법을 배워야 해요. 당신은 정말 놀 줄 모르는군요. 이리 와요. 가르쳐 줄게요. 나도 왜 그래야 하는진 모르겠지만, 이리 와요.”

미술관을 나오면서 그녀가 말했다.

“우선, 버스에서의 예술이에요. 진짜 예술이죠. 꽃 파는 소녀들과 덩치 큰 젊은 경찰관들을 감상해야 하죠. 식당 테라스에 활짝 핀 꽃을 보는 법과 공원 잔디에서 뒹구는 법도 배워야 해요. 당신은 잔디 위에서 뒹굴기엔 너무 점잖죠. 안 그래요? 난 당신에게 점잖게 행동하지 않는 법을 가르치기 위해 최선을 다할 거예요. 그리고 우리는 차를 마시러 갈 거예요. 세상에는 몇 가지 종류의 차tea가 있죠?”

“음…, 실론 차, 영국 홍차, 그리고 아, 중국 차”

미스터 렌이 신이 나서 덧붙였다.

“그리고 골프 티(tee. 골프공을 올려놓는 작은 받침 – 역자 주)요!”

두 사람은 버스의 맨 앞쪽 좌석에 앉았다. 이스트라가 말했다.

“말장난은 적어도 시작을 의미하니까요.”

“‘이스트라’, 근데 세상에는 몇 가지 종류의 차가 있죠? 오, 이런! 이름을 부르려는…”

“괜찮아요. 그렇게 이스트라라고 불러도 되고, 그냥 아무렇게나 불러요. 대신 내게 함부로 대하지만 말아요. 내가 차에 대해서 뭘 알겠어요? 우리처럼 노는 사람들은 다 허세 꾼이에요. 거의 그렇죠. 그리고 우리는 예의 바르게도 다른 사람들이 허세를 부리는 걸 모르는 척하죠…. 세상엔 엄청 많은 종류의 차가 있어요. 예전에 뉴욕 차이나타운에서…, 차이나타운 알죠? 뉴요커니까. 뭐, 모를 수도 있겠네요.”

“아, 알죠. 그리고 이탈리안 타운도 알아요. 예전에 그 주변을 많이 돌아다녔거든요.”

“차이나타운에 가면 ‘세븐 플라워리 킹덤 촙수이 식당’과 ‘아메리칸 쿠킹 식당’ 사이에 한 잔에 5달러짜리 차를 파는 곳이 있어요. 광고에 따르면 ‘구름이 덮인 산꼭대기’에서 자란 잎이래요. 산꼭대기가 구름에 덮여 있지만 않았어도 3달러밖에 안 할 텐데 말이에요…. 하지만 사실, 세상에는 두 종류의 차밖에 없어요. 사랑함에도 미워해야 하는 남자를 만나기 위해서 마시는 차, 미워함에도…, 미워하는 여자들에게 앙심을 품고 나누어 주는 차! 사랑스럽지만 복잡하지 않나요? 이게 바로 놀이예요. 언어로 하는 놀이. 우리 부모님은 이걸 ‘말은 많고 전달되는 건 없는 말’이라고 불렀어요. 마지막 말을 명심해요. 전달되는 건 없는 말! 놀이할 때 꼭 지켜야 할 중요한 규칙이죠.”

그녀가 여태까지 했던 대부분의 말보다는 이해하기가 쉬웠다. 미스터 렌이 소리쳤다.

“아, 일종의 돌려 말하기인 셈이네요.”

“음…, 네. 그렇죠. 돌려 말하기예요. 이제 알겠어요?”

미스터 렌은 정중한 신사였기 때문에, 그녀가 ‘돌려 말하기’라는 말을 자신이 했다고 생각하도록 내버려 두었다. 이스트라는 다른 말도 많이 했다. 그녀는 매우 박학다식 했고, 미스터 렌으로 하여금 ‘벼락치기 식 독서’라는 원대한 결심을 하게 만들었다. 그녀의 위대한 가르침은 차를 마시는 방법이었다. 미스터 렌은 놀랐다. 그녀의 계획 속에 공원 풀밭 위를 뒹굴며 옷을 더럽히는 일은 없었다. 대신 그녀는 토트넘 코트 로드의 사탕 가게 뒤에 있는 카페로 그를 데려갔다. 낮은 천장의 카페 안에는 고리버들로 만든 흰색 의자들이 놓여 있었다. 벽에는 채색된 타일들이 붙어 있었고, 약초를 담는 초록색 찻주전자가 들쑥날쑥한 흰색 장미 다발과 함께 놓여 있었다. 뺨이 들장미처럼 발그레한 여자 종업원이 바쁜 발걸음으로 차를 가져왔다. 이스트라에게는 오렌지 페코 홍차(줄기 끝 어린잎으로 만든 대중적인 홍차 – 역자 주)와 레몬을, 미스터 렌에게는 러시안 카라반 차(기문 등의 중국 차와 인도 차를 블랜딩한 것으로 스모키한 향이 특징 – 편집자 주)와 시나몬 빵, 클로티드 크림(우유로 만든 걸쭉한 크림으로, 스콘이나 빵에 발라먹거나 디저트류의 음식에 곁들여 먹음 – 역자 주)을 가져다주었다. 이스트라가 얘기를 시작했다.

"근데…, 이거 이상한 나라의 앨리스에 나온 것 같지 않나요! 먼저 잉글리시 머핀에 버터 바르는 법을 배워야 해요. 아주 능숙해진다면 문지기들은 당신이 칼턴에서 차를 마시는 걸 허락할 거예요. 그 문지기들은 아주 깐깐해요. 그리고 당신에게 금으로 만든 버터나이프를 가져다줄 사람은…, 음, 그 사람은 항상 무릎까지 오는 은회색 반바지를 입죠. 얼마나 조심해야 하는지 알겠죠. 그리고 코에 버터가 묻지 않도록 빵을 먹어야 해요. 코에 버터를 묻힌다면 그리스인 교수로 오해받을지도 모르기 때문이죠. 그런 오해를 받기는 싫잖아요, 안 그래요?"

미스터 렌은 머핀 안쪽의 부드러운 갈색 부분에 버터를 어떻게 바르는지 배웠다. 버터가 없었다면 머핀은 아주 차가운 밀가루 범벅으로 보였을 것이다. 하지만 이스트라는 흥미를 잃은 듯 보였고 미스터 렌이 더 이상 따라 하지 않자 이렇게 흥얼거렸다.

"그 버터는 최고의 버터~♩, 하지만 어디~♪, 어디에~♪, 잠꾸러기 생쥐님~♬, 토끼와 모자 장수는 어디 있나요~♩, 그랠리스 공주를 사랑했던~♪ 기다란 귀를 흔들던~♪ 귀여운 아기 토끼~♬. 어디 있나요~♩, 모자 장수와 토끼는요~♪, 최고의 버터는 어디로 사라졌나요~♬"

이스트라는 곧 현실로 돌아왔다.

"이리 와요. 저녁은 소호(Soho. 런던 최대의 유흥가. 쇼핑과 문화생활, 먹거리 등이 접목된 런던 밤 문화를 대표하는 곳 -편집자 주) 거리에서 해치우죠. 아니면…, 아니에요! 이제 당신이 날 안내해줘요. 당신이라면 어디로 저녁 식사를 하러 갈까요. 그리고 날 뮤직홀로 데려가서 즐겁게 해줘요. 이제 당신이 내게 노는 법을 가르쳐 줄 차례예요."

"맙소사! 미안하지만 난 가르쳐줄만한 게 하나도 없어요."

"그래도…, 여기 좀 봐요! 우리는 낯선 땅에 도착한, 타지에서 온 외로운 두 이방인이에요. 잠시 동안만 같이 놀 거예요. 서로의 놀이 방식에 대해 익숙하지는 않지만, 오히려 그런 점이 삶을 단조롭지 않게 만들 거예요. 우리가 얼마나 오랫동안 같이 놀지는 모르겠지만…. 어쨌든 나랑 놀긴 할 거죠?"

"당연하죠!"

"그럼 이제 당신이 어떻게 노는지 보여줘요."

"그렇게 많이 놀아보지 않아서요. 진짜예요."

"음, 그럼 당신 스타일의 식당으로 데려가 줘요."

"당신이 싸구려 고기 파이를 좋아할 것 같진 않은데요."

"조그마한 고기 파이요?"

"넵."

"조그맣고 바삭한 거요? 겉 부분은 얇게 벗겨지고?"

"넵."

"아니, 당연히 좋아하죠! 그리고 반 페니짜리 차도 마시나요? 거기로 데려다줘요, 용감한 용사님! 그리고 보드빌 극장으로 가요."

미스터 렌은 극장을 열렬히 사랑하는 관객 이스트라가 조그만 채로 실로폰을 잡아먹을 듯 연주하는 아름다운 이탈리아인들과 저글링 하는 사람의 조수가 접시를 깨고, 깨고, 또 깨는 배꼽 빠지는 광경을 처음 봤다는 사실을 알게 되었다. 그녀는 실크햇(남자가 쓰는 정장용 서양 모자. 높고 둥글며 딱딱한 원통 모양에 윤기가 있는 천으로 싸여 있음 – 역자 주)을 아코디언 삼아 풍부한 선율을 연주하는 장면을 황홀함에 넋을 잃고 바라보았다. 극장에서 나와 저녁 식사를 하면서 미스터 렌은 테레사와 사우스 비치, 찰리 카펜터, 그리고 모든, 모든, 또 모든에 대해 이야기했다. 자정이 되었고 그들은 타비스톡 플레이스에 있는 숙소 현관 계단에 나란히 앉았다. 이스트라가 생각에 잠기며 말했다.

"이제야 당신을 좀 알겠어요. 아기들은 낯선 숲속에서 다른 아기들과 어떻게 친해지는지 궁금해요. 당신은 외로운 아이예요. 안 그래요?"

그녀의 목소리는 엄마처럼 부드러웠다.

"우리는 잠시 동안만 함께 놀 거…"

"이스트라, 당신에게 가르쳐줄만한 놀이가 있었으면 좋았을 텐데. 당신은 아는 게 너무 많아요."

"그리고 난 팔방미인이기도 하죠. 안 그래요?" 그녀가 진지하게 물었다.

미스터 렌이 힘주어 말했다.

"네, 그럼요!"

"진심이면 좋겠네요…. 난 누군가의 칭찬이 필요해요…. 주로 파리와 런던은 같은 편을 먹고 이 가련한 이스트라를 비웃거든요."

그가 그녀의 손을 잡았다.

"그런 말 하지 말아요! 파리도 런던도 당신에게 감사할 줄 알아야죠. 안 그랬던 사람들 모두 죽여 버리고 싶네요!"

"고마워요."

그녀가 고맙다는 듯 그의 손을 꼭 잡았다가 황급히 빼며 말했다.

"당신은 분홍빛 귀여운 얼굴의 여자와 잘 어울릴 거예요…. 그리고 난 점점 눈에 안 차기 시작하겠죠. 삶은 정말이지 세상에서 제일 지독한 과제예요! 우리는 다른 종류의 사람인 거 같아요. 당신과 나 말이에요. 하지만 표면적으로만 그런 거일 수도 있죠. 내면을 깊이 들여다보면 우리 둘 다 자신이 왜 불행한지를 몰라서 극도로 불행하다는 점에서 닮았죠…"

미스터 렌은 그녀의 무릎에 머리를 기대고 싶었다. 하지만 그대로 앉아서 자신의 시린 두 손을 꼭 맞붙잡고 있었다. 침묵이 끝난 후 두 사람은 서로에 관해 이야기했다. 미스터 렌이 버럭 소리를 질렀다.

"도대체 파리가 왜 당신을 감사하게 생각하지 않는지 정말 이해할 수 없어요. 난 당신이 파리에 있는 예술가들 중 손꼽을 만큼 훌륭한 사람이라고 확신해요. 곡예사들을 당신만의 관점으로 그려낸 화풍을 그들이 본다면…"

"아니에요. 유감이네요. 그림 같은 거 전혀 그릴 줄 몰라요."

"오, 이런! 당신 그림이 아주 멋지다는 데에 내 모든 걸 걸죠." 미스터 렌이 다소 건방지고 무례하게 말했다.

"음."

"부탁이에요. 언젠가 당신 그림들을 보여줘요. 내 생각엔 그게 귀찮…"

"방으로 올라가죠. 영감이 떠올랐어요. 당신은 불행한 이스트라의 작품에 관한 위대하지만 끔찍한 비평을 듣게 될 거예요."

그녀는 이유 모를 웃음을 지으며 앞장섰다. 그녀는 미스터 렌이 자정에 숙녀의 방에 들어가는 부적절한 행동에 대해 부끄러워하거나 망설일 시간도 주지 않았다. 대신 문 앞까지 성큼성큼 걸어가 짧게 말했다.

"들어와요."

이스트라는 가느다란 초록색 줄무늬가 있는 검은색 표지로 덮인 커다란 작품집을 펼쳤다. 그리고 액자에 끼우지 않은 열두 개의 파스텔화와 수묵화를 홱 잡아당겨 꺼냈다. 그녀는 그림을 경멸하듯 침대 위로 던지고 프랑스 마르세유에 있는 집들의 지붕을 그린 그림을 가리키며 말했다.

"이 스케치 보여요? 이 스케치의 유일한 좋은 점은 가장 최근에 만난 빨간 머리의 젊은 미술감독이 이 그림을 맘에 들어 하지 않았다는 점이에요. 당신도 빨간 머리를 싫어하지 않나요? 여기 종탑 아래에 우스꽝스럽게 도드라진 보라색 그림자 보이죠?"

그녀는 미스터 렌의 존재는 잊어버리고 생각에 빠져들었다. 그리고 손가락을 볼에 대고 흥미로운 눈빛으로 그림들을 내려다보며 중얼거렸다.

"애들 꽤 괜찮은걸. 좋아, 꽤 좋아."

그리고는 어깨를 비비 꼬며 말을 쏟아냈다.

"근데 이것 좀 봐요. 이 아치형 장식을 자세히 봐요. 비참하리만치 그림과 동떨어져 있죠. 그리고 여기 이 모양, 내가 어떤 속임수를 써서 그렸는지 보이나요? 실제 사람 모양이 전혀 아니죠. 이 계단을 통해 어떻게 속였는지 눈치챘어요? 이 그림의 모든 부분이 내가 들었던 도스 푸엔테스 초등학교 7학년 미술수업의 명성에 먹칠을 하고 있어요. 그리고 다른 그림에서 롬바르디아식으로 표현된 수많은 부분 좀 봐요. 우스꽝스럽게 생긴 세면대에 거꾸로 놓인 우산 같이 생겼어요. 윽! 최악이에요. 끔찍해! 이 그림들이 마음에 드는 것처럼 연기하지 말아요. 정말 그럴 필요 없어요. 알았죠? 아까 말한 부분들이 끔찍할 정도로 그림과 안 어울리지 않아요?"

미스터 렌은 옛 파리의 푸르른 길을 따라 벽 옆으로 오렌지 나무가 반짝이는 하얀 오두막으로 걸어가는 환상을 늘 가지고 있었다. 그는 그녀의 그림 속에서 그가 져버린 꿈의 장소를 발견했다.

"난…, 나…, 나는…"

미스터 렌은 이렇게밖에 말하지 못했지만, 그 속에는 칭찬의 의미가 요동치고 있었다.

"고마워요…. 내일 우리는 같이 놀 거예요. 잘 자요. 내일 봐요!"

9장. 지성인들을 만나는 미스터 렌

미스터 렌은 우체국을 수소문해 문으로 성큼성큼 들어가서 돈을 더 보내 달라고 은행에 전보를 치고 싶었다. 아마 우체국 직원은 그를 돈 많은 미국인쯤으로 여길 터이다. 가진 돈을 다 써버리는 게 뭐 대수인가? 미스터 렌은 자신을 책망했다. 이스트라 같은 여자와 데이트를 하면서 가지고 나갈 돈이 동전밖에 없다니. 그는 현관 계단에 서서 적어도 일곱 번 정도는 위층을 힐끗거리며 이스트라가 나타나기를 기다렸다. 결국, 그녀의 방을 향해 복도 모퉁이까지 씩씩하게 걸어갔다. 하지만 늘 그랬듯이 용기는 눈 녹듯 사라지고 다시 현관 계단으로 돌아와 털썩 주저앉았다. 돈을 부치라는 전보를 친다…, 위험천만한 일이었다. 미스터 렌은 한숨을 쉬었다. 게다가 그는 자리를 뜨고 싶지 않았다. 이스트라가 방에서 내려와 함께 놀러 가자고 할지도 모른다. 그는 싫증이 날 때까지 3시간 동안이나 현관 계단에서 고민에 빠져 있었다. 잽 부인 집의 방이 그랬던 것처럼 이곳의 방 역시 그에게는 감옥 같았다. 건물의 통로에 있는 바비큐 식당도 싫었고, 건물 앞 보도에 나 있는 커다란 갈색 얼룩도 싫었다. 길 건너편 2층 창문에서 냉소적이고 호기심 어린 눈빛으로 그를 내려다보고 있는 통통한 여자도 싫었다. 트럭 운전사가 전차 운전사를 싫어하는 것만큼이나 싫었다. 그는 세상의 비난을 더 이상 견딜 수 없었다. 건너편에서 그를 보고 있는 저 여자가 온 세상의 비난을 그에게 전달하는 듯했다. 미스터 렌은 벌떡 일어서서 여태까지 늘 바라왔던 길을 떠나는 사람처럼 걷기 시작했다. 그는 건너편 여자를 무시하며 성큼성큼 걸어갔다. 버스에 올라탔다. 또 다른 버스로 갈아탔다. 그리고 잠시 동안 걸었다. 방랑하고 있어서인지 고뇌에 빠져 자신의 문제를 들여다보게 되었다. 이스트라는 나에게 무엇이었을까? 나는 이스트라에게 무엇이었을까? 미스터 렌은 그저 평범한 회사원이었다. 그녀가 그를 사랑하는 일 따위는 일어날 리가 없었다.

"그리고 당연히 결혼할 상대가 아닌 사람을 사랑해서는 안 되지. 심지어 손을 잡아서도 안 돼…"

하지만 그는 그녀의 손을 잡고 싶었다. 미스터 렌은 갑자기 반항심에 휩싸여 고개를 뒤로 홱 젖혔다. 누군가 그를 사악하다고 손가락질해도 신경 안 쓸 거라고 다짐했다. 그는 온 도시에 울려 퍼지도록 이스트라에 대해 소리치고 싶었다. 우리가 위대한 사랑을 나눌 수 있게 해 주세요! 우리가 미칠 수 있게 해 주세요! 높은 장벽들을 훌쩍 뛰어넘게 해 주세요! 물론 이 표현들 그대로를 뜻하진 않지만.

길거리에 한 무리의 사람들이 모여 있었다. 미스터 렌은 즉시 현실로 돌아왔다. 그들은 로지홀 앞에서 성금 모금을 하고 있었다. 그들이 들고 있는 팻말에는 이렇게 적혀 있었다.

영광! 영광! 영광!

아프리카 크레븐스웨이트에 파견된
특별 구세군 기념 모임

미스터 렌은 넋을 잃고 팻말을 바라봤다. 깔끔하게 차려입은 구세군 군인이 말했다.

"어서 오시오. 형제여"

빨간 리본이 달린 그의 구세군 모자가 의기양양하게 기울어져 있었다. 미스터 렌은 홀 안으로 들어갔다. 빌 렌은 온데간데없이 사라졌다. 그는 아프리카 크레븐스웨이트 지역의 도시인 후사(서양인들이 아프리카 니제르의 유역에 있는 도시를 부르던 이름 - 역자 주)의 주민들과 곰비(나이지리아 북동부 아다와마주州의 마을 - 역자 주)에 관한 이야기, 사라왁주州(말레이시아 보르네오섬의 북서부 해안에 있는 주州 - 역자 주)의 오지 여행에 대한 이야기를 듣게 되었다. 하지만 미스터 렌은 단 한순간도 아프리카의 모습을 상상할 수 없었다. 홀 안에 가득 찬, 차양 모자를 쓴 여성 구세군들도 눈에 들어오지 않았다. 그는 구세군들이 우편선에서 추파를 던지던 영국 남자들과 영국 여자들을 비판하는 말만 자꾸 귀에서 맴돌았다. 미스터 렌과 이스트라를 향한 그의 열광(그 순간 그는 그 감정을 열광이라고 불렀다)을 비판하는 얘기 같았다. 근처에 있던 한 구세군의 눈빛이 미스터 렌을 몹시 비난하는 듯했다…. 미스터 렌은 반성하는 마음을 품고 그곳을 떠났다. 그리고 저녁 식사를 하는 내내 음식과 종업원에게 극도로 정중하게 대했다. 포크에게도 의심의 여지 없이 정중하게 대했다. 마음을 고쳐먹었기 때문이다. 그는 정신 나간 여자 예술가에게는 '가까이 가지 않기'로 다짐했다. 결혼을 전제로 만날 수 있는 다른 수많은 다정하고 착한 여자들이 있었기 때문이다. 그는 구세군이 천둥소리처럼 크게 외치던 말을 곱씹었다.

"추파입니다. 추파라고 부르는 그것이에요! 마음을 한번 들여다보세요. 하느님은 사람들의 마음을 들여다보시었고, 추파는 지옥을 향하는 길이라는 걸 알아내셨습니다. 그리고 군인 장교들과 야하게 치장한 여자들, 와인과 담배, 악마의 명함과도 같은 트럼프 카드와 보석을 손에 쥔 채 신성을 모독하는 사회주의에 대한 시사 풍자극, 예술, 경마에 관한 대화를 나누는 지옥 불에 떨어진 사람들. 오~ 형제들이여, 그건 계속해서 간절히 욕정을 채우려 하고 염원한다는 사실을 은폐하려는 은폐물에 불과합니다. 이 제국은 부패했습니다. 그리고 우리의 병사들이 크롬웰(영국의 정치가이자 군인으로 청교도 혁명에서 왕당파를 물리치고 공화국을 세우는 데 큰 공을 세웠음 - 역자 주)의 철인들처럼 무릎 꿇고 기도하는 일 대신에 추파를 던지기만 한다면 이 제국은 몰락하고 말 것입니다."

이스트라…, 카드놀이…, 사회주의와 예술에 관한 대화. 미스터 렌은 거대한 죄책감에 휩싸였다. 이스트라…, 담배를 피우고 와인을 마시고…, 하지만 그의 도덕적 반성은 이스트라의 모습을 이전보다 훨씬 생동감 있게 상상하도록 만들 뿐이었다. 그녀의 황홀한 손가락의 저항 불가능한 온기. 꾀꼬리 같은 목소리로 위대하고 지혜로운 남자들이 만든 아름다운 것들에 관해 이야기할 때마다 뒤로 구부러지는 목의 곡선. 그런 것들. 그는 로지홀 밖으로 뛰쳐나왔다. 어떤 일이 일어났던지, 좋은 일이든 나쁜 일이든 상관없이 그는 그녀를 만나야만 했다. 미스터 렌은 버스에 올라타며 이스트라를 만날 변명거리를 만들어 내려 애썼다…. 그냥 '특별한 이유 없이 숙녀의 방에 불쑥 찾아가 그녀를 부르는 끔찍할 만큼 건방진 놈'이 될 수는 없었다. 미스터 렌은 버스를 타고 가던 도중에 잡지 가게를 보고 버스에서 내렸다. 그리고 '블랙우드와 19세기Blackwood's and a Nineteenth Century'라는 잡지를 샀다. 예전에 모튼이 이 잡지가 영국에서 가장 '교양 있는 잡지'라고 말했던 게 기억났기 때문이다. 미스터 렌은 잡지를 들고 자신의 방으로 향했다. 그리고 가스등 그을음을 엄지에 묻혀 잡지 표지에 마구 문질렀다. 페이지 몇 장을 찢어내기도 하고, 너무 많이 읽어서 가장자리가 접힌 것처럼 보이게 하려고 가장자리도 구겼다. 잡지를 읽은 척하려는 게 아니라 이스트라가 자신을 위해 이 잡지를 샀다는 사실을 용납하지 못할 듯했기 때문이다. 세부적인 부분까지 신경 쓰며 몰두하자 미스터 렌의 마음이 평온해졌다. 진심으로 이스트라를 보고 싶었는지에 대해서도 의문이 들 정도였다. 게다가 8시 30분은 다소 늦은 시간이었다.

"제기랄! 빌어먹을! 그냥 확 죽어버렸으면 좋겠어. 내가 하고 싶은 게 뭔지 모르겠어." 미스터 렌은 짜증스럽게 내뱉었다.

그리고 침대 위에 털썩 앉았다. 자신이 지금 불행하다는 사실 말고는 아무것도 확실하지 않았다. 품위 있는 방법으로 자살하는 것도 고려해보았다. 하지만 금세 자살이 무서워졌다. 그는 자신이 어떤 강력한 힘의 장난감이 된 사실을 알지 못했다. 그 힘은 낯선 정열의 여인을 관통하여 그를 조종했다. 그를 위대한 비겁자로 만들 수도 있었고, 옹졸한 영웅으로 만들 수도 있었다. 그를 당황할 정도로 미안하게 만드는 일만큼이나 쉬웠다. 그에게 비겁자나 영웅의 면모가 하나도 없음은 단지 사소한 부분일 뿐이고, 35년 혹은 36년 동안의 따분한 환경에서 비롯된 우연한 결과였다. 비열한 사람이든 영웅이든, 신문의 가십란에 오르든 역사란에 오르든, 그는 여전히 똑같은 윌리엄 렌일 테니까. 그는 이스트라를 생각하며 침대에 누워있었다. 몇 분 후 그는 벌떡 일어나서 숱 없는 머리카락에 빗질을 했다. 너무 긴장한 나머지 직선 가르마를 타는 데에도 세 번이나 실패했다. 눈썹과 콧수염도 빗으며 거울

속에 비친 자신의 모습을 근엄하게 바라보았다.

"망할 토끼처럼 생겼군."

미스터 렌은 스스로를 비웃고는 이스트라의 방을 향해 반쯤 걸어갔다. 그는 다시 방으로 돌아와 군청색 나비넥타이로 바꿔 맸다. 덕분에 좀 젊어 보였다. 그날 저녁, 미스터 렌은 모든 것에 화가 나 있었다. 이스트라도 포함되어 있었다. 마침내 그는 그녀의 방문을 두드렸다. 그녀의 목소리가 들렸다.

"네? 들어오세요."

방 안에는 어느 멋진 누군가가 흔들의자에 나른하게 기대앉아 있었다. 젊디젊은 남자였다. 부러진 갈색 치아들이 남자가 웃음을 지을 때마다 훤히 드러났다. 하지만 그리스 남신 같은 위엄 있는 코, 높다란 이마, 빳빳한 금발 머리가 멋졌다. 그는 거북이 등껍질 테의 둥그런 안경을 끼고, 도금된 핀을 꽂은 보드라운 셔츠와 고상한 잿빛 상의를 입고 있었다. 이스트라는 초록색의 실크 기모노를 입고 침대에 웅크리고 앉아 있었다. 앞섶에 커다란 금장식이 된 메달 모양의 보석이 꽂혀 있었다. 미스터 렌은 기모노에 충격받지 않으려고 안간힘을 썼다. 미스터 렌이 방으로 들어와 시가 적힌 길고 얇은 초록색 책을 손으로 만지작거리는 내내 그녀는 인상을 찡그리고 있었다. 하지만 가장 친한 친구에게 말을 건네듯 미스터 렌을 바라보며 상기된 표정으로 속삭였다.

"미스터 마우스, 당신이 와서 정말 기뻐요."

미스터 렌은 어색하게 서 있었다. 다른 방문객이 있을 줄은 예상하지 못했다. 그는 그녀가 자신을 마우스, 즉, '생쥐'라고 부르는 걸 못 들은 바 아니었다. 그래, 그런데 생쥐가 뭘 의미한단 말인가? 그의 이름과는 전혀 상관이 없었다. 모든 상황이 매우 혼란스러웠다. 하지만 그녀가 그의 방문을 기대했다니 이 얼마나 기쁜 일인가!

"미스터 마우스, 이쪽은 우리의 가장 저급한 시인 미스터 카슨 해거티예요. 카슨도 미국 캘리포니아 출신이죠. 카슨, 이쪽은 미스터 렌이야."

"만나서 반가워요." 두 남자 모두 짜증 섞인 목소리로 말했다.

미스터 렌이 사정 설명을 했다.

"당신…, 으흠…, 당신이 이 잡지를 좋아할 거 같아서요. 이거 주려고 잠시 들렀어요."

그는 책을 건네고 곧바로 나갈 마음을 먹고 있었다.

"고마워요…. 정말 다정하네요. 이리 와서 앉아요. 카슨이랑 난 그냥 싸우고 있었어요. 이 친구 곧 갈 거예요. 우리는 버클리에 있는 예술학교에 다닐 때부터 알던 사이죠. 이 친구는 런던의 상류사회 사람들을 죄다 안답니다."

"미스터 렌, 제 주장을 지지해 주면 좋겠어요. '이지'는 그…"

"카슨! 날 '이지'라고 부르지 말라고 여러 번 말했지! 버클리 예술 학교 1학년 수준에서 좀 더 성장할 기회가 있었을 텐데."

카슨이 요란스럽게 활짝 웃자 들쑥날쑥한 치아들이 거의 다 드러났다. 그는 이스트라의 말에 동요하지 않고 계속 말했다.

"이스트라가 말하길, 고급 사교클럽에 모인 자칭 최고의 유럽인들이 생각하는 방식이, 마치 로댕의 작품들이 맹목적인 추종자들에 의해 무비판적으로 수용되는 유행을 따르는 것처럼 보인다는데, 당신 생각은 어때요?"

미스터 렌은 이스트라에게 '구원의 눈빛'을 보내며 그녀 쪽으로 몸을 돌렸다. 그녀가 즉시 말했다.

"미스터 렌은 당연히 내 말에 동의하지. 그건 그렇고, 미스터 렌은 슬럼프를 이겨내고 키플링의 재림과 같은 굉장한 책을 작업 중이야. 그리고…"

"아, 좀, 그만! 키플링! 노골적인 제국주의자에다 막스 슈티르너(독일의 철학자이자 개인주의적 무정부주의자 - 역자 주)의 반대론자!" 카슨이 왼쪽 발을 흔들며 한 마디 한 마디 내뱉듯 소리쳤다.

미스터 렌은 태풍의 눈을 무사히 통과하자 안도의 숨을 내쉬며 잡지를 손에 꼭 쥔 채 등나무 의자에 걸터앉았다. 곧추세운 무릎 사이에 두 손을 끼운 상태였다. 이후 그 방에서 있었던 상황을 수백 번 정도 회상할 때마다 미스터 렌은 손바닥에 닿았던 잡지의 표지가 얼마나 시원하고 매끈했는지를 떠올렸다. 이스트라가 자신의 편이 아니라 들쑥날쑥한 치아를 보이며 미소 짓는 카슨의 편을 들어 줄지도 모른다는 우려와 잡지 표면의 감촉을 연관 지었기 때문이다. 그랬다면 카슨은 비웃으며 미스터 렌을 이스트라의 방 밖으로, 그녀의 세상 밖으로 내쫓았을 터이다. 미스터 렌은 젊은 시인 카슨을 증오했다. 당장이라도 그의 이를 모두 부러뜨리고 싶었다. 하지만 혼자의 힘으로 그런 상황을 만들기는 겁이 나서 오히려 카슨의 장황한 궤변들이 반갑고 존경스러웠다. 마치 덤불 원숭이가 스칼렛 거미와 사이좋게 지내는 상황처럼 말이다. 카슨은 예이츠(아일랜드의 시인 겸 극작가로 노벨문학상 수상자 – 역자 주)에 대해 모욕적인 발언을 했다. 성적 매력으로 명성을 얻었다고 주장하는 이사도라 던컨(미국의 여류 무용가로 근대 무용의 시조 – 역자 주)에 대해서도, 그리고 자신의 시에 대해서도. 이스트라는 침대 위에서 베개를 발로 차며 크게 하품을 했다. 활기찬 토론을 들으며 이따금씩 놀라기도 했다. 그때 카슨이 다시 그녀를 '이지'라고 불렀고, 그녀는 몸을 일으켜 앉으며 미스터 렌에게 말했다.

"아, 아직 가지 말아요. 카슨이 나간 다음에 그 작품에 대해 말해줘요. 카슨은 10시가 되기 전에 간다고 했거든요."

나가려던 건 아니었지만 미스터 렌은 그냥 방안 어딘가를 쳐다보면서 미소를 짓고는 고개를 까딱거리며 더듬더듬 대답했다.

"아…, 네."

미스터 렌은 자신이 이스트라에게 어떤 작품에 관해 이야기했는지 기억해 내려고 애썼다. 작품. 아마 기념품 회사의 공예품을 일컬을 터이다. 바로 그거다! 어쩌면 기념품 회사의 로고를 디자인하고 싶은지도 모른다. 그는 회사에 그녀를 추천할 수 있기를 간절히 바랐다. 당연히 최선을 다할 생각이다. 길포글에게 기꺼이 이 일에 대해 편지를 보내고…, 어쨌든, 그녀는 미스터 렌이 방에 남아있기를 바라는 모양이었다. 그러나 카슨이 미소를 지으며 이스트라의 볼에 입을 맞춘 후 젠체하며 방을 떠났을 때, 이스트라는 미스터 렌이 살아 있다는 사실조차 잊은 듯했다. 그녀는 침대 위의 책이 자신에게 말이라도 거는 양 노려보았다. 미스터 렌은 애꿎은 잡지만 구겨지도록 꽉 쥔 채 조용히 앉아 있었다. 침묵이 그의 목을 졸랐다. 결국, 그는 용기를 내었다.

"미스터 카슨은 굉장히 교육을 잘 받은 사람이네요."

"망나니예요."

그녀가 날카롭게 말한 다음 부드러운 목소리로 말을 이어 나갔다.

"캘리포니아에 있을 때 같이 예술 학교에 다니던 친구였어요. 그리고 그걸 빌미로 주제넘게 굴었죠…. 당신이 여기 계속 앉아서 저 남자를 쫓아내는 일을 도와준 건 정말 멋진 일이에요…. 난 점점…, 미안해요. 오늘 정말 따분하네요. 이만 잠자리에 들어야겠어요. 당신을 즐겁게 해 주지 못할 바엔 말이죠. 찾아와 줘서 고마웠어요, 미스터 마우스…. 내가 생쥐라고 불러서 기분 나쁜 건 아니죠? 기분 나쁘면 안 할게요."

미스터 렌은 어색하게 다가가 잡지를 침대 위에 내려놓았다.

"아니, 괜찮아요…. 아까 공예품, 아니 작품에 관해 말했던 건 뭐였어요? 만약 내가 할 수 있는 일이 있다면…, 무엇이든…"

"작품이요?"

"네, 아까 작품에 대해 듣고 싶다고 했잖아요."

"아! 아, 그건 그냥 카슨을 쫓아내기 위해, 그 사람의 견딜 수 없는 무례함을 쫓아내기 위해 한 말이었어요! 순진한 아이처럼 굴었던, 한때 우정에 목말라서 했던 행동 때문에 벌 받나 봐요. 이제, 잘 자요…. 아! 미스터 마우스. 그는 내 눈이…, 심지어 이 초록색 기모노를 입고 있을 때도…, 이리 와 봐요, 미스터. 내 눈이 어떤 색깔인지 말해줘요."

그녀는 재빠르게 침대 안쪽으로 몸을 옮겼다. 그리고 두 팔을 내밀더니 그녀의 상아색 손으로 그의 어깨를 와락 움켜잡았다. 그는 몸을 떨며 서 있었다. 수줍고 정중한 태도로 인생을 살아오게 했던 미스터 렌만의 신념과 원칙들은 기억의 저편으로 사라졌다. 그는 조심스럽게 그녀의 어깨로 손을 뻗었다. 하지만 그의 팔은 이스트라의 팔보다 짧았기에 어깨가 아니라 팔의 예민하고 따뜻한 부분에 손이 닿았다. 그는 그녀의 사랑스러운 회청색 눈동자를 지긋이 바라보았다. 하지만 눈동자의 색이 밝은 녹청색인지 어두운 회색인지를 말하기엔 미스터 렌은 너무 떨고 있었다. 그녀가 요청했다.

"말해줘요. 초록색이죠?"

"맞아요." 그가 떨리는 목소리로 대답했다.

"당신은 참 상냥해요, 미스터 렌."

이스트라가 침대 밖으로 몸을 내밀어 미스터 렌에게 입을 맞추었다. 그리고 벌떡 일어나 창문 쪽으로 몸을 돌렸다. 그녀는 안절부절못한 채 웃으며 후회의 말을 했다.

"하지 말았어야 했는데! 하지 말았어야…. 용서해줘요!"

그리고는 아이처럼 구슬프게 말했다.

"이스트라가 나빴어요, 아주 나빴어요…. 이제 그만 가 줘요."

그녀가 다시 미스터 렌 쪽으로 몸을 돌렸을 때, 그녀의 눈은 오랜 친구의 눈만큼이나 평화로웠다. 미스터 렌 역시 사람들에게 늘 친절하게 대하고 싶었고, 고티 잽을 향한 측은한 마음도 늘 가지고 있었기 때문에, 이스트라가 자신에게 친절한 큰 누나가 되고 싶어 하는 마음을 이해할 수 있었다.

"잘 자요, 이스트라."

미스터 렌은 생기 있게 웃으며 걸어 나왔다. 긴장감이 사라지자 웃음도 사라졌다. 그는 방으로 돌아와 침대 옆에 무릎을 꿇고 앉으며 고뇌에 빠져들었다. 그리고 인정했다. 이스트라는 절대 그를 사랑하지 않을 것이다. 그도 이스트라를 사랑하지 말아야 한다. 그녀를 사랑하는 건 바보 같은 짓이다. 해선 안 된다. 사랑은 물론, 초록색 기모노 소매가 살짝 그림자를 드리운 그녀의 하얀 팔을 다시 쳐다보는 일조차.

이스트라를 만나지 못하고, 그녀의 머리 향기를 맡지 못하고, 말할 때마다 변하는 그녀의 목소리도 듣지 못한 채 이틀이 흘렀다. 어두운 계단을 올라와 그녀의 방문 아래로 새어 나오는 은색 빛을 발견하고 노크한 적이 두 번이나 되었지만 아무런 대답이 없었다. 그는 분노에 휩싸인 채 자신의 방으로 발길을 돌렸다. 미스터 렌은 수십 번이나 그녀를 포기했고, 다시는 보고 싶지 않다고 마음을 다졌다. 몹시 힘든 절망의 시간들이 지난 어느 날, 토트넘 코트 거리를 신경질적으로 터벅터벅 걷다가 어느 가게의 창가에서 지팡이를 발견했다. 이걸 들고 다니면 그녀가 좋아하리라. 지팡이는 비싸지 않았다. 그는 마음이 바뀌기 전에 서둘러 가게로 들어가서 돈을 내밀었다. 참으로 아름다운 지팡이였다. 자신을 겸손하게 소개하는 듯 쭉 뻗은 민무늬 다리 위에 은으로 보이는 정교한 금속 장식이 달려 있었다. 그는 세상 모든 사람이 자신을 힐끔거린다는 사실을 의식하고 있었다. 사람들은 '왜 지팡이를 가지고 다니지?'라는 의문의 눈빛으로 그를 쳐다봤다. 하지만 그는 이스트라의 찬사라는 보상을 고대하며 이 순교적 고통을 기꺼이 감당할 수 있다고 멋대로 생각했다. 그녀를 못 본 지 삼 일째 되던 날 밤, 그는 창가에 선 채 석양 속에서 놀고 있는 아이들 두 명을 지켜보고 있었다. 그때 누군가가 노크를 했다. 이스트라였다. 이스트라가 그의 방문 앞에서 있었다. 그녀는 검은색 정장을 입고 불꽃같이 빨간 머리카락을 숨겨주는 작은 모자를 쓰고 있었다. 깔끔하고 평범한 차림새였다.

"이리 와요." 그녀가 불쑥 말했다.

"올림피아 집으로 날 에스코트해 줘요. 올림피아 존스의 집으로요. 요즘 거기에 있는 발자크(오노레 드 발자크. 19세기 프랑스 소설가로 사실주의 문학의 선구자 - 역자 주) 시리즈를 읽고 있었거든요. 이야기도 하고 싶고…, 같이 갈래요?"

"아, 당연히…"

"그럼 서둘러요!"

그는 우스꽝스러운 작고 둥근 모자를 쓰고, 새로 산 지팡이를 슬쩍 뽐내며 겨드랑이에 끼운 후 이스트라의 찬사를 기다렸다. 그녀가 계단으로 앞장서서 걸었다. 그리고 조용한 거리를 가로질러 블룸즈버리에서 그레이트 제임스가街로 이어진 광장들을 걸었다. 그녀는 한 번도 지팡이를 쳐다보지 않았다. 그녀가 겨우 한 마디 꺼냈다.

“올림피아의 무리들과 어울리는 일도 지쳐요. 다시는 금기와 변태적인 성적 본능이 공존하는 소호 거리에서 식사하고 싶지 않아요. '쥬메이 드 라비'(‘그건 인생이 아니다’라는 의미의 프랑스어 - 역자 주). 하지만 사람은 다른 사람들과 어울려 놀아야 해요.”

미스터 렌은 매우 기분이 좋아져서 지팡이로 땅바닥을 강하게 친 뒤 조심스레 그녀의 팔을 잡고 길을 건너갔다. 그녀가 덧붙였다.

“후다닥 들어가서 잠시만 보고 나올 거예요. 당신은 날 데리고 나와서 화이트 와인과 탄산수를 사줘요…. 가련한 미스터 마우스, 생쥐는 생쥐답게 놀아야죠!”

*

올림피아 존스의 집은 네 개의 작은 방으로 이루어져 있었다. 이스트라가 노크하고 문을 열었을 때, 거실에는 일곱 명의 사람들이 서로의 말을 가로막으며 4페니짜리 에일 맥주를 마시고 있었다. 정확히 말하면, 거실에는 일곱 명의 사람과, 담배 연기, 마구 뭉쳐져 있는 종이들, 그리고 책과 모자들이 있었다. 거실 건너편으로 보이는 방의 커다란 탁자 위에는 씻어야 할 접시들이 마구 쌓여 있었다. 그 방은 여성 참정권을 주장하는 단추와 메달이 군데군데 꽂혀 있는 거친 삼베 커튼으로 거실과 분리되어 있었다. 이 광경은 이후에도 미스터 렌이 그 방에 대해 회상할 때마다 기억이 났다. 빛을 받아 반짝이는 메달들은 미스터 렌이 허둥지둥 자신을 소개했을 때 사람들이 보여준 참을 수 없는 눈빛들을 피해 시선 둘 곳이 되어 주었기 때문이다. 그는 토론 참여 권유라도 받을까 두려웠다. 자리에 앉아 사람들의 시선을 피해 메달들을 살펴보고, 포스터가 붙어 있는 벽들을 쳐다봤다. 포스터에는 망치라든가 활활 타오르는 횃불을 쥔 주먹이 보였고, 노동자들보다 더 즐거워 보이는 돼지 같은 남자들이 노동자의 가슴 위를 뒹구는 장면 등이 그려져 있었다. 그는 조심스럽게 사람들 무리를 쓱 둘러보았다. 며칠 전 보았던 이스트라의 친구이자 시인인 카슨 해거티도 있었다. 하지만 사람들 중심에 있는 사람은 올림피아 존스였다. 그녀는 성냥 주변을 빙빙 도는 개미만큼이나 흥분한 활기찬 서른네 살 노처녀였다. 피부 역시 개미만큼이나 갈색이었고, 몸매도 개미처럼 날씬했다. 그녀의 옅은 머리카락 색깔은 낡은 검은색 벨벳 머리끈에 묶여 늘어트려져 있었다(거무칙칙한 벨벳 끈 아래로 보이는 동그랗게 말린 끄트머리 부분은 좀 더 짙은 색이었다). 머리카락 한 올이 그녀의 눈앞에 흘러내리자 그녀는 재빨리 가늘고 거친 손을 들어 쓸어 넘겼다. 여전히 속사포처럼 말을 쏟아내면서.

"네, 네, 네, 네. 모르시겠어요? 우리는 뭔가 해야 해요. 지금 이 상황은 참을 수 없어요. 간단히 말해 용납이 안 돼요. 우리는 뭔가 해야 해요."

듣자 하니, 그녀는 여자아이에 대한 교육, 블룸즈버리의 수도요금, 커트러리(식사용 나이프, 포크, 숟가락 등의 날붙이 류 – 편집자 주) 제조 산업, 유행가 타령 등에 대해 참을 수 없는 모양이었다. 그리고 대부분 상황에서 그녀는 옳았다. 다만 그녀의 올바름은 매우 부담스럽고 따분해서 미스터 렌을 한숨 짓게 했다. 올림피아는 카슨 해거티의 '네, 바로 그거예요.'라는 지지에 의존했다. 사실 카슨 해거티가 더 집중하고 있었던 건 다른 젊은 여자의 눈길을 사로잡는 일이었다. 여유롭게 웃는 이십 대의 예쁜 여자였다. 이스트라가 지난번에 박물관에서 얘기했던, 그리스의 고고학을 공부한다던 여자였다. 그녀가 왜 그 전공을 선택했는지는 아무도 몰랐다. 그녀는 아무것도 모르는 듯 평온해 보였다. 그녀의 키스를 부르는 입술, 느릿느릿 움직이며 사랑스럽게 물건들을 가리키는 우아한 손가락, 하지만 카슨 해거티와 거의 말을 하지 않았기 때문에 올림피아가 어깨를 으쓱하며 다른 사람들 쪽으로 몸을 돌리게 만들었다. 반대편에는 스테티니어스 부부가 있었다. 부인은 시인이었고, 남편은 성자 같은 옷차림에 백발의 염소수염을 하고 있었다. 그는 청교도적이고, 도덕적이고, 침울하고, 독실한 무신론자였다. 방 안에는 미스터 제니 사립학교의 교사인 젊은 남자와 화이트채플(런던 타워햄릿 자치구에 위치한 동네. 잭 더 리퍼의 연쇄살인 사건이 있었던 곳으로 유명 – 편집자 주)에서 일하는 영국 국교회의 선교사가 있었다. 그들은 충격적인 이야기를 매우 좋아했다. 하지만 진짜 큰 충격을 받은 사람은 미스터 렌이었다. 시끄러운 소리와 악취 때문이 아니었다. 담배 피우는 여자들 때문도 아니었다. '우리' 힘으로 국가를 무너뜨려 버리자는 강력한 주장 때문도 아니었다. 절대 아니었다. 위의 사실 중 그 어떤 것도 기념품 회사의 우리 미스터 렌을 충격에 빠트리지는 못했다. 그를 충격에 빠지게 한 건 성관계에 대한 솔직한 이야기에 흥미와 매력을 느끼고 있는 자기 자신이었다. 왜냐면 그는 항상 누군가가 성관계에 대해서 단순히 농담하는 것이 아니라, 진지하게 이야기를 한다면 상당히 불쾌할 거라고 막연하게 상상했었기 때문이다. 그때 미스터 렌의 마음을 혼란스럽게 만든 급진주의자들의 마음을 뒤흔든 슈퍼급진주의자들이 다가왔다. 세상에는 늘 좀 더 반항적인 세력들이 있다. 당신이 바쿠닌(러시아의 사상가이자 무정부주의자. 러시아의 니힐리즘에 영향을 끼침 - 역자 주)의 책을 사려고 성경을 팔고 스스로를 미친 수준으로 혁명적이라 생각해도, 어디에선가 당신을 극우세력이라 부르는 사람을 발견할 터이다. 마찬가지로 세상을 경멸하는 더 급진적인 사람들이 동시에 들어왔다. 생디칼리즘(20세기 초 서유럽에서 나타난 운동으로 정당이 아닌 노조가 사회의 혁명적인 변혁을 이룰 수 있다고 생각하는 이론 - 역자 주) 신봉자이자 행동주의자인 모우 트샤스키와 인상주의 산문작가 제인 스코트였다. 두 사람은 다른 사람들을 조용히 비웃으며 소파에 앉았다. 이스트라가 일어서서 미스터 렌을 향해 고개를 까딱이며 방을 나섰다. 올림피아가 다가가며 살갑게 말했다.

"이스트라, 더 있다 가! 이제 10시 조금 넘었잖아. 좀 더 있다가, 음식도 먹고 천천히 가."

이스트라는 아랑곳하지 않고 단호하게 문을 닫았다. 복도는 깜깜했다. 그리고 다행히도 조용했다. 그녀는 미스터 렌의 손을 와락 붙잡아 그녀의 가슴 쪽으로 올려 잡았다.

"아, 미스터 마우스. 정말 지루해요. 실존하는 무언가를 원해요. 저 방 안에서는 끊임없이 얘기만 한다고요. 그리고 매일 밤 인류의 운명을 결정하며 대화를 마무리하죠. 늘 똑같은 방식이에요. 저 사람들만큼 세상에 대해 틀리게 알고 있는 사람은 없을 거예요. 당신도 저 사람들 싫었죠?"

"아, 그 사람들에 대해 너무 진지하게 말할 필요는 없을 거 같아요."

두 사람이 계단을 내려가기 시작할 때 미스터 렌은 쩔쩔매며 말을 이었다.

"저 사람들이 당신과 같은 부류라는 뜻은 아니에요. 당신과는 전혀 똑같지 않죠. 진심이에요! 그래도 미스 존스의 얘기 중에서 학생들이 모두 똑같은 틀에 맞춰 자란다는 이야기는 꽤 흥미로웠어요. 맙소사! 정말 맞는 말이에요. 안 그래요? 여태까지 한 번도 그런 생각을 해 본 적은 없었어요. 그리고 스테티니어스 부인이 얘기한 예이츠의 작품 설명은 아주 아름다웠어요."

"아, 미스터 렌, 내 일을 더 어렵게 만드네요. 당신은 다르길 바랐어요. 당신이 가축 운반선에서 했던 경험이 저 현실성 없는 사상가들의 경험들보다 훨씬 더 실존적이라는 걸 모르겠어요? 나도 저 현실성 없는 사람들과 별반 다를 게 없지만…"

"하지만, 난 아무것도 하지 않았는걸요."

"그래도 준비는 되어 있잖아요. 아, 모르겠어요, 난…. 샌프란시스코에서 만난 필리버스터(법안 통과 등을 저지하기 위해 의사 진행을 방해하는 행위 또는 연설 – 편집자 주) 연설가인 작 세턴이 여기 있었으면 좋겠어요. 미스터 마우스, 내가 당신의 의사 진행을 방해하는 연설을 할 수도 있겠군요. 난 무언가를 창작해야 해요. 아, 그 사람들! 당신이 그 사람들을 잘 알았더라면…, 멍청한 메리 스테티니어스 부인은 트샤스키라는 놈한테 미쳤죠. 그리고 스테티니어스 남편은 그것도 모르고 그 사람을 사교 모임에 초대도 한다니까요. 그런 스테티니어스 남편은 올림피아한테 미쳐있죠. 올림피아는 카슨을 데리고 가서 결혼까지 할 걸요. 그리고 카슨은 그리스 여자애한테 계속 매달리겠죠. 어우!"

"난, 잘 모르겠어요…, 잘 모르겠어요…"

하지만 미스터 렌은 자신이 무엇을 모르는지조차 몰랐다. 그녀가 그의 팔을 토닥이며 위로하듯 말했다.

"더 이상 당신이 처음으로 살짝 엿본 급진주의자들을 비난하지 않을게요. 어쨌든 그들이 무언가를 하기 위해 애쓰긴 하니까요."

그리고는 엉뚱한 소리를 덧붙였다.

"당신이랑 나랑 키가 정확히 똑같네요, 미스터 마우스. 키 좀 더 커야겠어요."

그들은 타비스톡 플레이스의 칙칙한 길로 들어섰다. 눅눅한 침묵이 흐른 뒤 이스트라가 소리쳤다.

"미스터 마우스. 모든 게 정말 지긋지긋해요. 밖으로 나가고 싶어요. 멀리. 어디든. 그리고 뭔가를 하고 싶어요. 뭐든지. 그냥 평소와 다르기만 하면 돼요. 다른 나라라도 가고 싶어요…, 못 할 이유가 없잖아요?"

"이스트라, 그럼 내일 소풍 가요."

"진짜 소풍요? 피클과 베개 쿠션, 케이크 몇 종류를 챙겨서 떠나는 소풍요? 난 옛날에 파리 불로뉴 숲을 구경 다녀서 눈이 꽤 높은데 말이죠…. 생각 좀 해 볼게요."

그녀는 숙소 입구 계단에 축 늘어져 앉았다. 고개를 뒤로 젖히자 유연하고 강인한 목이 아치 모양을 이루었다. 지루함에 치를 떨며 그녀는 길 건너 오래된 퀴퀴한 지붕들 너머로 보이는 흐릿한 별빛을 뚫어져라 쳐다 봤다.

"별들. 황무지 위에 서 있는 당신 옆으로 별들이 내려올 거예요, 미스터 렌…, 당신이 모험하는 방식은 뭐죠? 한번 맞혀볼까요? 당신은 길가의 평범한 것들에 대해 진지하게 생각하죠. 당신은 레드 라이언 여관에서의 경험도 흥미롭다고 생각하며 소중히 여기잖아요."

"레드 라이언 여관은 여러 곳에 있는…"

"미스터 마우스, 영국은 레드 라이언, 화이트 라이언, 퍼지 그린 유니콘 등을 모아 놓은 동물원이에요…. 왜 아니겠어요, 당연하지요. 이제 우리 앵구스 호수로 산책가요. 서퍽주州는 예술가들과 뭐 그런 사람들의 바보 같은 식민지에요. 그래도 그쪽에는 아름다운 오두막들이 꽤 있어요. 더블린보다도 더한 켈트 양식이죠. 지금 당장 출발해요. 첼스포드로 향하는 기차를 타고 밤새 돌아다녀요. 도착하려면 이틀 정도 걸릴 거예요. 동틀 무렵에 영국 들판을 거니는 거예요. 상상해봐요, 미스터 미국인. 그리고 다른 사람이 어떻게 생각하는지에 대해서는 신경 쓰지 않는 거예요. 집시들처럼 말이에요. 해볼래요?"

"그게…"

미스터 렌은 그녀가 미쳤다고 확신했다. 밤 새 걷다니! 그러도록 내버려 둘 수 없었다. 이스트라가 벌떡 일어났다. 그리고 주먹을 꼭 쥐고 혐오스러운 표정으로 그를 내려다보았다. 적대적인 목소리로 버럭 소리쳤다.

"왜요? 가기 싫어요? 나랑?"

그가 그녀의 앞에 섰다. 화가 났지만, 품위 있게 남자다운 척 말했다.

"내 말 좀 들어봐요. 나도 가고 싶은 거 당신도 알잖아요. 당신은 내가 만난 사람 중 가장 우아한 사람이에요…. 그러니까 내 말은, 진짜예요…. 당신도 알잖아요! 내가 당신에게 어떤 감정을 품고 있는지…. 그러니깐 당신이 말한 여행을 떠나는 거 빼고는 뭐든지 할 수 있어요. 사람들이 당신에 대해 이러쿵저러쿵 이야기할 만한 일은 아무리 좋은 일이라도 하기 싫어요."

"누가 안다고 그래요? 게다가, 미스터 렌. 긴 시골길을 따라 얌전히 걷는 일은 그렇게 위험하지 않아요."

"그런 말이 아니에요. 제발…, 이스트라. 날 그런 식으로 쳐다보지 말아요. 싫어하는 사람을 보는 눈빛 같아요."

이스트라가 곧바로 진정했다. 그녀는 난간 위에 앉아 미스터 렌의 팔을 두드렸고, 그를 자신의 옆자리에 앉도록 끌어당겼다.

"당연하죠, 미스터 마우스. 화내는 건 어리석은 일이잖아요. 그래요. 당신이 날 지켜주고 싶어 하는 거 알아요. 그렇지만 걱정하지 말아요…. 이리 와요! 같이 갈까요?"

"그래도 내일까지 기다리는 게 낫지 않을까요?"

"아뇨. 이 모든 게 완전히 미친 이야기라서 만약 내일까지 기다리면 마음이 변해버릴 거예요. 그리고 당신도 함께 가야 해요. 그래야 말다툼할 사람이 생기니까요. 나는 이 위선적인 런던이 싫어요. 그중에서도 부르주아와 물질만능주의를 반대하는 급진주의자들의 잘난 척이 제일 싫어요. 날 극도로 미쳐버리게 만들죠! 이리 와요. 같이 가요."

그녀의 논리적인 설명도 그를 설득하지는 못했다. 하지만 그는 반박하는 말 한마디 없이 복도로 걸어 들어왔다. 이스트라가 집주인의 벨을 눌렀다. 미스터 렌은 무릎이 시큰거리고 떨려왔다. 늙은 집주인의 목소리가 아래층에서 들려왔기 때문이다.

"지금 뭐 하자는 게야? 11시잖여. 이 밤중에 뭔 짓이여?"

담황색의 마른 얼굴을 한 피곤해 보이는 집주인은 북쪽 시골에서 온 사람이었다. 그녀는 하숙집에 대한 자부심이 대단했기에 이스트라의 단조로운 명령조의 말을 기분 나빠했다. 이스트라가 말했다.

"여기 미스터 렌이랑 내가 오늘 밤에 마을을 떠나는 여행에 초대받았어. 집세는 그대로 낼 거고 물건들만 여기 좀 둘게."

"같이 떠나는 겨?"

"아줌마, 우리 앵구스 호수로 떠나. 여기 2파운드. 내 방엔 아무도 못 들어가게 해. 그리고 나중에 여행지에서 물건들이 필요할 수도 있잖아. 내가 요청하면 여행 가방에 싸서 나한테 보내줘. 무슨 말인지 알지?"

"그려. 하지만…"

"아줌마! '하지만'이라는 말이 모욕적으로 들리는 거 알아?"

"아, 그러려는 뜻은 아니었구먼…"

"그럼 됐어, 여기까지…, 서둘러요, 미스터 마우스!" 이스트라는 위쪽을 바라보며 작지만 흥분한 목소리로 말했다.

피곤한 여자의 목소리가 아니라 테니스를 치며 춤을 추는 열광적인 여자의 목소리였다.

"금방 떠나니까 그냥 칫솔만 챙겨요. 그리고 소풍 갈 때 입는 옷을 입어요…. 낡은 옷 말이에요…. 그리고 낡은 모자도 하나 챙겨요."

그녀는 자신의 방으로 달려갔다. 미스터 렌이 가지고 있는 낡은 옷은 오후나 저녁에 입는 옷과 별 다를 바 없었다. 튼튼하고 특별하지 않은 옷은 지금 입고 있는 옷이었다. 그는 옷은 갈아입지 않고 모자만 썼다. 그리고 이스트라가 눈치채지 않기를 바랐다. 그녀는 눈치채지 못했다. 15분쯤 지나 그녀가 미스터 렌의 방문을 두드렸다. 그녀는 카키색의 정장과 높지 않은 두꺼운 부츠, 재밌게 모양을 잡은 파란 빵모자를 쓰고 있었다.

"얼른 가요. 내가 가지고 있는 시간표에 따르면 30분 후에 첌스포드로 향하는 기차가 있어요. 노래라도 한 곡 하고 싶을 만큼 기뻐요."

10장. 떠돌이 생활을 시작한 미스터 렌

그들은 런던을 빠져나가는 기차의 삼등 객실에 올랐다. 맞은편에 목사 한 명과 따분해 보이는 평범한 사람 둘이 앉아 있었다. 사람이라는 점 외에 어디 한번 다른 특징을 찾아보라고 도발해도 될 만큼 평범한 사람들이었다. (이스트라는 그걸 찾아 미스터 렌에게 명랑하게 말했다)

"우리가 할 멍청한 일을 알고 있다면 우릴 저렇게 쳐다보지 않을 텐데요!"

이스트라의 말에 미스터 렌은 전적으로 동의한다는 의미로 고개를 끄덕였다. 그는 한 번도 성공해 본 적은 없지만, 기념품 회사의 미스터 윌리엄 렌, 즉 우리의 미스터 렌이 예술가 소녀와 자정에 시골 도보여행을 떠날 참이라는 사실을 믿어 보려고 노력했다. 한껏 치장한 기차역의 야간근무 직원은 거만해 보이는 사람이었다. 그는 미스터 렌과 이스트라가 첼스포드역에 내려서 처음 온 사람처럼 주위를 두리번거리는 모습을 빤히 응시했다. 미스터 렌도 반항적인 태도로 그 직원을 응시했다. 그리고는 이스트라와 함께 역 밖으로 힘차게 걸어 나왔다. 그들은 고요하게 잠든 마을을 거쳐 들쭉날쭉한 변두리 지역을 지나 시골로 걸어갔다. 그들은 계속 걸었다. 다소 지친 상태였다. 미스터 렌은 첼스포드로 다시 돌아가는 게 더 낫지 않을까 하는 의문이 들었다. 자욱한 안개는 물방울이 되어 뚝뚝 떨어졌고 밤의 어둠과 얽혀 시야를 가리고 주변을 고요하게 만들었다. 어느 농장 입구에서 갑자기 이스트라가 미스터 렌의 팔을 붙잡고 소리쳤다.

"저기 좀 봐요!"

"맙소사! 이스트라, 우리 지금 영국에 있는 거 맞죠? 진짜 이국적이네요."

"네…, 그렇죠."

초가지붕의 오래된 농장 별채 앞에는 수 세기 동안 세월에 닳아 매끈해진 우체통이 있었고, 우체통에 매달린 랜턴에서 새어 나오는 빛에 시멘트 길이 어렴풋이 빛나고 있었다. 미스터 렌이 기뻐서 어쩔 줄 몰랐다.

"미국일 리가 없죠. 맙소사! 이제야 알겠어요! 여기 와서 진짜 너무나 기뻐요…. 이게 진정한 영국이죠. 관광객도 없고. 내가 항상 와 보고 싶던 곳이에요…. 오래된 나라. 색다르고…, 초가집들이 있는 곳! 그리고 곧 동이 트기 시작할 거예요. 여름 새벽. 당신과 함께, 이스트라와 함께! 맙소사! 세상에서 가장 멋진 모험이에요."

"맞아요…. 이리 와요. 빨리 걸어요. 안 그러면 졸릴 거예요. 그러면 당신의 낭만적인 여주인공은 별난 사람들처럼 불만 가득해질 거예요! 잘 들어요! 100만 마일쯤 가면, 짖고 있는 졸린 개가 한 마리 있어요…. 내 얘기를 하는 것 같군요. 당신은 날 잘 모르잖아요. 아니면 잘 아나요?"

"무슨 말인지 이해가 잘 안 돼요."

"아, 몰라도 그것대로 낭만이 있죠! 그렇지만 언젠가는 말해 줄게요…. 아마 말하게 될 거예요…. 난 똑똑한 사람과는 거리가 멀어요. 그저 외부의 어두운 세계에서 온 미개인일 뿐이에요. 런던과 파리, 뮌헨에 대해 이해하는 척하지만 사실은 몹시 두려워하죠…. 잠깐만요! 이것 좀 봐요! 나무에서 떨어지는 이슬 소리 좀 들어봐요. 당신도 지금 이 기분 좋은 여행에 푹 빠져 있나요?"

"음…, 그런 편이에요. 근데 당신 옷이 젖을까 봐 걱정이에요, 이스트라."

"어디 봐요. 아니, 당신 옷소매가 흠뻑 젖었네요. 내 옷은 군복 재질이라 물에 쉽게 젖지 않아요…. 하지만 젖어도 상관없어요. 지루한지 아닌지가 중요하죠. 아무것도 입지 않은 채로 이 언덕을 뛰어 올라가고 싶어요…. 그냥 눈앞에 보이는 기분 좋고 신선한 안개 물방울만을 피부로 느끼고 싶어요. 하지만 아쉽게도 그럴 수는 없을 거 같네요."

두 사람은 걷고 또 걸었다. 대부분의 시간 동안 이스트라는 그들이 걷고 있는 도로와 드뷔시(클로드 아실 드뷔시. 인상파 화가들의 영향을 받아 작품 활동을 한 프랑스의 작곡가 - 역자 주)의 음악, 아티초크(국화과 다년초로 잎이 연하고 맛이 담백할 뿐만 아니라 영양가도 풍부한 식용식물 - 역자 주)에 대한 이야기를 했다. 그녀는 안개의 어스름함 사이로 타오르는 불꽃처럼 우스운 문장들을 툭툭 내뱉었다. 날이 밝기 시작했다. 두 사람은 언덕 꼭대기에서 마을의 지붕들을 내려다보았다. 그리고 발걸음을 멈추고 마을의 경이로운 고요함을 감상했다. 마치 수백 년 동안 한 번도 발소리가 울려 퍼진 적이 없는 듯했다. 안개가 걷혔다. 새롭고 깨끗한 아침이 밝았다. 두 사람은 노래를 부르며 타박타박 걸어가다 낡은 여인숙에 이르렀다. 기다란 작업복을 입고 여관의 안뜰에서 빈둥거리다가 놀란 표정을 한 촌뜨기 주인에게 아침을 주문했다. 미스터 렌은 스릴 넘치게도 자신이 영국 멜로드라마 속 주인공의 모습으로 다니게 될 줄은 몰랐다. 당연히 피곤해 보이는 하녀가 만든 드라마에 나올 법한 영국식 바삭바삭한 베이컨과 달걀 요리를 먹게 될 줄도 몰랐다. 지금 두 사람은 새벽에 영국식 여인숙에서 영국식 달걀 요리를 먹고 있었다. 격자 모양의 창문 밖에 잔가지로 엮은 조그만 찌르레기 둥지가 매달려있고, 바닥이 돌로 된, 서까래가 달린 방이 있었다. 그리고 그들을 방해하는 관람객은 단 한 명도 없었다! (미스터 렌은 실제로 머릿속에서 '관람객'이라는 단어를 말했다. 이스트라에게 배운 말이었다) 미스터 렌이 이스트라에게 이런 신비로운 마법 같은 사실을 말해 주었을 때, 그녀는 활짝 웃었다.

"아주 잘 알고 있네요, 미스터 마우스. 당신은 여기에 우리가 한 일을 지켜볼 낯선 미국인이 한 명쯤 있길 남몰래 바란 거예요."

"그 말이 맞는 거 같아요."

"아니면 내가 그냥 삐딱한 건지도 모르죠."

그때만큼은 두 사람의 말투가 선생과 제자가 아닌 동료의 대화 같았다. 두 사람은 방학을 맞아 소풍 나온 들뜬 어린이들처럼 반짝이는 아침의 빛을 뚫고 여인숙 밖으로 나와 다시 여행을 시작했다. 태양이 따스함과 먼지를 안고 슬그머니 떠올랐고, 이스트라의 발걸음이 느려졌다. 어느 외진 농장의 버드나무 수풀에 짚더미가 덩그러니 놓여 있었다. 두 사람이 그 농장의 모퉁이를 지날 때 이스트라가 웃으며 한숨을 쉬었다.

"꽤 피곤하네요, 미스터 렌. 저 짚더미에 기대서 좀 자야겠어요. 항상 짚더미에 기대서 자보는 게 소원이었어요. 상류사회의 방랑자들에게 아주 '콤므 일 포'('적절한 곳'이라는 의미의 프랑스어 - 역자 주)죠. 무슨 뜻인지 알죠? 짚더미 안에 몸을 파묻을 수도 있죠. 재밌겠죠?"

미스터 렌이 이스트라를 위해 젖지 않은 부분을 찾아 짚더미를 파헤치는 동안 그녀는 군용 천으로 만들어진 겉옷을 벗어 베개를 만들었다. 그는 짚더미 반대편에 그가 누울만한 자리도 찾았다.

미스터 렌이 일어났을 때는 오후였다. 그는 벌떡 일어나 짚더미 반대편으로 뛰어갔다. 이스트라는 아직 자고 있었다. 작은 짚더미 속에서 아이처럼 몸을 둥글게 말고 측은한 모습으로 잠들어 있었다. 피곤해 보이는 잠든 얼굴은 갈색과 노란색이 섞인 겉옷과 대비되었고 흘러내린 붉은 머리가 어깨에서 반짝거렸다. 너무 약해 보이는 이스트라의 모습에 미스터 렌은 겁을 먹었다. 어쩌면 미스터 렌이 이 여행을 말리지 않아서 매우 화가 나 있을지도 모른다. 그는 네 개의 주소밖에 적히지 않았지만, 6시간 동안 소중히 가지고 다니던 주소록 한 장을 찢어 이렇게 적었다.

아침 요깃거리 좀 챙겨서 곧바로 돌아올게요.

윌리엄 렌

미스터 렌은 이스트라 머리맡에 있는 지푸라기 하나를 살짝 들어 종이를 끼워 놓고 서둘러 농가로 향했다. 농장 여주인은 호기심이 많은 사람이었다.

호기심 많은 농장 여주인이여,
걸쭉한 에섹스(잉글랜드 남동부의 주써 - 역자 주) 억양에
발을 질질 끌며 걷는 그대여,
위대한 빌 렌에게 맞서다니 참으로 용감하오.

렌의 통명스러운 침착함은 이스트라를 위해
해야 할 임무가 있기 때문이오.
눈을 부릅뜨고 쳐다보는 영국인의 시선 따위는
안중에도 없소.
거슬리지 않는 콧수염을 기른 토끼 같은
얼굴이라 한들 어떻겠소?
이스트라가 일어나면 배가 고플 것이오.
그게 스튜 한 냄비와 고기 경단 한 그릇,
차와 달걀, 빵 한 덩이와 당신 남편의 농장이
200년 동안 만든 마멀레이드 잼 한 병을 팔라고
당신을 괴롭힌 이유요.
에섹스 여인이여,
차 말고 커피를 줬으면 좋았으련만.

미스터 렌이 돌아왔을 때, 늦은 오후의 햇빛이 그들만의 은밀한 야외 숙소의 비옥한 땅을 밝게 비추고 있었다. 이스트라는 여전히 자고 있었다. 하지만 아까와는 달리 가느다란 팔꿈치 안쪽에 뺨을 기댄 채 생각에 잠긴 듯한 표정으로 잠들어 있었다. 미스터 렌은 적갈색의 머리카락이 드리워진 창백한 얼굴을 바라보았다. 그녀의 얼굴에 서린 생각과 야망들을 바라보았다. 가면을 쓰지 않은 그녀의 얼굴은 깨어있을 때 그녀를 보호하던 변화무쌍한 표정과 달리 무방비상태였다. 미스터 렌의 눈에서 눈물이 주르르 흘러내렸다. 그녀를 행복하게 만들어 줄 수 있다면 얼마나 좋을까! 하지만 그는 그녀의 감정변화가 두려웠다. 미스터 렌은 버드나무 수풀 건너편 작은 개울 옆에 불을 지폈다. 계란을 삶고, 빵을 데우고 차를 탔다. 잼 한 통도 준비되어 있었다. 어릴 적 파르테논에서 캠핑을 떠난 기억과 캠핑에 대한 오랜 지식이 요긴했다. 그는 짚더미로 돌아와 이스트라를 불러 깨웠다.

“이스트라…, 이스…, 트라!”

그녀가 고개를 저으며 짚더미 속으로 더 파고들었다. 하지만 곧 일어나 앉았다. 머리카락이 어깨 위로 흩어져 있었다. 그녀가 미소 지으며 말했다.

“좋은 아침이에요. 아니, 오후네요! 잘 잤어요, 미스터 렌?”

“네. 당신은요? 맙소사, 잘 잤길 바라요!”

“최고로 잘 잤어요. 그런데 정말 졸리네요. 그래도 편안해요, 여기. 조용한 야외에서 자보고 싶었는데, 정말 평화로웠어요. 아침 식사! 얼른 아침을 먹어야겠어요! 제일 가까운 집이 어디 있죠?”

“아침 식사 다 준비해놨어요.”

“오, 당신 정말 멋져요!”

그녀는 몸을 씻으러 개울로 갔다. 그리고 잘 다듬어진 머리를 하고서 두리번거리며 나타났다. 두 사람은 발아래로 실안개가 낀 황금색의 대지를 바라보며 아침 식사를 했고, 식사시간 내내 즐겁게 웃었다. 그러다 처음으로 이스트라가 ‘친밀함’의 영토에서 ‘분석’이라는 내륙지역으로 옮겨갔다. 미스터 렌이 스튜 냄비에 입을 대고 소리 내어 국물을 마실 때 그녀가 미스터 렌을 쳐다보며 의아해했다.

“지금 내 옆에 있는 게 정말 당신인가요, 미스터 렌? 당신은 파리 어딘가에서 거들먹거리는 건달도 아닌데 나와 여기서 뭘 하고 있는지 도무지 모르겠네요…. 당신은 야인도 아니잖아요. 이해가 안 돼요…. 하지만 나쁜 이스트라 때문에 걱정할 필요는 없어요. 어디 보자, 우리 문법

수업 같이 들었죠."

"네, 대학교에 다닐 때였죠. 난 야구부 주장이었는데, 기억 안 나요? 정말로? 맙소사, 당신 정말 기억력이 안 좋네요!"

그제야 그녀가 제대로 된 미소를 지었다. 다시 서퍽주州를 향한 여정이 시작되었다.

"내 생각에 즐거운 시간은 이제 곧 사라지고 비가 올 것 같아요."

땅거미가 질 때쯤 이스트라가 심술궂게 말했다. 2킬로미터 가까이 걷는 동안 처음으로 한 말이었다. 그리고 400미터쯤 더 걷고는 이렇게 말했다.

"아무 말도 안 하는 거 기분 나쁘게 생각하지 말아요. 나 지금 몸이 뻐근하고, 낭만을 느끼지 못할 만큼 발이 아프거든요. 기분 나쁜 건 아니죠?"

미스터 렌은 살짝 기분이 나빴지만, 당연히 그렇지 않다고 대답했다. 그는 마을을 관찰함으로써 교묘하게 대화라는 영역을 피했다. 그녀는 녹초가 되어 얼굴에 웃음기를 잃었고, 기껏 하는 대답이 '네, 맞아요.' 정도였다. 맞든 맞지 않든. 미스터 렌은 곰곰이 생각했다.

'이스트라는 끔찍이 피곤한 상태야. 내가 챙겨야 해.'

미스터 렌은 후미진 여관 식당 입구의 나무 기둥 앞에 멈춰서 명령조로 말했다.

"이리 와요! 여기서 뭐 좀 먹고 갈 거예요."

"당신이 원한다면요."

이스트라가 순순히 그를 따랐다. 두 사람 모두가 깜짝 놀랄만한 일이었다. 미스터 렌이 먼저 저녁 식사를 하자고 주도할 기지를 보이는 건 매우 드문 일이었다. 이스트라는 식당의 세련되지 않은 식탁보나 투박한 컵에 대해 별로 신경 쓰지 않는 듯했다. 그리고 팔꿈치를 어느 방향으로 놓아도 기름 범벅인 소금과 후추통에 부딪히는 것도 신경 쓰지 않는 듯 보였다. 하지만 지친 고개를 들고 식당 안을 둘러본 후엔 미스터 렌을 못마땅하게 쳐다봤다. 그리고 그를 탓하듯 말했다.

"혹시 이 식당이 관광객들로 붐빈다는 사실을 눈치 챘어요? 오마하(미국 네브레스카주州 동부 미주리 강변의 도시 - 역자 주) 아니면 데븐포트(미국 아이오와주州의 도시 - 역자 주)에서 온 듯한 가족이 두 팀이나 있잖아요. 확실해요!"

"아, 그래도 그렇게 나쁜 사람들 같진 않은데요…"

미스터 렌이 반박했다. 저녁 식사 장소를 정했다는 것으로 가련한 미스터 렌은 자신이 남자로서 우위에 서는 게 인정되었다고 생각했다.

"저 사람들 끔찍해요! 안 보여요? 아, 당신 정말 형편없네요."

"아니, 저 덩치 큰 친구…, 무테안경을 쓴 저 덩치 큰 남자는 착하고 평범한 수리공처럼 보이는데요. 그리고 반대편에 앉아 있는 여자는…"

"저 사람들 미국인이잖아요."

"우리도 마찬가지잖아요!"

"난 아니에요."

"내 생각에는…, 아니…"

"물론 미국에서 태어나긴 했지만…"

"네, 마찬가지예요. 내 생각에는 저 사람들 좋은 사람들 같아요."

"이거 좀 봐요. 내가 당신이랑 꼭 말다툼해야겠어요? 이렇게 피곤한데 좀 평화롭게 있을 수는 없을까요? 저 관람객들은 '진기한 영국의 멋'에 대해 이야기하고 있다고요. 저 망할 사람들에게 이것보다 더 최악을 바랄 수 있을까요? 그리고 저 사람들은 자동차를 타고 여행 다닌다고요…. 모든 여관이랑 길을 둘러보면서 말이에요."

"아마 그게 재미있다고 생각…"

"내 말에 토 달지 말아요. 내가 무슨 얘길 하는지는 내가 제일 잘 알아요. 왜 당신에게 모든 걸 다 설명해야 하죠? 저 사람들 형편없다고요!"

미스터 렌은 그녀를 한 대 때리고 싶은 생각이 들었다. 하지만 극도로 정중하게 말했다.

"당신 지금 심하게 피곤한 상태에요. 오늘 하루 여기서 묵는 건 어때요? 원한다면 당신은 다른 호텔에서 묵어도 괜찮아요. 난 여기 묵을게요."

"아뇨. 아무 데서도 묵고 싶지 않아요. 그냥 나 자신으로부터 도망치고 싶어요." 그녀는 버릇없는 어린아이처럼 말했다.

두 사람은 다시 걷기 시작했다. 어둠이 서서히 내려앉았다. 밤이 되자 그들은 넓게 펼쳐진 황폐한 황야 같은 시골 마을로 급히 발길을 돌렸다. 그들이 터벅터벅 언덕을 올라가는데 비가 내리기 시작했다. 비는 두 사람의 의미 없는 싸움을 반대하듯 굉음과 함께 무자비하게 쏟아졌다. 그들을 흠뻑 적셨고, 얼굴을 철썩철썩 때렸으며, 시야를 가렸다. 미스터 렌은 이스트라의 팔을 잡고 앞쪽으로 끌어당기며 걸었다. 그녀가 비에 대한 원망을 미스터 렌 탓으로 여길 일이 걱정이었지만, 지금은 그런 걸 생각할 겨를이 없었다. 비를 피할 곳으로 그녀를 데려가야 했다. 이스트라가 웃으며 말했다.

"아, 굉장해요! 우리 이제 정말 방랑자가 되었네요."

"이런! 당신 옷에 비가 스며들지 않아요? 안 젖었어요?"

"피부까지 다 젖었어요!"

그녀가 유쾌하게 소리쳤다.

"상관없어요! 우린 뭔가를 하고 있잖아요. 가엾은 미스터 렌, 내가 걱정 돼요? 우리 언덕 꼭대기까지 달리기 경주해요."

두 사람은 어둑어둑한 언덕 꼭대기에서 어스름한 건물 형체가 보이자 또다시 그쪽을 향해 달려갔다. 지금이라면, 미스터 렌은 저 건물의 주인이 짜증을 내며 자신들을 내쫓는다면, 그게 누가 됐건 산 채로 삼켜버릴 수 있겠다는 생각이 들었다. 그는 곧 그 건물이 버려진 마구간이라는 사실을 알게 되었다. 문은 돌쩌귀가 빠져 있었고, 초라한 초가지붕은 거의 무너지다시피 한 상태였다. 그는 성냥을 켜 들고 살펴보았다. 미스터 렌의 '렌스러운 냉소적 삶'에 홀연히 등장한 고수, 미스터 빌렌이 말의 여물통 위쪽 천장에서는 빗물이 새지 않는다는 사실을 발견해냈다. 그가 명령조로 이스트라를 불렀다.

"이리 와요! 여물통의 가장자리에 앉아요, 이스트라."

"살인이 일어나기 딱 좋은 장소네요."

그녀가 앉아서 다리를 흔들며 미소 지었다. 미소가 확실했다. 미스터 렌은 매우 만족했다.

"내가 여태까지 너무 투덜거렸나요, 미스터 마우스? 혹시 날 살해하고 싶어요? 기다란 핀이라도 찾아줄게요."

"전혀요. 전혀 그렇지 않아요. 핀 같은 거 없어도 잘 지낼 수 있어요."

"오, 미스터 렌! 정말 끔찍해요. 당신은 나한테 너무 익숙해진 나머지 이제 무서워하지도 않네요."

"맙소사! 바짝 마른 곳으로 가면 가자마자 당신이 무서워질 거예요. 하지만 지금은 그럴 시간이 없어요. 여물통 위에 앉아 있는 일! 세상에서 제일 웃긴 일이죠! 이제 밖으로 나가서 집을 찾아봐야겠어요. 근처 어딘가에 집이 있겠죠."

"날 이 축축하고 어두운 곳에 혼자 내버려 두고요? 절대 안 되죠. 어쨌든 비는 곧 그칠 거예요. 난 진짜 괜찮아요. 오히려 더 재밌다고 생각해요."

그녀의 목소리가 다시 평소대로 돌아왔다. 평소처럼 다정하고 씩씩한 목소리였다. 그녀는 웃으며 젖은 어깨를 툭툭 털고는 미스터 렌의 손을 잡았다. 그리고 조용히 초가지붕에 내리는 부드럽고 쓸쓸한 빗소리에 집중했다. 하지만 비는 좀처럼 그치지 않았다. 불편하게 여물통에 매달리듯 앉아 있는 두 사람의 자세는 난간 위에 걸터앉아 있는 모습과 비슷했다.

"굉장히 불편하네요!" 이스트라가 조바심내며 말했다.

"내 말 좀 들어요, 이스트라. 제발요. 밖에 나가서 몸을 말릴만한 집을 찾아야겠어요."

"너무 지친걸요. 움직이기엔 너무 지쳤어요."

"좋아요. 그럼, 여기다가 불을 피울게요. 그렇게 위험하진 않을 거예요."

"오두막 전체에 불이 붙을 거예요."

그녀가 투덜거리기 시작했다. 하지만 미스터 렌이 그녀의 말을 가로막았다.

"아, 그럼 이 망할 마구간이 불타도록 내버려 두죠, 뭐! 난 불을 피울 거예요. 분명히 말했어요!"

"또 옮겨가기 싫어요. 어차피 또 불편하기만 할 걸요. 그냥 내게 좀 더 신경 써 주면 안 돼요?"

"아, 그러니까…!"

미스터 렌이 어리둥절한 표정으로 울부짖듯 소리쳤다.

"아까 그 마을에 있는 호텔에 묵으면서 좀 쉬자고 분명히 말했었잖아요."

"글쎄요. 내가 거기 묵도록 만들었어야죠. 날 챙겨 달라고 당신을 데리고 온 거 몰라요?"

"하…"

"됐어요. 그걸로 싸우지 말아요. 내가 항상 싸울 힘이 넘치는 것도 아니니까."

미스터 렌은 그 말을 듣자마자 엄마와 싸우던 리 테레사 잽의 모습이 떠올랐다. 그리고 아무 말도 하지 않았다. 그는 마구간 바닥에서 덜 젖은 지푸라기들과 나뭇가지들을 주워 모아 불을 붙였다. 이스트라는 뚱하게 앉아 그를 노려보고 있었다. 여린 불빛에 비친 그녀의 얼굴이 주름지고 피곤해 보였다. 작은 불꽃이 안정적으로 타오르자, 미스터 렌은 자신의 외투를 벗어 이스트라를 위한 자리를 마련했다. 그리고는 기분 좋게 그녀를 불렀다.

"이리 와요, 이스트라. 당신을 위한 아늑한 집과 벽난로예요."

그녀가 여물통에서 일어나 미스터 렌의 눈을 바라보았다. 두 사람의 눈높이가 딱 맞았다.

"당신, 내게 참 잘 해주네요."

그녀가 속삭이듯 말하며 그의 뺨을 쓰다듬고는 미끄러지듯 코트 위에 앉았다.

"이리 와요. 내 옆에 앉아요. 그러면 우리 둘 다 따뜻해질 거예요."

밤새 비가 주룩주룩 내렸고, 아무도 두 사람을 불가에서 쫓아내지 않았다. 그들은 나란히 앉아 꾸벅꾸벅 졸았다. 두 사람의 손은 닿을 듯 가까이 있었고, 옷에서는 김이 피어올랐다. 이스트라는 미스터 렌의 어깨에 머리를 기댄 채 잠들어 있었다. 미스터 렌은 머리의 무게를 견디려 몸을 꼿꼿이 세웠다. 허리가 뻐근하고 찌릿찌릿 아파 왔다. 1시간 동안이나 고통과 행복감을 동시에 느끼며 혼란스러운 생각에 빠져 있었다. 그는 주위를 면밀히 관찰했다. 베어낸 지푸라기를 이어 만든 검은 지붕, 세월에 부식된 벽들, 더럽혀진 흙바닥. 미스터 렌은 이스트라의 축축하고 부드러운 카키색 외투의 어깨 부분을 손으로 살짝 매만졌다. 그는 소매가 젖어서 팔에 들러붙어 있었다. 잡아당겨서 소매를 떼내고 싶었다. 눈도 간지러웠다. 하지만 움직이지 않고 앉아 있었다. 그가 이스트라를 사랑하는 게 맞는지, 그녀의 변덕스러움의 노예가 되어도 아무런 후회가 없을지를 생각하자 마음이 오락가락했다. 그가 떠나온 이 모험은 역사상 가장 이상하고, 가장 낭만적인 모험이었다. 동시에 가장 바보 같고 가장 쓸모없기도 했다.

동이 틀 무렵, 이스트라가 몸을 뒤척였다. 그녀가 미스터 렌의 몸에서 스르르 미끄러져 내리자, 그는 아직도 축축한 그녀의 등이 모닥불 쪽을 향하도록 그녀의 자세를 바꾸어 놓았다. 나뭇가지를 더 넣어 불길을 살리고 이스트라 옆에 쭈그리고 앉아 꾸벅꾸벅 졸다 깨기를 아침까지 반복했다. 머리를 끄덕이다가 슬쩍 잠에서 깬 미스터 렌은 꼿꼿이 앉아서 놀란 표정으로 쳐다보고 있는 이스트라를 발견했다.

“믿을 수가 없어요, 정말요…. 당신이 애쓴 거예요? 이제 완전히 말랐어요. 기분도 좋아요. 정말 친절하네요. 당신 정말 최고로 훌륭한 사람이에요…. 그렇지만 나머지 순례길은 기차를 타는 게 좋겠어요. 우리 여행이 완전 성공적이라곤 할 수 없으니까요."

"네. 그게 낫겠어요."

잠깐이지만 미스터 렌은 이스트라가 싫었다. 그녀의 부드러운 정중함이 싫었다. 지난밤에는 참을 수 없을 만큼 투정 부리다가 이제 갑자기 사람답게 굴었다가, 그걸 반복하는 게 싫었다. 후줄근한 머리와 피곤에 찌든 얼굴도 싫었다. 하지만 이내 그런 생각을 물리쳤다. 이스트라의 머리를 무릎 위에 올려놓고 피로가 가득한 사랑스러운 얼굴의 주름을 펴주고만 싶었다. 두 사람이 함께 피로감을 견딘 탓인지 평소보다 더 사랑스러워 보였다. 하지만 미스터 렌은 그냥 이렇게 말했다.

"좋아요. 일단 어디든 가서 아침 식사를 좀 하죠, 이스트라."

두 사람은 비를 맞아 주름진 옷차림으로 정오 기차를 탔다. 잠에 푹 들지 못해 꽤 짜증이 난 상태로 앵구스 호수 근처의 아름다운 작은 마을에 도착했다.

11장. 주황색 넥타이를 산 미스터 렌

앵구스 호수의 호텔은 굉장히 활발하고 예술적이라서, 평범한 미스터 렌은 우중충하고 낡은 방에서 혼자 껌이나 씹으며 지내고 싶었다. 스텐실로 장식된 벽이나 기발한 동판화, 세련된 황동 조각에 대해 짜증스러운 인내심으로 고통받고 싶지 않았다. 평범한 응접실처럼 생기지 않은 호텔의 휴게실은 모든 물건이 최상급이었고, 친츠 천(꽃무늬가 날염된 광택 나는 면직물. 커튼, 가구 커버 등으로 쓰임 - 역자 주)으로 장식되어 있었다. 이스트라가 잠자리에 들기 위해 방으로 올라간 후였다. 미스터 렌도 얼른 호텔 사람들을 피해 방으로 올라가려 했다. 이스트라 말로는, 그곳에는 잘못된 별난 사람들 무리뿐만 아니라 올바른 무리도 있었다. 진정성 있게 활동하는 예술가들 무리였다. 미스터 렌은 비에 젖어 주름진 기성복을 대체할 새 옷을 사고 싶었다. 그는 마을 어디쯤에서 옷가게를 찾을 수 있는지 궁금해하며 휴게실을 지나갔다. 그때, 거친 벽돌로 만든 벽난로 옆 흔들의자 쪽에서 날카로운 목소리가 들려왔다. 미스터 렌이 발걸음을 멈추었다.

"오오오오, 미스터 렌, 미스터 렌!"

그레이트 제임스가街에 있는 올림피아의 집에서 만난 시인 스테티니어스 부인이었다.

"오오오오, 미스터 렌, 이 나쁜 사람, 이리 와서 이스트라와 함께했던 멋진 여행에 대해 이야기해 줘요. 방금 위층 복도에서 이스트라를 만났거든요. 가련한 이스트라, 완전 쭈글쭈글해졌더군요. 그래도 머리카락은 산꼭대기에 걸린 노을 같았어요. 무슨 말인지 알죠. 마치 예이츠의 시구처럼요.

폭풍우를 부르는 저녁놀은 그녀의 입술이었지.
비운의 배들 위로 드리운 폭풍우를 부르는 저녁놀.

물론 이스트라는 입술보다 머리카락이 더 저녁놀에 가깝죠. 이스트라가 런던에서부터 당신과 함께 쭉 여행을 떠나왔다고 하더군요. 이렇게 낭만적인 이야기는 처음 들어봐요…. 아, 아니에요, '낭만'이라는 단어를 쓰려던 건 아니었어요…. 난 올림피아의 말에 동의하거든요…. 올림피아는 정말 훌륭하지 않나요? 우리에게는 현시대의 잔 다르크예요…. 그만큼 숭고한 인물이죠…. 난 낭만적인 사랑은 구식이며, 이제 우리는 영예로운 우정의 시대에 접어들었다고 생각해요. 자유로운 관계도 일부일처제만큼이나 낭만적이죠. 그렇지만…, 음…, 내가 무슨 말을 하고 있었죠? 아무튼 런던에서 출발해 자유롭게 돌아다니는 여행은 아주 재밌었을 것 같아요. 이제 우리 모두에게 여행에 대해 이야기해 줘요, 미스터 렌. 그 전에, 여기 있는 미스 색슨비와 미스터 거치, 사랑스러운 일레나 두체스키, 하워드 밴콕 빈치 씨를 먼저 소개할게요. 당연히 하워드 밴콕 빈치 씨의 시는 알고 있겠죠."

그리고 그녀는 잠깐 숨을 고르며 포근한 흔들의자에 털썩 앉았다. 미스터 렌이 비에 젖어 주름진 옷을 입은 채 무방비상태로 당황스럽게 서서 그녀의 얘기를 듣는 동안 사람들이 불 꺼진 벽난로로 모여들었다. 미스터 렌은 스테티니어스 부인이 어떻게 코를 새파랗고 뽀송뽀송하게 유지할 수 있는지 궁금했다. 그녀의 격려에도 불구하고 미스터 렌은 '떠돌아다녔던 여행'에 관해서 자세한 이야기를 하지 않았다.

"아니…, 음…, 그냥 돌아다녔어요."

그때 러시아계 유대인 일레나가 까만 눈동자로 미스터 렌을 곁눈질하며 고집스럽게 말했다.

"그러뉘깐, 그 돌아다뉜 얘기를 해주쎄요."

여기서, 일레나는 향이 순한 시가의 빛깔을 닮은 어여쁜 목선과 사람들을 홀리는 미소를 지닌 여자였다. 그녀는 남자들이 자신의 말을 따르는 상황에 익숙했다. 미스터 렌이 말을 더듬었다.

"그러니깐, 음…, 그냥 걸었어요. 그리고 비를 맞았죠. 이스트라는 기적 같은 여자예요. 비에 흠뻑 젖었을 때도 한 번도 찡찡거린 적이 없었죠…. 그녀는 그냥 웃으며 늘 그랬듯 앞으로 나아갔어요. 그리고 우리는 길을 따라 펼쳐진 영국의 수많은 멋진 풍경을 보았어요…. 망할 관광객, 아니 관람객들 사이에서 도망쳤죠."

대화에 초대받지 않은 덩치 큰 남자가 목청을 한 번 가다듬고는 끼어들었다. 부드러운 재질의 셔츠를 입고 뿔테 안경을 쓴 난생처음 보는 남자였다.

"여행을 떠나면 아무리 주의 깊게 살펴도 끊임없이 부르주아들을 만나게 되니 참 아이러니하죠."

런던 말씨를 쓰는 이상한 사람들 무리가 불이 꺼진 벽난로 주변에서 일제히 외쳤다.

"옳소!"

"어디서든 그렇지."

"음…"

미스터 거치가 입을 열었다. 그는 뭔가 할 말이 있는 듯 보였지만 사람들의 목소리는 계속 이어졌다.

"포트사이드(이집트의 수에즈운하 북쪽 끝에 있는 도시 - 역자 주)의 사람들이 가짜로 일부일처제를 유지하는 것처럼 말이지."

"맞아, 그렇지."

"미스터 레~엔~"

여류 시인 스테티니어스 부인이 신난 듯 말했다.

"그들이 일련의 경제활동을 무관심으로 일관하고 있다는 것 눈치챘나요? 그들은 절대 파멸하지 않을 거란 생각을 하고 있죠."

"제 생각엔 그들은 그냥 자신들이 올바른 일을 하고자 한다고 믿고 싶은 거 같아요." 미스터 렌이 살짝 겁을 먹은 채 조심스럽게 말했다.

"네, 맞아요."사람들 사이에서 그에게 동조하는 말이 들렸다.

미티포드 박사의 개인적인 제자 미스터 렌은 자신의 첫 풍자시를 읊었다.

좋아하는 것이 싫어하는 것만큼 많지 않은 것,
그것이 당신이 현명한지 아닌지를 보여준다.

"맞아요." 그들이 소리쳤다.

그리고 미스터 렌은 스스로 매우 기뻤다. 그는 새로운 친구들 사이에서 왕자의 미소를 지었다. 스테티니어스 부인이 성큼성큼 걷기 시작하며 산업주의에 관련된 시구 몇 마디를 읊었고, 한동안 계속 '음…'만을 반복하던 미스터 거치는 발언권을 잡아보려고 고군분투했다. 그는 미스 색슨비에게 교활하고 무례한 윙크를 보내며 말을 꺼냈다.

“저는 낭만이 아직 죽지 않았다고 믿어요, 무슨 말인지 알죠. 여기 있는 우리의 친구는 아주 낭만적이고 달콤한 여행을 한 듯하군요.”

그리고 또다시 윙크했다.

“아니, 무슨 말이 하고 싶으신 겁니까?” 미스터 렌이 빌 렌이 되어 불타오르는 눈으로 주먹을 꽉 쥔 채 강하지만 조용한 어투로 말했다.

“아, 당신과 미스 내시를 비난하려던 건 아니었어요…, 사실 그 반대죠!” 거치라는 사람이 머리를 점잖은 척 흔들며 낄낄거렸다.

미스터 렌은 거치의 코에다 주먹을 갖다 대며
마음에 있던 말을 내뱉었다.
“이 허연 얼굴에 병들고 더러운 생각을 가진 뚱보야.
내가 싸움꾼은 아니지만, 당장 그 표현에 대해
사과하지 않으면 귀가 어디 있는지 못 알아볼 정도로
당신을 짓뭉개 버릴 거야.”
“오, 미스터 렌…”
“그 사람은 그런 뜻이…”
“저는 그런 뜻이…”
“그 사람 그냥 패러디를…”
“전 그냥 패러디를…”

자신의 모습을 영웅이라도 된 듯 각색하여 상상하면서 미스터 렌은 지금 일어나고 있는 극적인 상황을 즐겼다.

“그럼, 사과하는 거죠?”

“아, 물론이죠, 미스터 렌. 내 말 좀…”

"오, 아무 말도 하지 말아요." 미스 색슨비가 코웃음 치며 말했다.

밴콕 빈치가 덧붙였다.

"맞아! 친구, 설명이란 너무 관습적이지."

이들이 보이는가? 자의식 강한 미스터 렌, 아니 빌 렌은 단 하나의 무례한 행동에도 맹목적으로 적대적인 사람이 될 준비가 되어있었다. 여기저기 앉아서 귀공자들의 명예와 예의범절 등을 훼손하는 가엾은 사람들은 미스터 렌을 제법 진중하게 받아들였다. 여행에서 중요한 것이 단지 경치만 감상하는 게 다가 아니라는 위대한 진실을 그가 알아냈기 때문이다. 미스터 렌은 몹시 불행했다. 참으로 불행했다. 그리고 멀리 떠나버리고 싶었다.

"당장 이리 와요, 미스터 렌."

사람들 사이 어느 구석에서 들려오는 이스트라의 목소리를 듣고 미스터 렌은 발에 용수철이 달린 듯 그녀에게로 튀어갔다. 그녀는 의자의 등받이 옆에 서 있었다. 피곤해 보였지만 웃고 있었다.

"아직 잠이 안 와서요. 근처에 있는 건물들 구경하러 같이 가줄래요?"

"좋아요, 이스트라!"

"스테티니어스 부인이 당신을 양보해준다면 말이에요!"

이스트라는 스테티니어스 부인이 유창한 언변으로 주인공 행세를 하고 있음을 이렇게 비유했다.

"크…" 스테티니어스 부인이 대답했다. 완전히 허락하는 말투였다.

이스트라는 앵구스 호수의 잔디밭이 내려다보이는 작은 언덕 위 전망대로 미스터 렌을 데려갔다. 드문드문 천장이 낮은 방갈로와 장미 정원이 보였다.

"아름다워요. 그렇죠? 여기선 누구든 행복해질 거 같아요…. 이 전망대를 지은 건축가만 빼고 여기 있는 모든 사람을 죽일 수만 있다면요." 그녀가 혼잣말했다.

그가 감정에 북받쳐서 말했다.

"정말 그래요."

행복한 마음으로 그녀 옆에 서서 경이로운 초원을 바라보는 동안 빌 렌은 승리라는 희극의 정점에 서 있었다. 그는 큰 창문이 달린 숙소와 방갈로와 잔디밭으로 이루어진 둘만의 세계로 들어가 이스트라와 함께 전망대에 서 있었다. 이스트라가 머뭇거리며 말했다.

"미스터 마우스, 당신을 밖으로 불러낸 이유는…, 잠이 안 오기도 하고…, 지난밤에 내가 짜증스럽게 굴고 심술을 부렸던 게 너무 부끄러워서 그걸 당신에게 말하고 싶었기 때문이에요. 정말 미안해요. 당신은 날 참을성 있게 대해 줬어요. 내게 정말 좋은 사람이 되어 주었어요. 날 당신의 행동에 감사하지 않는 다혈질의 여자라고 생각하지 않았으면 좋겠어요. 당신은 정말 친절해요. 만약 당신이 멋진 여자와 결혼한다는 소식을 듣게 된다면, 난 아마 더없이 행복할 거예요."

"아…, 이스트라."

미스터 렌이 이스트라의 팔을 잡으며 간절하게 말했다.

"세상 어떤 여자도 필요 없어요…. 내 말은…, 아…, 난 그냥 당신과 함께 돌아다니고 싶어요, 당신이 내게…"

"아뇨, 아니에요, 미스터 렌. 지난밤에 어떤 일이 일어났는지 분명히 봤잖아요. 그건 불가능해요. 지금은 그 얘기로 싸우지 않도록 해요. 너무 피곤해요. 난 그냥 당신의 행동에 감사의 인사를 전하고 싶었어요. 그리고 당신이 미국으로 다시 돌아갈 때쯤엔 불쌍한 이스트라와 어울려 다니는 잘못된 사람 중 하나가 되어있진 않을 거예요. 왜냐면 당신이 겪어본 것과는 다른 방식의 일들을 이야기해 줬으니까요. 독립적인 인격체로 아이를 양육하는 방법, 템페라 화법(안료에 달걀노른자와 물을 섞어 그림을 그리는 화법 - 역자 주)으로 그림을 그리는 방법, 뭐 그런 거 있잖아요? 그리고…, 그리고 나한테 너무 푹 빠지지 않길 바라요. 왜냐면 우리는…, 다르니까요…. 그렇지만 우리는 함께 모험했죠, 조금 축축하긴 했지만요."

그녀가 잠시 멈추더니 다시 활기차게 말했다.

"자, 그럼 난 이제 다시 돌아가서 잠을 청해야겠어요. 안녕, 미스터 마우스. 아니에요, 호텔로 돌아오지 말아요. 돌아다니면서 동물 구경이라도 좀 해요. 안녕."

미스터 렌은 이스트라가 잔디밭을 건너 반쯤 목재로 지어진 호텔 입구의 계단을 오르는 그녀의 꼿꼿하지만 흔들리는 뒷모습을 바라보았다. 그는 그녀가 문으로 들어가자 서둘러 기차역 주변에 줄줄이 붙어있는 상점으로 향했다. 상점들은 목가적인 분위기를 잘 보존한 그 마을의 외곽에 있었다. 그녀가 떠난 후 그는 잔디밭을 걸어가는 남자들이 허리에 벨트가 느슨하게 달린 주름 재킷Norfolk Jacket과 무릎까지 오는 반바지를 입고 있다는 사실을 알아챘다. 그래서 그는 생애 처음으로 점잖지 않은 '발목이 가려지지 않는 바지'를 샀다. 어릴 적에나 입던 옷이었다. 그리고 거친 서지(짜임이 튼튼한 모직물의 일종 - 역자 주) 재킷과 천박한 버클이 달린 벨트를 샀다. 한술 더 떠 주황색 넥타이에 도전할 용기도 냈다! 이스트라를 위한 식사 자리에서 미스터 렌은 그녀에게 뭔가 '깜짝 놀랄 만한 선물'을 주고 싶다는 생각을 했다. 그는 마치 잔뜩 신이 난 아기처럼 혼잣말을 중얼거렸다. 난생처음으로 꽃가게에 들어갔다. 알다시피, 대개 도시에 사는 가난한 사람들은 죽을 때까지 꽃 한 송이 사지 못한다. 그리고 고작 죽는 날 하루를 위해…. 그는 난초 한 다발을 사서 꽃가게를 나섰다. 그리고 지금껏 실제로 꽃을 구매하러 꽃가게에 가는 사람들을 부러워했던 날들을 회상했다. 호텔에 거의 다다랐을 때, 그는 가게로 다시 돌아가 난초를 장미나 카네이션 같은 조금 더 소박한 꽃들로 바꾸고 싶은 마음이 들었다. 하지만 돌아가지 않았다.

호텔 식당의 리넨 식탁보와 유리 식기들, 은으로 된 장식품들은 시골 식당에서 본 물건들만큼이나 투박했다. 천장에 서까래가 있었고, 식당에 동판화들이 있었음에도 불구하고 말이다. 미스터 렌은 호텔 직원들을 찾아다니다가 사무실처럼 보이는 책상에서 존 키츠(바이런, 셸리와 더불어 영국 낭만주의를 대표하는 시인 - 편집자 주)의 시집을 읽느라 바쁜 여직원을 발견했다. 그는 애원하듯이 말했다.

"혹시 오늘 저녁 티타임을 위한 특별한 컵과 접시를 빌릴 수 있는지 알고 싶어서요. 파티 같은 걸 하려고…"

"몇 개요?" 여직원이 돈을 넣으면 말을 하는 자판기처럼 말을 내뱉었다.

"두 개면 돼요. 생일파티 같은 거거든요."

거짓말쟁이 미스터 렌!

"당연히 가능합니다. 물론 추가 요금이 약간 발생합니다. 로얄 사츠마 차 서비스와…, 최소한 로얄 사츠마 정도는 되어야 하니까요…. 그리고 특별한 리모주 차가 있어요."

"로얄 사츠마가 괜찮을 거 같네요. 그리고 은으로 된 식기도 있을까요?"

"물론이죠."

"그리고 특별한 음식들도 주문할 수 있을까요?"

"어떤 거로요?"

"음…"

거짓말쟁이 미스터 렌! 아까 언급한 바와 같이. 그는 머리를 한쪽으로 기울인 채 턱을 만지며 멋있게 고민하다가 거들먹거리며 말했다.

"추천 좀 해 주시겠어요?"

"파티 티타임을 위한 음식요? 음…, 콘소메(주로 닭고기와 쇠고기를 삶은 육수로 만든 맑은 수프 – 역자 주)와 프랑스 베르주라크식 오믈렛, 샐러드, 달콤한 디저트와 그에 어울리는 커피를 추천 드려요. 프랑스식 달걀 요리를 아주 잘하는 요리사가 있거든요. 단순해도…"

"네, 그렇게 준비해주면 아주 좋겠어요."

요리를 맛볼 고객이 근엄하게 허락했다.

"6시에 두 명입니다."

미스터 렌은 활짝 웃으며 걸어갔다.

'맙소사! 내가 방금 평생 그 요리들을 알고 지낸 사람처럼 베르주라크 오믈렛 어쩌고에 대해서 이야기했어.'

그는 파티에서 이스트라를 놀라게 할 만한 또 다른 깜짝 선물을 찾아다녔다. 어디 보자. 진짜 그녀의 생일이라고 생각해 보자. 특별하게 여기는 남자가 쓴 편지를 받으면 좋아하지 않을까? 그는 스스로에게 질문했다. 군주에게서 온 상상 속 편지를 쓰면 어떨까? 그는 행동으로 옮겼다. 우표를 사고 휴게실에 있는 책상으로 향했다. 그리고 엄청난 노력 끝에 우표에 우체국 소인을 그려 넣었다. 봉투에 받는 사람의 가짜 주소도 적었다.

서퍽주州, 마우스 캐슬, 레이디 이스트라 내시

누군가가 반대편 책상에 앉자 미스터 렌은 경계심이 들어 물건들을 챙겨 방으로 올라갔다. 그는 당당하게 벨을 눌러 펜과 잉크를 요청했다. 마치 벨을 울리면 후다닥 달려와야 하는 낮은 계급의 입장을 전혀 이해하지 못하는 사람처럼. 군주가 편지 쓰는 모습을 30분 정도 머릿속으로 그린 후, 미스터 렌은 다음과 같은 편지를 만들어 냈다.

마우스 캐슬의 레이디 이스트라 내시에게.

친애하는 이스트라,
우리의 친구 윌리엄 렌 경이 말하기를
몇몇 친구들이 오늘은 당신의 생일이 아니며,
당신을 축하하지 않겠다고 말하고 다닌다고 하오.
그래서 오늘이 당신의 생일이라고 그들을 믿게 할
누군가가 필요할 듯하여,
우리 가문의 비서 퍼시벌 몬탁 경을 보냈소.
윌리엄 렌 경은 그를 의자 뒤에 숨길 것이오.
그리고 만약 그들이 당신을 괴롭힌다면
퍼시벌 경을 부르시오.
그가 나서줄 것이오.
부디 허락해 주길 바라오, 레이디 이스트라.

이 계절의 모든 축복을 담아,

그리고 우리가 평소처럼 가깝게 지내기를 기원하며,

당신의 진실한 사람,

베르 데 베르 군주

미스터 렌은 매우 피곤했다. 잠시 베개에 머리를 대고 누웠다가 10초 만에 잠이 들 뻔했다. 미스터 렌은 벌떡 일어나서 뻑뻑한 눈을 차가운 물로 씻고 옷을 차려입기 시작했다. 무릎까지 오는 반바지와 기다란 골프 양말도 부끄러웠지만, 주황색 넥타이가 그중에서도 가장 위태위태했다. 하지만 그는 도전했다. 그리고 파티에 어울리는 아름다운 식탁을 차리고 있는지 확인하러 아래층으로 내려갔다. 휴게실을 지나가는 동안 그는 서너 무리가 흩어져 앉아 있는 모습을 보았다. 그들은 미스터 렌의 옷을 보고도 아무렇지 않게 생각하는 듯했다. 그는 안도했다. 미스터 렌은 이스트라에게 아주 큰 신뢰를 얻고 싶었다. 휴게실을 지나 식당으로 갔을 때, 그는 창가 구석에 서서 다른 곳을 바라보고 있는 사람들을 지나쳤다. 그가 사람들의 말에 귀를 기울였다.

“주황색 넥타이와 로코코 풍의 버클이 달린 재킷 벨트를 맨 저 요상한 사람 누구야? 방금 지나간 사람. 저렇게 웃긴 모습 본 적 있냐고! 옷깃이 목에 비해 4센티미터 정도나 짧던데. 시인임이 틀림없어. 저 사람 입고 있는 옷만큼이나 시도 대충대충 썼을걸!”

미스터 렌이 발걸음을 멈추었다. 다른 사람이 말했다.

“다리는 또 얼마나 자라다 말았는지. 봐봐! 옛날 옛적 자전거 타기가 유행하던 시절인 줄. 모든 포목상의 일꾼들이 공휴일을 지키던 때 있잖아…. 잘은 몰라도, 2페니나 3페니짜리 싸구려 그림을 그리는 삽화가일 테지."

"아니면 튀긴 바나나를 병적으로 싫어해서 콩 볶음만 먹는 사람일지도 모르지."

"절대 아냐. 저렇게 신사적으로 보이는 남자들은 십중팔구 행동주의자들이 내각 장관을 싫어하는 것만큼이나 자본가를 싫어하지. 아마 매일 저녁 식사로 남아프리카공화국 백만장자의 왼쪽 귀를 먹고 바리케이드 앞에서 운동할걸…. 그러니깐, 저기 좀 봐. 저기 잔디 위로 걸어오는 사람이 진짜 예술가야. 저 사람은 해군처럼 입었으니까 진짜 예술가임이 틀림 없…"

미스터 렌은 휴게실을 가로질러 걸어갔다. 그는 모든 사람이 자신을 비웃으며 바라보고 있다고 확신했다. 그리고 지금 옷을 갈아입기엔 너무 늦었다. 벌써 저녁 6시였다. 미스터 렌은 턱을 뾰로통하게 내민 채 이스트라의 냅킨 밑에 '군주에게서 온 편지'를 숨겨 그녀를 놀라게 하려는 계획에 집중했다. 그는 준비된 식탁 앞에 앉았다. 그리고 편지를 냅킨 더미 속에 끼워 넣었다. 난초가 꽂힌 꽃병을 식탁의 가운데로 옮기고, 잔디밭을 향해 열려 있는 창문 쪽으로 식탁을 옮겼다. '다른 것도 바꿀 수 있었을 텐데…'하며 자신을 자책했다. 그는 옷에 대해서는 까맣게 잊어버리고 행복에 빠져 있었다.

6시 15분. 그는 호텔 종업원을 불러 미스터 렌과 티타임이 기다리고 있다는 소식을 이스트라에게 전달하도록 지시했다. 종업원이 다시 돌아와서 중얼거렸다.

"미스 내시가 당신에게 이 쪽지를 남겼다고 합니다."

미스터 렌은 신이 나서 호텔 이름이 적힌 메모지를 펼쳐보았다. 이스트라도 파티를 위해 옷을 차려입고 있었을 터! 그때까지 그는 깜짝 파티에 대해 아주 만족스러워하고 있었다. 그가 편지를 읽었다.

미스터 마우스,

말로 표현할 수 없을 만큼 미안한 마음이에요.
그렇지만 내가 경고했잖아요.
나쁜 이스트라는 무척 변덕스러운 존재랍니다.
그리고 지금 기분이 날 파리로 이끄네요.
5시 17분 기차를 타고 떠날 거예요.
안녕이라는 말은 하지 않을게요.
작별 인사는 질색이거든요.
작별 인사는 멍청이들이나 하는 거잖아요. 안 그래요?
언젠가 편지해요.
파리의 아메리칸 익스프레스 회사로 보내는 게 좋을 거예요.
아직 어디에 머물지 모르거든요.
그리고 파리에 와서 날 찾지는 말아요.
연애를 끝낼 땐 긴 설명이 없는 게 나으니까요.
그렇게 생각하지 않나요?
당신은 내게 훌륭할 만큼 친절하게 대해 주었어요.
좋은 생각들이 떠오르면 종종 편지할게요. 그래도 되겠죠?

이스트라 내시

미스터 렌은 곧장 호텔의 사무실로 조용히 걸어가서 요금을 지불했다. 수중에 50달러밖에 남지 않았다. 그는 준비되어 있는 차와 다과를 도저히 먹을 수 없었다. 런던으로 향하는 7시 11분 기차가 있었다. 그는 그 기차에 올랐다. 뉴욕 은행에 150달러를 더 요구하는 전보도 보냈다. 생각을 거부하기 위해 그는 기차를 타고 가는 내내 어떤 늙은 남자와 진지하고 다정하게 대화를 나누었다. 두 사람은 영국의 멋진 나날들에 관한 이야기를 나누었다. 마치 남자들이 고리 던지기 놀이를 할 때처럼. 그는 기차의 덜커덩거리는 소리를 들으며 끊임없이 생각했다.

'친구들…, 친구들을 만들어야 해. 이제 친구가 어떤 건지 좀 알겠군…. 친구를 만들지 않는 사람들도 있다니. 참 웃겨. 잊지 말아야 해. 뉴욕에서 아주 많은 친구를 만들어야 해. 어떻게 만드는지 배워야겠어.'

그는 11시쯤 타비스톡 플레이스에 있는 자신의 방에 도착했다. 그리고 밤새 가축 운반선에서 만난 모튼을 그리워하며 보냈다. 이제 이 냉엄한 현실에 단 한 명의 친구도 남지 않았다.

런던의 한 식당에서 미스터 렌은 짧은 콧수염을 한 미국인과 대화를 나누었다. 그의 태도는 딱딱했고, 피디아스 기사단(1864년 미국 워싱턴 DC에서 결성된 비밀 단체 - 편집자 주)의 배지를 달고 있었다. 그리고 오리 사냥을 할 계획을 하고 있었다. 그는 철물점의 사장이었고, 시가를 피웠다.

"영국은 더 이상 제게 필요 없어요." 그 미국인이 기분 좋게 말했다.

"최대한 빨리 이 안개 낀 구렁텅이에서 빠져나가 신의 나라 미국으로 갈 거예요. 가게가 잘 돌아가고 있는지 궁금해요. 그리고 두툼한 팬케이크가 차려진 식탁에 앉고 싶어요. 차와 마멀레이드 잼은 이제 사양할래요. 너무 질렸거든요. 아니, 이 멍청한 나라를 도저히 긍정적으로 생각할 수가 없어요. 도저히요, 선생님! 제게는 신의 나라 미네소타주州의 브라운카운티에 있는 슬리피 아이 동네가 딱 맞아요. 진심이에요!"

"영국이 별로 마음에 안 드시나 보군요?" 미스터 렌이 조심스럽게 추측했다.

"마음에 안 드냐고요? 이 빌어먹을 화폐 단위 하며, 영어도 못 하는 멍청이들이 모인 이 축축하고 꽉 막힌 구렁텅이가 어떻게 마음에 들어요? 아니, 물론 제도는 좋아요. 프랑스에서 전수받은 계량 제도 말이에요. 근데 여기는…, 아니, 이 사람들은 캔자스시티가 캔자스주州에 있는지 미주리주州에 있는지, 아니면 양쪽에 걸쳐 있는지조차 몰라요…. 한 친구는 '아주 좋아요'라는 말을 '비처럼 좋네요'라고 표현하더라니까요! 말이 된다고 생각해요? 그리고 아침 식사로 차라니! 저는 됐네요! 됐어요, 선생님! 가장 빨리 탈 수 있는 증기선으로 돌아갈 거예요!"

역겨운 냄새가 나는 거대한 담배 연기를 뿜어내며 슬리피 아이 출신의 남자가 성큼성큼 걸어 나갔다. 바지 주머니 속 열쇠를 짤랑거리고 시가를 위로 치켜든 채였다. 마치 식당의 경영인이라도 되는 듯 보였다. 미스터 렌은 뉴욕으로 돌아오는 증기선 안에서 멀리 보이는 싱어 빌딩(미국 뉴욕 맨해튼에 위치. 1908년 준공되었을 당시 세계 최고층 건물 – 편집자 주)에 인사하는 상상을 했다. 그 빌딩이 간절히 보고 싶었다.

"젠장! 돌아갈 거야!"

그는 식당의 지하에 있는 좌석에서 벌떡 일어나 미국으로 향하는 여정을 시작했다. 식당 계단을 뛰어 올라갔다. 종업원이 잔돈을 내주는 동안 한시도 가만히 있지 못했다. 숙소에서는 자동차를 요청하려고 벨을 울렸다. 방을 휘젓고 다니면서 모든 물건을 여행 가방에 쑤셔 넣었다. 물건들에게 집으로 갈 시간이 되었다고 거칠게 이야기했다. 그리고 재빨리 노스웨스텀 역으로 향했다. 그는 리버풀로 향하는 기차가 역을 떠날 때까지 불안한 듯 이리저리 걸어 다녔다.

'이스트라가 화해하려고 런던으로 돌아온다면?'

무서운 생각이 그를 따라다니며 괴롭혔다. 그는 대기실로 달려가 웨스트민스터 성당이 그려진 기념품 엽서에 편지를 썼다.

미국에서 호출하여 돌아감.
편지하겠음.
연락 주소 : 28번가, '기념품과 장식 소품 컴퍼니'

하지만 이스트라에게 쓴 엽서는 부쳐지지 않았다. 흔들리는 기차의 이등석 객실에 자리를 잡자 이미 미국에 가까이 온 기분이었다. 그는 앞머리를 가지런히 자른 여성들이 몹시 성가셔할 때까지 콧노래를 흥얼거렸다. 미스터 렌은 아주 위대하고 새로운 일을 계획하고 있었다. '친구 만들기', 이스트라가 동의하지 않는다면 '집이 되어 줄 누군가'를 언젠가는 찾아야 하니까. 미국에 도착하면 곧바로 찾아 가볼 '사교 모임이나 친목 단체' 등은 무수히 많았다. 리버풀에 도착한 미스터 렌은 갑자기 우체통 앞에 멈춰 서서 이스트라 앞으로 쓴 엽서를 부쳤다. 이제 고민은 끝이 났다. 그리고 당연히 미국행 항해를 시작했다. 그는 의

기양양하게 배에 올랐다. 포틀랜드를 떠난 지 1개월 하고 17일이 되는 날이었다.

12장. 미국을 발견한 미스터 렌

미스터 렌은 흰색 페인트칠이 된 삼등실 침대에 누워있었다. 무릎 위에는 메모지철이 놓여 있었고, 머리 밑에는 작고 초라한 베개 두 개가 놓여 있었다. '기념품과 장식 소품 컴퍼니'에 보낼 이력서 초안을 끄적이다가 집중이 흐트러지며 딴생각에 빠졌다. 뉴욕에 도착하자마자 독파할 책들의 목록이 떠올라서였다. 그는 마리 코렐리(19세기 말 영국의 소설가 - 역자 주)에 대해 골똘히 생각했다. 모튼은 마리 코렐리를 아주 좋아했다. 이스트라도 마리 코렐리의 작품이 매력적이라고 생각할까? 그는 몇 시간 동안이나 집중해서 이스트라에게 보낼 편지를 썼다. 삼등 선실이나 이민자 등 적절하지 않은 문제들은 편지에 담지 않았다. 대신 '내게 가르쳐 준 모든 것에 대해 감사하다'라고 썼다. 그리고 왜 그들을 '별난 사람들'이라고 하는지 이제 알게 되었고, 앵구스 호수는 무척 아름다웠다고 썼다. 그리고 기념품 회사의 주소를 자신의 뉴욕 주소라고 썼다. 그는 사랑에 빠진 사람의 구슬픈 염원을 쓰고 지우길 반복하다가 편지지를 찢어 버렸다. 그것은 히말라야 삼나무들 사이에서, 바이킹들의 배에서, 그리고 프로방스의 달빛 비치는 뜰에서 울려 퍼지던 애수였다. 미스터 렌이 갑판 위를 걸을 때도 똑같은 애원이 울려 퍼졌다.

"당신을 너무도 원해요. 당신이 사무치게 그리워요. 당신이 없어 너무 외로워요, 내 사랑."

제아무리 찬란한 오카생(13세기 초반 프랑스의 노래 이야기 '오카생과 니콜레트'에 나오는 등장인물 - 역자 주)이나 베아트리체를 향한 단테의 사색 속에서 피어난 구슬픈 말들도 미스터 윌리엄 렌, 우리의 미스터 렌보다 명확하거나 고귀하지 않으리라.

지저분하게 수염을 기른 호전적인 황갈색 눈동자의 삼등실 선원이 위태롭게 계단을 내려왔다. 한 걸음 한 걸음, 긴장한 사람이 연필로 책상을 두드리는 듯한 소리가 났다. 그는 미스터 렌의 침실 쪽을 유심히 쳐다보았다. 그는 미스터 렌을 무척 마음에 들어 했다. 미스터 렌이 영국의 역사에 관한 제대로 된 양장본 책과 리버풀에서 산 '영국 고전 작가들의 사유思惟'라는 책을 읽는 모습이 마치 검증된 학자처럼 보였고, 자신의 기나긴 이야기를 들어줄 사람 같았기 때문이다. 그 선원이 집에 없는 틈을 타 아내가 포들이라는 저급한 남자와 놀아난 일이나, 그 저급한 남자로부터 동물의 허파와 간을 구입해 손수 요리를 해준 어처구니없는 일들 말이다. 지금 그는 호감이 담긴 초롱초롱한 눈으로 미스터 렌의 학구적인 모습을 바라보며 음흉하게 미소지었다. 그리고 속삭이듯 말했다.

"육지가 보였답니다."

"육지요?"

"네에~"

미스터 렌은 너무 힘차게 일어난 나머지 천장에 머리를 부딪치고 말았다. 그는 왼손으로 침실 벽을 짚고서 오른손으로 종이들을 베개 밑에다 쑤셔 넣었다.

"육지다!" 미스터 렌이 침대를 뛰어넘으며, 졸고 있는 객실 승객들을 향해 우렁차게 소리쳤다.

삼등실의 산책 갑판은 옆면이 철로 되어있었고, 바닥은 검은색이었다. 철로 마무리된 한쪽 바닥 끝부분은 조리실로 연결되어 있었고, 반대쪽 부분은 화물 출입구의 상부 갑판과 연결되어 있었다. 음침하고 거무칙칙한 것이, 기름칠을 한 기계 공장의 텅 빈 통로 같았다. 매우 폐쇄적이었고 과할 만큼 지붕이 씌워져 있었기 때문에 바다를 향해 난 옆면은 기다란 공장의 창문처럼 보였다. 하지만 그는 아주 마음에 들었다. 읽어야 할 책이 있다는 것에 대한 죄책감만 빼면. 이민자들의 순수하고 발랄한 복장과 넘실거리는 검은 바다를 예찬하며 그는 잠시 그곳에 머물렀다. 밖으로 나오자 마술 연필로 그려 놓은 듯한 파란색 음영들이 보였다. 육지. 그의 육지였다. 이제 모든 친구에게 사랑받는 동료, 미스터 렌으로 살아갈 땅이었다. 하얗게 부서지는 파도 위로 그와 닮은 친구들의 모습이 주마등처럼 스쳐 지나갔다. 미스터 렌은 콧노래를 부르며 싱거운 맥주와 더 싱거운 담배를 파는 선실 식당으로 씩씩하게 내려갔다. 러시아계 유대인 아이들을 위해 줄무늬 사탕을 한 봉지 더 사기 위해서였다. 아이들은 그가 오는 걸 알고 있었다.

"이 살찐 악동들."

미스터 렌은 아이들의 까무잡잡한 뺨을 쓰다듬으며 말했다. 아이들이 배의 쇠 부분을 향해 고사리 주먹을 뻗을 때나, 아무도 눈길을 주지 않는 배수구를 뒹굴 때마다 미스터 렌은 겁먹은 척해주었다. 숄을 두르고 있는 아이들의 엄마도 미스터 렌을 알고 있었다. 미스터 렌이 우아하게 수다를 떨고 있는 유대인 어른들 무리에게 쑥스럽게 사탕을 건네면 그들은 원시림만큼 무성한 턱수염을 끄덕이며 이상한 억양으로 축복의 말을 했다. 미스터 렌은 회답의 미소를 보낸 후 손으로 가리키며 소리쳤다.

"육지예요! 육지!"

미스터 렌은 여러 사람이 말하는 것처럼 들리게 하려고 목소리 톤을 바꿔가며 소리쳤다. 그리고 잠시 동안 신대륙, 약속의 땅을 발견한 듯이 신성한 순간을 음미했다. 롱아일랜드의 해변, 풀로 덮인 워즈워스 군사 요새Fort Wadsworth, 불타버린 밀림처럼 안개 속에 서 있는 거대한 뉴욕 고층 빌딩 숲이 보였다.

"싱어 빌딩…, 버터릭 빌딩."

미스터 렌은 선착장을 향해 나아가며 중얼거렸다.

"저건 마치…, 보자. 그래, 맞아. 이럴 수가, 저기, 바로 메트로폴리탄 타워와 타임스퀘어 사이에…, 우리 기념품 회사 사무실이잖아. 그리고 저 광고판은…, '올버니(미국 뉴욕주州의 도시 - 역자 주)까지 1달러' 정말 오랜만에 보는 달러 표시네! 영국인들이 쓰는 그 망할 실링(영국의 옛 화폐 - 역자 주)보다 백배 낫지. 아…, 고향이라니! 맙소사! 생각 없이 돌아다니던 부둣가도 저기 있군…. 와! 이 오래된 마을이 정말 근사해 보이네."

이 모두가 우정을 위해 그가 정복해야 할 것들이었다. 그는 호텔로 향했다. 물론 잽 부인의 집으로 가야 했지만, 귀향 첫날의 기쁨을 그 오래된 친구들 때문에 망치고 싶진 않았다. 아니, 7번가에 있는 싸구려 호텔 방의 창가에 서서 독일인, 아일랜드인, 이탈리아인, 유대인으로 구성된 '그리운 미국 사람들'을 구경하는 게 더 재미있었다. 그는 니켈로리온 극장으로 가서 황동 단추가 달린 유니폼을 입은 검표원의 손을 덥석 잡고는 외쳤다.

"요즘 어떻게 지냈어요? 보자, 예전 그 쇼는 어떻게 되어가고 있어요? 몇 달 동안 나가 있었거든요."

"좋수다, 아주 좋지유! 나가 있었어요? 음, 예전 마을로 다시 돌아오니 좋지유? 서머 호텔에서 지내우?"

"예?"

"아니, 당신 '팻 말로니 레스토랑' 웨이터 아니우?"

"..."

다음 날 아침 미스터 렌은 '기념품과 장식 소품 컴퍼니'로 향했다. 그는 너무 짧은 여행 아니냐고 사람들에게 최대한 빨리 놀림 받고 싶었다. 광고 전단지를 만드는 회사의 여자 사무원이 엘리베이터에서 내리는 미스터 렌을 보고 깜짝 놀란 모양이었다. 회사의 모든 남자들에게 늘 그러듯 수줍게 얼굴을 붉히며 감사의 마음을 담아 쑥스럽게 이야기했다. 그녀가 회사에 존재하며 1주일에 6달러씩 받는 이유였다. 미스터 렌은 입구 쪽 방으로 들어가 파견 영업사원 라빈에게 달려갔다.

"아니, 이게 누구야! 미스터 렌! 긴가민가했어. 이렇게 빨리 돌아왔어? 유럽에 간 줄 알았는데."

"방금 도착했어. 너 없인 견딜 수가 없더라고, 친구!"

"'오래된 나라' 영국에서 센스 있게 대답하는 법을 배워 온 게 틀림없군. 안 그래? 여기서 다시 일할 거야? 흠, 곧 보세. 돌아와서 정말 반갑네."

미스터 렌은 라빈을 만나는 일이 아주 신나지는 않았다. 하지만 라빈도 그리운 기념품 회사의 일부였다. 기념품 회사는 그가 절대적으로 의존할 수 있고 늘 그를 필요로 하는 유일한 장소였다. 미스터 렌은 멍하니 샘플이 놓여 있는 탁자를 쳐다봤고, 새로운 장식품들이 생겼다는 사실을 알아차렸다. 여자 사무원이 부드럽지만 외부인을 대하는 말투로 질문했다.

"누굴 찾으러 오셨습니까?"

"아, 저기…. 길포글 부장님요."

"부장님은 지금 바쁘십니다. 그래도 조금만 앉아서 기다리시면 잠시 후에 만나실 수 있을 거예요."

방문객 전용 의자에 앉아 있자니 돌아온 탕아The Prodigal Son가 된 기분이었다. 하지만 회개한 아들을 위한 잔치용 송아지는 보이지 않았다. 그는 기념품 회사의 부장인 모티머 길포글을 깜짝 놀라게 만들어 줄 상상을 하면서 희희낙락했다. 그리고 혹시 찰리 카펜터를 만날까 싶어 계속 두리번거렸다. 만약 찰리가 입구 쪽 방을 지나지 않는다면, 장부 보관실 쪽으로 갔을 터이다. 그리고 나의 '깜짝쇼'에 대해 물어보겠지.

"길포글 부장님이 지금 들어오시랍니다." 여자 사무원이 말했다.

길포글의 사무실로 들어가자, 그는 바쁜 와중에도 매우 놀란 표정으로 힐끗 쳐다보았다.

"이런, 이런, 미스터 렌! 이렇게 빨리 왔어? 꽤 오랫동안 떠나 있을 줄 알았더니."

"사무실을 계속 비울 수가 없었습니다, 부장님." 미스터 렌이 어색한 미소를 지으며 대답했다.

"여행은 잘했나?"

"네, 아주 좋았습니다."

"어떻게 이렇게 빨리 돌아오게 됐어?"

"아, 제가 원해서…, 아니, 부장님, 정말로 사무실에 얼른 돌아오고 싫었습니다. 다시 사무실 모습을 보니 너무 좋네요."

"다시 보니 반갑네. 그래서, 어디를 갔었다고? 체스터튼에서 보낸 오래된 교회가 그려진 엽서는 잘 받았네."

"아, 리버풀, 옥스퍼드, 런던, 그리고…, 음…, 일링 등 여러 도시에 갔었어요. 그리고…, 음…, 에섹스에서 서퍽까지 도보여행을 하기도 했고요. 모든 구간을 걸어서 이동했죠. 앵구스 호수와 다른 곳들도요."

"잠깐만. (그래, 라빈, 무슨 일이냐? 아니, 당연하지. 벌써 다섯 번이나 말했잖아. 그래, 그게 샘플을 만든 이유라고. 자네가 조금 더 꼼꼼하게 일하길 바라네, 알겠어?) 그래서, 런던을 갔었다고, 미스터 렌? 그럼, 우리가 베낄 만한 좋은 장식품은 없던가?"

"아, 찾지는 못했습니다. 죄송하네요, 부장님. 찾으려 노력하며 돌아다녔지만 저희가 쓸 만한 건 하나도 없었어요. 그러니까 제 말은, 우리 생산품들에 견줄만한 물건들은 하나도 없었어요. 영국 놈들은 꽤 늦더라고요."

"그래? 그럼 이제 어떻게 할 참인가?"

"그게…, 음…, 사실 제가…, 솔직히 말하자면 부장님. 예전에 하던 일을 다시 하고 싶습니다. 기억하시죠? 자리를 비워 두시겠다고…"

"미안하지만 당장은 자네가 들어갈 자리가 없네, 미스터 렌. 한 군데도 말일세. 물론 앞으로 어떻게 될지는 모르고, 자네가 우리랑 계속 인연을 유지할지도 모르겠지만, 당장은 자리가 다 찼어. 제이크가 생각했던 것보다 잘 해주고 있어. 그 친구가 지금 배우는 중…"

제이크를 칭찬하는 말은 단 한마디도 미스터 렌의 귀에 들리지 않았다. 다시 일할 수 없다고? 미스터 렌은 자리에 앉아서 더듬으며 말했다.

"마…, 맙소사! 이런 일은 전혀 예상하지 못했어요. 저는 우리 회사에 대한 믿음 같은 게 있었어요, 부장님."

"그러게, 내가 이 회사를 버리고 떠나는 게 얼마나 바보 같은 행동인지 말했잖아. 난 경고했네."

미스터 렌이 소심하게 동의했다. 그리고 애석해하며 말했다.

"네, 그건 그렇죠. 저도 잘 압니다. 그렇지만…, 음…, 저…"

"미안하네, 미스터 렌. 하지만 이 바닥이 다 그렇지. 그래도 자네가 꾸준히 부딪치다 보면…, 구르는 돌에는 이끼가 끼지 않겠지? 흠, 힘내! 아마 언젠가는 분명히 할 일이 있을…"

"따르르르르릉"

전화기가 울렸다. 길포글이 전화를 받았다.

"여보세요. 네, 접니다. 흠, 그럼 누구겠어요? 그 녀석? 네. 당연하죠. 아니요. 흠, 내일이라…, 아마도요. 그래요. 들어가세요."

길포글은 시계를 한번 슬쩍 보고는 짜증 난 표정으로 미스터 렌을 쳐다보았다.

"저, 길포글 부장님, 부장님이 방금 할 일이 있을 거라고 말씀하셨죠…. 그때가 구체적으로 언제쯤일까요?"

"지금 내가 그걸 어떻게 말해 주겠나, 이 사람아? 만약 사정이 된다면 우리도 자네를 고용하겠네…, 그렇게 나쁜 직원은 아니었으니까 말일세. 적어도 자네가 조금 더 꼼꼼하게 일을 처리한다면 말이야. 어쨌거나 자네도 우리가 자네를 고용하려고 노력하는 데 많은 어려움이 있을 거라는 사실은 물론 알고 있겠지. 그리고 일자리 구한답시고 다른 회사 찾아가서 시시덕거리진 말게. 무슨 말인지 알겠나?"

"당연하죠, 부장님."

"알겠네. 자네가 여태까지 회사에 대해 수고한 건 꽤 고맙게 생각하고 있어. 그렇다고 해서 우리가 지금 일하고 있는 직원을 해고할 거라고 생각하지는 않겠지. 마음대로 좋은 직업을 놔두고 유럽 여행을 떠난 자네가 돌아왔다고 해서 말이야! 영국 말고 다른 유럽 나라에는 안 가봤어?"

"안 가봤습니다만, 제가…"

"그리고…, 아, 런던 밥은 좀 어때? 여기보다 좀 싼가? 오늘 아침 아내가 안 그래도 높은 물가가 지금보다 더 높아진다면 앞으로는 굶어야 할 판이라고 하더군."

"네, 여기보다는 아주 약간 저렴합니다. 괜찮은 차 한 잔을 2, 3센트면 사 마실 수 있죠. 옷도 더 저렴합니다. 그렇지만 영국은 별로였어요. 영국만의 전통적인 멋을 지닌 장소들이 아주 많이 있긴 했지만요…. 그리고 저기…, 부장님. 제가 상속을 받기는 했지만 그렇게 큰돈은 아니라는 거 아시죠? 그래서…, 잠깐은 기다릴 수 있겠지만…, 만약 한 자리가 빈다면 저를 그 자리에…"

"내가 그렇게 한다고 말하지 않았나?"

"예, 그렇지만…"

"1주일 후에 다시 찾아오게. 그리고 로지에게 주소를 남기고 가. 그런데 만약 자네가 다시 회사로 돌아온다고 해도 우리가 예전과 똑같은 급여를 줄 수 있을지는 모르겠네…. 이번 시즌은 실적이 좀 부진해. 하지만 가능하다면 최대한 챙겨 주겠네. 1주일 후에 보세. 좋은 하루 보내고."

영업사원 라빈이 복도에서 미스터 렌을 불러 세웠다.

"마음속을 읽힌 모양이야, 미스터 렌. 저 영감탱이가 자네 속을 훤하게 들여다봤지? 아, 미리 말해 줬어야 하는데 내가 까먹었지 뭐야. 저 늙은 쥐새끼 같은 양반이 자네 등에 칼을 꽂으려고 여태 계획 중이었어. 2주 전엔가 나하고 모퀸 바에서 칵테일 한잔했거든. 몇 번 웃어주면 얼마나 다정해지는지 자네도 알지? 흠, 아무튼 저 양반이 그때…, 나는 물론 자네가 좋은 사람이니 행복한 시간을 보내고 있으면 좋겠다고 말했지…. 그러니까 저 양반이 '그래,' 이러더니 '좋은 사람이지. 근데 이번 여행을 떠난 건 배를 드러내고 무방비상태로 누워있는 거나 마찬가지야. 본때를 보여주겠어.' 이렇게 말하지 뭐야. 그리고 '내 예감에 그 친구는 3, 4개월 만에 돌아올 걸세,' 이렇게 말하더군. 그다음엔 '그리고는 유유자적하게 걸어와서 그 친구가 원하는 걸 가질 수 있을 것 같나? 아니. 다시 자리에 앉히기 전에 한 달 정도는 기다리게 할 거야. 잘 지켜봐, 라빈.' 이렇게 말했어. 또 '그 친구는 예전보다 적은 월급을 받고도 일하고 싶어서 죽을 만큼 몸이 근질거릴 거야. 그렇게 하면 다시는 절대로 이 직장을 떠날 엄두를 못 내겠지. 뭐, 여행은 결과적으로 그 친구에게 도움이 된 거지…. 이전보다 일을 더 잘하게 될 테니깐. 자기 돈을 쓰면서 휴가를 다녀온 거나 마찬가지야. 우리 돈만 완전히 아껴 준 거지. 확신하네, 라빈.' 그리고는 '만약 자네 같은 직원들이 회사나 나를 이겨 먹으려고 한다면, 한번 해 보게. 그뿐이네.' 이렇게 말했어. 맞아. 이게 저 늙은 쥐가 나한테 했던 말이야. 조심해, 미스터 렌."

"아, 그럴게. 진심으로 그렇게 할게."

"방금 그 양반이 거짓말 같은 거 안 했어?"

"아마도. 그나저나, 고마워, 진심으로 고맙게 생각…"

"알지? 부장님한테는 비밀이야. 제발 부탁할게."

"그럼, 그럼. 당연하지."

그들이 헤어졌다. 미스터 렌은 그 순간까지 동료인 찰리 카펜터를 우연히 다시 만나는 위대한 순간을 열망했지만, 슬픔에 잠긴 채 장부 보관실을 향해 터벅터벅 걸어갔다. 찰리를 만나서 길포글의 사악함에 대해 이야기할 계획이었다. 회계팀의 팀장이 미스터 렌의 질문에 고개를 저으며 대답했다.

"찰리는 더 이상 여기 없는데…"

"여기 없다고요?"

"없어. 그만뒀어. 언제부턴가 술을 진탕 마시더니 3주 전 어느 날, 아침에 숙취가 심했는지 길포글 부장한테 평소 가지고 있던 불만을 다 털어놓았지 뭐야. 당연히 길포글 부장이 그를 해고했지."

"아, 참 안됐네요. 저기…, 그럼 혹시 찰리 집 주소 아시나요?

"이스트 100번가의 18번지. 흠, 다시 보게 돼서 반갑네, 미스터 렌. 이렇게 빨리 보게 될 줄은 몰랐지만 말이야. 그래도 정말 반가워. 다시 여기서 일할 건가?"

"잘 모르겠어요." 미스터 렌이 부루퉁하게 대답했다.

그리고는 자신이 서두르는 이유가 찰리와는 아무 관련이 없다는 듯 따뜻한 악수를 나누었다. 미스터 렌은 3번가 고가도로에 있는 콘플레이크 광고를 째려보며 거의 100블록 정도를 걸었다. 정말 기념품 회사로 돌아가야 할까? 그렇다. 돌아갈 것이다. 기념품 회사로 돌아가는 길이 새로운 친구들을 만들 최고의 방법이다. 하지만 그는 '우리의 길포글씨는 예외'로 둘 생각이다. 그는 위대한 빌 렌이 된 듯 턱을 앞으로 삐죽 내민 채 다짐했다. 지금은 길포글이 이기고 있다. 하지만 그 양반에게 나도 호락호락한 상대가 아니라는 걸 보여줄 테다. 지금은 더 낮은 임금을 받으며 길포글을 두려워하는 척하겠지만 언젠가 기회가 된다면…. 미스터 렌은 혼자 하는 다짐임에도 무슨 일을 저지를 예정인지 분명히 선포하지 않았지만, 코트 주머니 속 주먹을 꽉 쥔 채 계속해서 읊조렸다.

"언젠가 기회를 잡으면…, 내가 그 기회를…"

찰리 카펜터의 집은 압착 벽돌로 지은 수백 개의 납작한 건물 중 하나였다. 모든 건물이 다 똑같은 틀로 찍어낸 듯 보였다. 동네가 빨래 삶는 냄새와 생선튀김 냄새로 가득했다. 더위에 지친 미스터 렌은 끝없는 철조 계단을 간신히 올라가서 찰리의 집 문을 세 번이나 두드렸다. 아무 대답이 없었다. 그는 다시 계단을 내려갔고, 여자 경비원을 발견했다. 그녀가 길거리의 얼음 배달 트럭을 보더니 이렇게 말했다.

"미스터, 아마 그 남자 지금 집안에서 자고 있을 거예요. 하루의 대부분을 술에 취해 집에 누워서 보내거든요. 부인도 도망갔어요. 집주인이 8월 말까지 집을 빼라는 통지서를 보냈죠. 날이 덥네요, 미스터. 수금하러 오셨어요? 대부분 수금하러 온 사람들이…"

"네, 날이 덥네요."

아주 정중하게 말했지만, 사실은 매우 낙담한 상태였다. 미스터 렌은 찰리가 일어날 만큼 아래층에서 벨을 충분히 많이 눌렀다. 그는 숨을 헐떡이며 다시 끝없이 계속되는 계단을 걸어 올라가서 집 안에서 누군가의 떨리는 목소리가 들려올 때까지 문을 발로 찼다.

"누구쇼?"

"찰리, 나야. 렌이야."

"렌은 지금 유럽에 있어. 어디서 나를 속이려고. 썩 꺼져."

같은 층 세 집의 문이 조금씩 열려 있었다. 꾀죄죄한 모습의 호기심 많은 여자들이 고개를 빼꼼히 내민 채 쳐다보고 있었다. 지독하게 꿉꿉한 냄새가 어둠 속에서 흘러나왔다. 미스터 렌은 발끈했다. 사람들의 주목을 받자 더 화가 났다. 그가 다시 강하게 말했다.

"좋은 말 할 때 안으로 들여보내 줘!"

"넌 렌이 아니라고 했잖아. 난 렌을 안다고!"

찰리 카펜터가 창백한 얼굴을 슬쩍 내밀었다. 헝클어진 머리카락이 땀에 젖어 이마에 붙어 있었다. 눈은 빨갛게 충혈되어 있었고 초점이 거의 없었다. 가슴에 진분홍색 프릴 장식이 달린 깃 없는 셔츠는 몹시 구겨져 있었고 더러운 소매 끝자락이 축 늘어져 있었다.

"어라, 진짜 렌이네. 들어 와. 어서 들어 와. 수금하는 사람들이 온 동네를 돌아다니고 있어서. 그래도 날 잡을 순 없을걸. 내 장담하지."

찰리는 문을 닫고 비틀거리며 '기차 칸 형태의 아파트'의 길고 칙칙한 복도를 따라 앞서 걸었다. 그는 똑바로 걷기 위해 눈에 띄게 노력했다. 복도 끝의 지독한 악취를 풍기는 답답한 방은 찰리의 충혈된 눈만큼이나 끔찍했다. 서류들이 방 안에 아무렇게나 널브러져 있었다. 한때 찰리가 아내와 4시간 동안 행복한 고민 끝에 고른 떡갈나무 식탁은 위스키 빈 병들, 옷들, 찢어진 선정적인 신문, 더러운 접시와 커피 컵들로 지저분했다. 초록과 빨강으로 장미 수놓기를 좋아하던 찰리의 아내가 싸구려 양단으로 만든 식탁보는 반쯤 벗겨진 채 담배꽁초, 더럼산Durham産 담배갑, 베이컨 껍질로 어질러진 바닥에 질질 끌리고 있었다. 바닥은 초록과 노랑의 깔개가 깔려 있었다. 이 많은 것들이 미스터 렌의 눈에 들어왔다. 미스터 렌은 찰리의 투덜거리는 말을 들어주려 힘겨운 노력을 했다.

"빨리 돌아왔네. 그렇지, 내 친구 렌? 날 보러 와 주었군. 아닌가? 넌 내 친구야. 아닌가? 아…, 숙취가 너무 심하군. 그렇지만 넌 별로 신경도 안 쓰지, 미스터 렌, 아닌가?"

미스터 렌은 힘없이 그를 쳐다보았다. 고작 1분 정도였지만. 어쩌면 가축 운반선에서의 경험이 그를 만취한 사람과 마주할 수 있게 해줬는지도 모른다. 3개월 전이었다면 구역질을 했을 상황이었으니까. 아니면 피곤한 이스트라의 시중을 들며 익숙해진 탓인지도 모르겠다.

"정신 차려, 찰리. 기운 내야지." 미스터 렌이 부드럽게 말했다.

"괜찮…"

"문제가 뭐야? 어쩌다 이렇게 된 거야?"

"아내가 날 떠났어. 그리곤 술을 마셨지. 너 지금 내가 취했다고 생각하지. 안 그래? 그렇지만, 아니야. 그 여자가 처제와 함께 떠났어. 처제가 항상 나를 싫어했거든. 두 사람이 내 적금 통장에 있던 돈도 몽땅 가져갔어. 300달러나 말야. 겨우 50달러 남기고서. 그 여자를 혼내 줘야겠어. 죽여 버릴 거야. 아무튼 그때 이후로 취할 때까지 술을 마시는 습관이 생겼지. 그리고 도깨비 같은 길포글이 날 해고했지. 상관없어. 술만 있으면 돼. 근데 젊은 친구들이 술을 더 못 가져가도록 막더라고! 그러지 말고, 내려가서 술 한 병만 사다 줘. 방금 동이 났거든. 한 병만 더 있으면 돼. 목말라 죽겠네. 버번위스키 한 병만. 가서…"

"내려가서 술 사 올게, 찰리. 딱 이번만이야, 응? 이제 손 뗀다고 약속하면 사 올게. 그리고 내 말 듣고 정신 차려서 다시 일어선다면 말이야."

"좋아."

미스터 렌은 서둘러 나가며 몹시 흥분한 상태로 중얼거렸다.

"맙소사! 저 친구를 구해야 해."

다시 돌아온 미스터 렌은 난치병에 걸린 환자들에게 약을 주는 것처럼 찰리에게 술을 한 잔 따라주었다. 그리고 찰리를 위로하며 말했다.

"이제 차가운 물로 씻자. 알았지? 몸도 깨끗해지고 정신도 맑아지는 거야. 그런 다음 일에 대해서 이야기해 보자고. 알았지?"

"아악, 씻기 싫어. 그리고, 이젠 좀 괜찮아. 밖으로 나가서 한잔하세. 술병 줘 봐. 어디 다가 뒀어?"

미스터 렌은 욕실로 가서 차가운 물을 틀었다. 그리고 다시 돌아와 찰리의 옷을 벗겼다. 찰리는 몸부림치며 웃다가 이내 무기력한 몸을 미스터 렌의 어깨에 기댔다. 평소 같았으면 미스터 렌 세 명쯤은 거뜬히 상대했을 텐데. 그는 욕실로 가서 욕조로 천천히 들어갔다. 찰리는 곧바로 물장구를 치고 손에 물을 담아 뿌리며 노래 부르기 시작했다. 물이 욕조 밖으로 쏟아졌다. 미스터 렌은 찰리를 가만히 붙잡고 있으려고 애썼지만, 물에 젖은 찰리의 어깨가 접시처럼 손에서 미끄러져 나갔다. 미스터 렌은 안 되겠다 싶어 수도꼭지를 잠그고 욕실 문을 닫고 나와 버렸다. 침실에 잘 다려진 두툼한 정장과 깨끗한 셔츠가 있었다. 미스터 렌은 거실에 코트를 걸어 놓고, 그 위에 신문지를 덮었다. 그리고 식탁 밑에 있는 빗자루를 꺼내 바닥 쓸 준비를 했다. 너무 심하게 어질러진 집을 보니 가정부들의 피할 수 없는 고충이 느껴졌다. 그리고 '어디서부터 시작해야 할지 모르겠다'는 사실을 인정했다. 그는 무거운 접시 한 더미를 조심스레 식탁에서 설거지통으로 날랐다. 그리고 식탁보를 털어 접어두고 의자들을 식탁 위에 올린 다음 바닥을 쓸기 시작했다. 반짝거리는 물을 뚝뚝 떨어뜨리며 발가벗은 형체가 문밖으로 걸어 나왔다. 찰리가 소리쳤다.

"야! 지금 뭐 하는 거야? 그만해."

"그냥 바닥 좀 쓰는 거야, 찰리."

미스터 렌은 아랑곳하지 않고 서걱거리며 빗자루로 바닥을 쓸었다.

"그만하라고 했지. 여기가 누구 집인데?"

"빨리 욕조로 다시 들어가, 찰리."

"아니, 지금 나한테 이래라저래라해도 된다고 생각하는 거야? 그만두지 않으면 내쫓아 버릴 줄 알아. 이게 내가 사는 방식이야."

소 치는 일꾼 빌 렌이 찰리를 향해 돌진했다. 빗자루로 찰리를 쓸어버리듯 다시 욕조로 옮긴 후 기다렸다. 웃음이 나왔다. 재밌는 장난을 치는 기분이었다. 미스터 렌과 그의 친구 찰리는 작은 게임을 하고 있었다. 찰리도 웃으며 물을 튀겼다. 그러다 눈물을 흘리며 물이 차다고 말했다. 유일한 친구로부터 버림받았다는 말도.

"조용히 해."

빌 렌이 무시하고 욕실 바닥을 쓸었다. 찰리가 물 튀기는 행동을 멈추고 비웃으며 말했다.

"너 지금 구원의 천사 같아. 그치? 지금 스스로가 엄청 멋지다고 생각하지? 어? 이리 올라와서 날 괴롭혀 봐. 내 상태가 안 좋을 때 말이야. 구세군 같은 놈. 너…. 어휴, 그냥 날 좀 혼자 내버려 둬. 응?"

찰리의 힘이 넘치는 목소리는 술이 깨고 있음을 의미했다. 빌 렌은 다시 한번 찰리를 물속에 푹 담갔다. 너무 푹 담근 나머지 미스터 렌의 소맷자락이 물에 젖어서 축 늘어진 상태가 되었다. 그는 찰리를 욕조 밖으로 끌어내어 물기를 닦아주고 침대로 옮겼다. 미스터 렌은 밖으로 나가서 행주와 비누, 가루 세제, 찰리에게 맞는 셔츠를 샀다. 미스터 렌의 셔츠보다 1인치 더 큰 사이즈였다. 집으로 돌아와 마저 바닥을 쓸고 먼지를 털고 설거지를 했다. 모든 일을 다 완료했다. 영국에서 이스트라를 겪으며 위로하는 방법을 체득한 미스터 렌은 진심으로 찰리를 돕는 일을 즐겼다. 그의 정리벽은 계란이 말라붙어 누렇게 무지갯빛으로 빛나는 그릇을 반짝이는 하얀 그릇으로 만드는 과정을 즐기게끔 만들었다. 먼지와 담뱃재로 가득했던 방 구석구석이 '벽과 바닥의 이음새 장식판이 반짝일 정도로 깨끗하고 멋진 각 잡힌 곳이 되었군. 맙소사! 새집 같아.'라고 말할 정도가 되는 과정도 마찬가지였다. 배달 온 식료품 가게 주인이 썩 기분 좋지 않은 표정으로 미스터 렌에게 15달러를 요구했다. 미스터 렌은 찰리의 집이 자신의 집인척하며 붙임성 있게 가게 주인의 으름장을 들어 주었다. 찰리의 명예는 자신의 명예나 다름없었다. 그는 8달러를 수표책으로 지불하고는 고상하게 가게 주인을 보냈다. 그리고 앉아서 신문을 읽으며 찰리를 기다렸다. 하지만 들쭉날쭉 쌓여 있는 서류들을 보다 못해 자리를 박차고 일어났다. 돌돌 만 신문지를 사람이라도 죽일 듯 위아래로 세차게 흔들며 의자들 사이사이로 걸어갔다.

3시간 후에 찰리가 일어났다. 정신은 아주 맑았지만, 입천장은 그렇지 않았다. 미스터 렌은 그에게 약간의 위스키와 꽤 많은 양의 커피, 토스트, 베이컨을 주었다. 토스트의 맛은 나쁘지 않았다. 미스터 렌이 기분 좋게 말했다.

"이봐, 찰리. 흥청망청 지내는 시간은 끝났어. 안 그래, 친구?"

"제길, 지독하게 관대하네. 대인배야. 그나저나, 세상에! 어떻게 여기를 다 청소했지? 내 모습 어땠어? 술에 쩔어 있었나?"

"솔직히, 너 엄청 사납게 굴었어. 그래도 이제는 정신 차릴 거야. 그렇지?"

"아, 엄청난 숙취에 시달렸던 게 분명해, 미스터 렌. 어제 새벽 4시까지 독일식 술집에 있었거든. 아침 먹기 전에 독한 술 몇 모금 했지. 결국, 아침은 안 먹었지만 말이야. 그래도 말이지, 친구야, 어제 정말 축제 같은 밤이었어. 거기 금발로 탈색한 여자가 한 명 있었는데…"

"이봐, 찰리. 내 말 좀 들어봐. 직업을 구하려고 돌아다녀 본 적은 있어?"

"응, 있지. 그러다 엄청 우울해졌어. 친구가 한 명도 남지 않은 거 같았거든."

"글쎄, 너한테는…"

"근데 지금 보니 있는 것 같네. 내 오랜 친구 윌리어니노프 렌스키 말이야."

"이봐, 찰리, 내가 자선 단체 활동을 하거나 설교자라도 된 마냥 설교하고 싶은 마음은 없거든. 근데 넌 내가 엄청나게 아끼는 친구니까 얼른 정신 차리고 새로운 일자리를 구하면 좋겠어. 진심이야, 찰리. 너 지금 파산 상태야?"

"거의 그렇지. 내 명의로 된 돈은 10달러 정도밖에 없어…. 그렇지만 재기할 거야, 친구. 네가 설교자가 아니라는 건 알고 있어. 그리고 네가 '고결한 척하는' 행동을 계속했다면 당장 나가서 평소처럼 술에 쩔어 버렸을거야…. 그리고, 일자리는 알아볼 거야."

"여기 10달러야. 넣어둬, 넣어둬, 제발, 찰리."

"그래. 노블레스 오블리주지."

"일자리는 어떤 걸 좀 알아봤어?"

"글쎄, 옛날에 벨보이로 일하던 작은 호텔에서 야간에 일할 수 있을 듯해. 야간 직원이 그만두려고 하거든. 근데 정확히 언제가 될진 모르겠어. 아마 1주일이나 2주일 후쯤?"

"흠, 자리 나는지 계속 주시해. 그리고 가끔 나 보러 오고. 예전과 똑같이 웨스트 16번가에 있어."

"그 불평불만투성이 늙은 여자는 어쩌고? 이름이 뭐더라? 내가 가는 거 허락 안 할 텐데."

"잽 부인? 아, 누군가가 목이라도 조르면 좋겠어. 불평하고 싶으면 하라지. 나는 부르고 싶은 사람들 다 부를 거야."

"그래. 그나저나, 여행은 어땠는지 좀 말해 줘."

"아, 엄청 재밌었어. 가축 운반선에서는 좋은 친구들도 많이 만나고, 한 친구와는 엄청 친해졌어. 모튼이라는 친구야. 진짜 좋은 친구지. 암튼 수소들한테 건초더미나 가져다주면서 집사 노릇을 하는 내 모습을 봤어야 한다니깐. 그래도 음…, 바다는 좋았어. 형형색색이었지. 배는 끔찍이도 더러웠지만 말이야."

"일은 힘들었어?"

"응, 뭐. 힘든 편이긴 했지. 그래도 그렇게 심하게 힘들지는 않았어."

"영국에서는 어떤 걸 구경했어?"

"여기저기 엄청 많이 돌아다녔지. 아, 리버풀에서는 모튼과 함께 정말 좋은 보드빌 공연도 봤어. 모튼은 멋진 친구야. 여기 뉴욕에 있는 '펜실베니아 철도회사'에서 일해. 나중에 그 친구 한 번 찾아봐야겠어. 옥스퍼드에 소파 쿠션이나 대학교 깃발 같은 기념품을 파는 지사가 있으면 참 좋을 텐데 말이야. 거기는 마을 전체가 대학교야. 한 마을 전체가 말이야. 거기서 미국 대학교 교수를 한 명 만났어. 자동차를 빌려서 나를 오래된 평범한 여관으로 데려…"

"알았어, 알았어!"

"…갔지. 책에 나오는 여관 말이야. 흙바닥으로 된 곳!"

"런던도 갔어?"

"그럼. 맙소사! 진짜 크더라. 웨스트민스터 성당은 정말 근사한 곳이야. 두세 번 정도 갔었어. 왕들의 무덤이나 그런 데는 더 많이 갔지. 그리고 레깅스를 입은 주교도 봤어! 근데 좀 있으니까 외로워지더라고. 네 생각 엄청 많이 했어. 같이 나가서 에일 맥주 한잔 하고 싶었지. 예쁜 여자들도 좀 꼬시고 말이야."

"어이쿠, 이 친구! 그 화려하다는 도시, 파리도 갔어?"

"아니. 음…, 이제 슬슬 가 봐야겠어. 이사를 해야지. 지금은 호텔에 묵고 있거든. 오늘 나 보러 올래? 집으로?"

"내 생각을 했단 말이지? 응? 그리고 당연히 가야지, 친구야. 오늘 밤에 갈게. 그리고 일자리도 잘 주시할게."

미스터 렌은 잽 부인의 집으로 다시 돌아갈지 말지 확실히 정하지 않았기 때문에 찰리를 잽 부인의 집에서 만나기로 한 것을 후회했다. 땡볕 아래에서 웨스트 16번가로 여행 가방을 옮기는 와중에도 찰리에게 다시 달려가 잽 부인의 집이 아닌 호텔로 오라고 말하고 싶었다.

잽 부인의 집 벨을 누르자 두통 때문에 결근을 한 리 테레사가 문을 열어 주었다. 그녀가 외쳤다.

"오! 당신이군요, 와우!"

"그런 것 같네요."

"왜 이렇게 빨리 왔어요? 나간 지 겨우 한 달 보름밖에 안 됐잖아요. 아니에요?"

> 조심해! 남부 지역 자존심의 딸, 리 테레사!
> 이 작은 백인이 당신의 빵빵한 곡선과
> 공허한 눈을 반항심 가득한 눈빛으로
> 쳐다보고 있으니 말이야!

머릿속 생각과는 달리 미스터 렌은 아주 온순하게 말했다.

"네, 그쯤 됐나 봐요, 미스 테레사."

"흠, 우리를 떠나서 얼마 못 견디고 돌아올 줄 알았어요. 원래 쓰던 방에서 지내고 싶어서 온 거겠죠? 엄마! 미스터 렌이 돌아왔어…. 미스터 렌이야! 엄마!"

"오오오오오."

아래층에서 버릇없이 그를 무시하는 듯한 고티 잽의 목소리가 들렸다.

"미스터 렌이 돌아왔다. 히히! 얼마 버티지도 못하고 말이야. 양반되긴 글렀네!"

철썩 때리는 소리와 비명 소리가 차례로 들리고 잽 부인이 코끼리 같이 느린 걸음으로 계단을 따라 지하 방에서 올라왔다. 잽 부인은 상의 단추를 잠그면서 기쁜 듯한 미소를 지었다. 지금껏 겪은 하숙인 중에서 미스터 렌이 그나마 덜 싫었기 때문이다.

"벌써 돌아온 겨, 미스타 렌? 내가 말혔지, 내가 어제 리 테레사한테 말혔다고. 미스타 렌이 다시 우리헌티 돌아오고 싶어 할 거라고 말여.

좀 들어오지 그려?"

미스터 렌이 응접실로 들어가며 말했다.

"좌골 신경통은 좀 어때요, 잽 부인?"

"썩 좋지는 않여."

"제 방에 벌써 누가 들어왔나요?"

미스터 렌이 갑갑한 응접실을 아주 세심히 살피면서 말했다. 그의 퉁명스러운 행동이 잽 가족 우두머리의 심기를 거슬리게 했다. 그녀가 구슬프게 말했다.

"지금은 아무도 읎어, 미스타 렌. 근디 모르겄어. 어제 방을 둘러보고 간 남자가 한 명 있었거든. 그리고 만약 입주한다믄 평생 살 거라든디. 내 말은, 미스타 렌, 미리 암말도 없이 덜컥 방을 빼 버린 남자를 다시 받아 줄 수 있을지 모르겠단 거여."

리 테레사가 잽 부인을 노려보며 말했다.

"내가 미리 말했잖아."

"알어. 그래도…. 그려, 그라믄 저 방에서 지내게 해주겠네. 대신 월세를 평소처럼 4주 치가 아니라 4주하고 일주일 치를 더 받아야겄어. 물가가 오르고 있으니 말여. 내 말은, 리 테레사헌티 내가 전능하신 하느님이 우리를 돌봐주지 않는다면 어떻게 해야 헐지 모르겄다고 말했다니깐. 그라고, 미스타 렌 자네가 집에 밤늦게 들어오는 거 별로 좋게 생각하진 않여. 뭐, 그래도 받아줄 수는 있을 것 같어."

"친절을 베풀 수 있는 아주 좋은 기회입니다. 그렇지 않습니까, 잽 부인?" 미스터 렌은 위험할 정도로 정중하게 말했다.

짐짓 점잖은 척하는 백인 특유의 날카로운 습성이 나오지 않도록 조심했다.

“그건 맞어, 헌디…”

우리의 영웅, 우리의 바다 미치광이, 우리 이스트라의 혁명가 친구, 난항 중인 증기선의 짠 내 나는 갑판에서 퀴퀴한 냄새가 나는 응접실로 곧바로 도약한 미스터 렌이 말했다. 조용하지만 냉정했다. 아주 냉정했다.

“글쎄요, 그렇다면. 그냥 여기서 살지 않는 게 좋겠어요.”

“그게 우릴 대하는 태도여!”

잽 부인이 소리를 꽥 질렀다.

“썩 가버려. 방은 빈 채로 두고 말여. 그리고, 아! 이 거지 같은 쓰레기 백인 자식…, 너…”

“엄마! 그만하고 들어가요, 얼른요.” 테레사가 화난 어조로 낮게 말했다.

잽 부인이 뒤뚱거리며 성큼성큼 걸어갔다. 리 테레사가 미스터 렌에게 말했다.

“엄마가 오늘 기분이 별로 안 좋아요. 엄마가 했던 말은 제가 대신 사과할게요. 이 집에서 살 거죠?”

그녀가 이를 다 드러내 보이며 진심 어린 미소를 지었다. 그녀의 불안함이 미스터 렌에게 전해졌다.

“그러기로 약속했잖아요, 미스터 렌. 전 아직 기억나는걸요.”

“글쎄, 그러긴 할 거예요. 근데…”

겁먹은 망령 빌 렌이 사라져 갔다. ‘근데’는 마지막으로 남겨진 빌 렌의 희미한 흔적이었다. 테레사는 눈치채지 못하고 시끄럽게 재잘거렸다.

“당신이 이해해 줄 줄 알았어요. 얼른 올라가서 방을 한번 살펴볼게요. 그리고 새 이불도 가져다 놓을게요."

한 달, 뜨거운 뉴욕의 한 달이 지나고 나서야 거만한 길포글이 미스터 렌에게 다시 일자리를 제안했다. 게다가 19달러였던 주급을 17달러 50센트로 삭감했다. 미스터 렌은 이런저런 핑계를 대며 길포글의 술자리를 거절하다가 새로운 장식품과 회람 전단에 대한 스무 가지 제안을 했다. 그리고 수습직원 제이크의 비체계적인 업무처리 방식을 교정해 주었다. 이틀 뒤, 그는 기념품 회사로 돌아가 태어나서 한 번도 뉴어크(미국 뉴저지주州의 도시 - 역자 주)보다 멀리 나가본 적이 없는 사람처럼 일했다.

13장. ‘우리의 미스터 렌’이 되다

친애하는 이스트라 에게,

나는 뉴욕으로 돌아와서 아주 잘 지내고 있어요.
당신도 잘 지내길 바랍니다.
꽤 오랫동안 당신에게 편지를 쓰고 싶었어요.
하지만 딱히 전해 줄 소식이 없었답니다.
그래서 편지를 쓰지 않았죠.
하지만 이제 다시 기념품 회사에서 일해요.
당신은 파리에서 잘 지내고 있길 바라요.
파리는 아주 멋진 도시임이 틀림없잖아요.
종종 파리에 가길 바랐어요.
아마 언젠간 가게 될지도 모르죠.
나는 (몇 번의 지우개 자국이 여기 남아있었다)
돌아와서 책을 몇 권 읽었답니다.
그리고 이제는 책 읽는 실력이 좀 늘었어요.
당신이 책을 비롯한 많은 것들에 대해 이야기해줬던 걸
아주 감사하게 생각해요.
이만 줄일게요.

당신의 아주 진실한 벗,

윌리엄 렌

더 이상 할 수 있는 말이 없었다. 창가에 쭈그리고 앉아 창밖의 웨스트 16번가를 바라보았다. 혼란스러울 만큼 많은 생각이 들었다. 웨스트 16번가의 활기 없는 모습은 그가 영국을 여행하고 온 지금까지 수 세기 동안 아무 변함이 없었다. 미스터 렌은 이스트라의 미소를 회상하며 눈물지었다.

"아, 정말 보고 싶군."

빗속을 뚫고 용감하게 걸어가던 모습…, 또다시 울었다. 결국, 그는 스스로에게 악담을 퍼붓기에 이르렀다.

"등신같이 앉아서 이스트라를 그리며 울지만 말고 그녀의 마음을 사로잡을 만한 행동을 뭐라도 하는 게 낫지 않겠어?"

그는 '남부 지역을 새로운 판촉 시장에 추가하기'라는 계획에 공을 들였다. 기념품 회사의 새로운 시장이었다. 하지만 그는 몇 번이고 더운 방 안 책상에서 벌떡 일어서고는 했다. 이스트라가 나타나 의자 옆에 서서 자꾸 그를 방해했기 때문이다. 하지만 그는 계속 일했다. 기념품 회사의 영업사원들은 남부 지역에서 사업을 따내 오지 못했다. 영국에서 돌아오는 증기선 안에서 미스터 렌은 남부 연합기(1860~61년 사이에 미연방에서 탈퇴하여 남북전쟁을 일으킨 미국 남부 열한 개 주州의 연합을 상징하는 깃발 - 역자 주)와 영국 국기로 만든 휘장을 쇠로 주조하여 우아한 잉크통 장식을 만든다면 아주 멋진 선물이 될 거라고 생각했다. 그리고 남부 지역 업계의 이목도 끌 수 있을 것으로 여겼다. 잉크통을 보낸 다음에는 일련의 편지들을 보내야 했다. 아주 사소한 일에 대한 글이었다. 주문이나 재주문에 관해 이야기하고, 남부 지역의 여러 상황이 나아지길 기원하며 야구 시즌이 잘 되길 바라는 편지들이었다. 모두가 남부로 진출하는 영업사원들이 환영받도록 만들기 위한 일종의 보험이었다. 그는 편지를 작성하고 대충 잉크통의 도안도 그렸다. 결정권자와 대면하기 위해 용기를 냈다. 사랑을 잊어버리기 위해 심기일전하여 일에 파묻혔던, 우리의 소중한 미스터 렌은 길포글의 사무실로 바삐 들어갔다. 그리고 책상 위에 종이를 탁 내려놓고는 요청했다.

"여기 저번에 제가 말했던 남부 지역 사람들의 흥미를 끌만한 사업에 대한 기획안입니다. 솔직히, 정말 도전해보고 싶어요. 속기사 한 명만 아르바이트로 채용하면 될 듯합니다."

"글쎄, 이미 우리 회사에 속기사들이 넘쳐나는 거 잘 알고 있잖나. 기획안은 거기다 두고 가게. 나중에 한 번 살펴보겠네."

그날 오후, 길포글은 미스터 렌의 기획을 열광적으로 승인했다. 열광적으로 승인한다는 말은 회사로서는 침울하게 승인함을 뜻한다.

"흠, 시도해 본다고 해서 나쁠 건 없겠구먼. 어쨌든, 신중하게 진행하고 편지는 발송하기 전에 꼭 내게 먼저 보여주도록 하게."

그리하여 미스터 렌은 남부의 무역상들에게 잉크통을 보내고 물건에 관해 물어보는 편지를 받아쓰게 했다. 그는 속기사를 두었다. 유능하지만 속이 좁아 보이는 젊은 여자였다. 그녀는 미스터 렌이 더듬거리며 내뱉는 우스꽝스러운 표현들을 받아썼다. 그녀가 친구들에게 보여주고 싶어 할 만큼 형편없는 말들이었다. 그녀는 냉소적으로 웃으며 다음 말을 기다렸다.

"으아!"

소 치는 일꾼 빌 렌이 나타나서 으르렁거리듯 말했다.

"성공적으로 이 사업을 끌고 나갈 거라는 걸 이스트라에게 보여 줄 거야. 나에 대해 다시 생각해 볼 수 있게 그녀에게 뭔가 보여줄 거라고!"

하지만 그는 급한 마음에 너무 빠르게 불러 주었다. 그리고 속기록 결과를 검토하기에는 너무 흥분해 있어서 순교적 고통에 버금가는 속기사의 기분을 헤아릴 정신이 없었다. 미스터 렌은 신문에서 남부 지역의 야구경기 성적을 확인했다. 그리고 사무실로 들어가 남부 지역을 담당하는 영업사원들을 일일이 붙잡고는 각 지역에 있는 무역상들의 종교와 정치적 사상에 대해 질문했다. 미스터 렌은 연봉 협상에 대한 고민도 잊어버린 채 일에 몰두했다. 점심 식사시간을 줄이고 서둘러 사무실로 돌아가 중요한 업무 편지들을 쓰는 일이 훨씬 더 재미있다고 느꼈다. 점심 먹는 내내 자신이 시간을 아끼고 있는지 시계를 확인하고 또 확인했다.

*

10월이 다가왔다. 방랑자의 계절이었다. 팰리세이드 절벽(뉴욕주州와 뉴저지주州의 허드슨강 하류에 이어지는 절벽 - 역자 주)의 나뭇잎은 낙엽이 되어 아름답게 떨어졌고, 6번가의 궁전 같은 영화관은 다시 멋진 모습으로 활기를 띠었다. 미스터 렌은 늦은 시간까지 수은등 불빛 아래 깨어 있었다. 그는 남부 지역 무역상들에 대한 모든 정보를 담은 카드를 만들고 있었다. 그들의 취미나 편견 등도 모두 포함되어 있었다. 그는 휘파람을 불며 일하다가 멈추고는 손바닥으로 책상을 탁 치고 중얼거렸다.

"다 돼 가는군…, 다 되어 가."

그는 일을 마치고 길거리로 다시 나가기 전까지 이스트라에 대해 거의 생각하지 않았고, 연장근무로 눈이 따끔거린다는 사실에 뿌듯하기까지 했다. 실제로 요즘 가장 큰 고민거리는 길포글이 '계획을 실행시키지 못하게 방해하는 점'이었다. 두 사람의 첫 번째 전투는 미스터 렌이 편지에 쓴 개인 서명 때문에 벌어졌다. 길포글은 미스터 렌이 '우리의' 미스터 렌에 가깝기 때문에, 편지에는 개인 서명이 아닌 회사 서명이 들어가야 한다고 생각했다. 약간의 다툼 끝에 미스터 렌은 개인적인 편지에는 개인 서명이 들어가는 게 더 적합하다고 길포글을 설득했다. 미스터 렌의 뜻대로 결론 나기 전까지 두 사람은 서로에게 욕을 하다시피 하며 다투었다. 길포글이 꼭 양보를 했어야 한다는 말은 절대 아니다. 만약 아랫사람이 늘 자신의 뜻대로 행동한다면, 상사는 왜 존재하겠는가? 두 번째 전투에서는 미스터 렌이 패배했다. 그는 자신의 속기사에게 한 달간 휴가를 달라고 길포글에게 요청했다. 길포글은 그녀에게 휴가를 부여하는 건 궁색한 모양새가 될 뿐이며, 차라리 계속 근무하도록 하는 게 더 나을 거라고 지적했다. 결국, 미스터 렌은 새로운 타자기를 부여받았다. 이 일은 어떤 의미에서는 기념품 회사가 직원 개인의 이기심과 완고한 욕심의 표출을 너무 너그럽게 봐준다는 사실을 보여준 사건이 되었다. 회사 직원들을 믿었다간 큰코다치는 법. 미스터 렌은 일에 너무 집중한 나머지 업무상의 편지들을 흐릿해지지 않게 먹지로 복사하도록 길포글이 허락해 줬을 때도 고마운 내색조차 하지 않았다. 길포글은 분명 미스터 렌의 요청을 들어주었다. 하지만 악동 같은 미스터 렌의 계속되는 퉁명스러운 태도에 대해서는 매우 분노했다. 우리의 건방진 혁명가이며 무정부주의자들과 빨간 머리 예술가의 친구인 미스터 렌은 '임금 인상'을 요구했다. 미스터 렌은 자신의 '훌륭한' 편지를 보내지 않아도 전혀 상관없다고 말했다. 길포글은 미스터 렌에게 사과한 후 (친절하기도 해라) 미치광이 미스터 렌의 주급을 17달러 50센트에서 예전과 같은 19달러로 올려주었다. (사실 미스터 렌은 잘 해봐야 18달러 정도를 기대하면서도 일부러 22달러 50센트를 요구했다. 미스터 렌이 노동 시장에 나간다면 25에서 30달러는 족히 받을 터이기 때문이다. 미스터 렌이 1주일 동안 기념품 회사에 벌어다 주는 이익은 60달러에서 그의 임금을 뺀 금액이었다) 그뿐만이 아니었다. 길포글은 미스터 렌의 등을 툭툭 두드리며 말했다.

"이봐, 자네, 잘하고 있어. 좋아. 너무 무모하게만 행동하지 않으면 될 것 같군, 그래."

그날 미스터 렌은 저녁 8시까지 일했다.

임금이 오르자 극장에 갈 여유가 생겼다. 더 이상 여행 자금을 모으지 않아도 되니까. 그는 이스트라에게 짧은 편지들을 썼고 그녀가 괜찮다고 생각할 만한 책들을 읽었다. 파리 베데커baedeker 여행 잡지와 역 앞 중고서점에서 5센트에 산 톨스토이의 '전쟁과 평화' 후편이었다. 그는 대중 잡지에 적힌 부정확한 프랑스와 영국의 역사, 가이 포크스(1605년 영국 의회 의사당 폭파를 시도했으나 미수에 그침. 저항의 아이콘 – 편집자 주)와 실력 없는 지도자에 대한 일화, 왕들이 당연하게 누리는 권리에 관심을 가지기 시작했다. 그리고 매일 밤 친구 사귀는 일에 대해 생각했다. 늘 그렇듯이 언젠가 적절한 시간이 오면 바로 친구를 사귈 생각이었다. 어느 날, 한 무역상이 보내온 편지에 자신의 아들 이야기가 있었다.

'젊고 멋진 녀석이죠. 애틀랜타 경찰서의 부서장으로 승진할 가능성이 다분하지요.'

미스터 렌은 눈시울이 붉어졌다. 여기에 이미 친구가 있었다. 확실했다. 그는 친구들을 사귈 것이다. 텍사스주州 오스틴에 있는 캐피털 코너 뉴스 앤 기념품 스탠드사社에 다리를 저는 친구가 있었다. 미스터 렌은 잉크통 두 개와 예일대 미식 축구팀 깃발 하나를 몰래 챙겨 그에게 보내주었다. 농업 대학에 다니는 그의 형제들을 위한 물건이었다. 주문 규모는 점점 커졌다. 남부 지역의 무역상들은 가끔 미스터 렌을 불러 저녁 식사를 대접했다. 하지만 미스터 렌은 그들과 어울리는 일을 쑥스러워했다. 그들은 너무 아는 체했고, 가벼운 이야기들을 화제에 올렸다. 그는 아직도 자신이 원하는 친구는 찾지 못했다.

42번가에 있는 미겔턴 식당의 발견은 아주 뜻밖의 사건이었다. '대중적인 가격'의 식당으로 기본 오믈렛 하나에 15센트 정도였다. 식당 벽에 붙은 조명은 초록과 빨강이었고, 테이블은 소박하고 거무충충하지만, 무게감 있는 미션 스타일이었다. 가게에서는 피아니스트와 바이올리니스트가 참새처럼 음악을 연주했다. 미스터 렌이 처음 듣는 음악이었다. 음악이 연주되는 동안 미스터 렌은 그가 늘 작은 오일 병에 기대 놓고 보는 신문에서 연재만화 '실크 모자 해리'를 더 행복하게 감상할 수 있었다. (신문 때문에 오일 병을 못쓴다고 불편을 느낀 적은 한 번도 없었다. 샐러드에 관해서는 딱히 지키는 원칙이 없었기 때문이다) 미스터 렌은 창밖으로 보이는 레이지데이스 개발 회사의 전광판을 보려고 신문을 내려놓았다. 전광판은 할부제도에 대한 달콤한 유혹을 보여주고 있었고 뭔지 모를 아득하고 기분 좋은 친근감을 주는 꿈에 대해 말하고 있었다. 미스터 렌은 문득 자신이 옅은 갈색 머리의 여성을 머릿속으로 그리고 있다는 사실을 깨달았다. 그에게 '집이 되어 줄' 여자였다. 그녀는 레이지데이스의 교외 주택에 살고 있고, 근처에 사는 친구들이나 미스터 렌을 위해 멋진 음악을 들려줄 여자였다. 그녀는 이스트라만큼이나 현명할지도 모른다.

'아, 그녀와는 좀 더 평범한 장소에서 데이트 할 수 있길….'

미스터 렌은 종종 음악을 들으며 남부 지역 사람들과 주고받을 편지에 쓸 아이디어를 떠올렸다. 그럴 때면 편지 봉투 뒷면에다 급히 메모를 했다.

마침내 그날이다. 역사에 길이 남을 '성냥갑 사건'이 일어난 날. 10월의 어느 날 저녁, 미스터 렌은 이른 시간에 미겔턴 식당에서 식사를 하고 있었다. 30센트짜리 정식 요리는 근사했다. 옥수수 크림 스프도 완벽했고, 더 나아가서 식당 여자 종업원이 '말은 참 번지르르하게 잘한다'는 사실도 알게 되었다. 월도프 샐러드(사과, 호두, 셀러리 등을 주사위 모양으로 잘라 마요네즈를 버무린 샐러드 – 편집자 주)에는 1인분임에도 불구하고 호두가 통으로 두 개나 들어가 있었다. 식당에서 종종 마주치던 흰색 조끼를 입은 뚱뚱한 남자가 한쪽 귀퉁이 자리에서 미스터 렌을 바라보며 미소 지었다.

"즐거운 저녁입니다."

그렇게 말하고는 미스터 렌의 맞은편 테이블에 앉아 몇 가닥 되지 않는 매끄러운 앞머리를 매만지며 정리했다. 분위기와 전혀 어울리지 않는 '즐거운 미망인'이라는 노래가 흘러나왔다. 미스터 렌은 박자에 맞춰 발을 까딱거렸다. 노래가 나오는 동안 그는 자신의 편지 덕분에

'시애틀 장식품과 문구 스토어'에서 500달러의 수주를 받았다는 사실에 대해 생각하고 있었다. 신문에는 고대 로마 철학자 키케로의 자랑이 될 법한, 실제로 자랑거리인 '우정'에 관한 사설이 적혀 있었다. 그는 신문을 내려놓고 커다란 잔에 담긴 커피를 저었다. 그리고 미스터 렌의 건너편 테이블에 앉아 수프를 꿀꺽꿀꺽 삼키고 있는 뚱뚱한 남자의 조끼에 달린 진주 단추를 쳐다보았다.

'맙소사! 우정! 친구를 사귀려고 마음먹어놓고 아무것도 시작하지 않았잖아. 아무것도 말이야. 아, 이제 해야겠지. 꼭 해야만 해!'

"좋은 저녁이에요." 뚱뚱한 남자가 말했다.

미스터 렌이 밝은 목소리로 동의했다.

"예, 정말 그렇군요."

"전형적인 인디언 서머(늦가을에서 겨울로 넘어가기 전 봄처럼 따뜻한 날씨가 지속되는 이상고온 현상 - 편집자 주) 날씨잖아요."

"네, 맞아요! 리버사이드 도로로 산책갈까 생각하고 있었어요. 아마 가겠지요."

"나도 시간이 있으면 갈 텐데, 가게에 가 봐야 해서요. 담배 가게요. 1주일에 삼일은 밤에 일하거든요."

"그렇군요. 어쩐지 일찍 식사하러 올 때마다 당신과 마주치더라고요." 미스터 렌이 아양을 떨듯이 말했다.

"네. 다른 날에는 하숙집에서 먹어요."

침묵이 흘렀다. 미스터 렌은 얘깃거리를 찾기 위해 고군분투하고 있었다. 화제가 있어야 가까워질 수 있고 새로운 사람과 친해질 기회를 잡을 수 있었다. 그가 외로이 보내던 때마다 만나길 원했던 친절한 유형의 사람이 되려고 노력했다.

"그랜드 센트럴 역 공사가 언제쯤 끝날까요?" 뚱뚱한 남자가 물었다.

"몇 년 걸릴 테죠." 미스터 렌이 편한 말투로 말했다.

"예, 내 생각도 그래요."

침묵이 흘렀다. 미스터 렌은 앉아서 어떤 말을 할지 생각해내려 애썼다. 일반적으로 도시의 식당에서 혼자 식사하는 사람들은 잘 친해지지 않는다. 하지만 그는 안간힘을 썼다.

"다 짓고 나면 엄청 멋질 거예요." 세상에서 가장 친절한 말투였다.

침묵이 흘렀다. 그때 뚱뚱한 남자가 다시 입을 열었다.

"볼가스트의 시합은 어떻게 될까요? 그가 다시 일어설 수 있다니 정말 놀라워요."

미스터 렌은 볼가스트가 복싱선수라는 사실이 기억나는 모양이었다. 다소 모호하게 동의하는 말을 했다.

"꽤 힘들겠죠, 맞아요."

"가끔 에어쇼 보러 가요?" 뚱뚱한 남자가 물었다.

"아뇨. 근데 기회가 되면 보고 싶긴 하네요. 굉장히 진귀한 경험이 될 거 같은데, 그쵸?"

"네, 당연하죠. 내가 본 첫 비행기는 말이죠. 벨몬트 파크에서 막 기차에서 내렸을 때였어요. 하늘에 비행기 한 대가 날고 있었죠. 거대한 기계로 만든 풍뎅이가 하늘을 부산하게 돌아다니는 것처럼 보였어요. 왜, 사람들이 길거리에서 파는 그런 풍뎅이 있잖아요. 난 약간 실망했어요. 하지만 사실 내가 본 그 커티스사社의 복엽 비행기(두 개의 날개가 위아래로 붙어 있는 초창기 형태의 비행기 - 편집자 주)에는 맥커디라는 캐나다인 비행사가 타고 있었어요. 내 생각엔 그래요. 그리고, 맙소사! 그가 하늘을 빙빙 돌고 달리기를 하는 듯 날아가더니 비행기를 기울여서도 날더라고요. 내 모자가 벗겨지는 기분이었죠. 정말 신났어요. 그리고 아, 사실 난 맥커디를 실물로 본 적이 있어요. 잘생기고, 어떤 동료 옆에 서 있는 것도 봤죠. 그 동료는 많이 봐도 28살이나 30살 정도밖에 안 돼 보였어요. 하프마라톤 선수처럼 보였죠. 그 다음에는 랄프 존스톤(최초로 비행기 사고로 사망한 미국 비행사. 아치볼드 혹시와 더불어 '하늘의 쌍둥이'라는 별칭이 붙음 – 편집자 주)이랑 아치볼드 혹시(미국 비행사. 라이트 형제와 함께 일함. 최초로 야간비행에 성공하였으나 같은 해 비행기 사고로 사망 – 편집자 주)를 만난 적도…"

"맙소사!" 미스터 렌이 나직이 속삭이듯 말했다.

"그 사람들은 비행기를 타고 아래로 급강하 하다가 그…, 이름이 뭐죠? 독일 소시지 롤인가 뭔가 그 비슷한 기술도 보여줬어요. 난 목이 터져라 소리 질렀죠."

"와, 정말 좋았겠네요. 그런 광경을 가까이서 보다니."

"네. 당연하죠."

이제 더 이상 물어볼 만한 질문이 없었다. 미스터 렌은 천천히 신문을 접고, 접시 밑에 깔려 있던 계산서를 챙기고 케첩 병 옆 작은 공간에 메뉴판을 끼웠다. 그리고 애석해하는 목소리로 '좋은 밤 보내요.'라고 말하며 자리에서 일어났다. 계산대에는 머리 장식을 한 금발의 계산원이 서 있었다. 미스터 렌은 성냥 한 갑이 친절히 떨어지는 자판기에다 1센트짜리 동전을 넣었다. 하지만 웬일인지 아무것도 나오지 않았다. 미스터 렌은 레버를 시끄럽게 돌렸다.

"고장 났어요?"

계산대에 서 있던 직원이 물었다.

"여기 그냥 성냥 두 통 드릴께요. 평소보다 한 통 더 얻었으니 이득이네요."

"이런, 이런, 이런!" 미스터 렌의 친구 뚱뚱한 남자의 목소리가 들렸다.

그는 계산대에서 계산을 하는 중이었다.

"거참 쉽군. 1센트로 두 통 얻기! 그럼 어디 나도 한번…"

그는 고개를 숙이고 자판기에다 조심스럽게 1센트짜리 동전을 넣고 덜그럭 소리를 내며 레버를 돌렸다. 그리고 미스터 렌을 쳐다보며 미소 지었다. 자판기가 작동하지 않자 미스터 렌도 그를 바라보며 똑같이 미소 지어 주었다.

"내가 해 보죠." 미스터 렌이 즐거운 목소리로 말했다.

그리고는 전우애를 담은 손으로 레버를 쿵쿵 두들겼다.

"아무것도 안 나와요, 여기요!"

뚱뚱한 남자가 계산원에게 못마땅하다는 말투로 말했다.

"나도 성냥 두 통 주쇼, 맞죠? 난 담배 가게에서 일하죠. 경쟁자를 괴롭히는 내 방법이 어때요? 허허허!"

계산원은 당황한 듯 억지 미소를 지으며 그에게 성냥 두 통을 주었다. 뚱뚱한 남자는 즐겁다는 듯이 미스터 렌의 어깨를 찰싹 때렸다.

"내 차례요!" 밝은 갈색의 정장을 입고 솜털이 보송보송한 초록색 모자를 쓴 젊은 남자가 외쳤다.

그는 다른 사람들과 함께 아까부터 이 상황을 지켜보고 있었다. 미스터 렌이 상기되어 말했다.

"아뇨, 아뇨. 내 차례요. 내가 이 게임을 발견했다고요."

미스터 렌은 뿌듯했다. 한 번도 이렇게 많은 사람 앞에 서 본 적이 없었다. 그는 현장 감독 같은 세련된 품위를 지닌 빌 렌이었다. 그는 엉겁결에 친구가 된 뚱뚱한 남자의 옆에 섰다. 그 남자는 완전히 진지한 표정을 짓고 있었다. 사실 미스터 렌이 성냥을 두 통이나 더 얻을 수 있는 이 정신적인 승리에 도움이 된 건 없었다. 계산원이 소리쳤다.

"그만두세요. 이제 제 차례에요!"

그녀는 성냥 자판기를 들어서 뒤편의 높은 선반에다 올려놓았다. 빌 렌은 그의 친구인 뚱뚱한 남자와 가게 밖으로 나서며 농담 비슷한 말을 건넸다.

"우리가 진 것 같네요. 그죠?"

"그러게요!" 뚱뚱한 남자가 신난 듯 말했다.

"가게까지 걸어서 가요?"

"네. 물론이죠. 산책 좀 어때요?"

"그러죠, 뭐. 어디쯤이죠?"

"4번가와 28번가 사이예요."

"같이 갑시다."

"좋아요!"

뚱뚱한 남자는 진정성 있게 다가왔다. 그는 미스터 렌에게 뉴저지의 도시 트루렌에서는 낚시가 고급 취미로 통한다는 사실을 얘기했다. 그리고 그가 낚시꾼들 사이에서 함께 할 동료를 구할 때는 꽤 인기가 있었다고 했다. 미스터 렌이 트루렌에서 동료들과 함께 낚시를 하는 상상을 하고 있었지만, 뚱뚱한 남자의 얘기가 그를 방해했다. 이 뚱뚱한 남자의 이름은 톰 포핀스였다. 담배 가게에서 매니저로 일하고 있었는데, 약간 능청스러운 면이 있었다. 그의 권유로 휴미더(시가를 최적의 상태로 보존 및 숙성시키는 보관함 – 편집자 주)를 외상으로 구입했다. 그 담배 가게에는 '마닐라 시가'에서 나온 멋진 신상품 시가가 있었다. 담배 가게의 젊은 점원은 단축 마라톤 경기에서 좋은 성적을 거둔 사람이었다. 그가 속한 팀은 올해 좋은 팀워크를 보여주었다. 그는 미스터…, 미스터 렌? 에게 그 신상품 시가를 기꺼이 주었다. 아주 좋은 시가였다. 그는 '미스터 렌과 톰 포핀스가 성냥으로 미겔턴 식당을 괴롭힌 사실을 들으며 정말 오랜만에 박장대소했다'고 말했다. 뚱뚱한 남자들이 으레 그렇듯 특유의 편안하고 애정 그득한 넉살 좋은 우스갯소리가 넘쳐났다. 톰 포핀스의 다정하고 둥근, 아이 같은 커다란 눈은 한 번도 미스터 렌을 빈정대며 바라보지 않았다. 톰 포핀스는 기차의 흡연 구역에서 30분에 한 명씩 친구를 만들 수 있을 만큼 푸근한 사람이었다. 그래서 미스터 렌도 전혀 쑥스러워하지 않았다. 그 담배 가게에서는 멋진 신상품 시가를 침착하게 받아들이는 모습을 넘어서 느닷없이 불을 붙이기까지 했다. 미스터 렌은 가게를 나오면서 황금기가 시작되었음을 알았다. 그에게 친구가 생겼다! 그는 목요일에 미겔턴 식당에서 톰 포핀스를 만나기로 했다. 그리고 이제 그는 모튼을 찾을 참이다! 그는 아주 크게 웃었다. 덕분에 34번가 길에 서 있던 수줍어 보이는 한 경찰이 조심스레 자신의 제복에 무슨 문제가 있는 건 아닌지 살펴보았다. 암튼 오늘 저녁, 미스터 렌은 모튼의 소식을 알아낼 것이다. 글쎄, 아마 오늘 저녁은 아닐지도 모른다. '펜실베니아 철도회사'의 사무실은 이미 닫혔을 것이다. 하지만 이번 주 안에 꼭 그를 찾을 것이다.

이틀 뒤, 미스터 렌은 미겔턴 식당에서 톰 포핀스를 기다리고 있었다. 그는 아직도 가축 운반선에서 만난 좋은 옛 친구 모튼을 찾으려는 시도조차 하지 않은 자신을 자책하고 있었다. 하지만 톰 포핀스로부터 그의 하숙집인 아티 부인의 집에서 있었던 일에 대해 들으며 금세 잊어버렸다. 아티 부인의 하숙집은 '모든 사람들이 서로를 좋아하는 장소'였다.

"미스터 렌, 한 번도 하숙집에서 식사해 본 적 없죠? 흠, 대부분의 하숙집 사람들은 음식을 해주는 데에 소질이 없어요. 모두가 슬픈 사연을 가진 사람들이죠. 그래도 우리 아티 부인의 하숙집은 우리 같은 불쌍한 총각들에게 고향이나 다름없어요. 거기 사람들은 다 좋아요. 만약 아티 부인이, 아, 본명은 R. T. 페라드 부인이에요. 하지만 우린 항상 아티 부인이라고 부르죠. 아티 부인은 처음에 자신이 하숙을 거절하는 사람은 그 후로도 절대 안 받아준다고 냉정하게 말하곤 하지요. 하지만 한 번 받아준 사람은 그 사람의 양말이 마치 남편의 양말이라도 되는 듯 살뜰히 챙겨 주죠. 사람들은 모두 집에 들어오면 꼭 응접실을 들러요. 밤 12시 반까지는 응접실에서 이야기하고 웃고 맥주를 마시며 파이브 헌드레드 카드게임(카드놀이의 일종. 두 명에서 여덟 명까지 플레이 가능. 500점을 선취한 사람이 이기는 게임 - 편집자 주)을 하죠. 고향이나 다름없어요! 아티 부인은 나만큼이나 뚱뚱해요. 그래도 하숙인들에게 해줄 일이 있다면 언제나 날쌔게 움직이죠. 사람들도 아주 좋아요. 호레이시오라는 친구만 빼고요. 그 친구는 기생오라비같이 생긴 배우예요. 항상 일하느라 집에 잘 안 들어오죠. 아티 부인이 그 친구에게 좀 미안해하는 거 같아요. 그나저나, 미스터 렌. 내가 보기에는 당신도 좋은 사람 같아요. 내 하숙집 친구들과 친해지는 건 어때요? 언젠가 이사 오고 싶어질지도 모르잖아요. 당신 하숙집 주인은 짜증스러운 노인네라면서요. 어쨌든, 언제 한번 저녁 식사하러 와요. 내가 대접하죠. 다음 주 월요일 저녁에 약속 있어요?"

"아…, 아니요."

"그럼 놀러 와요. 이스트 13번가예요."

"오, 이런. 꼭 가고 싶어요!"

"흠, 그럼 오면 되죠. 6시쯤 와요. 도착하면 날 찾아왔다고 말해요. 월요일이에요. 월, 수, 금은 저녁에 출근을 안 해도 되니까. 놀러 와요. 당신도 우리 집이 마음에 들 거예요."

"좋아요, 그럴게요!"

미스터 렌이 사교적으로 테이블을 탁 쳤다. 마침내 그는 마음먹었다. '겪어보자. 두루 다니면서 사람들을 만나자. 꼭 친해지지 않더라도.' 잽 부인의 집은 이제 진력이 났다. 잽 부인의 집에는 아무것도 없었다. 이제 아티 부인의 집에 갈 테다. 그리고 나서…, 모튼을 찾으리라. 다음 날 아침 미스터 렌은 이 쉬운 일을 전혀 시작도 하지 않은 자신이 의아하다 싶을 정도로 손쉽게 '펜실베니아 철도회사' 사무실에 전화를 해서 모튼을 찾았다. 30초쯤 기다리니 목소리가 들렸다.

"네? 제가 해리 모튼입니다."

"안녕, 모튼! 내가 누군지 상상도 못 할걸."

"그런 것 같네요."

"자, 내가 누구인지…"

"잭?"

"땡!"

"헨리 삼촌?"

"아니…"

자신이 완전히 모튼의 삶 바깥쪽에 있다는 사실을 깨닫고 미스터 렌은 급 우울해졌다. 한 번도 상상해 본 적 없는 일이었다. 그는 모튼의 삶의 일부분이 되고 싶은 생각에 급히 말했다.

"저기, 모튼. 혹시 메리언호號라는 가축 운반선에 대해 들어본 적 있어?"

"아! 아니, 빌 렌이에요?"

"맞아."

"오, 맙소사! 지금 어디예요? 언제 돌아왔어요?"

"아, 돌아온 지는 좀 됐어, 모튼. 연락하려고 했는데…. 여러 번 수화기를 들었다가 놓았지. 나 지금 회사야. 기념품 회사 사무실. 옛 일자리로 다시 돌아왔어. 아, 보고 싶네."

"나도 보고 싶어요. 내 친구 빌!"

"오늘 저녁에 약속 있어, 모튼?"

"아뇨. 없어요, 아무 약속도 없을 거예요…"

모튼의 목소리에는 확신이 없었다. 미스터 렌은 모튼이 사교적인 사람임이 틀림없다고 생각했다. 그래서 아주 정중하게 그에게 제안했다.

"음, 저기, 오랜 친구여. 그대가 나와 함께 오늘 저녁 식사를 한다면 매우 행복할 것 같군요. 여기로 와서 나를 만나지 않겠소, 모튼?"

"그…, 그래요. 시간 될 것 같아요. 네, 그럴게요. 어디로 갈까요?"

"28번가와 6번가 사이는 어때?"

"좋아요. 6시쯤이요?"

"좋아! 다시 만난다니 정말 좋군, 내 친구 모튼."

"나도 그래요. 끊을게요."

약속장소인 미겔턴 식당에 도착한 미스터 렌은 테이블 건너편에서 모튼을 발견했다. 모튼은 가축 운반선에서 늘 웅크린 자세로 있던 단호한 얼굴의 모튼이 아닌 낯선 사람 같았다. 그는 다소 어수선해 보였고 매우 조용했다. 가축 운반선 따위와는 아무 관련도 없는 사람의 차림새였다. 브라질산産 다이아몬드로 만든 말발굽 모양의 핀이 꽂힌 진홍색의 넥타이와 소맷자락이 화려한 곡선을 이루고 주머니가 팔랑거리는 세련된 갈색 기성복을 입고 있었다. 모튼은 리버풀에서의 이별 이후에 그가 했던 방랑에 대해서는 아무 말도 하지 않았다.

"아, 그냥 이리저리 돌아다녔어요. 여러 장소를요…. 오늘 밤은 따뜻하네요. 다른 해에 비해서 말이에요."

그가 세 번이나 얘기했다.

"그렇게 떠나고 나서 당신이 내게 화를 낼까 봐 약간 무서웠어요. 그게 한 번도 당신에게 연락하지 않은 이유예요."

세 번이나 미스터 렌은 '화'가 나지 않았다고 말했다. 그리고 더 이상은 그를 이해시키려 하지 않았다. 두 사람의 대화가 끊겼다. 두 사람 모두가 꽤 오랫동안 테이블 위에 놓인 칼을 가지고 놀았다. 모튼은 흘러나오는 피아노 연주곡에 집중하는 척하며 이쑤시개를 삼각형 모양으로 쌓았다. 미스터 렌은 건너편 건물이 당장 불타기를 바라는 사람처럼 창밖을 응시하고 있었다. 둘 중 누구라도 말할 거리를 찾아내서 대화를 시작하면 그들은 죄책감에 빠진 듯 서둘러서 대화를 했고, 상대편의 의견이라면 따지지도 않고 광적으로 동의했다. 미스터 렌은 모튼이 그다지 새롭게 할 말이 없다는 사실에 당황했다. 그 사실은 그를 매우 불신하게 만들었다. 미스터 렌이 감정을 담아 말했다.

"이제 말 해줘, 모튼. 네가 리버풀을 떠나고 나서 뭘 했는지 들어야겠어."

"나는…"

"으흠…"

"리버풀 밖으로 한 발자국도 안 나갔어요! 거기 있는 식당에서 일했다고요…. 그렇지만 다음에는…, 다음에는 꼭 콘스탄티노플(터키 이스탄불의 옛 명칭 - 역자 주)로 갈 거예요!"

모튼이 흥분해서 말했다.

"그리고 리버풀에서 영국 사람들의 다양한 삶의 모습을 많이 봤어요."

미스터 렌은 빠르게 화제를 돌려 야구 월드 시리즈에 대해 길게 이야기를 늘어놓았다. 그리고 '리갈'과 '워크오버' 중 어느 회사가 더 좋은 신발을 만드는지에 대해 이야기했다. 그는 두 사람이 할 수 있는 다른 일에 대해 생각해 보려 노력했다. 갑자기 미스터 렌이 말했다.

"저기, 모튼. 내가 요 앞에 담배 가게에서 일하는 아주 멋진 남자를 한 명 알아. 같이 가서 한번 볼래?"

"그래요."

톰 포핀스는 두 사람에게 매우 다정하게 대했다. 그는 시가를 만드는 담배 냄새가 나는 방에서 갈색 캔버스 천으로 만들어진 의자를 꺼내와 그들에게 주었다. 그리고 세 사람은 가게에 웅크려 앉아 있었다. 톰 포핀스는 후아레스 경마장(뉴욕주州에서 경마를 금지하자 대체수요로 멕시코에 건설된 경마장 – 편집자 주), 태프트(윌리엄 하워드 태프트. 미국 제27대 대통령 - 역자 주), 시가 래퍼(시가의 겉을 감싸는 담배잎 – 편집자 주), 유대인에 대한 이야기를 했다. 모튼도 자극을 받아 아주 오래전 일어났던 판사와 흑인 이야기를 늘어놓았다. 그는 아주 신이 나 보였다. 종종 크게 웃으며 '아 그렇죠!'라고 공감하는 말을 했다. 하지만 그는 음료수 냉장고 위쪽 벽에 걸린 시계를 신경 쓰며 계속 흘깃거렸다. 10시 정각이 되자 그는 겸연쩍게 일어나 머뭇머뭇 중얼거렸다.

“저, 이제 집에 가 봐야겠어요.”

미스터 렌이 놀라며 말했다.

“아, 모튼! 이렇게 빨리?”

톰 포핀스도 거들었다.

“왜 이렇게 서둘러요?”

“바로 저지시티로 가 봐야 해요.” 모튼의 목소리는 다정하지만 확고했다.

“아니, 음…, 모튼.”

톰 포핀스가 아쉬워했다. 모튼이 일어서자 두 갈래의 앞머리 위로 정수리 쪽 대머리가 반짝거렸다.

“다음 주 월요일 저녁에 미스터 렌을 우리 하숙집으로 초대했어요. 당신도 같이 오면 좋겠네요. 꽤 괜찮은 곳이거든요. 집주인 아티 부인은 멋진 사람이죠. 빈방이 하나 생길 것 같아요. 당신들 두 사람이 와서 그 방을 차지할 계획을 세울 수도 있죠. 이건 알아둬요. 중간에서 돈을 떼먹진 않아요. 우리는 그냥 아티 부인을 위해서 소개할…”

“아니에요, 아니에요!”

모튼이 손사래를 쳤다.

“죄송해요. 저는 못 가요. 저는 매형 집에서 지내거든요. 절반 가격만 내고 살고 있어요…. 긴 여행을 떠나기 위해 돈을 모아야 해서요. 상트페테르부르크(제정 러시아의 수도 - 역자 주)로 떠날 계획이에요! 그렇지만 오늘은 즐거웠어요.”

“다행이군요. 두 사람의 가축 운반선 여행담 좋았어요.” 톰 포핀스가 말했다.

모튼이 빠르게 말했다. 방어적이면서 약간 비판적인 말투였다.

"두 사람은 돈을 잘 벌잖아요. 그렇죠? 저는 형편이 좀…. 흠, 좋은 밤 보내세요. 만나서 반가웠어요, 포핀스 씨. 잘 자요, 내 친구 렌…"

"페리 타고 가? 저지시티까지? 데려다줄게." 미스터 렌이 말했다.

두 사람은 조용히 걸었다. 미스터 렌은 몹시 슬펐다. 그는 언젠가 실행할 계획이었던 방랑자의 삶을 (아마도) 살고 있는 모튼을 쳐다보았다. 새로운 거대한 집단의 친구들을 사귀는 동안 옛 빌 렌의 모험적이고 야생적인 모습은 모두 잊어버린 기분이 들었다. 그리고 이제 첫 번째 친구와 작별을 하고 있었다. 페리 선착장에 도착하자 모튼은 마지막을 의미하는 듯 애정이 담긴 목소리로 말했다.

"자, 잘 가요, 미스터 렌."

모튼과 헤어지자 미스터 렌은 톰 포핀스의 가게로 잽싸게 달려갔다. 가는 동안 모튼과 헤어졌다는 사실에 안도하는 자신의 모습에 충격을 받았다. 담배 가게는 닫혀 있었다. 미스터 렌은 집으로 발길을 돌렸다. 잽 부인이 (겨우 하루 지난) 방세를 독촉하며 미스터 렌을 불러 세웠다. 그는 매우 퉁명스럽게 잽 부인을 대했다. 그리고 방에 가서 감정을 억누르며 울분을 토해냈다.

"아, 신이시여. 쓰레기가 된 기분이야!" 황량한 외로움이 담긴 목소리였다.

다음날 집에 돌아올 때까지 죽고 잊힌 모튼의 귀신이 내내 미스터 렌을 따라다녔다. 그는 집에 들어와 검은 호두나무로 만든 잽 부인의 모자걸이에서 파리로부터 온 편지를 발견하고 깜짝 놀랐다. 이국적인 회색 봉투에 이스트라가 일부러 휘갈겨 쓴 검은색 글자들이 적혀 있었다. 미스터 렌은 편지를 뜯어보는 호사를 조금 미루었다. 양치를 하고,

슬리퍼로 갈아 신고, 부드러운 흔들의자의 쿠션을 두드리는 의식을 끝낼 때까지. 앞으로 다가올 즐거움으로 숨이 가빴다. 그는 창문 밖을 바라보았고, 거대하고 눈부시게 아름다운 이스트라의 모습을 떠올렸다. 캠프파이어 옆에서 아침 식사를 하며 웃는 이스트라의 모습이 길 위로 우뚝 솟아 있었다. 미스터 렌은 숨을 한 번 크게 쉬고는 편지를 읽어 내려갔다.

미스터 마우스,

당신을 아직 잊지 않았어요.
당신의 편지를 받고 매우 기뻤다는 말을
전하고 싶어서 편지를 써요.
특별한 일은 없었어요.
작업도 하고, 여기서도 멍청한 파티들을
쫓아다니느라 몹시 바빴어요.
당신은 아주 착한 영혼을 가진 사람이니까
나한테 계속 편지를 보냈으면 좋겠어요.
그럼, 급히 가봐야 해서 이만.

이스트라 내시

-P.S-
다음에는 더 길게 쓸게요.

미스터 렌은 순식간에 편지를 다 읽었다. 이스트라는 또다시 사라졌다.

14장. 사교모임에 들어간 미스터 렌

이스트라의 온갖 영향력을 받으며 영국에서 사람들을 만났을 때 느끼지 못했던 큰 설렘과 흥분을, 미스터 렌은 11월의 어느 저녁 아티 부인 집의 흰색 현관문을 보았을 때 느꼈다. 아티 부인의 집은 렉싱턴가街 근처 30번가에 있는 단정하게 늘어선 집들 중 하나였다. 시민으로서의 자부심을 지닌 사람들이 살고 있는 동네였다. 신문이 아스팔트 바닥 위에 나뒹굴고 있는 경우는 거의 없었다. 잘 정돈된 콧수염을 기른 어떤 집주인은 신문을 발견하는 즉시 달려 나와 신문이 도착한 지 채 1시간도 되기 전에 집 안으로 가져다 놓을 정도였다. 희고 검은 대리석 타일로 된, 안주인이 아닌 하녀들이 청소했을 법한 잘 정돈된 현관 입구 바닥은 놀랄 일도 아니었다. 지하 방의 창문에는 물방울무늬의 스위스제 커튼이, 1층 창문에는 아일랜드풍 커튼이 걸려 있었다. 죽 늘어선 여덟 개 남짓 되는 집들에는 우아한 황동 문패 두 개가 걸려 있었다. 다른 골목들과는 달리 아이들이 작은 나뭇가지를 들고 소리 지르며 다니는 길은 4분의 1도 채 되지 않았다. 꼬맹이들을 태우지 않은 택시가 문 앞까지 오는 경우도 있었다. 종종 잘 차려입은 젊은 남자들이 타이트한 검은색 옷을 입고 머리에 밝은색 스카프를 맨 젊은 여성을 데리고 나가는 모습도 볼 수 있었다. 같은 블록에 미들 웨스턴 대학교 남학생 사교클럽의 회관이 있었고, 나머지 집은 개인의 소유였다. 경찰 경감의 집도 있고, 딱 달라붙는 스패츠 타이즈를 입고 다니는 학교 교장의 집도 있었다. 그 구역은 그 자체로 단정했다. 잽 부인의 집이 있는 구역과는 달랐다. 잽 부인의 동네는 체크 무늬 옷을 입고 달려나가 과일 노점상과 옥신각신하는 집주인들이 가득한 곳이었다. 빈민가처럼 느껴질 정도였다.

아티 부인의 집은 같은 구역에 있는 다른 집들보다는 약간 초라했다. 복도의 검은색 난간은 부러졌고, 지하 방의 방범용 창살은 녹슬어 있었지만, 창문에는 희고 빨간 무늬의 화려한 커튼이 걸려 있었다. 커튼 사이에는 여인의 나체를 조각한 2달러 98센트짜리 붉은색 도자기가 놓여 있었고, 티끌 하나 없이 하얀 문에는 초인종 역할을 하는 광이 나는 황동 당김줄bell pull이 걸려 있었다. 미스터 렌은 다른 사람의 집에서 식사를 하는 상황에 대한 긴장과 설렘을 들키기 싫어서 점잖지만 활기차게 당김줄bell pull을 홱 잡아 당겼다. 그는 뉴욕의 외로운 남자들 중 하나였다. 바깥에서 제대로 된 식사를 한 적은 8년 동안 겨우 네 번에 불과했다. 서른 예닐곱쯤 되어 보이는 여자가 문을 열어 주었다. 꽤 뚱뚱한 여자였다. 몸집이 잽 부인의 3분의 2쯤 되어 보였다. 하지만 눈은 앳되었다. 그녀의 조그맣고 둥근 입이 미소 짓느라 떨리고 있었다.

"당신이 미스터 렌이겠군요. 그렇죠?"

그녀가 문 옆 기둥에 기댄 채 웃으며 명랑하게 말했지만, 살짝 게을러 보이는 듯한 인상이었다.

"내가 아티 페라드예요. 톰 포핀스가 당신이 올 거라고 말해 줬어요. 그 친구가 당신은 아주 근사한 사람이고, 내가 틀림없이 당신을 좋아할 거라고 그러더군요. 얼른 들어와요."

아티 부인이 복도 쪽으로 재빠르게 향하자 게을러 보이는 그녀의 모습이 활기를 띤 모습으로 바뀌었다. 그녀는 복도 오른쪽에 있는 커다란 문을 양쪽으로 열었다. 문이 열리고 멋진 밤 파티가 미스터 렌 앞에 펼쳐졌다. 서너 명의 사람들이 (그들의 활기찬 모습은 마치 수십 명의 사람이 모여 있는 것처럼 느껴졌다) 노래를 부르며 피아노 선율에 맞춰 소리쳤다. 밝은 빨강으로 둘러싸인 방이었다. 빨간색 벽지와 색이 바랜 붉은색 카펫, 분홍색 조각이 반복적으로 장식된 높은 천장이 보였다. 벽에는 낡은 방앗간 옆에서 곰곰이 생각하고 있는 여인들의 모습 뒤로 붉게 물든 노을이 펼쳐진 그림이 걸려 있었다. 특히 진주에 무늬를 새긴 듯한 눈송이가 보슬보슬 내리는 크리스마스 풍경 그림이 벽에 생기를 불어넣고 있었다. 방 한가운데에 놓인 황금빛 오크나무 테이블에는 모자이크 장식이 된 커다란 램프가 있었다. 램프의 조화로운 초록, 빨강, 진주색 조각들 사이로 가스등의 생기 있는 불빛이 요동치고 있었다. 방 안에는 플러시 천으로 만든 의자, 인조가죽 의자, 테이블, 소파, 그리고 '여성용 책상' 등이 빼곡히 놓여 있었다. 젊은 연인의 모습이 장식된 알록달록한 꽃병들이 방의 한쪽 구석에 놓인 피아노와 검은색 벽난로 선반 위에 놓여 있었다. 눈부신 가스등과 벽난로 불꽃은 누가 더 딱딱거리는 소리를 내며 밝게 빛나는지 대결을 하고 있었다. 수많은 가구들이 방을 요란스럽게 만들었다. 가구들의 붉은 색과, 오크나무 재질, 우아한 광택이 방을 어지럽게 만들었고 사람들의 웃음소리와 피아노 선율을 따라 들리는 노랫소리가 어지러움을 훨씬 증폭시켰다.

톰 포핀스가 빨간색 소파에서 일어나 느릿느릿 걸어왔다. 그는 미스터 렌을 방에 있는 다섯 명의 새로운 사람들에게 당황스러울 만큼 빠르게 소개했다. 다섯 명이 아니라 오십 배는 더 많은 낯선 사람들의 거대한 인파가 눈앞에 있는 듯했고, 미스터 렌은 도망치고 싶었다. 사람들 중 겨우 두 명만이 믿음직스러웠다. 무슨 미스 넬리인가 하는 사람과 호레이시오 후드 템 어쩌고 하는 이름을 가진 사람이었다. (사실은 호레이시오 후드 테뎀이었다) 그는 미스 넬리의 성을 제대로 못 들은 것이 (저녁 식사 중 크루벨이라고 밝혀졌지만) 못내 아쉬웠다. 넬리가 웃으면서 예쁘장한 손을 내밀며 '만나서 반가워요, 미스터 렌.'이라고 다정하게 말하자 첫눈에 반해버렸기 때문이다. 그녀는 방의 앞쪽으로 돌아가서 홀쭉한 노처녀와 함께 가구의 장식 주름에 대한 이야기를 마저 나누었다. 하지만 미스터 렌은 왠지 넬리를 오랫동안 봐왔던 느낌이 들었고, 그녀가 아주 현명한 젊은 숙녀라는 사실을 파악할 만큼 친한 사이인 기분이었다.

넬리 크루벨의 첫인상은 우아하고 예쁘장했다. 고급스러운 느낌의 외모였다. 파르테논에 살 때 보았던 언덕 위 커다란 흰 집에 살던 대지주의 딸 같았다. 사실 넬리는 그렇게 특출나게 예쁘지는 않았지만, 미스터 렌의 눈에는 그렇게 보였다. 사실 그녀의 입은 너무 컸고, 머리카락은 평범한 갈색이었다. 얼굴 표정도 상황에 따라 시시때때로 바뀌었다. 하지만 전체적인 생김새는 나쁘지 않았다. 피부도 완벽했고, 그녀의 미소는 아주 짧았지만 세심했다. 미스터 렌보다 키가 3, 4인치 정도 작은 굴곡진 몸매였다. 그녀의 흰색 실크 블라우스는 부드럽고 사랑스러운 야리야리한 어깨선을 따라 매끄럽게 떨어졌다. 맵시 좋은 에나멜 가죽 벨트가 그녀의 잘록한 허리를 감싸고 있었다. 검은색 펌프스 구두 안에 얇고 검은 무명실로 만든 스타킹을 신은 둥글둥글하고 조막만 한 발이 보였다. 그녀는 사업가 교육을 받은 사람처럼 빈틈없고, 독립적이었으며, 자존감이 높았다. 스스로 모든 일을 처리해야 한다고 믿는 듯했다. 하지만 쉽게 무너지지 않을 만큼 굳건한 신앙심을 가지고 있었으며 아주 약간 수줍음을 탔다. 넬리는 스물네댓 살 정도의 여성이었고, 일을 할 때는 나이에 비해 연륜이 있어 보였지만, 사랑에 관해서는 그저 어린아이 같았다. 그녀는 펜실베니아주州의 업튼스 그로브에서 태어났다. 18년 동안이나 파티에서 동요를 연주했고, 남자들이 밥티스트 해변으로 함께 데이트를 나가자고 보낸 편지들은 죄다 무시해 버렸다. 대신 월터 스콧(19세기 초 영국의 낭만파 시인 겸 역사소설가 – 편집자 주)의 책들을 읽었고, 종종 주일학교에서 가르치는 일을 하기도 했다. 그녀의 부모님은 그녀가 고등학교 마지막 학년일 때 돌아가셨다. 이후 그녀는 일자리를 위해 뉴욕에 왔다. 할로윈이나 크리스마스 같은 연휴에 '워너메이시 장난감 백화점'에서 주급 6달러를 받으며 일했고, 나이 많고 까다로운 손님들에 대한 인내심과 높은 매출 덕분에 백화점에서 정규직으로 일하게 되었다. 그녀는 지금 속옷 백화점에서 주급 14달러 80센트를 받는 구매 담당 부보조의 자리까지 우뚝 올라왔다. 그리고 일요일마다 장로회 교회에 나갔다. 이상이 그녀에 대한 모든 것이다. 그녀가 싫어하는 유일한 사람은 미스터 렌이 들어올 때 피아노를 치고 있던 삼류 배우 호레이시오였다. 호레이시오가 래그타임(1900년대 초 미국 흑인들에 의해 처음 연주되기 시작한 피아노 재즈의 일종 – 편집자 주)을 아주 빠르게 연주하면서 발을 구르고 능글맞게 웃으며 사람들을 쳐다봤다. 아티 부인은 담소를 나누고 있던 손님들을 지하 주방으로 데려갔다. 주방의 벽지는 분홍색이었고 산처럼 높은 찬장이 한쪽 편에 우뚝 서 있었다. 미스터 렌의 자리는 아티 부인과 넬리 사이였다. 낯선 분위기 속에서 프라우풋이 성격을 드러냈다. 그녀는 활기찼지만, 나이는 마흔 살쯤 되어 보였고 신앙심이 깊은 노처녀였다. '도르카스 우먼 익스체인지'에서 장식 달린 냅킨 만드는 일을 했다. 그리고 1년에 200달러의 국가 보조금을 받고 있었다. 빨간색 피클 유리그릇의 오른쪽에는 나이가 지긋한 에빗 부부가 앉아 있었다. 사무엘 에빗과 그의 부인이었다. 사무엘 에빗은 하트포트에서 이사 온 지 5년이나 되었지만 늘 방금 이사 온 사람처럼 보였다. 부동산 중개사무소를 운영하는 그는 심술궂고 지나치게 정직한 백발의 남자였다. 그의 최고 관심사는 류머티즘과 뉴스였다. 에빗 부인의 관심사는 오직 남편뿐이었다. 테이블 건너편에는 제임스 던컨이 존재감을 뿜어내고 있었다. 그는 붉은 수염 때문에 주일학교 교장 같아 보였다. 하지만 그는 외투와 정장 가게를 찾으러 여기저기 여행 다니는 사람이었다. 포커와 옥션 피노클이라는 카드 게임에 목숨을 걸었고, 뒤로 깔끔하게 넘긴 머리와 기차에 대한 지식으로 많은 사람의 인정을 받았다. 이게 다였다.

아티 부인이 하녀 애니에게 야채수프를 가져오라고 말하고, 미스터 렌에게 냅킨을 갖다 주라고 시킨 후부터는 아티 부인이 대화를 주도했다. 대화를 이끌어가는 즐거움을 결코 서투른 손님들에게 믿고 맡길 수는 없었다. 그녀는 톰 포핀스가 미스터 렌의 친구 모튼(맞지?)을 만난 이야기로 대화를 이어나갔다. 그녀가 듣기로는 모튼은 매우 훌륭한 남자였다. 미스터 렌과 모튼이 가축 운반선을 타고 대서양을 건넌 것이 진실일까? 정말로?

"와, 정말 재밌어요!"

미스터 렌 옆에 앉아 있던 예쁘장한 넬리가 거들었다. 그녀의 어린 눈빛이 존경심으로 가득 찼고, 미스터 렌은 심장이 마구 고동쳐서 수프를 제대로 삼킬 수 없었다. 사무엘 에빗이 끼어들었다.

"어…, 1800…, 그래. 1872년에 프리지라는 배가…, 아니, 1873년이었지. 아니야, 72년."

"1872년이에요, 여보." 에빗 부인이 정정해 주었다.

"1873년이야. 나는 연안 무역선에 올랐지. 젊었을 때 말이야. 근데 가축을 실어 옮기진 않았어."

사무엘 에빗이 날카롭게 안경 통을 눌러 닫고 호레이시오를 험악하게 쳐다보며 말했다. 그리고는 이 어이없는 상황을 다 해결했다는 듯이 다시 식사에 집중했다. 미스터 렌은 사무엘 에빗의 말에 좀 혼란스러웠고 중간중간 호레이시오의 익살맞은 방해에도 불구하고 건초를 던지던 일, 모튼의 현명함, 두목 사탄의 사악함에 대해 이야기했다.

"근데 당신이 했던 용감한 일에 대해서는 하나도 말하지 않았잖아요." 아티 부인이 다정하게 말했다. 그러곤 넬리에게 동의를 구하듯 말했다.

"미스터 렌은 분명 멋진 사람이었을 거 같아. 안 그래, 넬리?"

"제 생각도 그래요."

넬리의 목소리는 플루트 선율처럼 듣기 좋았다. 미스터 렌은 한 가지 소원이 생겼다. 바로 자신이 이 넓은 세상을 항해하도록 선택된 특별하고 멋진 사람이며, 위험하거나 가축 운반선만큼 험한 장소들을 여행할 수 있는 유일한 사람이라고 넬리가 믿게 만드는 일이었다. (그는 믿음직한 회사원이고, 진심으로 훌륭한 사람이었음에도 불구하고 말이다) 그는 톰 포핀스와 점잖은 노처녀 프라우풋이 선박에 소를 태워 이동시키는 일에 대한 윤리적인 문제에 대해 토론하는 동안 그녀에게 어필할 겸손하지만 인상 깊은 이야기를 생각해내려 애썼다. 그들이 부드러운 커스터드 소스가 올라간 디저트를 마무리할 때쯤 미스터 렌은 목표를 반쯤 달성했다.

"당신은 뉴욕 출신인가요, 미스 넬리?"

그리고 펜실베니아의 업튼스 그로브에서 열리는 썰매 파티 이야기를 들었다. 그는 굉장히 행복했다.

'집에 온 듯한 기분이군. 정말 멋진 친구들이야…. 이제 헤어져야 할 시간이라니. 맙소사! 넬리는 엄청난 미인이야. 그리고 똑똑하기까지!'

미스터 렌은 저녁 식사 후 넬리와 함께 구석에 가서 이야기를 나누고 싶었지만 살짝 겁이 났다. 톰 포핀스가 호레이시오와 이야기를 나눈 후 미스터 렌을 불렀다. 호레이시오는 영화 회사에서 1주일째 연기 일을 하고 있었기 때문에 유명한 월도프 극장의 입장권 세 장을 가지고 있었다. 미스터 렌은 호레이시오의 기생오라비 같은 말투와 행동을 끔찍이도 탐탁지 않게 여겼다. 이를테면, '낄낄'거리며 웃는다거나, '아잉, 참 짓궂은 사람이양.'하는 모습들. 하지만 호레이시오의 이러한 면모가 오히려 연기를 함에 있어 훌륭한 역할을 한다는 사실을 알고 나서는 톰 포핀스와 함께 셋이서 자랑스럽게 바깥으로 나갔다. 빈 하숙방에 대해 아티 부인과 이야기할 기회는 갖지 못했다. 미스터 렌은 찰리 카펜터나 잽 부인의 가족들이 영화배우 바로 옆에 앉아 있는 자신의 이런 신기한 모습을 봤다면 얼마나 좋을까 하고 생각했다. 그들은 마치 오래전부터 알던 친구처럼 친근하게 영화 제작에 관련된 이야기를 나누었다.

미스터 렌은 친구들을 즐겁게 해주고 싶어서 그들을 데리고 술을 마시러 갔다. 친구들을 자신의 방으로 초대하려고 잽 부인의 집으로 두 사람을 데려갔다. 호레이시오는 멋지게 차려입은 상태였다. 그는 사람들에게 호감을 얻기 위해 성대모사 같은 흉내를 곧잘 내곤 했는데, 톰 포핀스는 그가 돈을 꾸려고 하는 수작이라는 사실을 알고 있었다. 세 사람은 잽 부인의 집으로 가는 어둑어둑한 길을 유행가를 흥얼거린 채 뛰놀며 갔다. 집 안에 들어가자 톰 포핀스와 호레이시오는 안쪽 계단에 자리를 잡고 시끄럽게 노래를 불렀다. 미스터 렌은 아래층에 있는 잽 부인이 신경 쓰였다. 그는 두 사람을 위층으로 안내하고 가스등에 불을 붙이면서 끊임없이 아래층에 귀를 기울였다. 하지만 호레이시오가 물컵 두 개를 눈에 갖다 대어 안경처럼 보이게 하고, 작은 모자솔을 콧수염처럼 붙인 뒤 루즈벨트 대통령을 똑같이 따라 하자 미스터 렌은 배꼽을 잡고 웃었다. 그리고 두 사람에게 말했다.

"아, 나가서 맥주 좀 사 올게요. 아니면 다른 필요한 건? 치즈 샌드위치?"

"좋지요." 톰 포핀스와 호레이시오가 동시에 말했다.

미스터 렌은 병맥주 한 묶음과 스위스 치즈 샌드위치로도 모자라서 철갑상어알caviar 캔과 짭짤한 크래커를 사왔다. 그는 방 안에 깨끗한 타월을 펼쳐 놓고 책상 위에도 타월 두 개를 깔아 놓고 컵 두 개와 컵으로 쓸 면도용 머그잔을 올려놓으며 축제를 준비했다. 호레이시오가 샌드위치에 철갑상어알caviar을 바르며 한껏 목청을 높여 노래를 불렀다. 하지만 이내 멈추며 놀란 눈으로 방문을 향해 시선을 고정했다. 미스터 렌이 급히 고개를 돌렸다. 복도의 전등이 스포트라이트처럼 잽 부인의 머리 위를 비추었다. 회색 가운을 풀어헤친 거대한 몸집의 잽 부인이 문을 열고 서 있었다. 그녀는 팔짱을 낀 채 말없이 미스터 렌을 노려보았다.

"미스타 렌."

또 시작이다. 곧 격노로 변할 것이 분명한 높은 톤의 목소리였다. 하지만 그녀는 위대한 모험가 빌 렌을 상대하고 있었다. 그는 친구들을 보호해야 했다. 미스터 렌이 벌떡 일어나 잽 부인을 향해 걸어가더니 조용히 말했다.

"노크하는 소리 못 들었는데요, 잽 부인."

"노크 안혔어. 그라고 지금 자네가…"

"그럼 앞으론 노크 좀 해주세요. 제가 이 집 나가는 꼴 보기 싫으면."

미스터 렌의 목소리는 떨렸지만 날카로웠다. 아래층 복도에서 리 테레사가 잽 부인을 불렀다.

"엄마, 내려와! 엄마!"

하지만 잽 부인은 이미 시작해버렸다.

"만약 내가 젊은 술주정뱅이들이 온 동네 사람들을 깨우는 걸 가만 내비둘 줄 알었다면 말여, 그라고 지금 자정이 넘은 시간에…"

그때 미스터 렌은 태어나서 가장 경악스러운 광경을 목격했다. 그는 톰 포핀스의 영원한 노예가 되었다. 톰 포핀스는 인상 좋은 얼굴이 굳기 시작하면서 민첩한 목소리로 잽 부인을 향해 소리쳤다.

"쫓아내기 전에 저리 꺼져! 이 쭈그렁 할망구야, 당신 문제점은 미스터 렌 같이 착하고 얌전한 친구에 대해 감사한 마음을 갖지 않는다는 거야. 그걸로도 모자라서 이 친구를 괴롭히려고 하고 있지. 이 친구가 여기서 몇 년째 살고 있는데도 말이야. 얼른 나가! 안 그럼 밀어버릴 테니까. 나는 미스터 렌처럼 당신의 못된 장난을 순순히 당하고만 있지는 않을 거야. 나가! 당신 방도 아니잖아. 미스터 렌이 돈을 주고 살고 있잖아. 월세를 내고 있으니 미스터 렌 방이나 마찬가지야. 얼른 나가!"

담배 가게의 친절한 매니저 톰 포핀스는 덩치가 큰 술 취한 남자들을 상대하는 일에 익숙했다. 그의 목소리는 어마어마하게 컸으며, 일말의 동요도 없었다. 아직도 '말없이 노려보는' 잽 부인의 태도는 전혀 신경 쓰지 않는 듯했다. 하지만 버려진 여인, 잽 부인의 유일한 아군이 그들을 지켜보고 있었다. 리 테레사는 아래층에서 톰 포핀스의 목소리를 듣고, 이제 미스터 렌이 더 이상 여기서 살지 않을 거라는 사실을 확신했다. 그는 위층으로 달려 올라와 잽 부인의 어깨너머로 씩씩거리며 말했다.

"남자 여러 명이 여자를 그렇게 괴롭혀요? 이 술주정뱅이 쓰레기들…, 이…, 이…, 비열한 놈들. 당장 경찰에 신고할 거예요. 당신들 지금…"

"이봐요, 아가씨. 나 잠복 형사예요." 톰 포핀스가 부드럽게 말했다.

그의 커다란 목소리가 얼룩무늬 고양이처럼 그르렁거렸다.

"당신들 쫓아내고 싶지 않은데, 지금 당장 문 닫고 나가지 않는다면 그래야만 할 것 같네요. 아니면 내려가서 이 구역 담당 경찰을 불러도 좋아요. 그 사람들이 당신들을 쫓아낼걸요. 형법 제2762조에 의해서 말이에요. 무단 침입과 부랑자에 관한 법률이죠. 딱 당신들이 지금 하고 있는 행동에 적용되겠네요!"

당황하고 불안해하다가 겁먹은 잽 부인이 거대한 몸을 돌리고는 문을 쾅 닫았다. 미스터 렌은 메스꺼움, 죄책감, 집에서 쫓겨났다는 생각이 동시에 들었지만 애써 품위 있는 척하며 떨리는 목소리로 말했다.

"정말 미안해요. 친구들이 여기 놀러 왔을 때 이런 꼴을 보이다니.

어떻게 사과를 해야 될지 모르겠어요."

"괜찮아요, 친구." 톰 포핀스의 낮은 목소리가 흘러나왔다.

"자, 이리와요. 아티 부인 집으로 갑시다."

"그렇지만…, 거의 11시가 다 돼가요."

"상관없어요. 잠시 앉아 있다가 일어나면 돼요. 아티 부인은 12시 조금 넘어서까지 카드게임을 하느라 깨어 있으니까요."

"맙소사!"

미스터 렌은 톰 포핀스의 말을 듣고 흥분되었다.

세 사람은 시끄럽게 떠들며 아티 부인의 집으로 들어갔다. 물론 미스터 렌은 시끄럽게 굴지 않았다. 응접실 문이 열려 있었다. 아티 부인의 넓은 등이 문 쪽을 향하고 있었다. 그녀는 함께 파이브 헌드레드 카드게임을 하던 제임스 던컨과 프라우푸에게 말을 하던 중이었다.

"그럼, 나는 하트 7을 부를게. 다들 계속 받아칠 거라면."

그리고 뒤쪽을 힐끗 쳐다보며 말했다.

"얼른 들어오렴. 얘들아."

그녀는 '돌리고 남은 패'를 집어서 버리고는 카드를 홱 잡아챘다. 당황한 미스터 렌은 난파선에 남겨진 풋내기 선원이 된 기분이었다. 담배를 피우며 카드놀이를 하는 이 부인을 그의 잃어버린 옛 은인, 잽 부인과 비교하며, 카드게임이 끝날 때까지 불편하게 앉아 있었다. 그들이 애써 자신을 배려해 주는 듯한 기분이 들었다. 그리고 넬리의 모습은 어디에도 없었다. 갑자기 아티 부인이 말했다.

"저 방을 구경하고 싶은가 보네, 미스터 렌. 내 말이 맞지?"

"아니…, 음…, 네. 그래도 된다면요."

"이리 따라오렴, 아가."

그녀가 엄격한 척하며 말했다.

"톰, 나대신 게임 좀 하고 있어. 조커 없이는 절대 10을 내지 마."

그녀가 미스터 렌을 복도에 있는 긴 의자의 모자걸이 쪽으로 안내했다.

"3층 뒤쪽 방이 2주 안에 빌 거야, 미스터 렌. 원한다면 지금 올라가서 봐도 돼. 저 방주인이 밤에 일하거든. 렉터 식당의 수석 웨이터인가 그럴 거야. 새벽 3-4시쯤 돼야 집에 들어오지. 이리 와."

미스터 렌이 3층 뒤쪽 방을 보러 갔을 때, 아티 부인 집에 사는 사람들에게 기꺼이 이 집에서 살도록 허락받은 느낌이었다. 마치 방금 약혼한 신랑이 된 듯한 기분이었다. 방은 전체적으로 연두색, 아니 풀색에 가까웠다. 벽은 옅은 초록색이었고, 흰색 고리버들 의자에는 초록색 쿠션이 놓여 있었다. 침대와 소파는 데님 천으로 덮여 있었고, 소파에는 쿠션이 네 개나 있었다. 방은 마치 미스터 렌이 5번가(미국 뉴욕시에 있는 화려한 번화가로 유명 - 편집자 주)의 손님이 된 듯한 느낌을 주었다. 아티 부인이 망설이듯 말했다.

"그냥 평범한 방이야. 가구들도 평범하지. 하지만 이 방에 사는 수석 웨이터는 이 집에 있는 모든 방 중에서 이 방이 제일 좋대. 그와 그의 친구들을 위해 꾸며진 방이니까. 안락하고, 햇볕도 아주 잘 들고…"

"이 방 쓸게요…. 얼마예요. 아, 식사까지 같이하면요?"

그녀는 쓰든 말든 상관없다는 식의 도발적인 말투로 말했다.

"일주일에 11달러 50센트."

엄청난 낭비였다. 일주일에 10달러밖에 벌지 못하는 아픈 여자와 결혼하는 것이나 마찬가지였다. 그는 생각했다. 19달러에서 11달러 50

센트를 빼면 7달러 50센트밖에 남지 않는다. 그 돈으로 옷도 사고, 저금도 하고, 기타 등등…, 하지만….

“좋아요.” 미스터 렌이 주저하지 않고 말했다.

미스터 렌은 자신이 무서웠다. 하지만 동시에 기뻤다. 매우 기뻤다. 그는 이 천국에서 살게 되었다. 그리고 잽 가족의 여자들로부터 도망칠 수 있었다. 그리고 넬리…. 아, 그녀에게 애인이 있을까? 그는 궁금했다. 아티 부인이 말했다.

“그렇지만 우선, 몇 가지 물어볼 게 있어. 여기 앉아봐.”

그녀는 고리버들 의자 하나에 삐걱거리며 앉았고, 갑자기 담배를 피우며 사람들을 놀리는 카드게임 참가자에서 사람들을 이끄는 품위 있고 예의 바른 여자로 변했다.

“미스터 렌, 알다시피 프라우풋과 넬리가 여기 같은 층에 살고 있어. 프라우풋은 자기 앞가림을 잘하는 여자니까 괜찮지만, 넬리는 순수하고 여린 아이지. 내 딸이나 마찬가지야. 내가 방세를 할인해주는 유일한 사람이니까…. 다른 사람한테는 절대 그런 혜택은 없지, 맹세코! 근데…, 음…, 술…, 술 많이 마셔?”

넬리가 같은 층에 있다니! 미스터 렌의 방 근처에! 그는 반드시 이 방을 차지해야 했다. 그는 직접적으로 말했다.

“무슨 뜻인지 알아요, 아티 부인. 별로 많이 마시지 않습니다. 거의 안 마시죠. 종종 맥주 한 잔 정도 마시는 게 다예요. 어쩔때는 1주일에 한 번도 안 마시기도 하죠. 그리고 저는 도박도 안 하고, 그리고…, 그리고…, 항상…, 음, 올바르게 살려고 노력하죠.”

“좋아.”

“저는 28번가에 있는 ‘기념품과 장식 소품 컴퍼니’에서 일해요. 원하시면 전화해 보셔도 좋아요. 아마 부장이 저에 대한 칭찬을 많이 할 거예요."

"아, 그럴 필요까지는 없지, 미스터 렌. 그냥 그 사람과 대화만 해봐도 어떤 사람인지 알 수 있거든."

그녀가 일어나서 웃으며 손을 뻗었다.

"미스터 렌은 넬리에게 잘 해줄 거 같네. 그치? 호레이시오는 내쫓아 버려야겠어! 그 친구한테는 말하지 말고. 근데 진짜 내쫓을 거야. 넬리한테 너무 함부로 대하거든."

"넵!"

아티 부인이 갑자기 한바탕 웃고는 말했다.

"고생했어! 미스터 렌도 진지한 대화를 나누는 거 싫어하지? 이제 내려가자. 톰이나 던컨에게 맥주 사오라고 해야겠어. 우리 집에 들어온 미스터 렌을 환영해야지…. 양말이 제대로 기워져 있지 않은 게 분명하니 몰래 들어가서 한 번 봐야겠군. 나중에 저 방에 살게 된다면 말이야…. 그렇지만 연애편지를 몰래 읽진 않아! 이제 난로가 있는 곳으로 내려가자. 거기가 더 편하니깐."

15장. 파이브 헌드레드 카드게임, 사교적 재치

미스터 렌은 화려하고 빳빳한 술이 달린 붉은 가죽 소파에 꼿꼿이 앉아서 넬리에게 이야기를 털어놓고 있었다. 넬리는 치마로 조신하게 다리를 덮은 채 소파 쿠션들 사이에 웅크리고 앉아 있었다. 미스터 렌이 아티 부인의 집에 들어온 지 2주가 되었다. 그는 새로 산 하늘색 넥타이와 강철판처럼 납작하게 눌린 바지를 입고 있었다.

"네, 당신은 이미 약혼했겠죠, 미스 넬리. 그리고 우리를 떠날 거라는 사실도 알아요. 지긋지긋한 업튼스 그로브나 아니면 다른 곳으로 떠나겠죠."

"약혼 안 했어요. 저번에도 말했었잖아요. 누가 나 같은 사람이랑 결혼하고 싶어 하겠어요? 그만 놀려요. 무례해요. 앞으로는 톰이 날 돌봐주면 좋겠네요!"

"무슨 소리예요. 약혼했잖아요."

"안 했어요."

"했어요."

"안 했어요. 누가 나 같은 불쌍한 애랑 결혼하려고 하겠어요?"

"아니, 누구든지요. 당연하죠."

"그만 놀려요…. 그러는 당신은 여태까지 여자를 스무 명 정도는 만났을 것 같은데요."

"아니, 아니에요. 내 인생에 여자는 두 명뿐이었어요. 한 명은 그냥 한두 번 정도 영화관에 같이 간 게 다예요. 여기 오기 전에 살던 집주인 딸이었어요."

"만약 당신이 그 주인집 딸과 사귀지 않았다면, 다른 여자에게도 관심 없겠네요!"

"그럼요. 바로 그거에요. 그렇지만 난 당신이…"

"나머지 한 명은 누군데요?"

"아! 그 여자는…, 음…, 화가였어요. 난 그 여자를 좋아했죠…, 그것도 엄청 많이. 그렇지만, 그녀는…. 아, 굉장히 교양 있는 사람이었어요. 맙소사! 하지만…"

동정 어린 침묵이 흘렀다. 넬리가 침묵을 깨고 말했다.

"맞아요. 웃긴 사람들이죠, 예술가들은…. 그나저나 오늘 밤에 파이브 헌드레드 카드게임 배우기로 했어요? 처음이네요?"

"그런 것 같아요. 그, 브리지나 휘스트와 비슷한 게임 아닌가요? 근데 왜 이름이 파이브 헌드레드예요?"

"왜냐면 500을 먼저 만들어야 이기는 게임이거든요. 아니요, 브리지랑은 다를 거예요. 사실은 나 브리지 해 본 적이 없어요…. 이런! 브리지도 재밌을 거 같긴 하네요."

"아, 당연히 브리지도 할 수 있는 줄 알았어요. 당신은 못 하는 게 없잖아요. 진짜 솔직하게 당신 같은 사람은 한 번도 본 적이 없어요, 미스 넬리."

"그만해요, 미스터 렌. 나도 내가, 어…, 호레이시오가 날 뭐라고 불렀더라? 아! 깍쟁이인 거 알아요. 그래도…"

"당신은 전혀 깍쟁이가 아니에요!"

"글쎄요…"

"당신은…, 어디 보자…, 아! 영양antelope 같아요."

"아니에요! 물론 코를 토끼처럼 씰룩거릴 수 있긴 하지만요. 뭐 어쨌든, 아 맞다! 오늘 회사 구매 담당 부장이 나더러 미쳤대요."

"만약 내가 그 말을 들었다면…"

"그 사람을 한 대 때리기라도 했을까요, 미스터 렌?"

그녀가 고마운 듯 웃으며 쿠션을 껴안았다. 하지만 미스터 렌은 고작 이렇게 말했다.

"글쎄요, 난 싸움을 좋아하는 사람은 아니거든요. 그래도 재미있는 상황을 만들 수는 있었겠죠."

"말해 봐요, 여태까지 한 번이라도 다른 사람과 싸운 적 있어요? 어렸을 때는요? 나쁜 아이 축에 속했어요?"

"어렸을 때는 한 번도 싸운 적 없어요. 근데…, 음…, 영국으로 가는 가축 운반선 안에서는 몇 번 싸운 적이 있죠. 그래도 엄청 많이 싸우지는 않았어요. 내 기준으론 그래요. 난 겁쟁이였거든요!"

"말도 안 돼!"

"진짜예요."

"당신이 겁쟁이라니 믿을 수 없어요. 당신은 누구보다 진실한 사람이잖아요."

"내가요? 아니, 미스 넬리. 난 그냥 평범한 익살꾼일 뿐이에요."

"자기 자신을 자꾸 비하하지 말아요! 난 당신이 진실하게 행동할 때가 좋아요. 어젯밤에 봤던 그 아름다운 눈처럼요…. 오, 미스터 렌. 이 도시에 살면서 아름다운 것들을 모두 놓치고 있다는 사실이 속상하지 않아요? 여기는 기껏해야 공원밖에 없잖아요. 새 한 마리 없죠. 진짜 야생 새 말이에요. 펜실베니아에서 볼 수 있는 그런 새들요."

"네, 맞아요! 정말 속상해요!" 미스터 렌이 그녀 가까이 다가가 공감하는 눈길로 쳐다보며 말했다.

"내가 너무 감상적인 것 같네요. 같은 부서 직원인 미스 하텐슈타인은 그런 나를 비웃곤 했죠…. 그렇지만 난 새나 다람쥐, 갯버들 같은 걸 정말 좋아한답니다. 여름에는 스테튼 아일랜드로 소풍을 가거나 반 코틀랜드 공원을 돌아다니는 걸 아주 좋아해요."

"미스 넬리, 내년 봄에 나랑 같이 소풍 가지 않을래요?"

이어서 미스터 렌이 빠르게 덧붙였다.

"내 말은 저…, 미스 프라우풋, 아티 부인 이렇게 다 같이 말이에요."

"좋은 생각이네요."

그녀는 다소 새침하게 말했지만 내심 기대를 했다.

"아, 저, 미스터 렌. 혹시 해안 절벽을 따라 산책하며 잉글우드(미국 뉴저지주州 동북부의 도시 - 역자 주) 너머로 가본 적 있어요? 거긴 정말 아름다워요. 숲이랑 강도 보이고, 우습게 생긴 작은 예인선들이 연기를 내뿜으면서 떠다니죠. 발밑 저 아래에서요. 음, 난 거기 있는 돌 위에 누워서 공상에 빠져 몇 시간 동안이나 있을 수 있어요. 일요일을 그 도시에서 보낸 후에도 말이에요."

그녀는 상상하고 있었다. 그러한 모습을 미스터 렌은 지긋이 바라보았고, 그녀를 향한 강렬한 호감이 샘솟았다.

"월요일 아침에 회사로 출근할 걱정은 아예 들지도 않죠…, 미스터 렌. 당신도 그 길 따라가 봤죠? 아니에요?"

"나요? 왜 아니겠어요. 그 해안 절벽을 우리나라에서 최초로 발견한 사람이 바로 나일걸요! 네, 거기 정말 끝~내주죠!"

"네, 맞아요. 당신이 발견한 곳 맞죠? 역사책에서 봤어요! 근데 진지하게, 미스터 렌. 당신은 호레이시오나 던컨과는 달리 돌아다니는 걸 좋아하네요. 그 사람들은 마을 밖을 벗어나기 싫어했거든요. 톰도 마찬가지예요. 나이 탓만은 아닌듯해요."

미스터 렌에게서 질투의 기운이 뿜어져 나왔다. 작지만 뜨거운 질투였다. 그녀가 빠르게 덧붙였다.

"물론, 톰은 그냥 큰 오빠 같아요. 우리 모두의 큰 오빠요."

두 사람 모두를 위한 말이었다. 넬리는 표현할 수 있어서 좋았고, 미스터 렌에게는 듣기 좋은 말이었다. 톰 포핀스를 포함한 그 누구도 넬리의 마음을 사로잡을 수는 없었다. 그들의 수줍은 눈빛은 상냥하게 내미는 손 같았다. 넬리가 터놓고 말했다.

"아티 부인과 톰이 늘 함께 소풍 준비를 해요. 그리고 우리가 해안 절벽에서 놀고 있을 때 내게 말을 걸죠. 가끔은 졸린 사람처럼 보여요. 그래도 난 톰이 자지 않고 나무 아래에서 슬그머니 일어나 아티 부인에게 말을 걸거나 책을 읽는다는 걸 알아요. 어쨌든, 톰은 항상 내게 그러죠. '저기, 동생아. 내가 보기에 넌 소심하게 뒹굴뒹굴하면서 혼자 사색하고 싶어 하는 것 같아. 나 같은 으르렁거리는 늙은 곰이랑은 이야기 안 할 거 알아. 뭐, 다행이지. 나는 잠이나 좀 자고 싶으니깐. 너와 네 끝없는 수다 때문에 낮잠을 방해받고 싶지 않아. 그러니 저리 가!' 내 생각에 톰 오빠는 그냥 내가 사람들이 탐탁잖게 생각하는 일은 안 할 거라는 사실을 알아서 그렇게 말하는 것 같아요."

톰 포핀스의 낮은 목소리를 열심히 흉내 내며 말하는 넬리의 모습을 보면서 미스터 렌은 무릎을 주먹으로 치며 웃었다. 미스터 렌이 동의하며 말했다.

"맞아요. 톰은 진짜 좋은 친구죠! 나도 혼자 어디론가 떠나고 싶네요. 여기저기 혼자 돌아다니면서 마주치는 사람들에 대한 바보 같은 짧은 이야기들을 지어내는 걸 좋아해요. 나쁜 아이가 된 것처럼 말이에요."

"당신은 책도 엄청 많이 읽잖아요, 미스터 렌! 얘기해 줘요. 해롤드 벨 라이트나 머틀 리드의 책 읽어 봤어요? 엄청 달콤한 이야기들이죠."

그는 그 책들을 한 번도 읽어본 적이 없었다. 하지만 당장 읽어보겠다는 굳은 결심을 전했다. 넬리가 계속 말했다.

"아티 부인이 당신 방은 커다란 도서관이나 다름없다고 하더군요. 거의 수백 권의 책들이 있다고…. 사실 당신 방에 들어가서 몰래 살짝 훔쳐봤거든요. 괜찮아요?"

"네. 당연히 괜찮죠! 빌리고 싶은 책 있으면 언제든 말해요, 미스 넬리. 진심으로 기꺼이 빌려줄 테니까요…. 그렇지만, 젠장! 저 책 몇 권 없어요."

"당신이 파이브 헌드레드 카드게임 같은 걸 하면서 시간을 낭비하지 않는 이유가 그거였군요. 안 그래요? 책 읽고 하느라 너무 바빠서 그런 거죠?"

"네, 뭐, 그렇다고 할 수 있죠."

미스터 렌이 겸손한 표정을 지었다.

"그렇다면 여태까지 이런저런 상상을 엄청 많이 했겠네요?"

그녀는 진심으로 궁금해하는 듯했다. 미스터 렌은 확신이 들어 흥분에 차서 말했다.

"네, 그런 것 같아요…. 항상 여행을 떠나고 싶었거든요. 아주 많이요."

"나도 그래요! 돌아다니면서 새로운 장소를 구경하는 거 정말 멋지잖아요!"

"네, 맞아요!"

그가 이어서 나직이 말했다.

"영국은 정말 좋았어요. 사람들은 좀 쌀쌀맞았지만 말이에요. 심지어 여기 뉴욕의 부두에 있을 때도 중국이나 어디론가 떠나온 기분이었어요. 중국도 한번 가보고 싶어요. 인도도요. 아, 그리고 코니아일랜드 같은 곳에서 파도 소리를 듣는다면…, 파도가 육지로 밀려 들어올 때 나는 소리 있잖아요. 흠, 가끔은 파도가 어떤 사람한테 말을 거는 거 같아요. 왜, 있잖아요, 배에 대한 이야기를 하는 거죠. 그리고, 음…, 부서지는 흰 파도 알죠? 흰 파도는 꼭 우리를 향해 오는 것 같잖아요. 당신한테로 다가와서 같이 떠나는 거죠. 중국이나 다른 외국으로 말이에요."

"와우, 미스터 렌. 당신 완전 시인이네요!"

미스터 렌이 미심쩍은 표정을 지었다.

"진심이에요. 놀리는 거 아니에요. 진짜 시인 같아요. 엄청 멋져요. 호레이시오가 말하기를 술을 엄청 많이 마시지 않고서는 아무도 시인이 될 수 없다고 그랬거든요. 그리고 또 솔직해져야 하고 일을 하면 안 된다고 그랬죠. 근데 당신은 그렇지 않네요. 내 말이 맞죠?"

미스터 렌은 수줍어하며 진지한 표정으로 웅얼거리듯 말했다.

"뭐, 그러려고 노력하죠."

"하지만 나와 함께 교회에 가게 만들 거예요. 당신이 너무 심하게 시인처럼 된다면 곧 사회주의자나 뭐 그런 사람이 될 거예요. 그리고…"

"미스 넬리, 내가 당신과 함께 교회에 가도 될까요? 부탁이에요."

"그야, 물론…"

"다음 주 일요일 괜찮아요?"

"네. 좋은 생각이네요. 그나저나 당신 장로교회 다녀요?"

"음…, 난 굳이 말하자면 조합 교회 신자인 것 같아요. 그렇지만, 뭐, 공통점이 많잖아요."

"네, 그렇긴 하죠. 게다가 우리가 같은 마음으로 신앙심을 가지고 올바른 일을 하려고 노력한다면 그런 건 크게 문제가 되지 않죠. 가끔은 힘들 거예요. 당신이 가난할 때나, 그리고…, 음…"

"그리고?" 미스터 렌이 물었다.

"아, 아니에요…. 이런, 나랑 같이 교회에 가려면 일요일 아침에 엄청 일찍 일어나야 할거예요. 우리 교회는 10시 반에 예배를 시작하거든요."

"아, 그럼 5시에 일어나면 되겠네요."

"바보! 이젠 그냥 날 웃기려고 하는군요. 정말로. 교회 가는 걸 별로 좋아하지 않기 때문이죠. 다 알아요. 일요일 아침에 일찍 일어나는 건 너무 귀찮아서 불쌍한 여자들과의 약속을 어기고 그냥 가만히 앉아 책이나 보고 싶겠죠…. 아, 당신이 읽는 책이나 그런 거에 대해서 좀 더 말해 줘요."

"글쎄요, 적어도 9시 반까지는 나갈 준비를 끝낼 거예요…. 그리고 음…, 잘 모르겠어요. 난 책 그렇게 많이 읽지도 않았어요. 그것보다는 여행을 즐겨 했죠. 여행은 뭐랄까…, 정말 굉장한 것 같아요. 난 여행을 떠나면 아이가 되는 상상을 하곤 하죠. 물론 남자라면 일을 할 때는 원래대로 돌아와야겠죠. 여행은 정말 멋져요. 가령 유럽에 어떤 남자가 있었다고 쳐요. 친구와 함께 말이에요. 그리고 그 두 사람은 역사에 대해 아주 많은 걸 알죠. 그들은 가이 포크스에 대해서도 잘 알았어요. 가이 포크스는 영국 의회를 테러하려고 했던 사람이에요. 그리고 두 사람이 런던에 있을 때, 그들은 가이 포크스를 실제로 봤을 거라고 생각하죠. 그리고 함께 돌아다니며 셸리의 방 창문을 구경하죠. 셸리는 옥스퍼드에 살았던 시인이에요. 아, 친구와 함께라면 정말 멋질 거예요.”

“맞아요. 정말 그럴 거예요. 난 한때 백화점의 책 파는 곳에서 일하고 싶었어요. 당신이…”

“파이브 헌드레드 시간이에요!”

아래층 복도에서 톰 포핀스가 고함쳤다.

“준비 됐나? 내 파트너 렌?”

톰 포핀스는 미스터 렌을 게임에 참가시켜 한 수 가르쳐 줄 생각이었다. 두 사람이 한 팀이 되었고, 아티 부인과 프라우풋이 한 팀이 되었다. 아티 부인이 유쾌하고 떠들썩한 높은 목소리로 말했다.

“흠, 남자 대 여자로군. 안 그래?”

‘흠’이라고 쓸 수 있는 일반적인 추임새가 찬성의 의미로 들려왔다. 아티 부인이 말했다.

“난 멋진 여성 운동가지. 우리가 남자들을 짓밟아 버리는 걸 잘 봐, 프라우풋.”

“창문 박살 내듯이요? 어디 보자, 빨강 넷, 검정 다섯, 콜?” 톰 포핀스가 게임을 위해 카드를 준비하면서 말했다.

아티 부인이 단언했다.

“그래. 콜! 그것참 피곤하지. 자기들이 점잔 빼는 늙은 멍청이들이라는 걸 알면서도 선거 후보로 나가는 늙은 영감들을 생각하면 아주 피곤해! 당장이라도 바깥으로 튀어 나가서 투표하고 싶어지지.”

"글쎄요, 여자들이 있을 곳은 집 안인 것 같은데요." 프라우풋이 코를 훌쩍이며 '도르카스 우먼 익스체인지'에 가져갈 작은 냅킨을 집어넣고, 앞머리를 툭툭 건드리며 단호하게 말했다.

그들은 반짝이며 번뜩거리는 오크 재질의 황금빛 중앙 테이블에 앉았다. 프라우풋이 엄숙하게 카드를 섞었다. 미스터 렌은 겁먹은 채 가만히 앉아 있었다. 난파된 뗏목에 두 명의 도박꾼, 한 명의 언론홍보 담당자와 함께 남겨진 교수라도 된 양 어쩔 줄 몰라 했다. 넬리가 업튼스 그로브의 장로교회 목사 부인에게 줄 크리스마스 램프 받침을 만들려고 소파에 앉아 자수 놓기를 시작하며 미스터 렌을 향해 용기를 북돋아 주며 웃고 있었다. 하지만 미스터 렌은 긴장하고 있었다.

"우리 친구 호레이시오도 같이 게임 하면 좋을 것 같지 않나요?" 톰 포핀스가 말했다.

아티 부인이 대답했다.

"전혀. 그렇지만, 호레이시오에 대해서 딱 한 마디 할 말이 있어. 난 한 번도 그 친구가 나한테 진 빚이 얼만지 알아보려고 계좌를 뒤져볼 필요가 없었지. 10달러를 빚지더니 더 이상 나를 부르지 않았어. 그리고 20달러를 빚지고 나서는 현관문을 더 이상 쿵쿵 닫지 않더라고. 오, 미스터 렌. 내가 그 친구한테 하녀 애니가 청소해주길 바라냐고 물었던 얘기를 해 줬었나?"

"아티!" 프라우풋이 아티 부인의 입을 막듯이 소리쳤다.

넬리도 소파에 앉아 기계적으로 '그 이야기!'하고 말했다. 아티 부인은 낄낄거리고 웃으면서 이야기를 이어나갔다.

"내가 그 친구한테 애니가 방 청소를 할 때 잠옷 셔츠도 같이 털어주길 바라냐고 물어봤었지. 그다음 날이 되자 잠옷을 다른 걸로 바꿨

더군."

"당신 차례에요, 톰 포핀스." 프라우풋이 심각하게 말했다.

"일단 렌한테 어떻게 하는 건지 가르쳐주고 싶어요. 잘 봐, 렌. 이게 점수표야. 우리는 카본데일식 점수표에 따라 게임을 하지."

"아, 그래요." 미스터 렌이 소심하게 말했다.

예전에 한 번 카본데일에 대해서는 들어 본 적이 있다. 뉴저지 아니면 펜실베니아주州에 있는 곳이었다. 아니면 다른 주州일지도 모른다. 하지만 별다른 도움이 되지는 않았다.

"자, 봐봐. 만들거나 뒤로 가거나 둘 중 하나를 선택할 수 있어."

톰 포핀스가 계속 말했다.

"더하거나 빼거나. 알았지. 조커가 제일 높고 그다음은 으뜸패의 잭, 그다음은 으뜸패와 같은 색의 잭, 그다음이 에이스야. 그다음은…, 음…, 어디 보자. 높은 패를 부른 사람이 남은 카드를 가져가는 거야. 뭔지 알지? 그리고 가지고 있던 걸 토해 버리는 거지. 10판을 하는 거야. 당연히 휘스트 카드게임과 같은 패로 게임을 하지. 대충 이게 다인 것 같아. 어쨌든 어느 정도 감은 잡았을 테니깐. 나는 으뜸패가 아닌 6을 부르겠어."

톰 포핀스는 설명을 끝마치고는 카드게임 하는 사람들 특유의 '더 이상 바보 같은 질문 하지 마' 모드가 되었다. 미스터 렌은 숨이 막힐듯했다. 그는 고개를 들고 뻣뻣한 셔츠 깃을 느슨하게 풀었다. 낙오자가 된 기분이었다. 이미 그들만의 사회 속에서 따돌림당하고 있었다. 그러니까, 그는 파이브 헌드레드 게임을 배울 수 없었다! 그는 가축 운반선에서 팀과 함께 2인용 포커를 수십 판 하면서 다른 모양의 카드들을 정확히 구별할 수 있다는 사실에 대해 자랑스러워했다. 그런데 도대체

'으뜸패, 토해 버리기, 휘스트와 같은 패'가 다 뭐란 말인가? 그리고 넬리가 보고 있는 앞에서 실패하다니! 그는 또 한 번 옷깃을 잡아당겼다. 아티 부인과 톰 포핀스가 계속 다음과 같은 영리하지만 아리송한 대화를 하는 동안 미스터 렌은 곰곰이 생각을 했다.

> 아티 부인 : 글쎄, 잘 모르겠네.
>
> 톰 포핀스 : 실패는 아니에요. 근데 낮게 부르는 건 범죄죠. 경범죄요.
>
> 아티 부인 : 프라우풋. 내가 이걸…
>
> 톰 포핀스 : 어허! 반대편에 앉아 있는 사람이랑 대화하면 안 되죠!
>
> 아티 부인 : 흠, 어디…, 보자….
>
> 톰 포핀스 : 얼른 불러요, 얼른! 하트 7을 부를 거예요?
>
> 아티 부인 : 톰이 그렇게 말했으니 내가 하트 7을 불러야겠군, 이런!
>
> 톰 포핀스 : 오, 어떻게 박살 내 드릴까요! 어떤 걸 부를 거야, 미스터 렌?

미스터 렌의 뒤에서 넬리가 속삭였다.

"으뜸패가 아닌 7을 불러요. 당신 조커 있잖아요."

그녀가 손톱이 빛나는 섬세한 검지로 미스터 렌의 손안에 있는 카드 하나를 가리켰다.

"으뜸패가 아닌 7." 그가 중얼거렸다.

"하트 8." 프라우풋이 잽싸게 말했다.

넬리가 의자를 끌고 와 미스터 렌 뒤에 앉았다. 그는 간절한 존경과 애정을 담아서 넬리의 차분한 설명을 들었다. 풋내기 중위가 전투에 나갔을 때 장군에게 보이는 반응과 같았다. 톰 포핀스와 미스터 렌이 한 판을 이겼다. 그는 경외심에 찬 표정으로 뒤를 돌아 넬리를 힐끗 보았다. 그리고 다음 판의 패를 두렵고 어지러운 마음으로 움켜잡았다. 미스터 렌은 넬리가 경고했던 것처럼 악의적인 사기꾼이 숨어있는 것은 아닌지 카드 패를 빤히 쳐다봤다. 으뜸패와 같은 색의 잭이 있었다.

"좋아요! 스페이드예요. 이것 봐요." 넬리가 말했다.

15분 후, 미스터 렌은 톰 포핀스가 클로버를 바라는 걸 눈치채고 클로버를 냈다. 그러자 테이블에 앉아 있던 모든 사람이 말했다.

"좋아. 잘했어!"

그는 어깨를 살짝 두드리는 손길을 느꼈고, 석양처럼 발그레해진 얼굴로 뒤에 있는 넬리를 흘깃 쳐다봤다. 사교모임의 등불 미스터 렌은 기념품 회사에서는 우리의 미스터 렌이기도 했다. 실제로 미스터 렌은 먼 훗날까지도 진지하게 '회사일'을 계속할 의지가 있었다. 사람들은 모두 기다릴 것이다, '뭔가가 나타날 때까지.' 남부 지역의 중개상들을 아끼는 그의 마음은 이윤의 증가라는 결과를 낳았고, 책상 위에 놓인 서류들은 '그가 맡은 업무'의 신성한 필요성을 언젠가 증명할 것이다. 하지만 지금은 아니었다. 미스터 렌은 예전처럼 개인적인 편지들을 책상 위에 정리해서 보관해두었다. 언젠가 비엔나나 캄차카(러시아의 북동 시베리아 반도 - 역자 주)로 갑자기 떠나게 될 때를 대비해서였다. 게다가 그는 호화로운 새 경력에 따른 더 높은 보수를 원했다. 길포글은 언젠가는 꼭 임금을 올려주겠다고 약속했다. 미스터 렌이 진행하는 일은 잘 되어가고 있었고, 회사는 로드 마케팅 담당자 두 명과 도시 교역 담당자 한 명을 새롭게 채용했다. 이전까지는 제조회사에서 만든 장식품을 중개만 했다면, 지금은 제조회사에서 받은 물건에 회사의 로고와 홍보문구를 인쇄해 주는 일까지 추가했다. 사업은 아주 성공적이었다.

미스터 렌은 회사 동료 라빈 덕분에 두 명의 멋진 남자와 친해질 기회가 있었다. 기념품 회사의 구매 담당자 미스터 글로버와 홍보문구 인쇄 담당 부장으로 새롭게 임명된 존 헨슨이었다. 미스터 렌은 '사업의 어느 부분이든 즉각적으로 투입될 수 있도록' 사업의 모든 분야에 대해 알고 싶었다. 이 두 사람으로부터 그는 사업의 중요한 비밀에 대해 배웠고 그걸 활용해 무역 시장에서 모두에게 이익을 안겨줄 수 있게 만들었다. 거래처와 앉을 때 상대방을 조명 아래에 앉혀서 이쪽의 표정은 잘 안 보이게, 상대의 표정은 잘 보이게 한다거나, 홍보문구를 인쇄하는 회사에 전화해서 '오늘 오후까지는 꼭 교정쇄를 받아야 하겠다.'고 말해서 생산 시간을 더 앞당기도록 하는 일 등이었다.

"거기 무슨 문제 있어요? 더 이상 우리랑 일하기 싫어요?"

이 말 한마디면 되었다. 그는 또 여러 종류의 판지와 잉크병 유리에 대해서도 알게 되었다. 이 모든 것들에 특별한 지식이나 영리한 사업전략 같은 것은 별로 중요하지 않았다. 톰 포핀스와 라빈이 '짧고 분명한 문장으로 이야기하기'라고 부르는 것에 비하면 말이다.

"음, 요즘 꽤나 다정한데요, 미스터 렌. 진정한 사회의 리더 같아요." 라빈이 말했다.

미스터 렌의 답은 라빈의 의견이 얼마나 온당한지에 대한 증거가 되었다.

"그럼. 돈 좀 빌려야겠어, 친구. 나를 기억에 남기기 위해서 말이야.

알았지?"

그가 칭찬을 받고 몇 시간 후에 이스트라의 두 번째 편지가 도착했다.

미스터 마우스,

당신의 유쾌한 하숙집 얘기를 듣게 되어 참 좋네요.
정말로 하숙집에 함께 지내는 사람들 이야기를 듣고 싶어요.
그리고 역사책을 읽는다고요? 멋져요.
난 점점 파리에 질려가고 있어요.
언젠가는 길거리에서 주정뱅이를 붙들어 세우고
뺨을 한 대 때릴 거예요.
내가 바로 영화에 나오는 서부 미국인이라는 걸
확실히 보여주기 위해서요.
그리고는 말안장에 올라타 노상강도들을 쫓아갈 거예요.
난 악마처럼 일하고 있어요.
하지만 그게 다 무슨 소용인가요.
내 말은…, 둘 중 누구라도 잘하고 있으면 됐죠, 뭐.
당신이 승승장구하고 있다니 정말 다행이에요.
미스터 렌, 계속 힘을 내요.
뭐가 됐건 당신이 늘 진실한 모습이면 좋겠어요.
설교하고 싶은 마음은 없어요.
하지만 내가 진실하지 않은 사람들을 싫어하는 거
당신도 알잖아요.

그게 내가 육감이 별로 없는 이유이기도 하죠.

'오 리크리르'('답장 바라요'라는 의미의 프랑스어 – 역자 주).

이스트라 내시

그녀의 편지를 세 번쯤 읽고 나서 미스터 렌은 배신자가 되어버린 자신의 모습을 보고 충격을 받았다. 그는 여태까지의 상황이 재미있고, 즐기는 것처럼 연기를 하고 있었다는 사실을 깨달았다…. 그는 다른 사람이 된 듯했다. '육감', '오 리크리르' 무슨 의미일까? 그리고 이스트라는 언제나 불평불만이 많은 사람이었다.

"만약 그녀가 넬리 같은 직업을 가져야 한다면? 이스트라는 멋진 사람이야. 그렇지만… 맙소사! 모르겠군…"

그는 깊이 생각에 잠겨 집까지 걸어왔다. 저녁 식사가 끝나고 미스터 렌은 넬리에게 무뚝뚝하게 말했다.

"오늘 파리에서 편지가 왔어요."

"정말요? 어떤 여잔데요? 아, 당연히 여자겠죠."

"음…, 맞아요, 여자한테 온 편지예요. 예전에 말했던 여자 있잖아요. 화가라고 했던, 같이 시골 여행을 갔었다는 그 여자. 그녀를 만난 건…, 런던에서 같은 숙소에 묵었다가…, 그렇지만, 아, 맙소사! 모르겠네요. 그 여자는 심하게 문학적이지요. 좋은 사람이지만…, 당신 같으면 그런 여자를 좋아하겠어요?"

"아마도요."

"만약 그 사람이 남자라면?"

"당연하지요! 예술가들은 엄청 낭만적이잖아요."

"그렇지만 30분 이상을 일하는 법이 없죠." 그가 질투 어린 목소리로 말했다.

"네, 그건 그래요."

미스터 렌은 손을 살금살금 쿠션 쪽으로 가져가 넬리의 손을 잡았다. 그녀는 웃으면서 손을 홱 빼며 말했다.

"참나! 저리 가서 그 여자 화가의 손이나 잡아요!"

"아, 미스 넬리! 당신이 그 여자 얘기를 해달라고 해서…"

"아, 네. 그렇죠."

그녀는 뉘우치는 표정을 지었다. 그리고 그들은 저녁 내내 활기차게 파이브 헌드레드 카드게임을 했다.

16장. 약간 종교적인, 그리고 아주 많이 문학적인 사람이 된 미스터 렌

12월의 어느 저녁, 해머슈타인 빅토리아 보드빌 극장에서 연극을 관람했다. 변장을 하고 다니는 부유하고 어린 광산주를 주인공으로 한 공연이었다. 이 주인공은 '가짜 광산사업가'의 밑에서 일을 하고 있었다. 그 가짜 광산사업가의 딸을 사랑했기 때문이다. 그녀의 모든 걸 포용할 수 있는 사랑이었다. 우편 당국이 그 가짜사업가를 체포하려고 했을 때, 우리의 젊은 영웅이 그에게 진짜 광산을 선사하여 체포되는 일을 막아 주었다. 곧이어 가짜사업가의 딸이 그에게 키스를 하며 극의 긴장이 풀렸다. 미스터 렌과 넬리, 아티 부인과 톰 포핀스는 발코니 좌석의 6번 줄에서 연극을 관람하고 있었다. 넬리가 안도의 숨을 내쉬며 흥분해서 말했다.

"대단했죠, 미스터 렌? 정말 흥미진진했어요! 저 어린 광산주 너무 멋있지 않아요?"

"아주 좋았어요. 그리고, 맙소사! 그 회사 장면 정말 기가 막히지 않았어요? 금고랑 뭐 그런 것들이요. 진짜 사무실 모습 같았어요. 그렇지만, 아니, 사무실에는 그렇게 생긴 복사기는 없죠. 가짜 광산사업가는 사람들에게 고급 종이로 된 편지들을 보냈잖아요. 사무실에서 카본 먹지 복사기를 썼으면 편지를 그렇게 다 망치지는 않았을 거예요."

"그럼, 그렇지!"

톰 포핀스가 동의의 표시로 턱을 오른쪽 어깨 방향으로 끄덕거렸다. 넬리도 외쳤다.

"맞아요. 그랬을 거예요."

아티 부인은 세 사람이 얘기하는 카본 먹지 복사기가 뭔지 몰라 아무 말도 하지 않았다. 이후 계속 연극에 관한 얘기를 하며 미스터 렌은 뿌듯함을 느꼈다. 그들을 알고 지낸 지 고작 한 달이 조금 넘었는데, 그들은 그의 말을 진지하게 들어주었다. 미스터 렌은 다시 질문을 던지며 대화를 계속 주도해 나갔다.

"여자 주인공은 두 배우 중 어떤 사람과 결혼할까요?"

이런 질문도 던졌다.

"저 연극배우들은 1주일에 얼마나 받을까요?"

톰 포핀스가 커피와 굴튀김을 먹으러 미겔턴 식당에 가자고 제안했다. 미스터 렌은 잠시 아무 말도 하지 않았다. 그들이 교차로 위에 진흙탕 물이 고인 차도를 건너갈 때 미스터 렌은 다시 이렇게 외치며 대화의 주도권을 가져왔다.

"만약 그 가짜 광산사업가가 젊은 광산주한테 엄청 심술궂게 굴었다가 자신을 구해주자 태세를 바꾸는 설정이었다면 더 재밌지 않았을까요?"

"네! 그랬을 거예요!"

넬리가 상기된 얼굴로 미스터 렌을 쳐다보았다.

"두말하면 잔소리지." 톰 포핀스가 12월의 진흙탕물을 발로 걷어차더니 미스터 렌의 등을 두드리며 동의했다.

"흠, 들어봐요." 브로드웨이가街를 벗어나자마자 미스터 렌이 말했다.

크리스마스가 다가옴을 알리는 듯 수많은 인파가 보였다. 그들은 비교적 조용한 42번가로 향했다.

"이런 소재로 연극을 만드는 건 어떨까요. 음, 어마어마하게 부자인 늙은 남자가 등장하죠. 아니, 철도회사의 사장 정도 된다고 칩시다. 무슨 말인지 알겠죠? 음…, 그리고 그 남자의 사무실에는 남자 비서가 있어요. 무대 위에 있는 사무실이요. 알겠죠? 극의 배경은 그 사람의 사무실이에요. 그리고 음…, 그 돈 많은 늙은 남자의 딸이 들어와서 사실은 가난한 남자와 이미 결혼해 버렸다고 말해요. 그 남자의 이름은 밝히지 않죠. 그렇지만 여자는 아버지의 돈이 필요한 거예요, 알겠죠? 여자의 아빠는 딸을 후작이나 영주 같은 신분의 사람에게 시집보내려는 계획을 세우고 있었고, 당연히 속이 엄청 쓰렸겠죠. 그는 딸의 의견을 무시합니다. 그리고 호되게 꾸짖겠죠. 알겠죠? 물론 욕을 하진 않겠죠. 하지만 딸은 매우 마음이 아플 거예요. 그리고 아버지도 어리고 가난했을 때 엄마랑 결혼하지 않았냐고 물어요. 하지만 전혀 말이 통하질 않는 거예요. 그때 비서가 나타납니다. 내 생각에 비서는 극이 진행되는 동안 쭉 무대 위에 알게 모르게 앉아 있는 게 좋을 것 같아요. 어쨌든 그 비서가 바로 딸의 남편이었던 거예요. 알겠죠? 그리고 비서는 늙은 영감쟁이한테 말하죠. 그 동안 오랜 친구들로부터 늙은 사장이 사기를 친 걸 증명하는 편지들을 받아 왔다고요. 몇몇 거래들에 대해서 말이에요. 불법으로 영업을 한다든지 뭐 그런 거 있잖아요. 무슨 말인지 알겠죠? 그리고 비서는 만약 자신과 따님의 사랑을 인정하고 용서하지 않는다면 그의 비밀을 신문에 제보할 거라고 말해요. 당연히 사장은 두 사람을 인정하고 용서해야겠죠. 어때요?"

"그러니까 비서가 딸의 남편이었는데 거기서 사장이 딸에게 뭐라고 하는지를 다 들었다는 거네요?" 넬리가 미겔턴 식당 앞에 멈춰 서서 굴이 가득 들어있는 수족관의 불빛을 보며 숨 가쁘게 말했다.

"그래요. 모든 걸 다 들었죠."

"어머, 아주 괜찮은 생각인 것 같네요." 넬리가 식당 안으로 들어가며 말했다.

적당히 품위 있는 태도로 평소만큼 자제하는 듯했지만, 그녀는 미스터 렌의 비범한 재능에 매우 감탄하는 모양이었다.

"굉장한 연극이 되겠는데, 렌." 톰 포핀스가 테이블에 앉아 당당하게 여성용 앞치마를 옆으로 치워 버리며 말했다.

"정말이야." 아티 부인도 동의했다.

"한 번 써 보는 건 어때요?" 넬리가 물었다.

"아…, 난 못 써요!"

"아니야, 당연히 쓸 수 있지, 렌."

톰 포핀스가 말했다.

"암, 그렇고말고. 써야 해. (어이 웨이터! 굴튀김 네 개와 커피 줘!) 써야 해. 깜짝 놀랄 거야. 사람들이 허벌나게 좋아할…, 죄송합니다. 숙녀분들. 엄청난 인기를 끌 거라고. 덕분에 부자가 될지도 모르지."

빨간 타일 위에 올려놓은 축축한 발이 따뜻해졌고, 어디선가 굴튀김 냄새가 났다. 식당에서는 피아노 연주곡 '애니 리틀 걸'이 흘러나왔다. 이 모든 것이 미스터 렌의 위대한 결의의 순간에 생기를 입혀 주었다. 네 사람은 서로를 흥분에 찬 눈빛으로 쳐다보았다. 미스터 렌의 눈꺼풀이 파르르 떨렸다. 톰 포핀스가 손을 테이블 위로 올려놓고 부드러운 목소리로 말했다.

"음, 진짜 돈을 많이 벌 수도 있어. 아니, 내가 어디서 들었는데, 희극 뮤지컬 작가 해리 스미스가 돈을 엄청 많이 벌었대."

"톰이 미스터 렌을 도와줘야겠어. 그동안 연극 엄청 많이 봤잖아."

아티 부인이 걱정스럽게 충고했다.

"좋은 생각이네요." 미스터 렌이 말했다.

그가 이미 희곡작가로 임명이라도 된 듯한 분위기였다. 그들은 구체적인 사항들을 결정하기 시작했다. 넬리도 거들었다.

"진짜 좋은 생각인 거 같아요. 당신은 상상력이 풍부하잖아요."

톰 포핀스가 넬리의 말을 끊고 말했다.

"진짜야, 꼭 써, 렌. 내가 도와줄 수 있는 데까지는 도와줄게. 당연한 거지…. 그럼 이제 뭘 해야 하는지 말해 줄게. 일단 호레이시오한테 연락을 해. 그 친구가 무대 경험이 많잖아. 업계의 사람들을 만나게 해줄 거야. 그게 제일 힘든 일이잖아. 글은 쓸 수야 있지, 물론. 그렇지만 관계자들과 가까워지는 건 힘들다고. 근데 호레이시오가 도울 수 있을 거야. 기! 필! 코! 희곡을 써야 해, 렌. 큰돈을 벌 기회라고."

"오, 큰돈!" 넬리가 낮게 읊조렸다.

톰 포핀스의 얘기가 이어졌다.

"예전에 내가 어떤 친구 얘기를 들었는데, 이름이 진 울프였던가, 그랬던 것 같아…. 그 친구가 완전 파산을 하고 집도 없이 브라이언트 공원에서 지냈다더군. 근데 첫 번째 연극에서 수천 달러를 벌었다지 뭐야. 그 친구가 10,000달러인가 얼마에 각본을 완전히 팔았대. 그 친구를 직접 만나본 적이 있는 내 친구한테 들었지."

"그렇지만, 각본을 쓰려면 대학교도 나와야 하고 뭐 그렇잖아요." 미스터 렌은 자신의 이의제기를 누군가가 기각해주길 바라며 말했다.

하지만 모든 사람이 인정했다.

"오, 젠장!"

미스터 렌은 갈색 튀김옷을 입힌 굴튀김을 오독오독 씹어 먹었다. 굴 하나하나가 바삭바삭한 즐거움을 주었다. 자신의 천재성에 대한 칭찬과 함께 15분 동안 자신을 빌이라고 친근하게 부르는 소리를 세 번이나 들으면서 더없이 행복했다. 그는 웨이터에게 종이를 달라고 부탁한 뒤, 네 사람이 '대통령의 딸로 설정하는 것이 더 재미있을 것이다.'라는 주제를 가지고 토론하는 동안 종이 위에 인물들의 목록을 쭉 적었다. 그는 지금까지도 그 종이를 보관하고 있다. '42번가 미겔턴 식당'이라는 문구가 적힌 종이였다. 종이 밑 부분에는 넬리의 이름이 수없이 많이 적혀 있었다. (물론 종이의 구석구석이 낙서들로 가득 차 있었다)

"여자 주인공 이름은 '넬리'로 해야겠어요." 미스터 렌이 골똘히 생각하며 말했다.

넬리의 얼굴이 붉어졌다. 아티 부인과 톰 포핀스가 눈빛을 교환했다. 미스터 렌은 사교적으로 대승리를 거둔 지금 이 순간조차도 그가 '갑자기 분위기를 싸하게 만들었다'는 사실을 눈치챘다. 미스터 렌이 급히 변명했다.

"예전부터 좋아했던 이름이에요. 저기…, 이모 이름이거든요!"

"아하…" 넬리가 감탄사를 내뱉었다.

"어렸을 때 넬리 이모가 참 잘해주셨죠." 아무리 꼭 필요한 상황이라도 거짓말을 하는 게 옳은 건지 고민하며 미스터 렌이 덧붙였다.

넬리가 말했다.

"근데 너무 평범한 이름이잖아요. 더 멋진 이름을 지어 주는 건 어때요? 헤이즐이나…, 음…, 돌로레스 같은 이름이요."

"아니, 넬리가 얼마나 우아한 이름인데…, 흐흠! 우아한 이름이죠."

미스터 렌은 다른 사람들보다 살짝 뒤 쳐져서 넬리와 함께 42번가를 따라 걸었다. 모르는 사람들이 보면 그는 고상한 콧수염을 기른 약간 구부정하게 걷는 점잖은 회사원처럼 보였다. 좁은 세상을 잘 아는 박식함에서 풍기는 분위기도 있었다. 미스터 렌은 겨울에 입기에는 너무 얇은 외투를 입고 있었다. 과도하게 분주한 모습으로 사람들 틈을 헤쳐나가며 그와 같이 걷는 아리따운 여성의 팔꿈치를 소심하게 잡은 채 비교적 한적한 장소로 그녀를 안내하고 있었다. 그리고 스쳐 지나가는 사람들과 무쇠같이 새까만 밤하늘을 살펴보느라 쉴 틈 없이 바빴다. 그는 축축한 눈길을 쌩쌩 달리는 전차들만큼이나 눈에 띄지 않는 사람이었다. 그렇지만 지금 미스터 렌의 곁에 있는 세상에서 가장 멋진 숙녀에게는 최대한 예의 바르게 대했다. 미스터 렌은 지금 작가였다. 그리고 곧 대부분의 사람들 보다 더 많은 부와 권력을 얻을 사람이었다!

"저기, 내가 만약 연극으로 성공하게 된다면 당신 인생에서 가장 호화로운 저녁 식사를 대접하고 싶어요! 올 거지요, 미스 넬리?"

"당연히 가야죠! 날 빼 먹을 생각은 꿈에도 하지 말아요! 내가 곁에 없을지라도…"

"당연히 있을 거예요! 우리는 아스터 식당에서 진수성찬 파티를 열겠죠. 아티초크, 송로버섯, 그리고 온갖 산해진미를 다 먹고. 음…, 작품을 팔고 난 후의 내 계획이 어때요?"

"당연히 좋죠. 두말하면 잔소리!"

"사업을 인수해서 라빈을 매니저로 고용할 거예요. 기념품 회사 말이죠."

미스터 렌은 자신의 직업에 대한 애착을 표시했고, 쉽게 감정에 휩싸이는 모습을 보였다. 넬리는 '늙은 길포글 영감탱이'의 존재를 알게 되었다. 미스터 렌은 희곡을 쓰기 위해 만반의 준비를 했다. 밤 12시 반까지 톰 포핀스의 방을 들락거리며 무대 장치에 대한 계획이 필요할지 조언을 구했다. 의자 팔걸이에 앉아 심각하게 담배를 피우며.

다음 날 아침, 미스터 렌은 사무실에 앉아 무대 장치에 대한 수많은 계획을 이면지에 적었다. 정오쯤 되었을 때 무대 위에 책상 한 개를 놓을지 두 개를 놓을지 물어보기 위해 톰 포핀스에게 전화를 걸었다. 그는 저녁 식사를 아티 부인 집에서 먹지 않고, 말 그대로 깊은 생각에 잠긴 채 아르메니아 식당에서 끼니를 때웠다. 아티 부인의 집에는 생각을 방해하는 미묘한 문제들이 꽤 있었기 때문이다. 그는 펜촉에서 사각사각 소리가 나는 굵은 금색 띠가 달린 1달러짜리 만년필과 큰 종이 1박스를 샀다. 그리고 문학이라는 거추장스러운 짐을 살짝 내려놓은 채 영화관과 소극장 네 군데를 방문했다. 이후에도 11시까지 3편의 단막극과 1편의 짧은 연극을 더 보았다. 미스터 렌은 아티 부인 집 현관문을 열고 슬그머니 들어갔다. 방은 고요했다. 우아한 초록색 벽을 비추는 전등 불빛 탓인지 전형적인 작가들의 은신처로 보였다. 미스터 렌은 확신에 찼다. 포장지에 '넬리'와 '윌리엄 렌'이라는 이름을 쓰며 만년필을 시험해 보았다. (곧 죄책감에 종이를 재떨이에 넣고 태워 버렸다) 그리고 세수를 했다. 고작 몇 분 동안이지만 시원함을 만끽했다. 그리고 끙끙 소리를 내며 책상 앞에 앉았다가 다시 화장실로 가서 손을 씻었다. 그리고 분노에 찬 표정으로 코트를 집어 던졌다. 다시 의자에 앉았다가 벽에 걸린 그림을 똑바로 걸기 위해 일어섰다. 만년필을 들었다가 내려놓았다. 그리고 넬리 생각을 하며 얼굴을 붉혔다. 그녀는 손이 닿을 만큼 가까운 곳에서 잠들어 있다. 비단결같이 아름다운 뺨을 팔에 기댄 채 따뜻하게 누워있다. 아마 그럴 것이다. 그리고 천사 같은 꿈을 꾸며…. 미스터 렌은 갑자기 자신을 꾸짖었다.

"이제, 그만 일 좀 하자. 제발!"

그는 펜을 들고 쓰기 시작했다.

제목 : 백만장자의 딸

짧은 단막극
윌리엄 렌 씀

- 등장인물
존 워링턴 : 철도회사 사장, 부자인 편.
넬리 워링턴 : 존 워링턴의 딸.
레지날드 손 : 존 워링턴의 비서.

미스터 렌은 의기양양했다. 만년필이 작은 잉크 방울을 흩뿌리며 빠르게 사각사각 소리를 냈다.

- 무대 상황
사무실. (매우 사치스럽다)
존 워링턴과 레지날드 손이 앉아 있다.
넬리 워링턴이 들어온다.
그녀가 말한다.

미스터 렌이 펜을 멈추고 생각했다. 곧 머리카락을 움켜쥐었다. 그리고 세면대로 가서 물에 머리를 담갔다. 침대에 누워 발을 구르며 느릿느릿 진지하게 수염을 쓰다듬었다. '아빠, 사실 나 결혼했어. 이 소식을 알리려고 찾아온 거야.'라는 대사 외에는 도무지 생각이 나지 않았다. 하지만 이 대사를 그대로 쓰면 안 될 것 같았다. 어찌 됐든 희곡의 첫 번째 대사로는 부적합했다. 50분 후 미스터 렌은 끙끙거리다 잠이 들었다.

다음 날인 토요일 저녁, 식사 자리에서 톰 포핀스는 '우리의 작가'에 대한 이야기를 하기 위해 몸을 약간 기울인 채 말했다.

"글쎄, 어제 저녁에 누군가가 어디에 있었는지 나는 알고 있지. 하지만 말하지 않을 거야. 음, 작가들은 꽤 거칠 거든."

배에서는 모자 장수 팀의 놀림도 견디던 미스터 렌이 생각했다.

'넬리만 아니었다면 그 누구의 놀림도 절대 듣고만 있지는 않았을 텐데.'

그는 풀이 죽어 물 한 컵을 요청했다. 넬리가 달래듯이 말했다.

"희곡작업 잘 돼 가잖아요. 안 그래요?"

그는 무심하듯 근엄한 태도로 이미 '극의 절정을 쓸 차례'이고 연극 네 편을 더 구상하여 희곡 쓰기를 시작 했다고 말했지만 말 끝나기가 무섭게 후회했다. 모든 사람이 경외감에 찬 눈빛으로 그를 쳐다보며 갖은 질문을 던져댔다. 그날 밤 9시 반쯤 미스터 렌은 머리를 꼼꼼히 빗고 있었다. 1시간 반 동안이나 분노에 빠진 채 쥐어뜯었기 때문이다. 그는 넬리의 문간방으로 가기 위해 복도로 나가 방문을 두드렸다.

"렌인데요. 연극에 관해서 뭐 좀 물어봐도 될까요?"

"잠깐만요." 넬리의 목소리가 들렸다.

미스터 렌은 입을 벌리고 가볍게 심호흡을 하며 기다렸다. 처음으로 그녀의 방을 볼 기회였다. 넬리가 부끄럽게 웃으며 수줍은 듯 엷은 푸른색 가운을 오므려 잡은 채 문을 반쯤 열었다. 가운의 옅은 파란색이 하얀 방과 대조되어 품위 있고 아름다워 보였다. 방 안에 있는 무용 행사 계획표들과 조화롭게 어우러진 흰색 책상과 노란색의 업튼스 그로브 고등학교 현수막, 하얗고 조그마한 흔들의자, 연노란색의 매트, 흰색과 은색으로 이루어진 벽지와 살짝 보이는 희고 부드러운 침대가 방을 전체적으로 하얗게 보이도록 만들었다. 고양된 순수함의 절정을 보고 있노라니 현기증이 몰려왔다. 하지만 정신을 차리고 말했다.

"연극의 첫 번째 부분에서 막힌 것 같아서요, 미스 넬리. 여자 주인공이 아버지에게 어떤 식으로 말하는 게 좋을지 모르겠어요. '아빠'라고 부르는 게 좋을까요, 아니면 '아버님'이라고 부르는 게 좋을까요?"

"음…, 어디 보자…"

"두 사람 다 엄청난 상류층 사람들이니깐…"

"네, 그렇죠. 그렇다면, 내 생각엔 '아버님'이라고 부르는 게 좋을 것 같아요. 음악 아카데미에서 했던 연극에서는 뭐라고 했더라? 아, '아버지, 제가 돌아왔어요!'라고 했죠."

"오, 괜찮은 대사네요! 초반부에 넣으면 관객들이 제대로 상황을 이해할 수 있겠어요. 당신이 큰 도움이 될 거라고 말했지요."

"도움이 되었다니 정말 기쁘네요. 희곡이 잘 되길 바라요. 잘 자요." 그녀가 진심 어린 목소리로 말했다.

"잘 자요. 정말 고마워요, 미스 넬리. 아침에 교회 가는 거 잊지 말고요! 잘 자요."

"잘 자요."

이전부터 극작가들이 작은 모형 극장을 만들어 미리 시험 해보며 일했다는 건 공공연하게 알려진 사실이다. 미스터 렌은 오랜 시도 끝에 구겨지지 않은 종이 상자를 구할 수 있었다. 최근에 배송 온 98센트짜리 알람시계가 들어있던 상자였다. 그는 바깥으로 나가 풀과 세 개의 작은 코르크 마개를 구해왔다. 상자 무대를 완성한 후 약상자와 성냥갑을 상자의 무대 바닥에 붙였다. 적갈색 마호가니 책상을 연출하기 위해서였다. 그리고 성냥 세 개를 코르크에 꽂아서 세 명의 배우를 만들었다. 적어도 코르크 입장에서는 우아한 장면이었다. 무대 위로 배우들을 올리는 일은 매력적이었다. 상자 뒷면에 구멍을 뚫어 그 사이로 세 배우를 통과시키고 책상까지 경쾌하게 뛰어가는 시늉을 했다. 그리고 모든 관객을 울릴만한 마법 같은 감정 대사 연기를 펼쳤다. 미스터 렌은 배우들이 어떤 말을 해야 할지는 알았지만, 글로 옮기지는 못했다. 30분 동안이나 꼭두각시들로 연극 놀이를 했음에도 불구하고 여전히 자세한 부분들이 떠오르지 않았다. 토요일 밤, 절망한 채로 잠자리에 들기 전에 그는 희곡에 몇 줄을 더했다.

레지날드 손 : 사장님, 여기 서류입니다.
철도회사의 위대한 사장으로서 사장님께서는

뒷부분은 나중에 채우기로 했다. 도대체 어떻게 관객들에게 그 사장이 위대하다는 사실을 보여줄 수 있을까?

(딸 넬리 워링턴이 들어온다.)

넬리 워링턴 : 아버지! 제가 돌아왔어요.

워링턴 사장 : 내 딸아!

넬리 워링턴 : 아버지, 드릴 말씀이 있어요. 그러니까…

아티 부인 집에서의 아침 식사는 늘 그에게 영감을 제공했다. 잽 부인의 집에서 머무르던 시절 싸구려 간이식당에서 외롭고 우중충한 식사를 하던 때와는 달랐다. 그는 잘 다려진 블라우스를 입은 넬리 옆에 앉았다. 9시간이나 숙면을 취한 넬리는 생기 있고 열정에 차 보였다. 평범한 날이었다면 꽤나 늦잠을 잔 셈이었다. 하지만 그날은 천국 같은 일요일 아침이었다! 석유 난로가 볼품없는 새끼 고양이처럼 그르렁거리며 빛났다. 두 사람은 난로에 다리를 쬐며 꿈결 같은 편안함에 취한 채 순서에 따라 토스트와 와플, 커피로 배를 채우고 있었다. 넬리와 미스터 렌은 은연중 톰 포핀스에게 살짝 우월감을 느끼고 있었다. 톰 포핀스는 늘 늦게까지 잠을 자곤 했기 때문이다. 그동안 두 사람은 다가오는 크리스마스에 출근을 하지 않아도 되는 즐거움, 그리고 업튼스 그로브와 파르테논이 얼마나 좋은 곳인지에 대해 이야기했다. 그날 오전 미스터 렌은 처음으로 넬리와 함께 교회에 갈 참이었다. 전에도 같이 가려고 계획한 적이 있었지만, 그날 일요일 아침을 넬리와 함께 교회에서 보내는 대신, 흰 가운을 입은 젊은 남자와 비종교적인 열정으로 충만한 치과 진료실에서 보냈다. 미스터 렌은 세인트 패트릭 대성당에서 수많은 사람들 틈에 끼어 있었던 때를 제외하면 9년 만에 처음으로 교회 예배에 참석하는 것이었다. 그 세인트 패트릭 대성당은 교회라기보다는 미적인 공간에 가까웠다. 그는 강하게 교화된 느낌이 들었다. 선행과 위업이라는 낯선 행로에 놓인 기분이었다. 잠시 외로운 독신남

들인 모튼과 미티포드 박사에 대해 생각했다. 미스터 렌은 아침 식사를 마치고 머리를 빗으며 생각했다. 그 두 사람은 넬리 같은 여자와 함께 교회에 가는 일이 남자에게 어떤 의미인지 전혀 모르리라.

미스터 렌은 넬리 옆에서 의기양양하게 걸었다. 그리고 부유하고 매우 독실해 보이는 신자들 틈에 섞여 점잖은 척 교회 안으로 들어섰다. 금테 안경을 쓴 매우 멀끔해 보이는 젊은 좌석 안내원에게 고개 숙여 인사하기까지 했다. 니켈로리온 극장에서 황동 단추가 달린 유니폼을 입은 검표원과 신경전을 하던 자신의 철없던 시절이 떠올라 쓴웃음이 났다. 교회의 실내는 일요일 아침에 먹는 토스트와 마멀레이드 잼만큼이나 편안한 느낌을 주었다. 통로에는 레드 카펫이 펼쳐져 있었다. 딱딱한 오크 나무로 만들어진 의자와 화려한 스테인드글라스 창문, 세련된 숙녀들의 코르셋과 신사들의 빳빳한 드레스 셔츠에서 나는 부스럭거리는 소리, 은은한 향수와 나프탈렌 향이 뒤섞인 냄새가 그를 기분 좋게 만들었다. 크리스마스까지 고작 6일밖에 남지 않았다. 미스터 렌의 마음은 작은 정원 같았다. 그의 눈이 촉촉해졌다. 그는 넬리를 살짝 엿보다가 크리스마스 장식용 호랑가시나무와 담쟁이덩굴, 그리고 서리에 뒤덮인 크리스마스 표어를 보았다.

이 땅 위에 평화를, 인류에겐 선한 의지를

많은 표어들이 창문 사이의 공간을 밝히고 있었다. 크리스마스와 행복한 가정, 웃음소리…, 미스터 렌은 아주 어릴 때 파르테논의 오래된 교회의 주일 학교 크리스마스 축제 행사에서 망태 가방에 형형색색의 사탕을 받아 넣었던 날 이후로는 매년 크리스마스를 커다란 싸구려 식당에서 외롭게 저녁 식사를 하며 자신을 위해 자두 푸딩을 사는 일로 때웠다. 식당에는 앞으로 볼 일도 없고, 보고 싶지도 않은 웨이터를 제외하고는 '메리 크리스마스'라는 인사를 건네는 사람이 한 명도 없었다. 하지만 이번 크리스마스는 달랐다. 그는 갑자기 한밤중에 무서움에 떨며 위로를 구하는 아이처럼 손을 휙 뻗어 넬리의 소매 위로 손가락을 더듬거렸다. 두 사람 모두가 놀랐다. 설교를 듣는 동안 여러 가지 생각이 떠올랐다. 넬리가 그에게 '피터 팬' 이야기를 한 이유가 뭐였을까? 맞아. 동화 속 누군가가 '요정이 있다는 걸 믿니?'라고 했었지. 백만장자의 딸이 아버지에게 '사랑을 믿으세요?'라고 말한다면 얼마나 멋있을까.

"난 사랑을 믿어!" 그가 절실한 목소리로 혼잣말했다.

넬리가 무의식적으로 미스터 렌의 팔을 잡았다.

그날 오후, 톰 포핀스가 핫 토디를 만들어 호레이시오를 초대했다. 호레이시오는 그야말로 천진난만했다. 그는 아무런 죄책감 없이 미스터 렌에게 5달러를 빌려 갔다. 미스터 렌은 호레이시오에게 희곡을 파는 방법을 배우느라 정신이 없었다. 브로드웨이 극장 건물에 위치한 연극 기획사 벤델바움 앤 슈릿츠 회사의 주소를 알아내기 위함이었다. 호레이시오는 브로드웨이의 매니저와 아주 친해 보였다. 호레이시오가 떠난 후 톰 포핀스는 낮에 담배 가게에서 일하는 동안 진지하게 생각했던 일에 대해 이야기했다.

"우리 세 사람…. 그러니까, 나, 자네, 아티 부인이 주인공을 맡아 연극을 한 번 해보는 건 어때?"

톰 포핀스는 열정으로 가득 차 미스터 렌에게 자신의 생각을 강요하다시피 했다. 그는 아티 부인을 불러오기 위해서 아래층으로 쿵쿵거리며 뛰어가더니 아티 부인의 방 앞으로 달려가서 소리쳤다. 그리고 철도회사 사장의 책상으로 쓰기 위한 책상과 비서를 위한 탁자를 질질 끌고 나왔다. 그런 다음 턱을 쓰다듬으며 잠시 생각한 뒤 두 번의 쿵쿵거리는 소리와 한 번의 쾅 하는 소리 끝에 딱딱한 초록색 모리스식 안락의자를 사무실 금고로 바꾸었다. 연극의 막이 올랐다. 사장 역할을 맡은 톰 포핀스가 한껏 근엄한 표정을 지은 채 무대로 올라온 후 비서 역할을 맡은 미스터 렌에게 '좋은 아침이네, 레지날드.'라고 말하고 장갑을 벗었다. (미스터 렌은 장갑에 주목했다. '좋은 아이템'이었다) 미스터 렌이 쭈뼛쭈뼛 다가갔다. 얼굴에는 아무 표정도 없었다. 아티 부인이 자신을 보고 웃으면 안 되었기 때문이다.

"여기…, 음…, 무대 위에 있는 어떤 사람을 사장으로 느끼게 하려면 비서가 어떻게 말을 하는 게 좋을까요? 음…, '철도회사 부사장님이 이 서류에 사장님 서명을 요청하셨습니다, 사장님.'이라고 말하는 건 어때요?"

"그거 괜찮네!" 아티 부인이 말했다.

그녀가 오크 흔들의자에 앉자 불룩한 무릎 위로 보드라운 새틴 원피스가 살포시 퍼졌다. 마치 생기 있는 황동 기념물 같았다.

"그런데 '편하실 때 해주십시오, 사장님.'이라는 말을 덧붙일 거 같지 않아요?"

"맙소사, 아주 근사한데요, 아티 부인!"

다시 연극이 시작되었다. 연극은 7시에 끝이 났다. 미스터 렌은 15분 만에 저녁 식사를 해치우고 새벽 1시까지 계속 글을 썼다. 드디어

초고를 끝마쳤다. 수정 작업은 즐거웠다. 넬리와 함께 많은 이야기를 나눌 수 있었기 때문이었다. 두 사람은 응접실 탁자 앞에 앉아 은밀하게 어깨를 맞댄 채 이야기를 나누었다. 톰 포핀스가 시가 생산자협회 주최로 열리는 그랜드 크리스마스 무도회에 넬리와 미스터 렌, 아티 부인을 초대한 이후로 그 둘은 부쩍 가까워졌다. 그날 넬리는 새로 산 흰 드레스를 입어야 할지, 아니면 원래 가지고 있던 장미색 차이나 드레스를 입어야 할지를 아티 부인만큼이나 애가 달아 미스터 렌에게 물었었다.

크리스마스 이틀 전, 미스터 렌은 희곡을 리 테레사 잽을 닮은 거만한 인쇄소 속기사에게 소심하게 넘겨주었다. 그녀는 미스터 렌이 원고를 조심히 다루어 달라고 말하는 와중에도 지루한 하품을 늘어놓았다. 크리스마스이브 오후 6시 15분, 분홍색 리본으로 묶은 붉은 밑줄의 인쇄본이 연극 기획사인 벤델바움 앤 슈릿츠 회사로 배달되었다. 크리스마스 무도회에 참석하기 위해 네 사람은 6번가를 따라 걸어갔다. 그들은 쇼핑객들을 헤치며 일렬로 줄줄이 걸어야 했다. 종종 노점상의 반짝거리는 장식들과 테디 베어의 화려함에 감탄해 호들갑을 떨며 발걸음을 멈추기도 했다. 톰 포핀스가 신이 나서 7센트짜리 분홍색 비스크 인형(유약을 칠하지 않고 도자기처럼 구워서 만드는 인형 – 편집자 주)을 사서 코트 옷깃에 꽂아놓자 모두 실성한 사람처럼 깔깔거리며 웃었다. 그들은 서로를 바라보며 추위에 떠는 척 연기하면서 올림픽 제과점에서 코코아 차를 사 마셨다. 이때 넬리가 손을 뻗어 미스터 렌의 옅은 파란색 넥타이를 톡톡 두드려 단정하게 해주었다. 넬리의 머리카락에서는 그녀만의 향기가 났다. 그녀의 흰색 모피가 미스터 렌의 외투를 살짝 스쳤다. 그들이 멜포메네 홀에 도착했을 때, 이브닝 드레스와 턱시도를 잘 차려입은 시가 생산자협회 사람들이 광이 나는 바닥 위에서 벌써 춤을 추고 있었다. 붉은색 벽토를 바른 발코니 아래 단상에서는 오케스트라의 현란한 연주가 한껏 분위기를 끌어 올렸고, 발코니 뒤의 어두운 바에서는 술과 함께 여흥이 한창이었다. 미스터 렌은 모여 있는 예쁜 여성 무리를 쑥스러운 듯이 지나쳤다. 미끄러운 바닥에서 고무창 달린 신발을 벗고 춰 본 적뿐이어서, 진회색 오페라 펌프스 구두(끈이나 쇠 장식이 없는 예복용 구두 – 편집자 주)를 신은 지금은 너무 가볍고 불안정한 기분이었다. 그는 감기에 걸렸음에도 불구하고 손수건을 너무 눈에 띄게 사용하지 않으려고 신경 썼다. 다음 춤곡을 위해 파트너를 고르는 시간이 되었고, 톰 포핀스가 넬리 옆에 섰다. 두 사람은 팔을 조금씩 흔들며 발을 굴렀다. 미스터 렌은 자신이 춤을 잘 추지 못한다는 사실을 받아들였다.

일주일 전, 미스터 렌은 어릴 때 파르테논의 파티에서 배운 스퀘어 댄스(남녀 네 쌍이 한 조를 이루어 사각형으로 마주 보고 서서 시작하는 미국의 전통 춤 - 역자 주)밖에 못 춘다고 나머지 세 명에게 무심코 말했었다. 하지만 그들은 이렇게 그를 안심시켰다.

"아니야, 미스터 렌. 무도회장에서 우리가 가르쳐 줄게. 그렇게 격식 있는 자리는 아닐 거야. 그리고 무도회장에 가기 전에도 좀 가르쳐 주면 되잖아."

하지만 무도회 당일이 될 때까지 희곡 쓰는 일과 파이브 헌드레드 카드게임에 빠져 아무것도 가르쳐주거나 배우지 못했다. 그 결과 미스터 렌은 투스텝 사교댄스 시간이 오자 겁먹고 앉아서 사람들의 춤을 구경만 하고 있어야 했다. 그의 눈에는 화려하게 빛나는 수백 명의 젊은 남녀가 열정적인 모습으로 능숙하게 빙빙 도는 듯 보였다. 그들은 때때로 서로를 스치듯 춤을 추었고, 미스터 렌은 자신이 절대로 그 춤을 따라 할 수 없으리라 확신했다. 오케스트라가 이 분위기를 타고 밀크 초콜릿만큼이나 부드럽고 낭랑한 곡을 연주하기 시작했다. 그녀가 바로 건너편에 있었음에도 미스터 렌은 몹시 쓸쓸했다. 톰 포핀스가 아티 부인을 댄스 파트너로 지목하고, 넬리를 곁에 있는 유쾌한 시가 영업사원에게 소개해 주었다. 그리고 그 영업사원은 넬리를 연미복을 입은 세 명의 친구들에게 또다시 소개했다. 미스터 렌은 그의 슬픔 따위는 안중에도 없는 사람들 틈에 끼어 앉았다. 홀 건너편을 노려보며 당장 집으로 도망치고 싶었다. 오! 가엾어라.

한참 후 넬리가 진주 달린 조끼를 입은 검은 수염의 남자와 웃으며 상기된 얼굴로 그들을 향해 다가왔다. 그리고 그 남자를 소개했다. 하지만 그 남자는 세 사람을 탐탁잖게 쳐다보았고, 넬리는 언제나처럼 누군가의 손길에 이끌려 홀 한가운데로 가서 춤을 추었다. 넬리는 파트너가 없는 여자를 찾아 미스터 렌에게 소개해 주었다. 그녀는 뉴욕주 남동부의 도시 용커스 출신이었고, 톰 포핀스나 비행기, 옥스퍼드 등 미스터 렌이 힘겹게 꺼낸 대화 주제에 대해서는 아무것도 몰랐다. 미스터 렌은 거북하게 대화를 이어가는 내내 넬리가 왈츠를 추며 파트너를 향해 미소 짓는 모습을 바라보았다. 곧 두 사람은 침묵을 유지한 채 앉아 있었다. 파트너가 없는 그녀wallflower는 미스터 렌에게 양해를 구한 뒤 용커스에서 온 어머니에게로 돌아갔다. 미스터 렌은 자신을 이 자리에 데려온 친구들, 그리고 넬리의 '지나친 상냥함'을 원망하며 부루퉁하게 앉아 있었다. 그는 혼자 되뇌었다.

'아…, 그렇겠지. 넬리가 다른 남자들이랑 춤을 추는 건 당연해. 하지만 난…, 나는 그냥 그녀가 지칠 때 용기를 북돋아 주기 위해 말이나 거는 불쌍한 바보일 뿐이야.'

그는 톰 포핀스가 다가와서 방금전 바에서 들었던 이야기를 해줄 때도 아무런 대꾸를 하지 않았다. 그때 넬리가 그의 옆자리로 다가와 춤을 가르쳐 줄 테니 함께 나가서 추자고 생기발랄한 목소리로 말했다. 그는 기뻤지만 수줍게 말했다.

"아, 아니. 안 그러는 게 좋을 것 같아요."

그때 시가 영업사원들 중 가장 짙은 색 수염이 난, 진주 단추가 달린 조끼를 입은 남자가 다시 넬리에게 춤 신청을 했고, 넬리는 미스터 렌에게 이런 말을 남긴 채 떠났다.

"용기를 내서 일어나요. 어떻게든 춤을 추게 만들 거예요."

휴식시간이 되자 미스터 렌은 밉상 시가 영업사원과 무도회장 건너편에 서 있는 넬리를 쳐다보았다. 넬리는 새로 산 꽉 붙는 흰 드레스를 입고 날씬한 몸매를 뽐내면서 살랑살랑 부채질하며 사람들과 경쾌하게 대화를 나누고 어울리고 있었다. 그녀가 미스터 렌 옆으로 와 앉았다. 미스터 렌은 아무 말도 하지 않았다. 그는 여전히 반짝거리는 무도회장 건너편을 바라보고 있었다. 넬리가 궁금하다는 듯 미스터 렌을 흘깃흘깃 쳐다보았다. 그리고 부채로 자신의 의자 옆면을 살짝살짝 두드렸다. 넬리가 작게 한숨을 쉬었다. 그리고 조심스럽지만 아주 자연스럽게 말했다.

"뭘 좀 먹으러 나가는 건 어때요, 미스터 렌?"

"아, 그렇지. 난 음식을 잘 사주는 마음씨 착한 사람이지!" 그가 혼잣말을 했다.

불쌍한 미스터 렌. 그는 파르테논에서 파티 경험을 충분히 하지 못했다. 그리고 뉴욕에서는 한 번도 파티에 간 적이 없었다. 마흔 살이 다 되어서야 겨우 사랑에 빠진 사람의 인색한 부루퉁함과 험악한 질투를 알게 되었다…. 미스터 렌이 말했다.

"저 까만 수염의 남자랑 같이 나가지 그래요?"

그는 여전히 앞쪽을 응시하고 있었다. 넬리의 눈이 커지고 눈물이 맺혔다.

"아니, 미스터 렌…"

그가 금방이라도 흐를 듯 눈에 맺힌 초라한 눈물을 들키지 않기 위해 두 손을 꼭 쥐었다. 하지만 아무 말도 하지 않았다.

"미스터 렌, 뭔가…"

미스터 렌이 넬리를 향해 수줍게 몸을 돌렸다. 그리고 부드럽게 그녀의 손을 잡았다.

"아, 난…, 짐승 같은 놈이야." 미스터 렌이 빠르지만 의기소침하게 말했다.

그의 떨리는 작은 목소리가 옆자리에 앉은 사람들의 웃음소리를 뚫고 그녀에게 전달되었다.

"내 말은 그게 아니라…, 멍청이가 된 기분이었어요. 춤도 못 추고. 아, 넬리, 정말 미안해요. 그런 뜻이 아니었던 거 알죠? 이리 와요! 나가서 뭐 좀 먹어요!"

두 사람은 작은 매점에 가서 아이스크림, 캔디, 도넛, 치킨 샌드위치를 먹었다. 같은 공간에 다른 사람들이 있다는 사실을 원망하며 둘은 한결 더 가까워졌다. 톰 포핀스와 아티 부인이 그들에게 다가왔다. 톰 포핀스는 넬리가 생애 첫 담배에 불을 붙이도록 만들었다. 미스터 렌은 그녀가 작은 연기를 내뿜으며 수줍게 담배 피우는 모습을 감탄하며 바라봤다. 그녀는 입술을 삐죽거리며 내밀고 코를 찡긋거려 재채기하는 척하면서 멈추지 않고 계속 담배를 피웠다. 하지만 1분 정도 지나자 담배를 버리며 두 번 다시는 담배를 입에 대지 않겠다고 말했다. 미스터 렌은 그런 넬리의 모습을 보며 안도감을 느꼈다. 그녀는 나머지 세 사람 모두 담배를 끊게 만들겠다고 말했다.

"담배가 얼마나 지독하고 재채기를 일으키는지 알겠어요. 그러니 그만들 피워요!"

미스터 렌은 눈치껏 넬리를 바 쪽으로 데려갔고, 두 사람은 진저 에일 두 잔을 마시며 순수하고 소박한 사랑에 빠진 동심 어린 눈길로 서로를 바라보았다. 두 사람의 눈빛이 너무 진솔했기 때문에 아티 부인과 톰 포핀스는 슬쩍 자리를 피해 주었다. 넬리는 어떤 남자와 춤을 추기로 약속했지만 가지 않았다. 그리고 미스터 렌과 함께 집으로 향했다.

"차는 타지 말도록 해요, 미스터 렌. 담배 연기 자욱한 곳에 있다가 나오니 신선한 공기 좀 마시고 싶네요. 그렇지만 정말 굉장한…, 아니에요. 5번가까지 걸어가요."

"좋아요. 피곤해요, 넬리?"

"조금요."

미스터 렌은 왠지 그녀의 목소리가 쌀쌀맞다고 생각했다.

"넬리…, 정말 미안해요…. 그러고 보니 아까 했던 말에 대해서 얼마나 미안하게 생각하는지 말할 기회가 없었어요. 맙소사! 나 정말 못되게 굴었죠…. 그렇지만 난…, 춤을 못 춘다고 느꼈고, 그리고…, 음…"

아무 대답이 없었다.

"기분 나빴죠, 안 그래요?"

"글쎄, 뭐 아주 좋지는 않았죠…. 난 그냥 당신이 좋은 시간을 보냈으면 하는 마음에 열심히 노력한 건데…"

"아, 넬리, 정말 미안해요."

미스터 렌의 목소리에는 비극이 서려 있었다. 넬리와 함께 걸을 때면 늘 공작기계로 고정이라도 한 것처럼 꼿꼿하게 유지되던 그의 어깨가 오늘따라 축 처져 있었다. 넬리가 미스터 렌의 장갑을 만지며 말했다.

"그러지 말아요, 미스터 렌. 이제 괜찮아요. 다 이해해요. 잊어버리도록 해요…"

"아…, 당신은 나한테 정말 과분한 사람이에요!"

침묵이 흘렀다. 5번가를 지나 23번가를 향해 걷다가 넬리가 미스터 렌의 팔을 잡았다. 미스터 렌이 넬리의 손을 꼭 잡았다. 갑자기 온 세상이 생기를 띤 채 아름답고 근사해 보였다. 지금처럼, 품에 안고 싶은 여자의 손을 잡고 거리를 걷는 건 태어나서 처음이었다. 그는 넬리의 흰색 모피를 힐긋 내려다보았다. 그녀의 코트 위에 수줍게 내려앉은 눈송이가 가로등 불빛에 비쳐 다이아몬드처럼 빛났다. 낡았지만 아주 세심하게 수선된 옷깃의 작은 부분들도 가로등 불빛이 환하게 비춰 주었다. 그때. 찰나의 순간, 여태까지 외로운 회색 도시를 걷던, 사랑에 대해 그리고 사랑의 감정에 대해 전혀 무지한 방랑자였던 미스터 렌이 순박한 회사원에서 사랑하는 사람을 위해 뭐든 할 수 있는 진정한 남자가 되었다. 고개를 들어보니 무늬를 이루듯 매디슨 스퀘어를 가득 채운 벌거숭이 나무들의 잔가지가 몽롱하고 경이로운 모습을 만들고 있었다. 불그스레하게 물든 도시의 겨울 밤하늘을 향해 메트로폴리탄 타워가 우뚝 솟아 있는 모습도 보였다. 그는 눈 앞에 펼쳐진 신비로운 광경을 의식하며 기분 좋게 말했다.

"맙소사, 저 나무들은 그냥 그림 같아요! 메트로폴리탄 타워는 눈에 들어오지도 않네요. 안 그래요?"

"그러게요. 예뻐요."

넬리는 다소 미심쩍은 목소리로 말했지만, 미스터 렌의 팔은 꽉 잡고 있었다. 두 사람은 여름날 개울처럼 조잘조잘 활기차게 대화를 나누었다. 미스터 렌은 크리스마스 장식을 위한 트리용 나무를 살 거라고 말했다. 다음날 넬리는 나무를 가져다 아침 식사 자리에 몰래 놔두었다. 그들은 대화를 나눔으로써 오해의 고통에서 피어난 친밀감이라는 꽃을 얻게 되었다.

*

1월 10일. 벤델바움 앤 슈릿츠 연극 기획 회사가 편지와 함께 '백만장자의 딸'의 원고를 돌려보냈다.

친애하는 미스터 렌,

이 연극을 상연하려는 극장이 없다는 소식을
전하게 되어 유감입니다.
극단들의 서평을 동봉해서 보냅니다.
그리고 희곡을 보내주신 대가로 10달러를 보내드립니다.
최대한 빨리 송금하겠습니다.

그는 막 저녁 식사를 하러 가다가 아티 부인 집의 복도에 서서 편지를 읽었다. 한 번 더 읽은 후 동봉된 서평을 펼쳐 보았다.

제목 : 백만장자의 딸

진부함.
완전한 기만.
극도로 서투름.
대화체가 마치 로라 진 리비의 풍자시 같음.
버리는 게 나을 듯.

넬리가 아래층으로 내려왔다. 미스터 렌이 편지와 서평을 넬리에게 건네주고 입을 삐죽 내밀었다. 그녀가 편지와 서평을 읽고 미스터 렌의 손을 꼭 잡았다. 그는 빠르게 부엌으로 내려가 식탁에 앉아 있는 사람들에게 편지를 읽어 주었다. 하지만 서평은 읽지 않았다. 그리고 그날 밤 잠자리에 들기 전 원고를 태워 버렸다. 다음 날 아침 미스터 렌은 그 어느 때보다 힘차게 회사로 걸어갔다. 절대 이 직장을 떠날 수 없으리라는 슬픈 확신이 들었다. 그후 미스터 렌은 하루에도 수백 번씩 넬리 생각을 하며 시간을 보냈다. 그리고 가끔은 달이 타오르는 어느 봄날 밤에 멋진 모험을 떠나 용기를 내어 그녀에게 입 맞추기를 바랐다. 이스트라…, 미스터 렌은 '이론적으로' 좋은 경험을 하게 해준 상대로 이스트라를 기억했다. 하지만 이론이란 얼마나 모호한가!

2월 말의 어느 밤. 빌리라고도 알려진, 느리지만 아주 정확한 파이브 헌드레드 카드게임 선수 미스터 윌리엄 렌은 의기양양하게 프라우푸을 쳐다봤다. 두 사람은 같은 팀에서 아티 부인과 여행가 제임스 던컨에 맞서서 게임을 하고 있었다. 그는 결승전에서 마지막으로 패를 부르는 중요한 시점에 있었다. 다른 사람들은 공손하게 기다리고 있었다. 미스터 렌은 대담하게 '으뜸패가 아닌 9'를 불렀다.

"멋져, 미스터 렌!" 제임스 던컨이 외쳤다.

"내가 마무리 하지."

그리고 실제로 그렇게 했다. 미스터 렌이 승리를 거머쥐었다. 어렵지 않은 승부였다. 그가 에빗 부인의 의자로 건너가 아티 부인의 집에 존재하는 사교적인 사람들 중에서 최고로 세련된 태도로 질문했다.

"미스터 에빗은 좀 어떠세요? 아직도 류머티즘으로 고생하고 계신가요?"

프라우푸이 대답 대신 그에게 비타민 알약을 건넸고 미스터 렌은 예의상 받았다.

"이 알약이 파크 앤 틸포드 약국의 약만큼이나 좋을 거예요."

그가 고개를 홱 치켜세우며 말했다.

"던컨! 누가 맥주 한 잔을 더 빨리 먹는지 시합하자. 톰이 곧 도착할 거야. 지금쯤 일을 끝냈을 테니깐 그 친구를 위해 준비를 해 놓자고."

"좋아, 렌."

제임스 던컨이 수락했다. 미스터 렌이 패했다. 그는 조용히 자리를 떠나 술 두 잔을 가져왔다. 하나는 '흑맥주 한 파인트'였고, 다른 하나는 깜짝 선물이었다. 그는 넬리를 부르기 위해 위층을 향해서 소리쳤다.

"내려와요, 넬리. 숙녀분들을 위해 아이스크림 소다를 준비했어요!"

톰 포핀스가 집에 도착해 제임스 던컨과 함께 톰 콜린스(진에 레몬즙, 소다수, 얼음 등을 혼합한 칵테일 – 편집자 주)의 장점에 대해 열띤 토론을 시작하였고, 이를 듣고 있었던 미스터 렌은 톰 콜린스를 어떤 남자로 착각하여 둘의 대화를 언짢아했다. 그들이 위층으로 올라가자 프라우푸이 넬리에게 말했다.

"미스터 렌은 조용한 사람이지만 이 집에서 몇 년 동안 봐 온 사람들 중에 제일 괜찮은 사람인 것 같아. 그리고 아주 진실한 사람이지. 파이브 헌드레드 카드게임 말고 피노클 게임도 아주 잘 할 것 같아."

"맞아요." 넬리가 말했다.

"처음에는 약간 수줍어했던 것 같은데…, 나도 항상 수줍음이 많았지…. 그렇지만 미스터 렌은 우리를 좋아해. 그리고 나는 친구를 좋아하는 사람을 좋아해."

"그렇군요!" 넬리가 말했다.

17장. 회오리바람에 휩쓸린 미스터 렌

프랑수아 왈,

그는 회오리바람에 휩쓸렸다.
그리고 정처 없이 돌아다니는 불꽃을 따라
위험천만한 바다를 뚫고 기쁨 충만한 해안가에 가 닿았다.

4월의 어느 월요일 저녁. 작은 달이 도시 위를 수줍게 지나가고 거리가 아코디언 소리와 춤추는 아이들의 봄 노랫소리로 가득 했다. 미스터 렌은 이른 저녁부터 지하 주방을 서성거렸다. 아티 부인과 이야기를 나누기 위해 일찍 내려오곤 하는 넬리를 빨리 만나고 싶었기 때문이다. 신바람이 난 그는 다가오는 일요일로 예정된 소풍 계획을 얼른 세우고 싶었다. 소풍을 다녀오고 나면 넬리에게 입맞춤을 하게 될지도 모른다는 수줍은 희망을 품고 있었다. 심지어 언젠가는 꼭 그렇게 하리라 마음먹고 있었다. 뭐, 다른 친구들은 결혼도 했는데, 안 될 게 뭐 있겠는가? 프라우풋은 은방울같이 빛나는 손을 섬세하고 날렵한 솜씨로 움직이며 식탁보의 찢어진 부분을 꿰매고 있었다. 그녀가 미스터 렌에게 말했다.

"던컨이 5일 후에 남부 여행에서 돌아올 거예요. 위대한 파이브 헌드레드 카드게임 토너먼트 대회의 대미를 장식해야죠?"

미스터 렌은 소풍을 더 재밌게 만들기 위해 프라우푯이 그녀의 특제 요리인 다진 햄 샌드위치를 가지고 올지를 궁금해하며 골똘히 이런저런 생각에 잠겨 있었다. 그녀가 미스터 렌에게 온 편지를 아티 부인이 가지고 있다고 얘기했을 때도 별 관심이 없었다. 잠시 후 저녁 식사가 시작되었고, 아티 부인이 연극배우라도 된 듯 과장되게 달려와 말했다.

"전보가 왔어, 미스터 렌!"

부고인가? 누가 죽었지? 식탁이 술렁거렸다. 미스터 렌은 그런 사람들과 함께 있었다…. 전보란 그들에게 그런 의미였다. 미스터 렌이 우편선을 타고 온 편지를 뜯어 메시지를 읽는 동안 그들의 눈은 돌격 준비를 하는 군인들처럼 반짝거렸다.

헤스페리다호號에서 만나요.

이스트라

"아…, 그, 그냥…, 업무 편지예요."

미스터 렌이 간신히 변명을 하고 숟가락으로 수프를 뒤적거렸다. 쿵쾅거리는 심장과 감정을 끄집어내어 자신에 관해 이야기할 만한 자리가 아니었다. 저녁 식사가 계속되었다. 소풍에 대한 얘기가 역사, 영양학, 사회 등 다른 중요한 주제들로 확장되었다. 미스터 렌은 약간 거칠게 수다를 떨었다. 마침내 저녁 식사가 끝났고, 그는 신문을 사기 위해 전속력으로 질주했다. 신문에 의하면 헤스페리다호號는 내일 오전 10시에 도착 예정이었다. 두려움과 혼란스러움이 공존하는 저녁이었다.

그는 렉싱턴가街를 따라 비틀거리며 걸어왔다. 자신이 넬리에게 큰 애정을 느낀다는 사실은 알고 있었지만, 이스트라와의 만남도 여전히 갈망했다. 그는 스스로에게 욕설을 퍼부었다. 말 그대로 '욕설'을 퍼부었다. 1분에 한 번씩 스스로를 비열한 인간, 두 얼굴을 가진 배신자 등으로 불렀다. 전혀 다른 성향을 가진 두 여자를 좋아하는 남자가 그 자신에게 붙일 수 있는 모든 끔찍한 호칭들을 다 붙여 주었다. 한편으로는 매 순간 이 위험한 기쁨을 은밀히 즐기고 있었다. 사실, 그녀를 본다는 게 믿어지지 않았다. 바로 내일이라니! 그가 아티 부인의 집으로 돌아왔을 때 계단에 넬리가 앉아 있었다.

"안녕."

"안녕."

한동안 두 사람이 할 수 있는 말은 고작 그것뿐이었다. 미스터 렌은 철로 된 계단 난간에서 눈을 떼지 않았다.

"미스터 렌…. 그 전보 중요한 일에 대한 거예요?"

"아니…, 그냥…, 이스트라한테서 온 거예요. 저번에 말했던 그 예술가 있잖아요. 배에서 만나자고 하더라고요. 짐이나 물건 같은 걸 들어 줬으면 하나 봐요. 파리에서 들어온대요."

"아, 그렇군요. 알겠어요."

질투의 기색이 전혀 보이지 않는 넬리를 보고 미스터 렌은 이유도 모른 채 실망감을 느꼈다. 누군가의 청천벽력같은 비극이 현실적인 대화로부터 모습을 드러내는 것은 언제나 고통스러운 일이었다.

"넬리, 당신이 그 친구를 만나보고 싶은지 궁금해요. 아주 교육을 잘 받은 여성이죠. 그렇지만 모르겠어요…. 어쩌면 고상한 체하는 것처럼 보일 수도 있어요. 그렇지만 이스트라처럼 옷을 우아하게 입는 사람은 한 번도 본 적이 없어요. 물론, 내 말은 옷차림을 의미하는 거예요."

미스터 렌이 아주 빠르게 덧붙였다.

"그 친구는 돈이 많고, 그 많은 옷들을 다 감당할 수 있으니까 그런 거겠죠. 어쨌든 그 친구는…, 아, 정말 근사해요. 여러 면에서 말이죠. 당신이 좋아하면…, 아니 그 친구가…"

"아, 그 여자가 고상한 척하는 거라도 괜찮아요. 물론 여자들은 그런 거에 아주 익숙하죠. 백화점에서 일하는 여자라면 더욱 그렇죠." 그녀가 쌀쌀맞게 말했지만, 곧 빠르게 뉘우치며 저자세로 말했다.

"음, 건방지게 말하려던 건 아니었어요, 미스터 렌. 용서해 줘요! 미스 내시는 정말 좋은 사람일 거라고 확신해요. 뉴욕 사람이에요?"

"아니요. 캘리포니아…. 얼마 동안 여기서 지낼진 잘 모르겠어요."

"그렇군요…. 음…, 흠…, 엄청 졸리네요. 이제 잠자리에 들어야 되겠어요. 잘 자요."

다음 날 아침 미스터 렌은 근무 시간인데 밖에 나왔다는 사실에 마음이 불편했고, 남부 지역의 무역상들에게서 받은 중요한 편지들을 놔두고 온 사실에 기분이 좋지 않았다. 그리고 부두로 들어 가기 위한 통행권을 어렵게 받은 일에 화가 났다. 그리고 마지막으로, 그는 격분했다. 지난밤 잠을 이루지 못했기 때문이다. 미스터 렌은 누적된 부정적인 감정들을 애써 다스리며 헤스페리다호號가 오기만을 기다렸다. 이스트라가 정말로 보고 싶기는 한 건지 의구심이 들었다. 그녀의 얼굴이 기억나지 않았다. 그녀를 좋아하기는 했던가? 거대한 증기선이 좌우로 흔들리며 부두를 따라 부드럽게 들어왔다. 미스터 렌은 북적거리며 배에서 내리는 수많은 인파를 응시하다가 갑판에 줄을 선 사람들 쪽으로 침착하게 눈을 돌렸다. 이스트라는 보이지 않았다. 갑자기 미스터 렌은 냉정함을 잃었다. 그녀에게 무슨 일이 일어났을지도 모른다! 미스터 렌은 널빤지 다리 쪽으로 달리기 시작했다. 주위를 살피지 않고 뛰느라 멋진 조끼를 입고 품위 있어 보이는 통통한 노신사를 팔꿈치로 찌른 사실도 몰랐다. 그는 밧줄로 만들어진 널빤지 다리 난간을 잡고 서서 사람들이 손을 흔들고 미소 지으며 배에서 모두 내릴 때까지 도깨비 같은 눈을 하고 사람들을 하나하나 살펴보았다. 그때 이스트라가 보였다. 큰 키에 우아하고 차분하며 도도한 모습이었다. 그녀는 멋진 체크 무늬 정장을 입고 발랄한 검정 밀짚모자를 쓴 채 새 여행 가방을 손에 들고 있었다. 미스터 렌이 그녀를 응시했다.

"맙소사!"

그가 숨을 헉하고 내쉬었다.

"난 어쩌면 이스트라한테 푹 빠진 게 분명해. 분명하다고, 맞아."

이스트라가 그를 발견했다. 그리고 두 사람은 똑같이 반가움의 미소를 지었다. 그녀는 널빤지 다리에서 내려오자마자 미스터 렌에게 입을 맞추었다.

"진짜 도착했네요!" 그녀가 웃었다.

"그래요, 그래요, 그래요! 이렇게 보게 돼서 정말 기뻐요, 이스트라!"

"다시 만나서 반가워요, 미스터 마우스."

"오는 길은 즐거웠…"

"말도 마요! 혼자 탄 유부남이 오는 내내 귀찮게 굴었다니까요. 당신은 앞으로도 날 사랑할 일이 없다는 게 너무 다행이에요."

"아니…, 으흠…"

"얼른 가서 최대한 빨리 세관을 통과해요. N 게이트가 어디죠? 아, 똑똑하네요. M 게이트 옆에 있죠. 내 가방 하나가 벌써 저기 보이네요. 어떻게 지내요, 미스터 마우스?"

대답을 듣기 위해서 건넨 질문 같지는 않았다. 그녀가 다시 예전처럼 그를 어리둥절하게 만들었다.

"어쨌든 다시 만나게 되니 참 좋아요, 그리고…, 미스터 마우스. 며칠 동안 묵을 곳 좀 찾아줄 수 있어요? 기꺼이 그렇게 해줄 거죠?"

그녀가 당연하다는 듯 말했다.

"오늘 오전 중에는 머물 곳을 찾게 되겠죠, '네스 파?'('안 그래요?'라는 의미의 프랑스어 - 역자 주) 너무 비싸지 않았으면 좋겠어요. 캘리포니아로 바로 돌아갈 수 있을 만큼의 돈만 가져왔거든요."

갑자기 남자로서, 미스터 렌은 책상 위에 놓인 중대한 업무들의 존재에 대해 생각했다. 그리고 남자로서, 대답했다.

"그럼요. 기꺼이 찾아 줘야죠."

"당신 사는 곳은 어때요? 깨끗하고 좋다고 그랬잖아요."

넬리와 이스트라가 함께 있는 장면을 생각하니 아찔했다.

"아니, 당신이 좋아할지는 잘 모르겠어요."

"아, 괜찮을 거예요. 겨우 며칠이잖아요. 빈방 있어요?"

미스터 렌은 별로 마음이 내키지 않았다. 앞으로 일어날 수많은 문제들이 눈에 선했다.

"아…, 네…. 아마 그럴 거예요."

"미스터 마우스…"

정신없이 들어오는 짐 더미들, 세관 직원, 뭔가에 분개한 승객들 인파가 밀려오는 동안 이스트라는 거대한 선착장의 거친 바닥에 여행 가

방을 놓고 그 위에 털썩 앉았다. 그녀는 슬픔이 서린 고운 눈으로 미스터 렌을 올려다보았다.

"미스터 마우스! 내가 여기 오면 당신이 기뻐할 줄 알았어요. 우리 한 번도 다툰 적 없었잖아요. 아닌가요? 당신한테는 신경질 내지 않으려고 여태까지 엄청나게 노력했으니까요. 그게 당신에게 편지한 이유예요. 당신보다 더 오래된 친구들이 많은데도 말이에요."

"아, 불평하려던 건 아니었어요. 정말이에요! 그냥 당신이 그 집을 좋아할지에 대해 의문이 생겼던 거뿐이에요."

그는 자신의 여신 앞에서 참회의 무릎을 꿇었어야 했다. 그녀는 단지 떠들썩한 뉴욕의 외로운 소녀일 뿐이었다. 미스터 렌이 덧붙였다.

"그리고 우리가 이별 같은 걸 했잖아요. 내가 당신을 좋아…, 하는지 몰랐어요. 그렇지만 앞으로도 쭉 당신을 좋아할 것 같군요."

"괜찮아요, 미스터 마우스. 여기 세관 직원들이 있네요."

이스트라는 세관 직원들이 아직 자신의 가방을 검사할 준비가 안 되었다는 사실을 분명히 알고 있었다. 하지만 어찌 됐든 두 사람의 토론은 끝이 났고, 그들은 서로를 이해하는 듯 보였다.

"맙소사, 이번에는 부유해 보이는 유대인 여성들이 엄청 많이 왔네요!" 미스터 렌이 말했다.

"네. 하루에 다이아몬드를 세 번씩 받는 사람들이죠."

이스트라가 동의했다. 그러더니 선착장을 둘러보며 말했다.

"세상에, 여기 정말 크네요!"

"맞아요."

두 사람은 아티 부인의 집에 도착할 때까지 자신들의 변함없는 우정을 증명하기 위해 대화를 나누었다. 집에 도착하자 이스트라는 환영을 받았고, 호레이시오의 방에 손님으로 머무르게 되었다.

저녁 식사가 아티 부인 덕분에 격식에 맞게 차려졌다. 톰 포핀스와 프라우풋이 오래된 농담들을 주고받고 있을 때 이스트라가 문 앞에서 눈을 동그랗게 뜨고 쳐다보자 대화가 멈추었다. 더 이상 참을 수 없다는 듯 창백하게 질린 모습이었다. 그녀의 빨간 머리카락이 머리 위로 높이 묶여 있었다. 이스트라는 키가 크고 날씬했으며, 코르셋 없이 달라붙는 회색 가운만을 입고 있었다. 모든 사람들이 처음에는 이스트라에게, 그 다음에는 미스터 렌에게 시선이 집중되었다. 미스터 렌은 연설이라도 할 사람처럼 얼굴을 붉힌 채 고개 숙여 인사한 뒤 주저주저 말하기 시작했다.

"어…, 음…, 아티 부인은 아까 봤죠, 이스트라? 아티 부인이 나머지 사람들을 소개해 줄 거예요."

미스터 렌은 도대체 왜 자신이 서 있어야 하는지 의아한 생각이 들어 자리에 앉았다. 그리고 넬리가 이스트라를 경계하듯 쳐다보며 자신에게 냉정하고 적대적으로 대한다는 기분 나쁜 사실을 깨달았다. 이스트라는 아무렇지 않다는 듯 자신의 맞은편인 아티 부인의 옆자리에 앉아 무심하게 냅킨을 펼쳤다. 미스터 렌은 혼란스러운 눈빛으로 그녀를 쳐다봤다. 이스트라의 생기 있는 얼굴에서 즐거워하는 악마의 표정이 보이는 듯했다. 미스터 렌이 얼굴을 붉혔다. 그가 분노하여 빵에 버터를 바르는 동안 아티 부인이 사람들에게 말했다.

"신사 숙녀 여러분. 이스트라 내시를 소개하겠습니다. 미스 내시, 미스터 렌은 이미 알 거고. 여기는 넬리 크루벨, 우리 집 막내. 그리고 이쪽은 파이브 헌드레드 카드게임의 대가, 톰 포핀스. 그리고 차례대로 사무엘 에빗과 그의 부인, 프라우풋."

이스트라는 눈이 반달 모양이 되도록 수줍게 웃으며 망설이다가 선명한 목소리로 또박또박 '감사합니다'라고 말한 다음 다시 수프를 먹기 시작했다. 마치 수프와의 즐거운 시간을 방해받아서 불쾌한 사람 같았다. 나머지 사람들이 음식을 먹으며 빠르고 시끄럽게 이야기를 시작했다. 프라우풋의 찢어지는 듯한 얇은 목소리가 소란스럽게 들렸다.

"뉴욕에 방금 도착했다고 들었어요, 미스 내시."

"네."

"뉴욕은 처음이신…"

"아니요."

프라우풋은 불쾌하다는 듯 한참 동안 물을 마셨다. 넬리가 용기 있게 말을 건넸다.

"뉴욕은 마음에 드시나요, 미스 내시?"

"네."

넬리와 프라우풋, 톰 포핀스가 신발 가게에 대해 이야기하기 시작했다. 세 사람이 동시에 아주 빠르게 대화를 이어나가는 동안 성난 미스터 렌이 불편함을 느끼며 대화 주제에 대해 생각을 하고 있었다. 맙소사, 이스트라가 아티 부인 집에서의 미스터 렌의 입지를 완전히 '망쳐' 놓았다! 그는 스스로를 포함해서 이스트라를 존중하지 않는 모든 사람들에게 화가 났다. 이스트라는 얼마나 아름다우며, 그녀의 창백한 얼굴은 얼마나 피곤해 보이는가! 하녀 애니가 복잡한 혼란을 느끼며 평소와 같이 수프 그릇을 치우는 동안, 이스트라는 심술궂은 눈빛으로 애니를 응시했다. 아티 부인이 인상을 찌푸렸다가 억지로 즐거운 척을 하며 말했다.

"미스 내시는 파리에서 막 도착했어요. 유럽 여행을 다녀온 거죠. 미스터 렌처럼 말이에요." 에빗 부인이 높은 목소리로 말했다.

"우리 남편도 유럽에 갔었지. 1882년도에 말이야."

"아니야, 여보. 1881년이었어." 사무엘 에빗이 짜증스럽게 말했다.

이스트라는 마치 고가 철도에서 나는 시끄러운 소음공해라도 듣는 것처럼 그들의 방해가 끝나기를 기다렸다. 이스트라는 두 번의 시도 끝에 말을 꺼냈고 식탁에 앉아 있는 모든 사람들이 그녀의 이야기를 들으며 똑같이 생긴 포크와 나이프를 내려놓았다. 하지만 그녀가 꺼낸 말이라곤 고작이랬다.

"아, 제가 이야기 좀 해도 될까요? 아티 페라드 부인, 죄송하지만 내일 아침 식사는 방으로 갖다 주실 수 있나요? 9시쯤? 그냥 간단한 거면 돼요. 멜론이랑 계란찜, 초콜릿 같은 거 말이에요."

"아…, 아니, 응, 당연히 해줄 수 있죠." 아티 부인이 중얼거렸다.

식탁에 앉은 사람들이 모두 숨죽인 채 마음속으로 말했다.

'초콜릿이라니!'

'멜론이라니!'

'계란찜이라니!'

'방으로 9시까지 가져다 달라니!'

미스터 렌은 이 모든 상황이 정말 끔찍했다. 그때 자신이 그리스도교 여성 금주 협회와 맥주 양조회사 협회 두 군데 모두의 비위를 맞추며 편지 보내는 일을 하는 사람이라는 사실이 생각났다. 그가 용감하게 말했다.

"미스 내시를 소풍에 데려가면 정말 좋을 거예요. 바깥을 돌아다니는 건 전문이거든요."

"아, 맞아요. 미스터 렌이랑 같이 밤새 영국의 길거리를 돌아다닌 적도 있죠." 이스트라가 순수하게 말했다.

식탁에 앉아 있는 모든 사람들이 미스터 렌에게 해명을 요구하는 눈빛을 보냈다. 그는 넬리를 쳐다보려고 했지만, 마음속 한구석이 쿡쿡 찔렸다.

"맞아요. 꽤 오래 걸었죠." 그가 중얼거렸다.

프라우풋이 다시 한번 말을 걸었다.

"파리에서 공부하는 건 할만해요? 아티 부인 말로는 화가라고 하던데."

"아니요."

그리고 침묵이 흘렀다. 저녁 식사를 마무리하는 동안 미스터 렌은 이스트라와는 올림피아 존스에 대해, 넬리와는 소풍에 대해 번갈아 가며 이야기하기를 반복했다. 그의 목소리에는 애원하는 듯한 어조가 있었고, 그것이 넬리로 하여금 그를 쳐다보게, 심지어는 상냥하게 대하도록 만들었다. 넬리는 조용하지만 고집 있는 말투로 이스트라에게 뤼 드 라 빼(프랑스 파리 중심부에 있는 고급 쇼핑 거리 - 편집자 주)의 패션에 대해 물으며 말을 걸었고, 흩어져 있던 사람들이 같은 주제를 공유하게 만들었다. 미스터 렌은 심장이 두근거렸고 넬리에게 감사함을 느꼈다. 디저트를 다 먹고 나자 이스트라는 은회색 비단 가방에서 무늬가 없는 금색 담배 케이스를 슬그머니 꺼냈다. 그리고 성냥과 가느다란 러시아산産 담배를 꺼내서 조심스럽게 불을 붙였다. 이스트라는 바른 자세로 앉아 담배를 피웠다. 그녀는 팔꿈치를 식탁 위에 올리고 미스터 렌 뒤쪽 벽에 걸린 '수사슴 사냥'이라고 부르는 거대한 그림을 쌀쌀맞게 바라보았다. 아티 부인이 손가락으로 딱 소리를 내며 하녀를 불렀다.

“애니, 내 담배 좀 가져와.”

아티 부인은 짓궂게 굴고 나면 늘 후회했다. 이스트라는 한 번도 아티 부인을 짓궂은 집주인이라 생각하지 않았지만, 아티 부인은 이스트라에게 응접실에서 칵테일을 대접하겠다고 다정하게 말했다. 이스트라는 한가했지만 내키지 않는 척했다.

“네, 시간 되면요.”

그리고는 심지어 이렇게 말했다.

“여러분은 부럽다는 소리 많이 들을 것 같아요. 이렇게 행복한 가족이 있어서 말이에요.”

“응, 그렇죠.” 아티 부인이 대답했다.

“네.” 미스터 렌도 덧붙였다.

“그럼요.” 넬리도 말했다.

식탁에 앉아 있는 모든 사람들이 진지하게 고개를 끄덕이며 말했다.

“네, 그렇죠.”

이스트라가 아티 부인을 쳐다보며 미소 지었다.

“당연히 그렇겠죠. 여자가 이 집안을 이끌어 가니까 말이에요. 미스터 렌이나 톰 포플 씨가 (맞죠?) 이끈다고 생각해봐요. 얼마나 으르렁거리는 가족이 되었을지 말이에요.”

사람들이 손뼉을 쳤다. 그들은 이스트라가 유머러스한 사람이라고 생각했다. 그녀는 또다시 공개적으로 응접실에 초대받았다. 하지만 그녀는 파이브 헌드레드 카드게임은 안 하고 휘스트 게임의 일종인 범블퍼피 브리지 게임만 한다고 말했다. 미스터 렌은 빨리 그 게임을 배워야겠다고 마음먹었다. 그녀는 붉은색 가죽 소파에 비스듬히 기대어 앉았다. (말 그대로 정확히 '비스듬히 기댔다') 쿠션들 틈에서 담배 두 대를 피우며 '아니요?'가 난무하는 대화의 늪에 다시 빠졌다.

"너무 좋은 사람인 것 같은데, 안 그래요?"

미스터 렌은 이스트라가 넬리를 무시하는 투로 이렇게 말했을 때 심술궂게 혼자 구시렁거렸다. 하지만 그녀 곁에서 떨어질 수 없었다. 이스트라가 방 안에 있다는 사실 때문에 피노클 카드게임에서 점수를 얻는 방법을 까맣게 잊어버리고 말았다. 심지어 프라우풋이 소풍을 스테튼 아일랜드로 가는 게 좋을지 팰리세이드로 가는 게 좋을지 물어봤을 때에도 이렇게 모호하게 대답했다.

"네, 그게 나을 거 같네요."

그는 이스트라의 옆자리에 앉고 싶었다. 그냥 그녀와 가까이 있고 싶었다. 그래야만 했다! 그래서 두 사람은 둘이 카드게임을 배운답시고 조심스럽게 분위기를 잡아 다른 사람들을 따돌렸다.

"말해 봐요, 미스터 마우스. 이 집에 사는 사람들을 좋아하는 이유가 뭐예요? '사람'들을 좋아하는 이유 말이에요. 그냥 평범한 사람들처럼 보이던데요. 가련한 이스트라에게 가르쳐 줘 봐요."

"글쎄…, 저 사람들은 아주 친절해요. 저는 쭉 이웃끼리 잘 알지도 못하는 집에서 살았거든요. 집주인 잽 부인만 알았을 뿐이죠. 그다지 좋아하진 않았지만 말이에요. 그렇지만 이 집에서는 톰 포핀스나 아티 부인…, 그리고 나머지 사람들 모두가 진짜 친구 같아요. 이 집이 정말 '고향'처럼 느껴지는 이유죠…. 넬리는 아주 멋진 여자예요. 워너메이시 백화점에서 일하죠. 꽤 높은 직책에 있어요. 구매 담당 부보조로…"

미스터 렌은 두려움에 입을 다물었다. 그는 '속옷 부서의 구매 담당 부보조'라고 말할 뻔했지만, 다행히 '의복 부서의 구매 담당 부보조'라고 말했다. 그리고는 덧붙였다.

"제임스 던컨은 여행가예요. 지금 여행으로 자리를 비웠죠."

"어떤 사람이랑 주로 놀아요? 그러니까 넬리도…, 음…, 이야기 지어내기를 좋아해요?"

"어떻게 그걸…"

"아, 넬리가 당신 쳐다보는 거 다 봤어요. 분홍빛 얼굴을 한 아주 귀여운 여자더군요. 그리고 지금 당신은 나와 넬리를 비교하고 있죠."

"맙소사!" 그가 말했다.

이스트라는 자신이 미스터 렌을 꿰뚫어 보았다는 사실이 매우 기뻤다.

"말해 봐요. 저 사람들은 당신에 대해 어떻게 생각해요? 아니면, 적어도, 당신은 주로 어떤 이야기를 해요?"

"이를테면!"

"쉬이이잇! 목소리 높이지 말아요." 이스트라가 말했다.

"무슨 뜻인지 잘 알아요, 이스트라. 내가 영국에서 느꼈던 감정을 당신이 지금 느끼고 있는 거군요. 저 사람들의 생각과 도무지 가까워질 수 없어서 외로움을 느끼는 거잖아요."

"글쎄요, 난…"

그때 톰 포핀스가 소파 쪽으로 유쾌하게 걸어왔다. 육중한 몸을 이끌고 땀을 흘리며 3번가에 다녀온 후였다. 프라우풋이 '오늘은 달달한 음식이 당기네.'라고 말했기 때문이었다. 톰 포핀스는 한 손에는 동그란 초콜릿 사탕 한 봉지를, 반대 손에는 땅콩 과자를 들고 작위적인 몸짓으로 이스트라와 미스터 렌 앞에 서서 과장되게 말했다.

"어떤 게 좋겠습니까, 폐하? 뚱뚱한 남자를 좋아하는 사람은 없죠.

그래서 그는 사람들이 떠나지 않게 하기 위해 간식거리를 샀답니다. 어디 보자. 내 친구 렌은 이 초콜릿을 먹고. 미스 내시는 어떤 걸 먹고 싶으세요?"

그녀가 진지하고 정중하게 톰 포핀스를 올려다보았다. 너무 과하게 진지하고 정중했다. 톰 포핀스를 좋은 사람이라 생각하지는 않는 듯했다.

"저는 필요 없어요. 감사합니다."

이스트라가 날카롭게 말하자 톰 포핀스는 멀뚱히 서 있었다. 그리고 당혹감과 상처를 안고 자리를 떴다. 이스트라가 계속 말을 이어갔다.

"아직 외로울 만큼 여기에 오래 머무르지는 않았잖아요. 그렇지만 만약에…"

미스터 렌이 끼어들었다.

"당신이 방금 아무것도 필요 없다고 해서 톰이 상처받았잖아요. 그리고, 맙소사, 톰이 얼마나 친절한 사람인데!"

"내가 상처를 줬다고요?" 이스트라가 비웃으며 말했다.

"네, 그랬어요. 그리고 세상에는 친절한 사람들이 그다지 많지 않죠."

"네, 맞아요, 당연히 당신 말이 다 옳죠. 미안해요. 진심이에요."

이스트라가 멀어져가는 톰 포핀스를 향해 달려가서 발랄하게 말했다.

"아, 저 초콜릿 몇 개만 주세요. 갑자기 이렇게 마음 바꿔도 괜찮죠? 그렇다고 해줘요."

"네, 물론이죠!"

마음이 넓은 톰 포핀스가 기분 좋게 웃음을 지으며 말하고는 초콜릿 두 봉지를 내밀었다. 이스트라는 탁자에서 파이브 헌드레드 카드게임을 하고 있는 아티 부인의 옆에 위풍당당하게 멈춰 서서 미소를 띠며 상냥한 목소리로 말했다.

"제가 품위 있는 카드게임을 못 해서 정말 유감이에요. 복잡한 게임을 배우기에는 너무 멍청한가 봐요. 여러분은 운이 좋은 것 같네요."

소파에 앉아 있던 미스터 렌은 극심하게 불안해졌다. 이스트라가 다시 자리로 돌아오는 게 아니었던가? 맞았다. 이스트라는 파이브 헌드레드 게임을 가르쳐주겠다고 왁자지껄하게 떠드는 사람들을 뒤로 한 채 소파로 돌아왔다. 이스트라가 중얼거렸다.

"나쁜 이스트라가 착하게 행동했나요? 이제 용서받을 수 있나요? 미스터 마우스. 당신 친구들에게 무례하게 굴려던 건 아니었어요."

냄비에서 물이 끓을 때 물의 표면이 요동치면서 작은 거품들이 올라오다가 한참 후에 갑자기 물이 완전히 끓는다. 도도하게 굴었지만 결국 그가 시키는 대로 행동한 이스트라를 향한 미스터 렌의 감정도 똑같았다.

"이스트라…"

미스터 렌이 할 수 있는 말은 이게 전부였다. 하지만 그의 눈빛은 소심하게 그녀를 계속 바라보았다. 그와 마주 보는 이스트라의 눈빛도 미스터 렌의 눈빛만큼이나 진솔했고, 모성애가 가득했다. 머리를 부드럽게 쓰다듬는 기분이 드는 눈빛이었다. 그녀가 사색에 잠긴 채 엄마처럼 말했다.

"그래서, 내가 보고 싶었다고요?"

"보고 싶었죠."

"여기 온 이후로 내 생각을 한 적 있어요? 아, 알아요…. 날 잊고 지냈다는 걸. 불쌍한 이스트라는 예쁜 분홍빛 얼굴을 한 소녀에게 자리를 빼앗겼죠."

"아, 이스트라. 그렇게 말하지 말아요. 저기…, 잠시 산책이나 갈까요? 이야기 좀 하게…"

"아니, 여기서도 이야기할 수 있잖아요."

"오, 맙소사! 여기는 사람들이 너무 많잖아요…. 내가 그때 처음 미국에 돌아왔을 때는요…. 밤에 잠이 오지 않았어요…"

방의 건너편에서 톰 포핀스가 활기 넘치지만, 왠지 흥분한 듯한 목소리로 하는 말이 들려왔다.

"그렇지, 맞아! 보드빌 쇼(17세기 말 프랑스에서 시작된 버라이어티 쇼 형태의 연극 장르 – 편집자 주)를 관람하는 여자는 세상에 당신밖에 없을 거야. 우리는 보드빌 쇼를 한 번도 본 적이 없거든. 끔찍해라!"

넬리와 프라우풋이 톰 포핀스의 농담에 낄낄거리며 웃었다.

미스터 렌은 그들을 쳐다보다가 다시 고개를 돌렸다. 그의 사람들이 아니었다. 그는 이스트라의 얼굴을 뿌듯하게 바라보았다. 이스트라는 미스터 렌의 머릿속에서 한층 미화되어 보였다. 그는 문득 그 사실을 격렬하게 깨달았다.

"전혀 잠을 이룰 수 없었어요, 이스트라…. 그러다가 일자리를 다시 얻게 되고…"

"보자, 그러니까 계속 같은 회사에 다니는 거죠?"

"네. '기념품과 장식 소품 컴퍼니'요. 거기서 아주 열심히 일을 했죠. 그렇게 간신히 잠시나마 당신을 잊을 수 있었어요. 그리고…"

"그러니까 내가 영국에서 당신에게 못되게 군 다음에도 정말 날 좋아했던 거네요?"

"아, 물론 가볍게 넘어갈 만한 일은 아니었죠…. 그렇지만 난 늘 당신을 생각했어요. 심지어 일을 할 때도…"

"누군가가 날 중요하게 생각한다는 건 정말 기쁜 일이에요…. 진짜예요, 미스터 렌. 고마워요. 그렇지만 그러면 안 돼요…"

"아, 그런데! 잊을 수가 없어요…. 당신이 여기 이렇게 내 옆에 있고…. 이상하지 않나요!"

그리고 그는 끈질기게 이스트라를 갈망했던 시간들에 대해 이야기를 늘어놓았다. 이스트라가 조심스럽게 말을 끊었다.

"여기 사람들 엄청 친절하고 좋은 사람들이잖아요. 그 사람들한테 의지하면 되죠…"

방의 건너편에서 톰 포핀스가 종이 전등으로 코니아일랜드 핫도그에 불을 비추며, 깔깔대며 웃는 프라우풋에게 놀리듯이 말했다.

"맞아, 당신은 열정적인 댄서야. 그럼. 보스턴 왈츠나 스웰 댄스 같은 것도 출 수 있겠어. 하하하!"

"그렇지만 이스트라…. 당신은 시 같아요. 절대 가질 수 없다 해도 셰익스피어 책이나 시 같은 걸 읽을 때면 늘 갖고 싶어서 안달이 나는 그런 것들 같아요."

"아, 미스터 렌, 그러지 말아요! 우리는 좋은 친구로 남을 거예요. 내 생사를 걱정해주는 사람이 있다는 건 정말 감사한 일이에요. 그렇지만 우리 사이는 진지하게 생각하지 않는 걸로 다 이야기가 된 줄 알았는데요. 그냥 놀이를 한 거잖아요. 그 이상도 이하도 아니에요."

"그렇지만, 어쨌든…, 여기 뉴욕에서도 가능한 나랑 같이 많이 놀 거죠? 이리 와요. 같이 산책하러 나가요. 같이…, 같이 공연이라도 봐요."

"정말 미안해요. 난 이미 약속이 있는걸요…. 어떤 남자가 날 찾아올 거예요. 그 남자와 브라이언트 파크에서 열리는 바보 같은 파티에 가야 해요. 이 땅에 도착하자마자 그런 곳에 가는 게 좀 따분해 보이죠? 하지만 가련한 이스트라는 정말로 육지가 그리웠어요."

미스터 렌이 기대에 찬 목소리로 말했다.

"아, 가지 말아요. 같이…"

"미안해요, 미스터 마우스. 데이트를 취소할 수는 없어요. 사실 이제 올라가서 몸단장을 해야 되겠…"

"난 보이지도 않아요?" 미스터 렌이 부루퉁하게 말했다.

"당연히 아니죠! 하지만 내가 근사한 새 조끼를 산 멋진 남자 조니를 실망시키도록 둘 거예요? 잘 자요, 미스터 렌."

그녀가 미소 지었다. 어머니 같은 미소였다. 그녀는 평소처럼 생기 있게 잘 자라고 말하고는 방으로 들어가 버렸다. 넬리는 일찍 잠자리에 들었다. 그녀는 피곤하다고 말했다. 미스터 렌은 넬리와 한 마디도 나누지 못했다. 그는 꽤 오랜 시간 동안 혼자 바깥 계단에 앉아 있었다. 가끔은 이스트라의 상아색 얼굴이 눈에 띄기를 바라기도 했지만, 또 다른 한편으로는 넬리가 곧 다가올 악취가 진동하는 여름에, 번잡한 백화점에서 하루 종일 일하는 모습을 상상하며 그녀의 짐을 덜어주고 싶다는 격렬한 동정심이 들기도 했다.

다음날 밤, 미스터 렌과 이스트라는 산책을 나갔다. 이스트라는 영국에서 했던 여행에 대해 우스꽝스러운 풍자시를 읊듯 이야기했다. 미스터 렌은 이유는 몰랐지만 여태까지 얼마나 그녀를 속으로 그리워했는지를 왠지 이야기할 수 없었다. 수요일, 목요일이 지나고 금요일이 되었다. 그는 이스트라를 저녁 식사 자리에서 한 번 보고, 연미복을 입은 똑똑해 보이는 남자와 이야기를 나누며 집 앞 계단에서 택시를 기다리고 있는 모습을 또 한 번 본 게 다였다. 넬리는 매우 기뻤다. 그저 매우 기뻤다. 그녀는 기분 좋게 파이브 헌드레드 카드게임에서 미스터 렌의 짝이 되어 앉았다. 그리고 같이 영화를 보러 가자는 그의 제안을 기분 좋게 거절했다. 그녀는 점점 지쳐가고 있었다. 저녁 7시까지 백화점에서 일했고, 여름 정기 세일을 대비해 '특별 상품'이라고 부르는 것들을 준비했다.

금요일 저녁, 미스터 렌은 부드럽고 생생한 입술이 슬픈 듯 축 처진 채 계단을 힘겹게 올라가는 넬리의 모습을 보았다. 그녀는 8시에 잠이 들었다. 같은 시간에 이스트라는 길고 날카롭게 생긴 깡마른 남자와 저녁 식사를 하러 나가고 있었다. 그는 허리에 벨트가 달린 느슨한 주름 재킷Norfolk Jacket과 검은 넥타이를 매고 있었고 약간 냉소적으로 보였다. 미스터 렌은 그 남자의 재킷이 맘에 들지 않았다. 연미복을 입은 근사한 남자가 이스트라를 자신에게서 빼앗아 가는 건 괜찮았다. 하지만 느슨한 주름 재킷Norfolk Jacket이라니…. 그는 용납할 수 없었다. 미스터 렌도 앵구스 호수 근처의 마을에서 똑같은 재킷을 입었음에도 불구하고, 그 남자의 재킷은 그에게 한낱 '벨트가 달린 코트'에 불과했다. 그는 저녁 내내 넬리를 생각했다. 자신과 같은 층에서 프라우풋과 대화하는 넬리의 목소리가 들려왔다. 프라우풋은 넬리의 방문 앞에 서 있었다. 넬리가 잠자리에 든지 3시간이 지난 후였다.

"아뇨."

넬리는 누가 들어도 활기찬 척하는 게 티가 나는 목소리로 말했다.

"아뇨. 그냥 가벼운 두통일 뿐이에요…. 이제 훨씬 괜찮아졌어요. 이제 잘 수 있을 거 같아요. 와 줘서 고마워요."

그는 넬리의 심각한 두통에 대해서는 한 번도 들어본 적이 없었다. 몇 주 전에 작고 여린 손가락을 베인 일로도 붕대를 감아달라고 자신을 찾아온 여자였다…. 그는 천천히 잠자리에 들었다. 30분 동안이나 뜬 눈으로 침대에 누워있자 극심한 번뇌가 미스터 렌을 사로잡았고, 그는 침대에서 벌떡 일어났다. 그리고 침대 옆에 아이처럼 다리를 구부리고 쭈그려 앉았다. 나무로 된 침대의 옆면이 그의 옆구리를 누르며 극심한 고통을 안겨주는 동안 그는 기도했다.

"하느님, 저를 용서하십시오. 저를 용서하십시오. 아, 저를 용서하십시오! 저는 여태까지 넬리를 소중히 여기지 않고 (넬리를 사랑함에도 불구하고) 이스트라와 비교하고, 그녀를 감사하게 생각하지 않았습니다. 넬리는 언제나 저에게 다정하게 대해 주었고 저를 믿어주었습니다. 아, 하느님. 저를 악에서 구원하여 주시옵소서!"

그는 그 자리에 수 분 동안 쭈그려 앉아 기도했다. 옆구리의 타는 듯한 고통이 더욱 극심해졌다. 그 동안 그는 눈을 감은 채 이스트라와 함께 했던 캠프파이어에 대해 생각했다. 그리고 똑똑한 사람들이 가득한 런던의 한 아파트에서 잘난 체하던 이스트라의 모습을 생각했다. 그리고 그녀의 매끈한 가슴, 창백한 뺨, 그녀의 말에 따르면 불꽃 같은 색깔의 머리카락을 비롯한 세련된 모습, 말로는 표현할 수 없는 그녀의 모습이 사무치게 떠올랐다.

"아…"

그가 낮게 신음했다.

"그녀는 셰익스피어 책에 나오는 알아들을 수 없는 시적 표현 같아…. 일요일 소풍에서는 넬리에게 평소보다 훨씬 더 잘 해줘야겠어…. 그녀는 나를 믿고, 그리고 나는…, 아 하느님, 저를 악에서 구원하여 주시옵소서!"

토요일 아침, 그는 복도에 있는 모자걸이에서 자신을 기다리고 있는 이스트라의 쪽지를 발견했다.

내일,
토요일 오후나 저녁에 가련한 이스트라와
함께 놀고 싶나요, 미스터 마우스?
토요일 오후는 쉬는 날 맞죠?
1시 30분에 날 데리러 올 수 있으면 쪽지 남겨줘요.

이스트라 내시

토요일 오후는 쉬는 날이 아니었다. 하지만 그는 답장에 쉰다고 거짓말을 했다. 그리고 1시 30분에 (화요일에 산) 새로운 봄 정장을 입고, (토요일 점심에 산) 아주 보송보송하고 화려한 새로운 봄 모자를 쓰고, 토트넘 코트 로드에서 샀지만, 아직 하숙집 사람들에게는 한 번도 보여주지 않은 (품위 있는) 지팡이를 들고 기꺼이 나가겠다고 적었다. 이스트라는 그를 연극 극장에 데려갔고 그녀는 관람한 연극에 대해 서너 번 정도 설명을 해 주었다. 그리고 그에게 차와 머핀을 대접한 다음 캐터몰 부인의 집에 대해 회상하며 그녀의 둥글납작한 코에 대해 이야기했다. 그들은 브레부르트 식당에서 저녁 식사를 하고 9시 반에 집으로 돌아왔다. 이스트라가 '조금 피곤하네요, 미스터 마우스.'라고 했기 때문이다. 그들은 이스트라의 방문 앞에 멈춰 섰다. 이스트라가 말했다.

"잠시 들어와요…. 잠깐 있다 가요."

뉴욕에 온 후 그녀의 방 안을 보게 되는 건 처음이었다. 예전 같은 부끄러움이 찾아왔다. 그가 이스트라를 바라보았다. 넬리가 계단을 올라오고 있었다. 그녀는 놀라서 입을 벌린 채 이스트라의 방 안에 서 있는 미스터 렌을 쳐다봤다. 아티 부인의 집에서 지내는 여자들은 절대 방 안에서 놀지 않았다. 그는 넬리에게 자초지종을 설명하기 위해 뛰어나가고 싶었다. 그리고 그녀를 초…, 초대하고 싶었다. 그는 머릿속으로 말을 더듬었다. 이미 넬리는 서둘러 지나간 후였다. 그녀는 고개를 돌렸다. 미스터 렌은 초조해하며 등나무 흔들의자에 기대서서 이스트라의 여행 가방 앞에 있는 책더미를 눈을 부릅뜨고 응시했다. 이스트라는 침대 옆에 앉아 무릎을 감싸 안았다. 그녀가 불쑥 말했다.

"아, 미스터 마우스. 사람들한테 지치네요…. 모든 종류의 사람들한테 말이에요…. 물론 당신은 예외에요. 당신은 좋은 친구예요…. 아, 파리는 너무 복잡해요. 특히 콧소리를 내는 모음을 잘 알아듣지 못하는 사람에게는 더욱 그렇죠. 뉴욕은 너무 발랄하고 바쁘게 돌아가요. 그리고 캘리포니아주州에 있는 도스 푸엔테스는 아무것도 없는 황량한 지옥일 테죠…. 그리고 내가 여태 참석했던 작은 파티들은…, 처음에는 항상 행복하기만 했어요. 생일파티에 가는 어린아이처럼요. 하지만 파티에 가서는 내가 스퀘어 댄스도 추지 못한다는 사실을 깨닫고, 아이처럼 집으로 향하죠. 아, 젠장, 젠장, 젠장! 나 때문에 충격받았나요? 뭐, 나 때문에 누군가 충격을 받든 말든 알 게 뭐예요!"

그녀가 야리야리한 몸을 침대 위로 던졌다. 그리고 울기 시작했다. 그녀의 아름다운 손이 베개 끝자락을 슬프게 움켜잡았다. 미스터 렌이 침대를 향해 살금살금 다가가서 이스트라의 어깨를 천천히 토닥였다. 그녀의 감정 변화가 너무 무서워서 입을 맞추고 싶지 않았다. 그녀가 눈물이 그렁그렁한 눈으로 웃으며 미스터 렌을 올려다보았다.

"제발 '저런, 저런, 울지 마'라고 말해줘요. 슬픈 소녀들에게 언제나 위로가 되는 말이죠. 알죠? 아, 미스터 마우스. 당신은 언젠가 생길 당신의 여자에게 정말 좋은 남자가 될 거예요."

그녀가 길고 강인한 팔을 뻗어 미스터 렌을 끌어당겼다. 미스터 렌이 머리를 이스트라의 어깨에 기댔다. 이스트라가 아닌 미스터 렌이 위로를 받는 장면처럼 보였다. 그는 뺨을 이스트라의 굴곡진 어깨의 움푹 들어간 부분에 댄 채 가만히 있었다. 쓸쓸함과 함께 점점 커지는 행복을 느끼고 있었다. 렌의 고지식함을 버리고 '렌스러운' 그의 작은 세계 바깥으로 나가 누군가를 위로해주고 또 위로받는 것에서 오는 행복이었다. 이스트라가 중얼거렸다.

"아마 내게 필요한 건…, 날 필요로 하는 사람일지도 몰라요. 오직…"

그녀가 미스터 렌의 머리를 쓰다듬으며 말했다.

"이제 그만 가요, 미스터 렌."

"이스트라…, 이제 좀 괜찮아요? 별로 도움이 안 된 것 같아 슬프네요. 오히려 내가 위로를 받은 기분이에요."

"아, 그럼요. 정말, 이제 아무렇지도 않아요! 그냥 예민해서 그래요. 그게 다예요. 그럼, 잘 자요."

"내일 같이 소풍 가요. 네? 그러면…"

"아니요. 미안하지만 못 갈 거 같아요."

"다시 한번 생각해봐요."

"아니, 아니, 아니, 아니요. 미스터 렌! 당신이나 가서 재밌게 놀아요. 나 같은 건 잊어버리고, 넬리…, 맞죠? 그 분홍빛 얼굴을 한 여자에게 잘 해주라고요! 엄청 좋은 여자 같던데요. 그리고 두 사람 정말 잘 어울려요. 이제 날 잊어요. 난 놀이하는 방법을 가르쳐 준 선생님일 뿐이에요. 인생에서 한 번도 놀이에 성공해본 적은 없지만…. 뭐, 그게 중요한 건 아니죠. 암튼 난 신경 안 써요. 정말로 안 써요. 그럼, 잘 자요."

18장. 그리고 위험이 도사리는 바다를 따라 불꽃을 쫓다

그들은 팰리세이드로 소풍을 가서 이른 저녁 식사를 했다. 넬리, 미스터 렌, 아티 부인, 톰 포핀스, 프라우풋, 에빗 부인이 함께했다. 에빗 부인이 말했다.

"이것 참…. 이렇게 바깥으로 나온 건 10년 만에 처음이군!"

그들은 바위 위에 빨간색 면 식탁보를 펼쳐 놓고 앉았다. 샌드위치와 다 식은 닭고기, 레몬에이드와 올리브를 다 함께 나누어 먹었다. 그리고 톰 포핀스가 호밀 위스키를 다른 사람들 몰래 가지고 온 프라우풋을 고발하자 배꼽이 빠질 정도로 크게 웃었다. 넬리는 미스터 렌에게 아주 상냥하게 대했다. 하지만 다소 거리를 두고 대했다. 그리고 그녀는 대부분의 시간을 프라우풋과 얘기를 나누었다. 미스터 렌을 향해 미소 짓기도 했지만, 그가 아티 부인에게 풍선껌에 대한 농담을 하는 동안에도 침묵을 유지했다. 그가 크림치즈 샌드위치(톰 포핀스는 '식어 빠진 크림 웨이퍼'라 부르며 농담했다)가 놓인 나무 쟁반을 들고 넬리에게 다가가 이스트라의 방에 들어갔던 일에 대해 해명을 하기 시작했다.

"못 들어갈 거 없죠."

넬리가 퉁명스럽게 말하며 프라우풋 쪽으로 등을 돌렸다.

"이스트라는 별로 신경 쓰지 않는 것 같았어요."

그는 그렇게 회상했고, 다소 안도감을 느꼈다. 한편으로는 그의 헛된 자만심이 찔린 기분이었지만, 또다시 넬리에게 끌리고 있음을 부정할 수는 없었다. 이 모든 감정들이 밀물처럼 몰려왔다. 그는 넬리가 이스트라와 자신을 어떻게 생각하는지가 걱정되었다. 그리고 넬리가 아직도 자신을 서먹하게 대한다는 사실에 약간 반감이 들기도 했다. 그에게도 이스트라를 사랑할 권리가 있지 않은가? 그는 자신에 대해 알고 싶었을 뿐이다. 게다가, 그가 나쁜 짓이라도 했는가? 그냥 영국 호텔에서 알게 된 이스트라와 함께 산책했을 뿐이다. 그녀의 방 안에는 단지 몇 분 동안 머물렀을 뿐이었고…. 넬리가 빙하처럼 차갑게 대할 이유가 전혀 되지 않는다! 게다가, 그가 넬리와 약혼을 한 것도 아니었다. 물론 이스트라는 그를 조금도 좋아하지 않았다. 그밖에도 미스터 렌이 소풍을 와서 기분 좋은 척하는 동안 자신을 힘들게 하는 이유 몇 가지를 더 생각해냈다. 그는 몹시 혼란스러웠다. 그리고 넬리에게 '언덕 끝에 있는 높은 바위까지 같이 걸어가요.'라고 말할 때는 살짝 퉁명스러워 보이기도 했다. 두 사람이 바위를 향해 걸어가는 동안 하늘은 노을의 칙칙한 잔광으로 가득 찼다. 두 사람은 깎아지른 듯한 절벽의 꼭대기에서 강철 같은 잿빛 허드슨강을 내려다보았다. 넬리는 떨어질 거 같은 두려움에 소리를 꺅 지르며 미스터 렌의 팔을 움켜잡았다가 갑자기 손을 놓고는 혼자서 걸어 내려갔다.

"나는 넬리를 도와줄 자격도 없는 거군요."

미스터 렌이 중얼거렸다. 넬리가 바위 위에서 땅으로 내려가려다 망설이자 미스터 렌이 그녀의 손을 잡았다. 넬리가 손을 확 빼고 퉁명스럽게 말했다.

"괜찮아요."

그러나 잠시 후 후회하며 밝은 목소리로 말했다.

"어제 이스트라가 저를 방으로 초대해서 구경을 시켜 줬어요. '아름다운' 보석들이 참 많더군요! 진주랑 고급스러운 자수정 브로치 같은 거 말이에요. 그녀가 파리에서 공부하는 여자들이 어떻게 행동하곤 했는지, 그리고 집안일 때문에 캘리포니아로 다시 돌아가야 하는 게 얼마나 유감인지에 대한 이야기를 해주었어요."

"집안일이요?"

넬리는 일부러 그를 안심시키기 전 잠깐의 침묵을 유지해 미스터 렌을 고통스럽게 만들었다.

"아버지를 위해서요."

"아…, 조만간 캘리포니아로 돌아갈 거라고 하던가요?"

"아마 여름이 끝나기 전까지는 안 갈걸요."

"아…, 넬리…"

그가 하루 중 처음으로 완전하게 진실한 모습을 보였다. 그는 넬리에게 비밀을 고백하고 싶었다. 하지만 수치심이 그를 덮쳤다. 그는 더 이상 아무 말도 하지 못했다.

"이스트라, 엄청 괜찮은 여자던데요."

넬리의 말에 미스터 렌이 놀랐다. 그는 정중하게 행동하기 위해 노력했다.

"네, 재밌는 여자예요. 그렇지만 넬리 당신과 비교하면 발끝만큼도 못 따라오죠. 왜냐면…"

"아, 하지 말아요, 미스터 렌!"

그녀의 걱정 어린 목소리에 두 사람의 눈에 눈물이 고였다. 이별의 슬픔을 함께 나눈 기억이 잠시나마 그들을 하나로 만들었다. 넬리는 발걸음을 떼고 빠르게 걸었다. 미스터 렌이 그녀의 뒤를 따랐다. 그는 어떤 말을 해야 할지 몰랐다. 애써 허드슨강에 대한 이야기를 꺼냈다. 뒤이어 노을빛에 밝게 빛나는 뉴욕 곳곳의 아파트에 대해서도 이야기했다. 실제로 고층의 창문들은 '불이라도 난 듯' 보였다. 넬리는 아무 말도 하지 않고 단지 '네.'라고만 대답했다. 그들이 다시 무리로 돌아왔을 때, 미스터 렌은 프라우풋에게 쉴 새 없이 말을 하는 넬리의 모습을 보고 놀랐다. 그는 그녀가 여전히 '투지 만만'하다는 사실이 기뻤지만, 그 기쁨이 그리 오래가지는 않았다. 얼른 집으로 돌아가서 이스트라를 봐야 할 듯한 무서운 느낌이 그를 단번에 나약하고 춥게 만들었다. 그는 이스트라를 보고 싶지 않았다. 그녀는 제멋대로 구는 여자였다. 하지만 가야만 했다. 지금 당장 가야 했다. 집으로 가는 내내 그는 극도로 괴로운 마음이 들었다. 기계적으로 진지한 개혁가인 척하거나, 트라이앵글 의류 공장에서 발생한 화재는 '우리가 어떤 조치를 취해야 할지' 보여준다는 톰 포핀스의 말에 동의할 때도 마찬가지였다. 그는 페리 위에서 덜덜 떨었다. 넬리가 엄마같이 부드러우면서도 어린 목소리로 말했다.

"아니, 당신 엄청나게 떨고 있잖아요! 추워요?"

물론 그는 힘없고 불쌍한 사람처럼 보이며 보살핌을 받고 싶었지만 억지로 미소를 지으며 말했다.

"아, 아니에요. 아무렇지도 않아요."

그때 머릿속에 이스트라가 다시 떠올랐고, 그는 너무 늦게 정박하는 페리에 화가 났다. 집에 도착했을 때 이스트라는 없었다.

미스터 렌은 굳은 의지를 다지고 아래층으로 내려갔고, 혼자 있는 넬리를 발견했다. 그녀는 계단 위에 펼쳐진 연노란색의 둥근 밀짚 매트 위에 앉아 있었다. 그가 그녀의 옆에 앉았다. 그는 아무 말도 하지 않았다. 소풍 가서 신나게 놀던 쾌활한 남자 미스터 렌은 여성들을 '놀리면서' 그들을 향한 애정을 표현하는 하숙집의 규칙을 전혀 따르지 않았다. 그 대신 그는 공손하게 여겨 질만큼 작고 친절한 목소리로 이야기했다. 맨 처음 자리에 앉았을 때는 넬리에게 함께 영화를 보러 가자고 할 계획이었다. 하지만 더 좋은 생각이 떠올랐다. 그는 소심하게 앉아서 넬리와 이야기를 나누었다.

*

이틀 후, 일을 마치고 집에 돌아왔을 때 미스터 렌은 자신을 기다리고 있는 쪽지를 발견했다.

친애하는 미스터 마우스,

내 친구 중 한 명이 아파트에서
같이 살자고 제안해서 그러기로 했어요.
직접 만나서 작별 인사를 나누지 못해 유감이에요.
가끔 놀러 와요.
만나러 오기 전에 내가 외출 중은 아닌지
확인 전화하는 거 잊지 말고요.
xxx번으로 연락해요.
주소는 사우스 워싱턴 스퀘어 xx번지에요.

급히 가봐야 해서 이만.

이스트라 내시

그는 그날 아파트로 찾아가지 않았다. 저녁 내내 피노클 카드게임을 하면서 몇 번이나 자리를 박차고 방으로 달려가 쪽지가 정말 자신이 기억하는 것만큼 냉정한지 확인했다. 변함없이 냉정한 말투였다. 미스터 렌은 이스트라가 제대로 된 초대장을 보내주기를 1주일 동안이나 기다렸지만 감감무소식이었다. 그동안 그는 초조했지만 넬리에게는 정중하게 대했다. 그리고 그녀의 상냥함에 감사하다고 혼자 소심하게 생각했다. 그는 과거를 곱씹고 싶었다. 하지만 늘 그랬던 것처럼 혼자 산책을 하지는 않았다. 매일 오후마다 저녁에 할 일을 계획했다. 그는 매일 저녁을 '늘 친구들과 함께하고 싶다'는 사실을 깨달았다. 그는 젊은 시절의 반항적인 절망감 같은 것에 빠져 있었고, 카드게임을 하는 탁자에서는 평소보다 더 많은 농담을 했다. 무슨 생각을 하고 있는지 사람들이 알아채지 못하게 하는 새로운 전략이었다. 그는 아티 부인이 베푸는 듯한 친절함을 더 이상 보이지 않자, 비로소 진짜 식구가 된 듯하여 미묘하게 기뻐했다. 그리고 톰 포핀스의 글씨체를 똑같이 따라 쓴 편지를 써 수선화 한 다발과 함께 넬리의 방에 두었다. 그리하여 톰 포핀스조차 자신이 그 꽃을 주었는지 헷갈리게끔 만들었다. 모티머 길포글에게 주급을 23달러로 올려달라고 해도 될 때가 되었다는 사실에는 그다지 신경 쓰지 않는 듯했다. 길포글은 남부 지역의 중개상들에게 편지를 보내기로 결심한 게 '신의 한 수였네, 친구'라 말하며 사실을 받아들이기 위해 부단히 노력했다. 기념품 회사 생산부의 부장인 존 헨슨이 저녁 식사를 대접하기 위해 미스터 렌을 집으로 초대했다. 가축 운반선에서의 경험담은 헨슨 부인과 존 헨슨의 자녀들이 미스터 렌을 존경의 눈빛으로 바라보도록 만들었다.

며칠 후, 6월 중순의 어느 날이었다. 하숙집 사람들은 평소와는 다르게 아주 활기찬 저녁 식사를 하고 있었다. 넬리는 미스터 렌에게 다시 마음을 돌렸다. 그렇다. 미스터 렌은 꽤 확신했다. 그녀는 눈에 띌 만큼 미스터 렌에게 더 많은 말을 하고 있었다. 그녀는 백화점 관리자가 백화점에서 제일 불친절한 남자 직원을 '호출'한 사건에 대해 장황하지만 재미있는 이야기를 늘어놓고 있었다. 미스터 렌은 화답하는 대신 자기 자신의 모든 것을 주기를 간절히 희망했다. 이 세상 모든 사람들이 사랑에 빠지면 늘 그렇듯…. 하지만 이스트라의 환영이 그의 의자 뒤에 있었다. 이스트라…. 당장 오늘 저녁에 이스트라를 꼭 만나야 할 것 같은 강한 충동이 들었다. 그는 길모퉁이에 있는 약국으로 달려가 이스트라에게 전화를 걸었다. 그래! 이스트라가 전화를 받았다. 하지만 마지못해 받는 듯한 목소리였다.

"오늘 저녁에는 밖에 나가지 않을 거예요. 글쎄요…, 집에서 친구들이랑 작은 파티가 있긴 하지만…, 당신이 온다면 기꺼이 환영할 거예요."

미스터 렌은 결심을 단단히 하고 워싱턴 스퀘어를 향해 걸어갔다. 이 과학적 논문은 미스터 렌이 미학적인 것을 보았을 때의 반응을 철저히 조사한 것이기 때문에, 이스트라의 아파트에 있는 사람들을 보고 느낀 세 가지 인상 중에서 적어도 하나는 말할 필요가 있었다. 이를테면,

A. 텅 빈 채로 관리도 잘 안 된 이 커다란 방은 아무리 잘난 척하려 해도 아티 부인의 화려한 집과는 비교도 할 수 없군. 아니, 저렇게 많은 그림이 액자에도 끼워지지 않은 채로 있다니! 아티 부인 집에 걸려 있는 액자의 황금빛과 현란한 테두리 장식을 당신이 봤어야 했는데!

B. 여기 있는 사람들은 런던 그레이트 제임스가街의 아파트에서 본 사람들과 이야기로 맺어진 형제라도 되는 모양이군. 그 사람들보다 훨씬 수는 적고, 친절하긴 하지만 말이야.

C. 미스터 렌은 이제 친구가 많은 남자였다. 그리고 만약 '지독한 보헤미안'이라고 미스터 렌이 별명을 붙인 사람들이 그를 싫어한다면 그냥 지옥에나 떨어지게 내버려 둘 것이다.

이스트라는 왠지 모르게 늘 그의 반대편 먼 자리에 있었다. 그는 다행이라 생각했다. 이 사실이 그들의 이별을 더욱 확실하게 만들었다. 미스터 렌은 자신의 친구들을 위해 돌아가려고 결심했다. 방에 있는 사람들에게 자리를 떠서 유감이라고 고상한 하숙집 스타일의 사과를 건네고, 이스트라에게 발랄하지만 친근하지는 않은 목소리로 '잘 자요.'라고 말하며 방을 나왔다. 이스트라가 깜깜한 복도를 지나 현관문까지 따라왔다.

"잘 가요, 미스터 마우스. 당신이 수다스러운 여자들과 이야기할 기회가 생기다니 너무 다행이에요. 혹시 하기스가 당신에게 무례하게 굴던가요? 단일 세금 제도에 관한 이야기를 하는 것 같던데…, 아니면 마티스에 관한 얘기였나요? 그 두 주제에 관해 얘기할 때는 좀 무례하게 굴거든요."

"아니요. 괜찮았어요."

"그럼 뭐가 문제예요?"

"아무것도 아니에요. 잘 자…"

"당신 지금 화나서 가는 거잖아요. 아니에요?"

"아니에요. 그런데…, 그냥, 내가 여기 있을 필요는 없잖아요. 안 그래요?"

"아…, 아니…"

"마티스…, 방금 말했던 그 남자를 포함해서 연미복을 입고 여기 모인 다른 예술가들 모두가…, 난 그런 망할 연미복은 언제 입어야 하는지조차 모른다고요. 언제 그 제비 꼬리 같은 연미복을 입는지…, 만약 내가 가지고 있기라도 한다면 말이죠…. 아니면 프린스 앨버트(프록 코트의 또 다른 명칭 – 편집자 주)를 입거나…"

"아, 프린스 앨버트라고 부르면 안 되죠, 미스터 마우스. 그 옷들은 프록 코트(남성용 예복 중 하나로 상의 코트 길이가 무릎까지 오는 형태. 현재는 거의 입지 않음 – 편집자 주)라고요."

"네. 내 말이 그 말이에요. 당신도 마티스 얘기를 늘어놓는 그 남자랑 똑같죠. 난 당신이 흥미로워하는 주제에 대해서 하나도 모른다고요. 당신이 아티 부인의 집을 떠나서 지내는 동안…, 이럴 수가, 당신을 그리워했어요! 그렇지만 당신 무리에 익숙해지려고 노력할 때, 그리고 당신이 '마티스'(그는 이상하게도 이 불쌍한 프랑스 화가에게 유독 화를 내었다)라는 이름을 내 앞에서 꺼냈을 때, 내 주제를 알게 됐어요. 지금은 영국에 있을 때와 상황이 달라요. 어쨌든, 오늘 밤 내 주제를 알게 됐어요. 아마 당신이 내 친구들을 그다지 중요하게 생각하지 않는다고 여겼던 점도 한몫한 거 같네요."

"그래도, 미스터 마우스. 당신이 말한 모든 것들이 오늘 일어난 일에 대해서만이라고는 여겨지지 않아요. 나와 집시처럼 떠돌아다니기도 한 당신이 이런 자리를 절대 따분하게 느끼지는 않지만, 당신이 날 좋아했다는 사실에 화가 나서 날 원망하는 거잖아요. 어린애예요?"

"아니요. 아니에요. 아니라고요! 그런 뜻이 아니었어요. 난 그냥…, 아, 맙소사! 모르겠어요…. 글쎄, 난 그냥 당신과 내 사이가 분명해졌으면 좋겠어요."

"무슨 말인지 알겠어요. 당신 말이 맞아요. 그리고 우리는 그냥 친구예요. 맞죠?"

"맞아요."

"그럼, 잘 가요. 그리고 언젠가 내가 뉴욕에 다시 오게 된다면…. 아, 며칠 후에 캘리포니아로 떠나거든요…. 그래도 언젠가 다시 돌아올 수 있을 거예요. 그러길 바라요. 한참 동안 내 친구 같은 아버지를 위해 집안일을 해야 하지만 말이에요. 그리고 난 절망에 빠진 채 캘리포니아의 한 부호와 결혼하게 되겠죠…. 그렇지만, 내 말은, 미스터 렌, 다시 돌아오게 된다면 함께 멋진 저녁 식사를 해요. '니히트 바르?'('그렇죠?'라는 의미의 독일어 - 역자 주)"

"네. 그리고, 안녕."

이스트라는 계단 꼭대기에 가만히 서서 아래를 내려다보고 있었다. 미스터 렌이 천천히 쿵쿵거리며 나무 계단을 내려갔다. 이스트라에게 안녕을 고했다는 놀라운 사실에 속이 끓었다. 그는 더 이상 유감스럽지 않았다. 그리고 이제 넬리에게 모든 것을 줄 수 있게 되었다. 이스트라가 갑자기 미스터 렌을 불렀다.

"오, 미스터 마우스! 잠깐 기다려요."

그녀가 제비처럼 달려왔다. 그리고 미스터 렌의 어깨에 팔을 얹고 뺨에 입을 맞추고는 즉시 계단 위로 다시 뛰어 올라가 아파트 안으로 자취를 감추었다. 미스터 렌은 리버사이드 대로를 따라 빠르게 걸으며 남부 지역의 무역상에게 보낼 편지에 대해 생각했다. 그는 이스트라의 아파트 건물에서 멀어지면 자신이 격동적인 괴로움의 터널을 통과해 이스트라를 향한 욕망에서 자유로워져서 진실하고 겸손하게 넬리를 대할 준비가 되어있으리라 여겼다. 하지만 모든 순간이 고통스러웠다. 마치 연극을 하듯 그의 자존감을 지키고자 했을 때조차 이스트라에 대한 생각을 지울 수가 없었다. 넬리를 떠올릴 때면 미스터 렌의 마음이 따뜻해졌고, 입가에는 부드러운 미소가 지어졌다. 하지만 몇 번씩이나 워싱턴 스퀘어에 있는 아파트에서 세상 모든 문제를 해결하기 위해 이야기하는 거만한 사람들의 모습이 느닷없이 떠올랐다. 그가 투덜거렸다.

"아, 그 사람들 다 질식사라도 해 버렸으면 좋겠네. 이스트라는 괜찮은 사람인데…. 그녀는 엄청나게 가방끈이 긴 사람이잖아. 그렇지만…, 맙소사! 우리가 같은 집에 살지 않아서 다행이군. 만약 같이 살았으면 추억이 깃든 모든 장소가 다 고민의 대상이 되었을 거야."

그는 서둘렀다. 넬리와 한 지붕 아래 있고 싶었다. 만약 오늘 밤 그녀를 볼 수 있다면! 하지만 이미 시계는 자정을 가리켰다. 미스터 렌은 계획을 세웠다. 다음 날 아침 회사에서 나와 백화점으로 그녀를 찾아갈 것이다. 그리고 그날 저녁 맨해튼 해변에 데리고 가서 함께 저녁식사를 할 것이다. 미스터 렌이 집에 돌아와서 기분 좋게 계단을 올랐다. 넬리에 대한 상상을 하고 있었다. 그때…. 넬리의 방문이 열리고 실내복

앞섶을 움켜쥔 넬리가 나타났다.

"아, 당신이에요?" 그녀가 부드럽게 말했다.

"네. 이런, 늦게까지 안 자고 있었네요."

"당신…, 괜찮아요?"

그는 복도 쪽으로 걸어가 새로 산 모자의 밀짚을 긁으며 수줍게 섰다.

"그야, 뭐, 넬리, 당연하죠. 가엾은…, 아, 다시 두통을 앓고 있는 건 아니죠?"

"아니에요. 저 정말 바보 같네요. 정말요. 저녁에 밖에 나가는 당신 모습을 봤어요. 험상궂은 표정을 하고 있었는데…. 기분이 좋아 보이지는 않았어요."

"그래도 지금은 괜찮아요."

"그럼, 잘 자요."

"아, 저기…, 내 얘기 좀 들어줘요. 부탁이에요! 오늘 이스트라가 살고 있는 집에 갔었어요. 그녀 때문에 우울하지 않다는 게 확실했기 때문이죠. 더 이상은 그녀의 최면 같은 것에 걸려 있지 않겠다고 말이에요. 그리고 내가 정말 그렇지 않다는 걸 확신했어요. 정말로! 무슨 말을 해야 할지 모르겠어요. 나…, 나는 그냥 당신에게 이 사실을 알리고 싶었어요. 당신에게 이 말을 전한 후, 여전히 날 좋아해 줄 순 없는지 물어보고 싶었어요."

그는 진실로 진심을 담아 자아를 찾은 남자의 품위를 간직한 채 낮은 목소리로 말했다.

"난 지금 두려워요. 이 말을 해서 당신이 날 겉만 번지르르한 사람이라고 생각할지도 모른다는 걸 알기 때문이죠. 당신은 내가 지금 둘 중 어떤 여자를 원하는지 골라서 그 사람을 내게 오도록 꼬드기고 있다고 생각할지도 몰라요. 그렇지만, 아니에요. 정말 아니에요. 난 그냥 당신에게 앞으로 내 모든 걸 줄 거고, 당신도 앞으로 날 좋아하게 될지가 알고 싶었을 뿐이죠. 난 이스트라를 알게 되어서 정말 다행이라고 생각해요. 내게 아주 많은 책과 다른 유용한 것들을 가르쳐 줬거든요. 내가 더 많이 가진 사람이 되도록 만들었죠. 그리고 앞으로는 당신을 위해 쓸 거예요. 넬리, 약속해 줘요…, 당신…, 내 친구…, 약속해 줘요. 내가 당신을 보기 위해 얼마나 서둘러서 왔는지를 안다면 말이에요!"

"렌…"

넬리가 손을 내밀었고 미스터 렌은 그녀의 손이 자신의 꿈을 가리키는 신성한 상징이라도 되는 듯 손을 움켜잡았다. 그녀가 눈물을 글썽이며 미소 지었다.

"내일…, 그냥 보통의 숙녀들처럼 굴 거예요. 그리고 당신이 모든 걸 설명하도록 만들 거예요. 모든 걸 말이에요. 그렇지만 지금은, 그냥 기쁘네요."

그리고 귀엽게 도발하듯 말했다.

"네, 기뻐하고 싶으니까 기뻐할래요. 기뻐요!"

넬리의 방문이 닫혔다.

19장. 행복한 해변으로 향하는 미스터 렌

11월의 어느 초저녁, 우연히 아티 부인의 집에 미스터 렌과 넬리만이 남게 되었다. 두 사람은 열성적으로 피노클 카드게임 두 판을 끝내고 정감 있는 조그마한 석유 난로 위에 두 발을 올린 채 앉아 있었다. 미스터 렌은 넬리의 손을 자신의 뺨 위에 올려놓은 채 무한한 만족감을 느끼며 기대고 있었다. 그는 회사에서의 상황에 대해 설명했다. 사업은 매우 커졌고 부장인 모티머 길포글은 파견 영업사원인 라빈에게 과장을 새로 임명할 거라고 말했다. 미스터 렌은 지원해 봐도 좋을지 의문이 들었다. 다른 후보들인 라빈, 헨슨, 글로버는 모두 미스터 렌의 좋은 친구였고, 자신이 '다른 사람들의 위에서 그들을 거느릴 수 있을지' 헷갈렸기 때문이다.

"당연히 할 수 있죠, 미스터 렌. 처음 당신은 수줍어하며 이 집에 들어왔었죠. 하지만 지금은 완전 인기 있는 하숙생이잖아요! 그리고 다른 사람들은 당신과 경쟁해서 그 자리를 차지하려고 안 할 거 같아요? 당연히 하겠죠!"

"음, 당신 말이 맞아요."

"미스터 렌, 당신도 언젠가는 부장이 될 수 있어요!"

"아, 그렇게 되면 정말 좋겠군요. 그래요! 그렇지만 넬리, 내가 과장 자리에 오를 가능성이 있을까요?"

"당연하죠."

"오, 넬리, 당신은 나를 정말…, 나도 혼자만의 힘으로 일어서는 법을 배워야 하는데…"

그가 그녀에게 두 번째로 입을 맞춘 순간이었다.

다음 날 미스터 렌은 길포글을 찾아갔다.

"부장님, 과장 자리에 대해 드릴 말씀이 있습니다."

새로운 사무실에서 새로 산 꽃무늬 조끼를 입고 앉아 있던 길포글은 우리의 한결같고 믿음직스러운 미스터 렌이 들어왔을 때 흥미로운 표정을 지었다. 하지만 지금은 위엄 있고 참을성 없는 체하며 성급히 말했다.

"그 저기…"

"제가 다른 사람들보다 이 회사에 오래 있었고, 지금은 사업의 모든 분야에 대해 잘 알지 않습니까. 심지어 생산 라인까지 말입니다. 제가 헨슨의 아내가 아팠을 때 그 친구 몫까지 대신했던 거 기억하실 줄 믿습니다."

"그렇긴 하지. 그렇지만…"

"그리고 제이크는 제가 모든 사람을 이끌 수 있을 거라고 생각하는 것 같아요. 미스 리븐베츠도 마찬가지고요."

"진정하고 이제 나한테 말할 기회 좀 주겠나, 렌? 요즘 사무실에서 무슨 일이 일어나고 있는지 나도 알아! 그리고 자네가 좋은 사람이라는 건 부정 안 해. 아마 언젠가는 과장이 될 수 있을지도 모르지. 그렇지만 이번에는 일단 글로버에게 자리를 줄 거야. 그 친구가 사람들과 직접 개인적으로 만나서 이야기하는 일에 대한 경험이 풍부하거든. 그렇지만 자네도 좋은 사람…"

"네. 아까도 얘기하셨지 않습니까. 이 빌어먹을 책상에 하루 종일 앉아서 일하는 건 신물이 나요. 제가 이 부서의 문제점들을 다 해결했는데도 불구하고 말이에요. 길포글 부장님, 그리고 지금…"

"지금, 지금, 지금, 지금! 진정하게. 흥분하지 말게나, 미스터 렌. 자네는 신파 영화 속 주인공이 아니야. 알지 않는가."

"네, 알고 있습니다. 화낼 생각은 없었어요. 다만…"

"글쎄, 나는 이렇게 하겠네. 차후에 다른 사람을 고용하는 대신에 자네를 생산부의 부장으로 만들 거야. 그리고 헨슨을 구매부로 옮길 거라고. 그리고 제이크가 자네의 예전 자리에서 일하게 될 거야. 그 친구가 도움이 필요하면 응원해 주게나. 그리고 자네는 가장 중요한 그 '유쾌한' 편지들을 쓰는 걸 계속 유지해 주는 게 좋을 것 같은데."

"아, 그런 제안이라면 괜찮네요. 감사합니다. 하지만 당연히 임금도 더 올려 주시겠죠? 두 사람분의 일을…"

"어디 보자. 자네 지금 얼마 받고 있지?"

"23달러요."

"글쎄, 자네도 알다시피 그 정도면 괜찮지 않은가. 회사의 경비가 이익보다 가파르게 늘어나고 있어. 그리고 우리는…"

"참나!"

"임금을 올려 주려면 새 사업이 궤도에 올라 회사가 자네들을 자유롭게 대우해 줄 수 있겠다는 확신이 들 때까지 기다려야 하네. 물론 마음 같아서는 팍팍 올려 주고 싶지만 말이야. 그래도…"

"참, 나!"

"만약 우리가 돈을 펑펑 써 버린다면 곧 파산하고 말 거야. 그러면 모두가 실업자가 되는 거지…. 그래도 25달러까지는 올려 줄 생각은 있네, 비록…"

"35달러요!"

미스터 렌은 꼿꼿이 서 있었다. 길포글이 미스터 렌을 노려보았다. 극심한 공포가 미스터 렌을 덮쳤다. 그는 반항심을 잃지 않으려고 넬리를 생각했다. 마침내 길포글이 미스터 렌을 노려보면서 소리 질렀다.

"제기랄! 렌. 29달러 50센트까지는 올려 주겠네. 그렇지만 앞으로 1년 동안 1센트도 더 올려 주는 일은 없을 거야. 이게 최대야. 알겠나?"

"알겠습니다."

미스터 렌이 즐거운 듯 말했다.

"맙소사! 내가 이렇게나 많이 받게 될 거라곤 상상도 못 했어! 29달러 50센트라니! 지금 당장 결혼을 하고도 남겠군! 29달러 50센트라니!"

그는 기뻐서 어쩔 줄 몰랐다.

20장. 에필로그

"우리가 결혼한 지 벌써 5개월이야, 여보."

미스터 렌이 브롱스에 있는 그들의 아파트에서 부인 넬리에게 말했다. 오늘은 그들의 역사에 길이 남을만한 훌륭한 날로 기록되었다.

"아, 나도 알아요, 여보. 기억 못 하는 줄 알았어요. 그리고 당신이 내가 지금 무슨 디저트를 만들고 있는지 봐야 해요. 그렇지만 완성되기 전까지는 비밀이에요."

"기억하지! 당연히 기억하지! 내가 뭘 준비했는지 봐봐!"

그가 선물 포장을 열어 붉은색 융 침실 슬리퍼를 꺼냈다. 미국에서 가장 훌륭한 붉은 융 장인이 만든 신발이었다. 그렇다, 그는 이제 이런 것도 살 수 있을 정도로 형편이 좋아졌다. 여태까지 쪼들리며 살아왔던 미스터 렌은 이제 1주일에 32달러나 버는 사람이 되었다! 그리고 과장이 될 가능성은 '탄탄대로'였다.

"날이 추워지면 엄청 좋을 거 같아요. 그리고 당신은 정말 다정한 사람이에요! 아, 여보, 아파트 경비가 그러는데 우리 집 맞은편 70호에 사는 유대인 여자 있잖아요. 그 사람은 너무 게을러서 잠잘 때도 코르셋을 입고 잔대요!"

"경비가 석탄은 넣었대, 넬리?"

"네, 근데 그 여자 남편이 또 회사에서 잘렸나 봐요. 오늘 오후에 꽤 오랫동안 얘기를 나눴거든요…. 아, 여보, 당신이 없을 때는 너무 외로워요. 할 일도 없고. 그래도 오늘 오후에는 책을 좀 읽었어요. 재밌더라고요."

"다행이네!"

"그래도 좀 힘들어요. 아마…, 음, 모르겠어요. 앞으로는 책이나 엄청 많이 읽어야겠죠."

미스터 렌이 부드럽게 넬리의 등을 토닥이며 희망찬 목소리로 말했다.

"나중에 도시 밖에 있는 작은 주택으로 이사 가자. 그러면 정원을 가꿀 수 있을 거야…. 그리고 오랜 친구 시돈스가 또 해고당했다니 유감이군…. 아, 가스레인지는 이제 잘 돼?"

"그럼요, 여보. 내가 고쳤어요."

"저기, 내가 커피 타 올게, 넬리. 당신이 식탁을 차리고 소시지에만 신경 쓸 수 있도록 말이야."

"좋아요, 여보. 그렇지만, 아, 부끄러운…, 말인데…, 내가 아까 감자 샐러드를 좀 사오려고 했거든요. 근데 까먹었다는 게 방금 기억났어요."

그녀가 고개를 숙인 채 고운 입술 위에 손가락을 올리고 수줍어하며 말했다.

"바흐메이어 식료품점에서 얼른 사 와줄 수 있을까요? 아아, 피곤해서 녹초가 된 상태로 집에 온 사람한테 이런 걸 시키면 당신을 무시하는 거죠?"

"아니, 전혀 아니야. 일단 뽀뽀부터 해 줘. 안 그럼 절대 안 갈 거야."

넬리가 미스터 렌을 향해 몸을 돌렸고, 미스터 렌이 그녀를 안고 키스했다. 그녀의 고개가 한껏 뒤로 젖혀졌다. 그녀는 떨리는 몸으로 기력

없이 미스터 렌의 팔에 기댔다. 미스터 렌은 그의 어깨 위에 있는 부드러운 사랑의 짐 정도는 얼마든지 기뻐하며 참을 수 있었다. 두 사람은 6층 아파트의 좁은 부엌 창문으로 바깥을 바라보며 서 있었다. 그리고 길 건너편 공터의 나무들이 5번가를 따라 늘어서 있는 센트럴 파크의 가로수처럼 꽤 노랗고 빨갛다는 사실을 다시금 깨달았다. 그 깨달음은 아마 백 번째쯤 될 거다.

"언젠가는…"

미스터 렌이 아련하게 말했다.

"우린 나무들이 무성한 저지Jersey에 가서 살게 될 거야. 그리고 나무 아래에는 떠들썩하게 놀고 있는 아이들이 있겠지. 그러면 더 이상 외롭지 않을 거야, 여보. 걔들이 당신을 바쁘게 만들 거거든!"

"이상한 소리 그만하고 얼른 감자 샐러드 사러 갔다 와요. 안 그러면 오늘 저녁은 국물도 없을 줄 알아요!"

넬리는 사랑스럽게 얼굴을 붉혔다. 무한한 희망으로 가득 찬 얼굴이었다. 미스터 렌은 서둘러서 주방을 빠져나왔다. 늘 그랬듯이 거실의 붉은 종이 벽지와 반짝이는 가짜 오크 나무 공예품, 접시 꽂이 위에 나란히 놓인 커다란 맥주잔들, 가볍게 먼지가 앉은 종이 장미꽃이 꽂혀 있는 꽃병, 작은 고리버들 탁자, 그 옆에 넬리가 앉아 뜨개질을 하는 모리스 풍의 의자, 금칠된 커다란 유화 석판화 '달빛 아래 파이크 산꼭대기'를 행복한 눈으로 쳐다보았다. 그는 달그락거리는 소리를 내며 돌계단을 내려갔다. 현관을 뛰어넘는 순간 깜짝 놀라 걸음을 멈췄다. 서쪽에 있는 낡아빠진 빈집들 너머로 노을이 번지고 있었다. 부동산중개소 허풍쟁이가 교외라고 표현한, 이스트강 너머의 생기 없는 풀로 덮인 강둑 쪽으로 창이 난 미스터 렌의 집에서는 보이지 않는 풍경이었다.

“맙소사!”

그가 애석해하며 말했다.

“한 달 만에 처음으로 노을을 보는군! 예전에는 만달레이도 보고 노을 속에 있는 모든 종류의 세상을 즐겨 보곤 했었는데!”

미스터 렌은 10월의 한기가 그를 깨울 때까지 자신의 잃어버린 왕국을 애석해하며 바라보았다. 그는 식료품점 주인에게 달걀을 요리하는 새로운 방법에 대해 배웠다. 그리고 넬리와 함께 피노클 카드게임도 하고 소리 내어 석간지도 읽으며 저녁을 보낼 계획이었다. 그는 싱긋 웃으며 7센트짜리 감자 샐러드를 사 들고 상쾌한 가을바람을 맞으며 집으로 가는 발걸음을 재촉했다.

끝.

RAINBOW
PUBLIC BOOKS

우리의 미스터 렌 : 어느 신사의 낭만적 모험

발 행 일 초판 1쇄 2019년 10월 14일

발 행 인 박성범
지 은 이 싱클레어 루이스
옮 긴 이 김경숙
편 집 최영환, 김명희
디 자 인 서은주
마 케 팅 한승규, 고영준
발 행 처 레인보우 퍼블릭 북스
등 록 제 2018-000140 호

주 소 ㉾05542 서울시 송파구 올림픽로 336, 1501호
(방이동, 대우유토피아)
전 화 02-415-9798
팩 스 0504-209-1941
이 메 일 submit@rpbooks.co.kr

ISBN 979-11-966846-1-7 (03840)

이 도서의 국립중앙도서관 출판예정도서목록(CIP)은 서지정보유통지원시스템 홈페이지(http://seoji.nl.go.kr)와 국가자료종합목록 구축시스템(http://kolis-net.nl.go.kr)에서 이용하실 수 있습니다.
(CIP제어번호 : CIP2019039077)